鴉片戰爭（下）舊時代的崩潰

陳舜臣　著
卞立強　譯

目錄

第五部

5

年關

「穆樞相在北京怎麼搞的！」他帶著不滿情緒，勉勉強強地朝高第街走去。

上諭是一月二十日送到的，按陰曆來說，已是年關了。

「今後想聽聽您的意見，請予協助。」琦善雖到了林則徐的臨時寓所，但只是這麼說兩句客套話，走走形式，很快就離開了。

1

鐵火穿沙角，當年塞草肥。

蘭枯鋪廢瓦，駿馬踏雲歸。

《飛鯨書院志》所收的連維材的詩當中，有上面這首五言絕句。這首詩是他在高第街林則徐的寓所裡寫的，題名爲《陳將軍義馬》。

清軍在沙角與大角的慘敗，給廣州的居民帶來了極大的震動。

「國軍原來是這樣軟弱呀！……」——人們這樣來重新認識了。另一方面，這也叫他們領教了一向被鄙視爲夷狄的英國之強大。

他們早已聽說了舟山慘敗的消息，但那畢竟是在遙遠的地方發生的事情，有人甚至振振有詞地誇耀：「英國艦隊之所以避開廣東，是因爲虎門的防守堅固。」

可是，被說成是金城湯池的虎門第一關，現在卻輕而易舉地被英軍攻陷了。

不過，廣州人的自負心理對此又作了另外的解釋：「這都是因爲林則徐被革了職。如果當時虎門的水勇團沒有解散，那就……」

林則徐的聲望本來就高，這一來就更加提高了。相反，琦善的身價一落千丈。

陳連陞父子在沙角一起殉難的事，尤其使人們深深感動。英雄的事蹟被人們加工潤色，連陳將軍的愛馬「神駿」也被神化了。

陳將軍在戰死之前，確實從馬上跳下來，在牠的屁股上打了一鞭，讓牠離開死地。據說這匹馬被英國兵逮住，餵牠飼料也不吃，只是悲哀地嘶叫，最後終於餓死。

這個悲哀壯烈故事的主人公是不會說話的動物，更加使廣州的人士感動。人們感嘆地說：「連馬也爲主人殉難了啊！」

「陳將軍義馬」遂成爲各地詩社的詠題，詩人們以「神駿」爲題，競相作詩。上述的連維材的詩就是這樣的一首詩。

詩的大意是：英國的炮火粉碎了沙角，以前要塞上茂草叢生，神駿一向吃著那兒的草。而現在蘭草枯了（詩中往往以蘭枯比喻佳人的死，這裡當然是指神駿的主人陳將軍的死），到處是一片廢瓦，神駿不願踏這些瓦礫，遂踏雲歸去了——即追隨主人殉難了。

「請您斧正！」連維材請求林則徐刪改，林則徐在詩詞方面的修養當然要比連維材高得多。

「我不勝任。」林則徐這麼回答說。不過，他還是把詩箋接過來看了好幾遍，扭著頭想了好一會兒，把詩箋放回桌上，改換了話題說：「剛才好像是彩蘭來了。」

「是的，帶來了兩條消息。」連維材回答說。

送到金順記的情報，都由彩蘭送到這裡來，她的到來就意味著有什麼新的情報。

「北京來的嗎？」

「一條是北京來的，一條是上海。北京來的消息不壞，上海的令人擔心。」

「擔心？」

「翰翁病了。病好像不重。不過，畢竟上了年紀了，彩蘭爲她的祖父擔心。」

「翰翁……可不能出什麼問題啊！」

「北京的消息談到了給琦善大人的上諭，皇上的意見是要停止同英國談判，一切要和林、鄧二位大人商量。」

「啊！……」

琦善自從上任以來，在任何事情上都未和林則徐商量過。因爲林則徐已經被革職，這麼做也不是沒有理由的。這次上諭中指示要跟林則徐商量，也許不單純是皇帝的心境發生了變化，而是主和派的勢力在北京政界中敗退的徵兆。

林則徐的腦海中浮現出軍機大臣穆彰阿和王鼎的面孔。

「琦善大人不僅不跟林大人商量，好像跟其他官員也不商量。」連維材說。

「怡良來的時候，經常發這樣的牢騷。大概是總督知道商量會遭到反對，因此乾脆就不理了。」

「顧問的職務好像由鮑鵬一人來擔任。不過，既然下了上諭……」

「形式上也許會來商量，但那完全是形式而已……總督恐怕還要堅決貫徹他的方針，這個方針並不是他個人的。」

「對穆樞相的指示，總督恐怕比對上諭還要重視。」

「請問這個上諭已經到達總督那兒嗎？」

「沒有，今天早晨剛剛傳到金順記。我們用的是傳信鴿，比快使還要快兩三天。」

「他會怎樣來商量呀？」

根本的意見完全相反，商量也不會有什麼效果。道光皇帝的上諭簡直就像一個任性的孩子硬要做一件根本辦不到的事。

連維材從懷中取出上諭的抄本，遞給林則徐說：「跟原件可能有兩、三句出入。」

這是丁守存在軍機處看過一遍默記下來的；文章相當長，但幾乎和原文一字不差。

「調四川、貴州的兵……這可不行啊！」林則徐邊看邊搖頭。

「不行嗎？」

「不行！我國的軍隊離家鄉愈遠愈不行。區區四千軍隊，在廣東也是可以徵集起來的啊！……」

連維材一聽這話，突然感到心裡空虛起來。

他和林則徐都知道最後是不可能戰勝英軍的。即使戰敗，仗也要打得很漂亮——朝著這個目的所作的努力，完全是徒勞無益的。

2

琦善的獨斷專行，不僅是依靠欽差大臣關防這張王牌，還因為他相信北京的同夥，尤其是穆彰阿的堅強後盾。

這位穆彰阿早已心急如焚。

在專制君主制的國家，一切均由皇帝作最後的決定。身為臣子，不管有多大權勢，能辦到的事都是有限的。要改變皇帝的想法，需要做相當耐心的努力，有時甚至要使用威嚇的辦法。

在迫近年關的一次召見時，穆彰阿帶著沉痛的面孔，這麼上奏說：「關於邦家的財政、軍事力量和民生，陛下已有深刻了解。乾隆大帝的偉業，垂惠於二億生靈。而今皇上撫育著四億臣民，以天下不變之財富，養活加倍之人口，不如意之處在所難免，臣等日夜痛心。幸而民心穩定，治績卓著，此皆由於皇上的聖明。聊撫寸心，咸感聖恩。惟維持眼前之太平，應當說已達人力之極限。如大堤之一角一旦微有洞孔，則滿河之水恐將成爲怒濤湧來。」

「卿想威嚇朕嗎？」道光皇帝說。

「不敢，奴才不過是誠實地說明現狀。無業之貧民，今天爲數之多，皇上也有所知。如僅是餓民之群，尚無大慮。但由於某種契機，說不定會變爲流寇之集團。奴才最擔心的就是這種『契機』。」

「不讓貧民變爲流寇，不是採取了種種的措施嗎？比如說，禁止設教……」

「由於皇上聖明，目前尚無大事。但奴才剛才已經稟奏，疆臣（督、撫）們已費盡心機，達到他們的力量之極限，如有某種可怕的契機，那就……」

「你是說，遇事不要過分，不要造成不好的契機嗎？」

「如皇上聖察。」

道光皇帝並不愚笨，他已懂得穆彰阿的意思是不要和英軍造成事端。但他已習慣於把南方海口的事件，和新疆或西藏等的邊境問題同等看待。英國艦隊出現在天津洋面時，因爲靠近北京，他才有點慌張。但現在問題已轉移到遙遠的廣東。

「廣東南部的事件會成爲卿所說的『契機』嗎？那兒離得很遠嘛！」

「在愚民中間，消息的傳播是非常快的。奴才聽說江南地方的愚民以定海的戰事爲契機，還是結成了相當大的幫夥。」

清王朝是由爲數極少的滿族統治著全中國，他們最怕漢民族利用各種形式團結起來。所有的結社，不論是宗教的還是經濟的，或者是以互助共濟爲目的的，均受到監視，凡被認爲具有危險性的均加以禁止。如白蓮教就遭到了武力鎮壓。

清王朝最警惕的是人民結黨，據說現在江南地方已有了這樣的徵兆。

「應當迅速鎮壓這些暴徒！」道光皇帝說。在他的眼裡，成群結夥的民眾都是暴徒。

「早已嚴密監視。不過，他們是祕密地搞結社活動，很難掌握他們的實際情況。在那個地區同英軍發生衝突以後，這種動向才顯露出來。」

「所以才解除了伊里布的總督職務，讓裕謙來擔任嘛！」

「是的，裕謙會嚴厲鎮壓的。不過，對外問題再發生麻煩，這方面的工作自然就會疏忽，有可能發展到不可收拾的地步……」

兩江總督原來由伊里布兼任，現在已由江蘇巡撫裕謙代理，伊里布僅以欽差大臣的身分，專門處理夷務。

裕謙是蒙古鑲黃旗人，雖是文官，但以成吉思汗式的蠻勇而聞名，一旦要鎮壓起人民，他將會充分地施展他的蠻勇的。不過，如果要和英軍打仗，那就顧不上鎮壓暴徒了。

「恕臣直言。」軍機大臣王鼎從旁抬起頭來說道：「關於江南暴民結社的事，據臣所聞，實際是在今年夏天定海之戰時，官兵棄城逃跑，英夷占據該地，人民憤慨，在忍無可忍的情況下，結黨抵抗英夷。依臣愚見，此非背叛天朝，而是出於人民義憤，結黨報復英夷，可謂忠義之士，鎮壓則不合道理。」

「舟山的農民和漁民襲擊英夷，朕也有所聞。」道光皇帝的語氣中帶有同情。

穆彰阿好似要打消皇帝的這種同情，急忙說道：「不論是懷著什麼目的聚集的，既然結了黨，將來向什麼方向發展，那是令人十分擔心的。拿當年白蓮教之亂來說，最初是以宗教目的結社的，後來終於發展到造反作亂。」

「我知道了。就是說，不要給他們契機。」道光皇帝已經疲乏了，向兩位軍機大臣都說了妥協的話；利用這個辦法打斷了這個麻煩問題的繼續爭論。

王鼎對皇帝的話中包含著對江南結社的同情而感到滿足，穆彰阿也認爲讓皇帝理解了對外糾紛的可怕性，在一定程度上達到了目的。

3

穆彰阿回到家裡不一會兒，昌安藥鋪的藩耕時就來了。這是年底繁忙的時候，如果沒有相當重要的情報，藩耕時是不會來的。

「是關於江南結黨的事情。」藥鋪老闆說。

「哦，今天早上皇上召見的時候，也討論了這個問題。聽說組織已經擴展得很大。是這樣嗎？」

「是的。結黨原來是以王舉志爲核心，一向嚴格保密，過去很難了解其內情……」

「現在了解了什麼情況嗎？」穆彰阿焦急地問道。

「組織一擴大，保密就不容易了，現在比以前容易了解多了。」

「說吧！」

「王舉志的行蹤過去一向是個謎，最近才逐漸地了解了他過去的一些行動。幾年前他曾去過廣東，當時他在廣州就住在金順記。」

「哦，又露出了連維材這條線……說不定還可以搜尋出林則徐的線呢！」

「目前還辦不到。不過，這種可能性還是有的。」

「不管怎樣，江南的結黨要好好地調查，增加點人也可以。」

「如果能確定林則徐同王舉志有關係，那就可以作爲徹底搞垮他的最好武器。林則徐雖然已被革掉了總督的官職，但他在廣東的聲望還很高。不，他甚至在全國也有聲望。在朝廷還有王鼎的大力支持，這樣的人是很不容易搞掉的。」

道光皇帝看來對林則徐也還有戀戀不捨之意。從某種意義來說，儘管皇帝傾向於強硬主張，也並非那麼可怕。不管他在宮廷內怎麼大聲叫喊，如果沒有人去執行皇帝的意圖，那也等於是畫餅。

絕不能讓林則徐東山再起——穆彰阿一想到林則徐，就心煩意亂起來。他說：「給你們增加人，做不出實際成績，那也等於是白搭！」

「是這樣的！……」藩耕時膽戰心驚地抬起低下的腦袋，瞅了瞅軍機大臣的臉。

「廣州就投入了大量的人力和金錢，林則徐的聲望不但沒有降低，反而提高了。」

「現在那邊的人正在盡最大的努力提高琦善大人的聲望，抵消林則徐的聲望。」

「不只是廣州，就連北京也把林則徐當作英雄到處傳頌。」

「是的，看來這是不定庵的吳鐘世那些人進行了活動……」

「那傢伙有那麼多活動資金嗎？他們能像我們這樣投入這麼多的人力和金錢嗎？」穆彰阿認爲人的聲望是可以用財力來左右的。

「愚民們總是喜歡那些活躍的人物……」

「在皇上所在的北京，也要大力宣揚林則徐是亂臣賊子，這一點絕不能懈怠，明白了嗎？已經給了你們大批的錢，希望不要敗在不定庵的那些書生的手下。」

「不過，聽說不定庵的活動資金也是相當充裕的……」

「什麼！他們的資金是從哪兒來的？」

「聽說吳鐘世和連維材有著特殊的關係。」

「哼，又是連維材！……」穆彰阿皺起了眉頭。

棋盤上的布局已經愈來愈清楚了。對手是對外強硬政策的實踐者，看來是把林則徐當作一塊招牌，在財政上進行支援的是金順記的連維材，負責情報宣傳的是不定庵的吳鐘世，在煽動民眾方面也許還加上一個王舉志。

按這種布局發展下去，將會是怎樣的結局呢？對外強硬主張——戰爭——國家財政破產——王朝威信掃地——統治權力削弱——暴徒猖獗——反朝廷運動興起……如果拱手投降，清朝就會垮臺。這樣，穆彰阿就必然會失去一切。他那向上斜吊著的小眼睛抽搐了起來。

「現在是關鍵的時刻，一定要認眞地給我幹！」他用手指頭戳著藥鋪老闆的鼻尖，大聲說道。

「小人知道了。」

「看來是勁頭不足，連默琴的下落都找不到！」

「慚愧！慚愧！」

「龔定庵……這傢伙不能寬恕！一定要想個什麼辦法……」

龔定庵這傢伙竟然搶去了自己寵愛的女人。一想起這傢伙，他就怒火中燒，渾身顫抖。而且這傢伙顯然是屬於敵對陣營的。

藩耕時回去之後，穆彰阿給琦善寫了這樣的信：正採取各種辦法，改變皇上的想法。前信已經說過，皇上仍然堅持強硬政策，上諭已到達廣州。但在當地，仍希一如既往，以妥協讓步謀求和平。給北京的奏文，要小心注意。具體說，爲權宜起見，字面上要表現出強烈要求採取強硬政策的情緒，然後強調英國兵力的精銳和我軍的軟弱。不要老實彙報在當地的妥協或讓步，能隱瞞的就儘量隱瞞。此事將相當困難，但對您的努力寄予了很大的期待……。

4

「要跟林則徐商量！」──琦善讀到上諭中的這一條，露出一副很不高興的面孔。可是，既然是上諭，那就不能不去敲林則徐的大門。

「穆樞相在北京怎麼搞的！」他帶著不滿情緒，勉勉強強地朝高第街走去。

上諭是一月二十日送到的，按陰曆來說，已是年關了。

「今後想聽聽您的意見，請予協助。」琦善雖到了林則徐的臨時寓所，但只是說兩句客套話，走走形式，很快就離開了。

按照當時的習慣，高級官員的同僚來訪，一定要去回訪，表示答謝。琦善走後，林則徐去了總督府。不過，他沒有入內，到了門口就回去了，只是要琦善的幕客轉達他來回訪答謝。

琦善顯然沒有眞心要跟他商量的意思，而且在態度上也表現出來了，所以林則徐也只是這麼跟他應酬應酬應酬。

「材翁，這些天叫你受拘束了吧？不過，已經沒有必要再藏在這兒了。」林則徐跟連維材說。

鮑鵬要逮捕連維材的表面理由，是連維材煽動林則徐。林則徐的罪名雖然未定，但皇帝已經命令琦善跟他商量事情，這就表明林則徐的行爲並不一定會遭到否定，所以連維材暫時也不會受到追究。

「我從未想到不能外出是這麼難受。」連維材臉上露出高興的表情，彎著胳膊，捶了捶自己的肩頭。

「馬上出去看看嗎？」

「出去，想看望一個人。」

連維材好久沒有外出了。他坐著轎子，朝石井橋走去。他想看望的人是西玲。他把西玲從李芳的家中叫出來，一塊兒走在鄉間的小道上。

「今年發生了多少事情啊！」西玲回顧即將過去的一年，好似很爲感傷。

「確實是激烈動盪的一年。不過，來年將會比今年更爲激烈……是戰鬥的一年！」

「戰鬥的一年？」西玲把連維材的話重複了一遍，緊瞅著連維材的臉。

「對！」連維材點了點頭。

「你好像愛上了戰鬥這個詞似的。」

「你這麼看嗎？」

「當然這麼看！你這個人好像生下來就是爲了戰鬥。」

「我不是軍人。」連維材明明知道西玲的意思並不是指戰場上的戰鬥，但他還是這麼說。在目前緊張的形勢下，他確實感覺到戰鬥的來臨。不過，面對著西玲，他感到另一種戰鬥。

來到一棵大榕樹的下面時，他突然把西玲摟進自己的懷裡。

「你要幹什麼呀？」西玲氣喘吁吁地說，但她並不想拒絕。

「這也是戰鬥。對我來說，是重要的戰鬥。」

西玲的面頰感覺到連維材呼出的熱氣，她閉上了眼睛。接吻之後，她用嘶啞的聲音說：「這是戰鬥嗎？……我不喜歡血腥味。對了，我對你感到不滿足的就是這個。」

「沒有鮮血的愛情是……」

「不，有的，應當有，還有比血更溫暖的東西。我希望爲它所擁抱，這就是女人的心吧！」

「難道我不懂得女人的心嗎？」連維材認眞地看著西玲。

「在你的眼裡，我和英國的軍艦是一樣的吧？你說，是這樣嗎？」西玲搖著連維材的身子。

「跟英國人打仗會失敗的，我打算失敗之後去開闢道路；跟西玲戰鬥，我也會失敗的，我想失敗之後就把臉埋進你的乳房……」

他們倆一次又一次地擁抱和接吻之後，又慢慢地向前走去。

到了石井橋的祖師廟附近，民房就漸漸地多起來了。祖師廟前的廣場是村民們休息的場所，也是他們娛樂的地方，節日裡在那裡演小戲，平常的日子村民們三五成群地在那兒晒太陽、閒聊天。

在石階下，連維材險些踩到一個人的身上。這人仰面朝天地躺在地上，身上穿的是一條痲袋，痲袋上開了三個孔，腦袋和兩隻胳膊分別從三個孔裡伸出來。但這是一條破爛不堪的舊痲袋，從胸口到腹部裂了一個很大的口子，露出了肌膚。

這裡雖是南方的廣州，到了臘月，風還是相當寒冷的。這人的肌膚大概是堆積著汙垢的緣故，已變成鉛灰色。那簡直不像人的肌膚，最顯眼的是清晰地露在胸部的那一根根的肋骨。

「是死人嗎？」西玲緊緊地抓住連維材。

「還活著，你看！……」連維材指著那人說。

那人的腹部在微微地上下顫動，證明他還在呼吸。

「太可怕了！……」西玲用膽怯的聲音說。她第一次看到這樣的臉。

在深陷下去的眼窩深處，那人睜著兩眼，仰望著天空，中午的陽光看來也沒有使他那失神的眼睛感到晃眼。那臉好像是骷髏上貼著一層鉛灰色的紙，令人感到不是活人的臉，根本看不出他多大年歲。像枯樹枝一般的手指邊，放著一根黑黝黝的廉價大煙槍。

「沒有死，也是個廢人，是一個在人生的戰鬥中失敗的人！」

「我們走吧！」西玲閉著眼睛，從旁邊走過去。

在廟門的一邊，圍攏著一大堆人。一個皮膚白皙的中年男人，顯然跟這附近被陽光晒得黝黑的農民不屬於同一個階層。他指手畫腳地跟聚集的人們說話。他白皙的臉上垂著稀疏的黑鬍子，厚實的嘴唇不停地在動著；他的話並沒有當地的口音，由於過於激動，嘴角不斷地濺出唾沫星。只聽他說道：

「琦善大人身兼欽差大臣和總督，確實是個了不起的人。爲了避免在咱們廣東打仗，大人可是操碎了心啊！我說各位鄉親，你們願意打仗嗎？」

「千萬別打仗啊！」一個老頭搖了搖頭說。

「對呀，恐怕誰都不願意打仗。一旦打起仗，田地就會荒蕪，就會妻離子散，吃不上飯，還要死人。死的可不只是軍隊啊！老百姓也會被子彈打死，被刀砍死……爲了不讓各位鄉親遭這個殃，琦善大人正在日夜想辦法，可不能忘了他的恩啊！」

從這個正在演說的男人身邊走過的時候，連維材低聲跟西玲說：「這裡也有戰鬥啊！」各種形式的戰鬥在連維材的身邊激烈地進行，只有生活在這樣的環境之中，他才能感到適得其所。

5

道光二十年的除夕。

在上海金順記後面的一間屋子裡，溫翰躺在床上，雪白的辮子垂在藤枕上。

王舉志坐在溫翰的身旁。他是聽說溫翰病了，跑來看望的。

「您似乎比我想像的要精神，我感到放心了。」他對著病人微笑著說。

「您特意來看望，實在不敢當。」從溫翰的聲音中，還是令人感到他衰弱多了。

「可不要勉強自己啊！」

「謝謝您，我現在也不願死啊！」過去支撐著溫翰的是一種希望——一種也許可以看到新時代的希望，因此他才活到現在。他希望親眼看到舊時代土崩瓦解，現在剛剛揭開序幕，他是不願死的。

他感到一陣眼花耳鳴。「真不甘心死啊！」——他在內心裡反覆地這麼說。

「剛才來的那位是誰呀？」在另一間屋子裡，李清琴問女傭人。

「那是王舉志先生呀，大家都稱呼他老師。」

「王舉志先生！……」清琴的眼睛突然一亮。

她正感到閒得無聊。她這個人如不幹點什麼事情，總覺得不甘心。她當前的任務是刺探金順記的情況和尋找姐姐的下落。

金順記不過是在做一般的買賣，姐姐一時也很難找到，她對這樣的工作早已感到厭煩了。正在這時候，她聽到了王舉志的名字。

在北京，清琴經常看到穆彰阿通過藩耕時給情報人員的指示。這些指示中，刺探王舉志的情況是一項重大的工作。她本人也在江南長期生活過，王舉志是什麼樣的人物她也是大體知道的。

「了解一下王舉志的情況。」——她心裡作了這樣的決定。即使沒有北京的指示，她對王舉志這個人也早已感到有興趣。

王舉志剛出金順記，背後一個女人的聲音把他叫住了。

「是王舉志先生嗎？」說話的人是一個年輕的女人。

王舉志記得這張面孔，給他留下的印象是，這張漂亮圓下巴的臉上帶有一種說不出的稚氣，剛才在金順記分店裡，這張面孔曾經從他的面前一閃而過。

「在下正是王舉志，請問有何貴幹？」

「我早就聽過先生的許多傳說，我希望能跟老師學習。」

「學習？我可不是開私塾的。」

「我叫李清琴。我希望了解這世上的許多事情，非常非常地想了解。沒有人能像老師那樣知道許多許多的事情，做過許多許多的事情。」

「這可太突然了，叫我不知道是怎麼回事……」

不過，王舉志的心裡這時已經明白。他聽溫翰說過，龔定庵的情人有個妹妹，也知道她跟北京的穆黨有聯繫。

「是想接近我吧！」——他心裡這麼想。

他也早已做了思想準備，他最近的行動一定會引起穆黨的注意。組織已經擴大，很可能已有奸細鑽了進來。不過，這麼露骨的接近方式，反而叫他感到很高興。他微笑著問道：「您打算離開金順記嗎？」

「唉，如果老師同意的話……」清琴兩手摁著粉紅色披風的領口，這麼說。

「如果沒有溫老先生的同意，我這方面……」

「我等於是不請自來的，只要我說走，誰也……」

「不過，事情也太突然了一點，再說，明天就是元旦，過了年之後再說吧。」

「是嗎？」清琴望著對方，說道：「那麼，我等著老師啦！一定來啊！」

清琴目送著王舉志的背影，這時突然有人叫自己的名字，那是令她懷念的聲音。她回頭一看，姐姐默琴站在那裡。

「啊，姐姐！……」清琴的眼睛一下子紅了，湧出了眼淚。

「清琴，你流什麼眼淚呀？」

確實是姐姐的聲音。可是，姐姐過去曾經這麼說過話嗎？清琴詫異地望著姐姐，這時眼淚順著她的面頰流了下來。看來默琴的態度也和以前不一樣了。

默琴一動不動地站在那兒。但是，她那樣子令人感到是極其牢固地站在那兒。以前的默琴整日裡戰戰兢兢，從來沒有腳踏實地、牢固地站立過，起碼跟清琴分別以前是這樣。

「姐姐是……？」清琴也跟平時不一樣，反而怯生生地這麼問道。

「聽說溫老先生病了，我來看望他。」

「那麼，姐姐現在住在什麼地方？」

「在一家書店裡工作。」

「工作？」

「清琴不也是非常喜歡工作嗎？」

「……」

「走吧！清琴是住在金順記吧？」

默琴未等妹妹答話，猛地轉過身，邁步走開了。清琴從來沒有見過姐姐的背影是那樣的高大。

「姐姐變了！……」——她心裡這麼想。

默琴是變了，一種堅定的自信心像一根粗大的鋼筋支撐著她的整個身心。

這時清琴不知怎麼想起了蘇州的連哲文，她的腦海裡一張接一張地浮現出哲文畫的畫。線條在奔馳，顏色在跳躍。而且，哲文凝視著畫的身影，震撼著清琴的心。

清琴這次敗在姐姐的面前了。她是在無意識之中向哲文求救，好像是被姐姐高大的背影吸引著似的，清琴走進了金順記上海分店的大門。

斷章之四

琦善爲英軍武器之可怕、技術之準確而嚇倒，慨嘆本國的海軍無用，他認爲這樣的軍隊打也白搭——琦善徹底悲觀了。

琦善與義律會談爭論的焦點是割讓香港的形式。琦善希望用允許英國人在香港居住的形式，不要在條約中明文寫出正式割讓。但義律堅決主張書面寫明正式割讓，寸步不讓。

這就是所謂「暗割」和「明割」的爭論。

1

琦善早已向義律祕密帶話，在舊曆年底之前將口頭接受義律所要求的條款。這些條款是：

一、割讓香港；

二、賠款六百萬元（一百萬元立即交付，餘款五年內分期交付。）；

三、建立對等的國交；

四、舊曆正月初恢復廣州的貿易。

這就是所謂的《穿鼻草約》的原型。當然，這是鮑鵬在琦善與義律之間多次奔走的結果。爲了加快通商正常化，義律覺得不能過分追逼清國方面，他的「回禮」是：

一、歸還舟山群島；

二、從占領的沙角要塞撤兵。

他認爲這樣也會使琦善在皇帝的面前保住面子，琦善的口頭接受是在北京的強硬上諭到達之前作出的。琦善赴任廣州以來，他採取的大方針就是妥協和讓步，但要儘量地拖延時間。義律爲了不讓他拖延，襲擊了沙角和大角。

由於這次戰敗，琦善只好接受了《穿鼻草約》。他自以爲已經頂到了可以拖延的極限，實際上他是被人打了腦袋之後，還被人逼問：「怎麼樣？」

他向北京送去了奏文，大意是這樣：

……英夷占領了沙角炮臺，攻破了大角炮臺，但很快就覺悟到自己的不是，感到懊悔，接著就提出了歸還定海，撤退艦隊兵員，同時獻出沙角炮臺。……他們希望蒙受天朝寬大之恩，准許通商，以資生計。貿易斷絕後，他們已舉國喪失生計。他們來自遠隔數萬里之國家，多年骨肉分離，其情也確實可憫。西洋夷人（葡萄牙人）久沐天朝恩典，准許攜家眷去澳門。英夷也希望能和他們一樣，泊船和居住於廣東外洋之香港島。如能這樣，將不赴他省尋求貿易。……

奏文沒有涉及賠償和對等國交的問題，只是委婉地提到要把香港澳門化，懇乞皇帝的「鴻慈」。

道光二十一年的元旦，陽曆是一八四一年一月二十三日。這一天，義律對舟山群島的占領軍簽發了有關交還該地方和撤兵的命令，這也許是他給琦善的新年禮品。

義律離開英國已近六年，他無法想像歸還定海將會引起本國的強硬派，尤其是外交大臣巴麥尊多大的憤怒。

「還得非我去不可嗎？」琦善向來賀年的鮑鵬這麼說。

「現在還說這個有什麼用！」鮑鵬的語氣很嚴厲。

義律早就要求會見欽差大臣、兩廣總督、文淵閣大學士、世襲一等侯爵琦善。口頭上已經獲得了妥協的承諾，因此，要透過代表清國的琦善和英國的特命全權大使義律之間的最高級會談，做出正式的決定。

讓鮑鵬送去的中文信中，義律稱自己是：大英國主派命欽奉公使大臣、水師副將、駐中華總管本國商梢（商人及商船）等領事。

琦善雖主張對英讓步，但並無崇外的思想。他對外國人具有當時中國人共同的看法，認爲是「犬羊之性的夷狄」，他希望盡可能不去見這些與犬羊同類的傢伙。

但是，對方通過鮑鵬不斷地強制要求會見。英國軍事力量的強大，他領教得太多了，爲了讓步，也不能不去聽一聽對方的意見。

「是嗎？沒有辦法……」他低聲地說。

「夷人比我們想像的要懂得禮節，沒有什麼可怕的！」鮑鵬鼓勵他說。

對欽差大臣進行鼓勵！不，用近於呵斥的語言對欽差大臣說話——鮑鵬對自己的力量感到完全滿意。不久前，自己不過是外國商館所雇用的一個小小買辦，而現在欽差大臣卻在自己的面前戰戰兢兢，幾乎是央求自己。

「不必害怕嘛！宴會已經準備好了，一切都包在我身上。」鮑鵬洋洋得意，簡直就像哄小孩子似的，一邊搖頭一邊這麼說。

他那雙重下巴上的線條，一會兒黏合在一起，一會兒又分離開來。鮑鵬本來就很肥胖，自從跟隨琦善回到廣州之後，長得更胖了。由於過度肥胖，身子不能隨意活動，他那慢吞吞的動作，看起來好像很有威嚴。

2

琦善磨磨蹭蹭離開廣州去蓮花城會見義律是一月二十五日，陰曆是正月初三，還帶有濃厚的新年氣氛。

從廣州坐船東行，經黃埔，從烏涌南下，出獅子洋就是蓮花城。從距離的遠近來說，恰好是位於虎門的入口穿鼻與廣州的正中間。

出發的那天，廣州的文武官員都到天字碼頭送行，只有林則徐沒有親自來，派去了代理人。前面已經說過，琦善接到上諭後，曾到林則徐的臨時寓所去打了招呼。第二天，林則徐接到琦善的一個正式通知，要他去參加會議。但林則徐對琦善的軟弱妥協極其憤慨，稱病沒有去。送行的時候又採取了同樣的手法。林則徐的胃腸本來不太好，但並不是什麼大病。

北京的穆彰阿聽了廣州的報告後，在皇帝召見談及林則徐的時候，總是向皇帝灌輸說：「林則徐體弱多病。」儘管王鼎表示懷疑說：「是這樣嗎？」穆彰阿還是說：「眞是這樣，廣州的人都知道，不信可以調查一下。」

穆彰阿知道皇帝對林則徐還有些留戀，他最害怕的是林則徐會東山再起。

附帶說一點後話，大約十年後，道光皇帝去世、咸豐皇帝一即位，穆彰阿就受到了革職的處分，而且「永不敘用」。

咸豐皇帝列舉事實說：「過去有人推薦林則徐，而穆彰阿屢次撒謊，說林則徐體弱多病，不堪錄用。」這是穆彰阿革職的原因之一。

林則徐以後雖被流放新疆，但後來再次被起用，甚至當上雲貴總督，十分活躍，事實證明所謂病弱不堪錄用完全是撒謊。

再說琦善來到了蓮花城，他採用的辦法是最傳統的款待；廣州人都知道他是想用酒肉來軟化夷人。

林則徐一月二十七日（陰曆正月初五）的日記上這樣寫道：

……聞是日琦爵相（琦善）在獅子洋邊之蓮花城，大宴英逆。巳刻，該逆兵頭十八人，番通事二人，夷童二人，並佛蘭西夷三人，隨帶夷兵五十六人，樂工十六人，鼓吹而來，與爵相相見，遂設滿、漢四筵，逆夷上座，署廣州府餘保純、廣州協趙承德於東西末座陪宴，夷兵及樂工給熟食，水手等給洋酒，食畢，該逆夷等俱至爵相帳前稱謝，乃忽大演槍炮，繼以鼓吹，始登舟去。義律與馬禮遜至爵相舟中私語移時，有明日再議之約。

表演射擊演習乃是一種威嚇。看來琦善因此而受到的震動，遠遠超過了義律的預想。

琦善於一月三十日從蓮花城返回廣州，第二天——三十一日，訪問了林則徐。林則徐在這一天的日記上寫道：「琦爵相來晤，盛言逆夷炮械之猛、技藝之精，又極詆水師之無用，言畢而去。……」

琦善爲英軍武器之可怕、技術之準確而嚇倒，慨嘆本國的海軍無用，他認爲這樣的軍隊打也白搭——琦善徹底悲觀了。

琦善與義律會談爭論的焦點是割讓香港的形式。琦善希望用允許英國人在香港居住的形式，不要在條約中明文寫出正式割讓。但義律堅決主張書面寫明正式割讓，寸步不讓。

這就是所謂「暗割」和「明割」的爭論。

另外關於賠款，琦善表示一定交付，懇求不要在條文中寫出來。「希望務必採用容易得到皇上批准的形式。」琦善反覆地這麼說，但義律認爲已經得到了香港。

3

琦善回到廣州，寫了奏文。

他首先列舉了沙角、大角的撤兵及歸還定海等事例，說明英夷比以前順從。接著就地勢、武器、兵力和民情四點，敘述我方不足爲恃。具體地說：

虎門的地勢於守不利，假如敵人想侵入，可以不必從炮臺的前面經過。——地勢對我方不利。

國軍的火炮不如夷船的炮多，彼此的威力也相差甚大。——我方在武器上也處於劣勢。

廣東的水師兵丁是從沿海招募而來，品質惡劣者爲數不少，如沙角戰後，竟逼迫提督，如不發特別津貼就要逃跑。提督典當自己的衣物，勉強給每人發二元錢，才使他們留防至今。由此也可了解兵心的一般。——兵力也不可靠。

廣東省漢奸甚多，動輒即爲夷人的小惠所誘惑。——民情也不穩固。

所列都是不利的一面，目的是讓皇帝了解仗是根本不能打的。不過，根據穆彰阿的建議，又補寫了兩句：目前應爭取時間，準備將來狠狠地打擊他們。琦善壓根兒就沒有要狠狠地打擊英軍的想法。

關於香港問題，寫成是允許英國人居住。

義律在會見琦善之後，立即在戰艦威里士厘號上宣布領有香港：

本官以一切職權在此宣布：有關香港全島的所有權、特許權、租借權及其他各種特權，不論土地、港灣、財產、勞役等，全部均已獻給女王陛下。……

三天之後，義律與伯麥聯名貼出告示，向香港島居民宣布：

根據天朝及英國政府雙方高級官員明白訂定之正式協定，香港現在已成爲英國女王陛下領土的一部分。居住香港之所有人民須知自己現在已是英國女王陛下之臣民，因而對女王陛下及女王陛下之官吏必須盡責、服從。由於女王陛下的仁慈，香港居民將得到保護，免遭一切敵人之侵害，實行各自的宗教儀式、禮法和社會習慣，合法財產及享有利益之自由將得到保障。……本政府之決定將隨時以另外之告示公布。各村之村長應負起責任，使居民尊重並服從政府之命令！

義律製造這樣的既成事實，迫使琦善簽約。如果正式簽約，事情就嚴重了。琦善只好僞稱有病，採取拖延戰術。義律早就不滿意清國方面的拖延，爲了儘快解決問題，決心再次發起軍事行動，並切實地做了準備。

水師提督關天培發覺英軍在作戰鬥準備，一再要求增兵和補給彈藥，均遭到琦善的拒絕。「如果增兵，會使英國方面產生誤解。」琦善不高興地這麼說。

在琦善於蓮花城設宴款待義律的一月二十七日那天，報告沙角、大角失陷的奏文到達了北京。道光皇帝火冒三丈，大發雷霆。

琦善的奏文是在還不知道北京的態度已變得強硬的情況下寫的，所以是一片避戰的論調，而道光皇帝早有主戰的情緒，當然使他大爲震怒。受過帝王教育的人一旦發起脾氣來，那是毫無辦法的，穆彰阿也無計可施。

即日發出了詔書，一般稱之爲宣戰詔書，但這不是現代意義上的宣戰詔書，恐怕應當稱之爲征討令。因爲皇帝認爲天朝就是整個世界，外國不過是屬國、保護國或進貢國，並不是應當對之宣戰的對等的國家；同英國的作戰和鎭壓西藏或新疆的叛亂同樣都是征討戰。

這個詔書的開頭寫道：「我朝撫馭外夷，全以恩義，各國果能恭順，無不曲加優禮，以期共樂升平。」接著羅列了許多憤怒的詞句，譴責英軍在定海「姦淫婦女，擄掠資財」，攻占沙角、大角，咒罵英軍「性等犬羊」，「神人所共憤」。最後「著伊里布克日進兵，收復定海，以蘇吾民之困。並著琦善激勵士卒，奮勇直進，務使逆夷授首，檻送京師，盡法懲治。其該夷之丑類，從夷之漢奸，尤當設法擒拿，盡殺乃止」。

在發出這個詔書的同時，又下了四道諭旨：

1. 琦善「交部嚴加議處」（和林則徐受到同等的處分，只是沒有革職），水師提督關天培先革去「頂戴」，戴罪立功。
2. 琦善先以廣東本省的官兵布陣。
3. 令江西省選精兵二千，速赴戰場。
4. 令湖南、四川、貴州三省向廣東派兵，總兵祥福等率各軍速行。

4

這當然不是近代國際法上的宣戰，所以穆彰阿也沒有覺得已經到了如此地步而感到絕望。他還在皇帝及皇帝的周圍施展他的那一套陰謀詭計，企圖阻止事態的發展。

道光皇帝的決心，實際上也並不像表面上所看到的那麼大。

在發出詔書的六天後，皇帝從琦善的奏報中知道收復定海和英軍從沙角撤兵，態度就稍微緩和了一些。於是對琦善下令說：已發出命令，要奕山、隆文、楊芳三人率兵赴廣東，難以取消此命令。軍兵雖去廣東，但對英夷要極力設法羈縻。

在過去的歷史書上，偶爾也可見到對琦善表示同情的看法。這種看法認爲，從客觀上來看，同英軍作戰是輕率的行爲，因此他對避戰所作的努力，應當給予很高的評價。

如果站在對琦善持同情看法的立場上，林則徐必然要受到相反的評價。

主戰派林則徐不是沒有覺察到對英作戰是輕舉妄動，就是明明知道還主張採取強硬政策。如果是前者，他就是愚昧無知；如果是後者，那他就成爲明知會失敗而還要進行戰爭的不忠之臣。

這個問題暫且放置在一邊，如從人物評價的觀點來把林、琦二人加以比較，林則徐顯然要傑出得多。

他們兩人都知道英國軍事力量的可怕。但從研究對方的態度來說，林則徐要認眞得多。他讓人翻譯外國的書籍，熱心地閱讀；凡有熟悉外國情況的人，他都高興地去向他們請教。

而琦善根本沒有作這樣的努力。他只是聽說了定海作戰的情況，看見了英國的堅艦巨炮，就產生了恐怖心理。即使有人建議他了解外國的情況，他也把人家頂回去，說什麼「天朝的大官怎麼能對外夷的事情一一地去研究！」——這些情況在前面已經說過。《道光洋艘征撫記》和《夷艘入寇記》上也都記載了這些情況。

林則徐從葡萄牙購買了大炮，增強了炮臺和兵船，訓練了水勇；琦善卻一心要撤除軍備。後來沒收琦善的財產時，發覺他家裡有一千萬元洋銀的現金，擁有八十多家當鋪、商號和倉庫。英國要求賠償鴉片的價款時，因爲沒收鴉片的責任是在林則徐，清朝政府企圖讓他賠償，曾經調查過林家的資產，透過調查才知道林家並沒有什麼像樣的財產。

資產的多少並不一定能作爲評價人物的標準，但還是可以作爲參考。

在起用人才這一點上，眞實地表現了琦善的爲人。他不信任當地的任何人，這是他器量狹小的證明。

在對英談判中他只使用鮑鵬。應當說，這件事完全暴露了他的無能與無知。

鮑鵬是何許人呢？他原來是顛地商會的買辦，一個因鴉片犯罪而逃亡的犯人。把一個被顛地當作傭人使喚的人，派去和支配監督顛地的義律打交道，當然要受到鄙視。

退一步說，不論一個人過去的地位如何，只要他有才能、很傑出，起用這樣的人恐怕也不能一概地非議，但鮑鵬這個人在人格上也是不可取的。

任何一種資料文獻上，都沒有把他寫成很好的形象。他的奔走實際上是對英國方面有利，應當說他是對英國最友好的人士。可是，英國方面的資料文獻上對他的評價也極壞。

乘坐在摩底士底號的少校曾寫過一部從軍記《中國遠征記》[1]，讓我們從其中引用一個例子：

……有一天，鮑鵬來到澳門，拜訪了舊主人顛地先生之後，去看望過去跟他做同樣工作的夥伴。過去的同事嘲笑他說：「你是個大人物啦！」於是鮑鵬跳了起來，伸出右臂，緊攥著拳頭，大聲地嚷說：「你們還以為我是個小人物嗎？你們還以為我是去買一斤米、一隻雞那樣的小人物嗎？不是！我是大人物！和平和戰爭都握在我的手裡。我打開這只手，那就是和平；我這麼一握，那肯定就要打仗。我是這樣的人物！」……有一個非常愛嘲弄這個傢伙的船長，他把一條骯髒的狗起名叫「琦善」，他只要這麼一叫狗，鮑鵬就跑出來說：「我要去告訴艦隊司令義律大校，你們把狗稱作琦善！」我不想再寫下去了，否則類似這樣的插曲，我必須要寫幾百個。……

只要讀一讀這段文字，就會明白鮑鵬是個什麼樣的人。他竟然在過去的同事面前大聲地嚷嚷說：

「我是個大人物！」

把一切都委交給這樣的人。由此也可以大體了解琦善這個人，琦善只不過是受穆彰阿的操縱。穆彰阿吩咐他「要徹底讓步，避免戰爭」，他完全照辦。

穆彰阿把北京氣氛的變化告訴琦善，指示他採取什麼對策，琦善按照這些指示去辦。有人說琦善是個老實人，從某種意義來說，也許是說對了。

在當時的中國，在報告戰果的時候，要誇大給敵人造成的損失，自己一方的損失要少說，這已是一般的常識。但琦善卻如實地奏報了沙角和大角之戰的損失。

不過，對他的老實也需要打折扣來考慮。他報告沙角、大角之戰的損失，其目的是讓皇帝了解英國武力的可怕。還應當想到，在割讓香港的問題上，琦善就未必是那麼老實了。

5

琦善的所作所爲，只是徹底地顚覆林則徐的政策和行動，反其道而行之。一個強硬，一個軟弱；一個增強軍備，一個撤除軍備；一個前進，一個後退；一個提出質問，一個則用酒肉去討好。

從琦善來說，這是例行公事，但林則徐的心情則很不平靜。

前面已經說過，他是個容易激動的人；他的房間裡貼著一張紙條，上寫「制怒」；他知道自己的弱點，所以把「制怒」當作座右銘，經常警戒自己。

對於琦善的來訪，他的答禮只是到琦善的門前遞一張名片而不進去；要他參加會議，他也稱病不去，這些事實都說明林則徐在用最大的力氣進行抵抗，儘量地壓抑自己的感情。

但是，當他清楚地知道琦善割讓了香港時，他的怒火終於抑制不住了。

當他讀到義律的告示，說什麼今後香港島民是英國女王陛下的臣民時，他一個人在房間裡大聲地喊道：「渾蛋！絕不允許！」

這張告示的抄文是連維材弄到手的，他讓彩蘭送到了高第街。

林則徐把巡撫怡良叫來了。他以前是總督，地位在巡撫之上。但現在林則徐不過是一介布衣，怡良雖然經常來拜訪林則徐，但那是他主動來訪，向林則徐說明形勢，請求指教。從林則徐方面來說，他現在已丟了官職，一次也沒有把巡撫叫到自己的寓所裡來過，這是當然的禮節。

但是，唯獨這一次林則徐忍耐不住了，他派人去請來了巡撫。

「這可是罕有的事！」——怡良帶著詫異的心情，來到了林則徐的寓所，彼此一見面，林則徐就遞給他一張紙，激動地對他說：「中丞（怡良）知道這個嗎？」

怡良沉住氣，沒有馬上回答。

林則徐緊接著又說：「中丞不是廣東省的巡撫嗎？這個告示可是在廣東省內高高地張貼出來的啊！」

「我知道……」怡良吞吞吐吐地回答說。

「已經知道了呀，那麼採取了什麼措施呀？」

「剛剛接到報告，正考慮對策。」

「這還用考慮嗎？首先該做的事不是很清楚嗎？要立即把事實上奏皇上！」

上奏義律對香港島居民的告示內容，那就等於說要彈劾琦善。

林則徐已被革職，失去了寫奏文的資格，如不通過怡良，就不可能把自己的想法傳達給北京的朝廷。

但是，僅做到這一點，他還不滿足。怡良回去之後，林則徐提起了筆，他要把自己的心情向人傾訴，不論是誰都可以。他寫道：

廣東之夷務，說來令人可嘆。和議之事，靜老（琦善字靜庵）不讓局外人得知，暗中委託白含章和漢奸鮑鵬，往來通信，其實人們皆已共知。……

接著寫了沙角、大角敗戰的情況，以及陳連陞戰死的經過等。又寫道：

……終於知道和議未獲批准時，局勢已完全潰散，無法收復，皆因靜老（琦善）一意主和，力說不可戰。……

北京不准和議的上諭已經到來，琦善不讓人看，但到處都有奸細，英國方面很快就會知道，他們一旦知道和議絕望，很可能會來進攻。

另外，關於賠償沒收鴉片第一次交付的一百萬元款，琦善已令怡和行伍紹榮籌措，對英國已答應賠償。但伍紹榮也是個很有骨氣的人，如果伍紹榮知道皇帝已指令拒絕交付賠款，他也絕不會出錢的，這樣，英國方面就可能指責違約，發動進攻。

情況已是如此，虎門各炮臺在彈藥、人員等方面卻完全沒有準備。令人不勝擔憂。

林則徐坦率地寫出了這樣不安的心情。

他放下筆，陷入了沉思：「這封信發給誰呢？」給揚州的魏源？北京的吳鐘世？還是給龔定庵？

他抱著胳膊，閉上眼睛。他的腦海裡浮現出最不適合接收這封信的人——他的妻子。林則徐的妻子在廣東省的北部南雄，他沒有把妻子帶到廣州來，是因爲他不願意把妻子放在這個政治鬥爭的廝殺戰場上。

他睜開眼睛，心裡想：「不！這封發洩憤懣的信，也許發給妻子最爲合適。……」

他再次提起筆寫道：「賢妻妝次。」

萬燈搖曳

「不，不會的，看來是敵人故意想裝做兵員眾多，大概是把居民也驅趕了出來，讓他們拿著燈籠。」

「哦，這是清國式嚇唬人的辦法吧！」

估計靖遠要塞裡只有一千五百名守軍，而燈籠的數目遠遠不止這些。簡直就像節日似的，各色各樣華麗的燈籠在搖晃著。

「這麼好看的景色，跟開戰前夕的氣氛不相稱呀！」義律低聲地說。

1

連維材從石田時之助那兒接到了英軍正準備再度進攻虎門的情報，其實這是他早已預料到的事。水師提督關天培也覺察到英軍的動向，向琦善求援。

連維材到虎門去看了看。關天培的桌子上放著一把酒壺，正在大口地喝酒。他一見連維材就說：

「你爲什麼到這樣騷亂的地方來呀？快回去吧！」

「我只是想來見見您！」連維材凝視著提督灰色的美髯，這麼說。

「是來作今生的永別吧？」提督往酒杯中斟滿酒，送到連維材的面前。連維材雙手捧著酒杯，一飲而盡。

「我帶來了大批的酒，作爲送給您的禮物。酒已經放在宿舍裡了。」

「那太好了，可以讓士兵們痛飲一下，我就不客氣地收下了。」

「除了酒之外，還送來了二十車火藥。」

「你是要我用這些火藥去戰勝英軍嗎？」

「不，只是讓您盡情地打一打……如此而已。」

「那麼，我就收領了。」關天培站起身來，走到窗邊。從那裡可以看到虎門的群山，他手指著窗外說道：「這大好的山河馬上就要染上鮮血了。」

連維材一直低著頭，沒有答話。

關天培好像改變了情緒，回到桌子邊說道：「快回廣州吧！不，如果可能，離開廣州城，躲到鄉下去過一段時候。」

「我聽從您的忠告。」

「不過，今天我很高興，見到你這樣的人，我的心情就平靜了，我想到我死了之後，還有人支撐著這個國家……希望您長壽。」

「謝謝您！」連維材低聲地表示了感謝。

關天培自斟自飲，喝得大醉，同樣的話反覆說了好多遍。

連維材聽從了關天培的意見，從虎門一回到廣州，立即去了城外。

石井橋附近人家的門上，都貼著紅紙春聯。一到新年，人們都要把春聯更換一遍。

西玲寄寓在李芳家。李家門上掛著的對聯寫著：

雨過池邊魚鼓浪，

風來花裡蝶尋香。

西玲一看到連維材，什麼話也沒說，只是一味地嘆氣。

「這個女人也變了！」——連維材心裡想。

究竟怎麼變了，他自己也不太清楚；而且西玲以前是什麼樣的女人，也很難說他已經清楚。西玲這個女人本來就是一個謎。因爲是謎，所以他才追求這個女人。正當他就要清楚的時候，就好像感到害怕似的，又把自己的心扉關閉了。

「我是來看望李先生的。」連維材說。

「李先生最近精神好多了。」

「那太好了。」

在進行這樣交談的時候，連維材感到一種奇妙的興奮。

這石井橋有著一種新春的和平氣氛，而虎門正刮著帶血腥味的風。他雖然來到了這裡，但他並不是按照關天培的忠告，躲到鄉間來尋求長壽的；他打算見了西玲之後，再回到廣州去。

他突然改變了主意：「我想在這裡暫住些時候，把承文、彩蘭也叫來吧！」

西玲帶著詫異的神色，瞅著連維材的眼睛。對她來說，連維材這個男人也是一個謎。

連維材感到就好像已經把車輪子推到了山頂上，以後車子就順著坡道一直滾下去，不需要從後面推動了。他所付出的努力的結果將會在今後展現出來，但他已經放手不管了；看或不看都是一樣。

歷史的車輪發出轟隆巨響落下的情景將是壯偉的。

但他有一種不忍看到這種情景的心情。

看望了李芳之後，在西玲的房間裡，連維材擁抱了西玲。他們長時間地擁抱著。西玲把臉貼在連維材厚實的胸脯上，但她並不理解胸脯裡面的男人的心；她聽到對方的心在激烈地跳動，不由得感到好似接近了男人的心，於是她在男人的懷中開始掙扎起來。

她也不想了解連維材。她覺得一旦了解，一切就會結束；她感到還是保持謎似的狀態好。

連維材摟抱著西玲，望著窗外。

窗外的風景好似和他的心情一樣混亂。窗子下面長著兩棵綠葉茂盛的香蕉樹，香蕉樹的中間可以看到梅花的樹枝，梅枝上開著淡紅色的花，而對面小山岡上的樹木都披著紅葉。

從季節上來說，現在是春天，但卻有著夏天味道的香蕉樹，同時又存在著令人想起秋天的紅葉。

他突然感到，自己想暫時住在這兒的心情馬上就會發生變化。

「現在應當忠實於自己現在的心情！」——他終於下了這樣的決心。他好像憐恤西玲似的，放開西玲的身子，說道：「寫信把承文和彩蘭叫來吧！」

2

「選拔精兵，速赴廣東！」——各地接到北京這樣的命令，迅速組成了遠征軍。不過，不是精兵。希望留下有用的兵，這恐怕也是人情之常；士兵的父兄不願把自己的子弟送往戰場，都暗中向當局行賄。

被選拔的大多是品質不太好的士兵，有的是窮人，有的是被父母兄弟看作是不可救藥的無賴之徒，一開始他們就抱著自暴自棄的心情奔赴廣東。

他們沿途掠奪，簡直就像一夥強盜。

當時江西道的禦史就在奏文裡寫道：風聞湖南兵去廣東，沿途騷擾，所過市鎮，居民多受其累。

在義律第二次進攻虎門之前不久，湖南和貴州的一部分援兵已經到達了廣州。總兵祥福率領的六百湖南兵和總兵段永福率領的一千貴州兵，分別部署在烏湧和鎮遠的各炮臺。

琦善在二月十二日又施展了拖延戰術，保證十天後正式簽字。

但是，這個保證看來已難以實現，朝議發生了變化，皇帝沒有批准《穿鼻草約》，義律也獲悉了這一情況。

所謂十天後，就是說二十二日到期。

英國艦隊在這之前早已開始集結，加略普號、薩馬蘭號、前鋒號、鱷魚號、硫磺號、復仇神號各艦已於二月十九日齊集虎門口。

威裡士厘號、伯蘭漢號、麥爾威厘號三艘戰艦以及都魯壹號、摩底士底號、皇后號、馬達加斯加號等運輸船也隨後到達。

預定二月二十五日全部集結完畢，所以決定開始進攻的日子是二月二十五日。

大艦隊的集結非常引人注目。關天培已發出了緊急報告，琦善也了解情況。

沙角、大角之戰令人有突然襲擊的感覺，這次在一定程度上是事先有所了解的。清、英雙方都在準備打仗。

沙角和大角的教訓是什麼呢？中國的守軍遭到了中國漢奸的襲擊。其原因之一，是琦善解散了林則徐所組織的水勇，造成了失業者。

巡撫怡良爲了防止這種情況出現，拿出賞金，企圖徵集沿海的民船。

可悲的是廣東省財源很少。英國人早已利用其有利的條件，把他們拉攏住了。不過，還有約二十艘民船跑來回應怡良的募集。

怡良這時想起了關在監獄中的軍人。這些軍人是根據以前林則徐到廣東赴任的途中，從江西省發出的逮捕令而逮捕的鴉片走私犯。幾名軍官曾利用其地位，幫助鴉片走私。他們至今仍關在監獄裡。

「他們在水師中工作過，跟沿海的漁民、水手關係親密。如果放他們到戰場上去立功贖罪，他們會感激奮戰的。」——怡良心裡這麼想，並且這麼實行了。

在獲釋去烏湧的原軍官中，有一個人叫梁恩升。他可不是像怡良所期待的那樣令人欽佩的人物，他並沒有決心要改惡從善。

「外面的世界蠻不錯嘛！」他大大咧咧地坐在烏湧的海岸邊，仰首望著天空，怪聲怪氣地說。只聽有人叫了一聲：「老爺！」他回頭一看，一個商人模樣的漢子垂手站在那兒。他問道：「幹什麼呀？」

「您想賺錢嗎？」

「嗯，倒也不那麼討厭。」

「有一句話想跟您說說，行嗎？」

「那要看什麼話了。」

「老爺過去的老朋友都在焦急地等著您哩！」那商人模樣的漢子這麼說，彎了彎腰。他是林九思——開綢緞鋪子的久四郎。他已從舟山回到了澳門。

「過去的老朋友？」梁恩升轉過臉來問道：「是販賣鴉片的那夥人嗎？」

久四郎朝四面瞅了瞅，然後小聲地說道：「嗯，是的。眼看著就要打仗了，清軍會吃敗仗的。是這樣吧？」

「嗯，會吃敗仗的。」

「那夥人跟在英國艦隊的後面，打算要塞裡的軍隊逃跑後，就把鴉片卸下來。」

「哦，是渾水摸魚，趁著混亂卸鴉片……」

「您已經想到了。不過，關於這件事，希望老爺能給個信號。」

「信號？」

「要塞裡的軍隊逃空了的時候，請您放一炮作爲信號。放空炮就行。」

「可是，那時候我也要逃呀！」

「不，不對您所在的地方放炮。」

「是受了英國佬的收買吧？」

「這個您就不用管了。您能同意嗎？有酬謝……」

「給多少？」

「請聽我說。」久四郎走到梁恩升的身邊，在他的耳邊小聲地說了些什麼。

梁恩升聽著聽著臉上露出喜色，但他很快就把它掩飾起來，故意裝作爲難的樣子說道：「這可是危險的事啊！還得多出一點錢！不，最好均爲鴉片的利潤。……」

過了不久，久四郎出現在湖南兵的兵營附近。他向前彎著腰，背後背著一個大包袱。從在日本的綢緞鋪裡工作以來，他已經習慣於這種姿勢。

久四郎的身後跟著四個漢子，他們都是同樣的姿態，背著同樣的包袱。在兵營旁邊的小樹叢前，他們遭到一個肥胖的下級軍官的盤問。

「你們是商販嗎？」

「是，老爺，是的。」

「來賣什麼的？」

「這……」久四郎瞅著下級軍官的臉，特別注意觀察了他的嘴巴。久四郎一向深信：人的貪欲往往表現在嘴邊。他在下級軍官的嘴邊看到了一種庸俗卑下的表情，於是他小聲地說：「我想你們會買便服的吧？……」

「便服？我們這兒只有軍隊。」

「不過，老爺，到了萬一的時刻，便服也有用呀。」

「萬一的時刻？」下級軍官兩眼盯視著久四郎，他面頰上的肌肉慢慢地鼓脹起來，露出一種邪惡的微笑。

「是的，我是這麼想的。」久四郎故作天眞地這麼說。

「有道理！」下級軍官收斂了笑容，嘴巴撇成「八」字形。

打了敗仗逃跑的時候，穿著軍隊的制服是很危險的，既會遭到敵人的狙擊，也可能被自己的督戰官斬首。在這樣的時候，最好是改換便服。遠從湖南來的軍隊並沒有帶便服來。

「不久前打的那一仗就是這樣的，據說英國的軍隊是不打老百姓的。」久四郎說。

「嗯。……不過，多少錢？」

「大賤賣，最上等的棉布做的，一百二十文。」

「價錢還可以。不過，你帶來了很多呀？」

「我想你們會買很多的。」

「那麼，我去問一問還有沒有人想要。」

「那太好了。」肥胖的下級軍官走進了兵營，不一會兒帶來了二十來個士兵。

「你要一百二十文，不還你的價，也不用看貨了，我買下啦！」下級軍官遞給久四郎一百二十文銅錢。

久四郎像蒙受賞賜似的，雙手接過銅錢，說道：「謝謝！請您稍微等一等。」

五個賣便服的商人都把包袱放在地上。久四郎在自己的包袱邊蹲下，解開包袱，拿出一套便服，說：「對不起，讓您久等了。這可是上等貨啊！」

可是，下級軍官並不接衣服，卻說：「我要全部。」

「全部？全部有二百套啊！」

「二百套也好，三百套也好，統統都要。」

「那可要二兩銀子。」

「不對，你說了一百二十文買全部。」

「這是哪裡的話！」久四郎吃驚地仰視著對方。

二十多個士兵早已把五個賣便服的商販圍住。其中一個士兵手裡拿著大刀，不斷地瞅著刀刃。這些黑皮膚、大眼珠的士兵們露出雪白的牙齒嘻嘻地笑著。

肥胖的下級軍官冷冷地說道：「我問你全部多少錢，你回答說一百二十文。」

「這樣糊塗的……」

「現在你想反悔嗎？」士兵們從四面逼上來。

久四郎面色蒼白，其他的四個人也顫抖起來。

「同意不同意？」拿大刀的那個士兵大聲地吼叫著。刀身閃閃發光，杵在久四郎的眼前。

「饒命！饒命！……」久四郎拱手作揖，說：「是，是，同意……」

「那就滾吧！錢已經付了。」下級軍官洋洋得意地說。

久四郎等人丟下包袱，拔腿跑了。跑到烏湧的海岸邊，他才朝地面上吐了一口唾沫，罵道：「叫這些兔崽子中了英國的炮彈死了得啦！」

不過，久四郎實際上並沒有什麼損失，因為被搶走的那兩百套便服，本來就是英國商人顛地免費提供的。有了逃跑用的便服，士兵們就會一心想著逃跑，士氣就高不起來，這樣就會減少英國方面的損失。英國商人看準了這一點，同義律商量之後，想出了這條妙計。總之，只要能把便服留在清軍的兵營裡就行了。久四郎他們已經達到了這個目的。

「得啦！算了！」久四郎一邊擺弄著一百二十文銅錢，一邊恨恨地這麼嘟囔著。

3

「英軍開始進攻的日期定在二月二十五日。」——石田時之助從澳門發出的信鴿，把這個情報送到了廣州的金順記。承文和彩蘭被連維材叫到石井橋時，帶去了這個情報。

「還有三天啊！」連維材低聲地說，他的臉上幾乎毫無表情。

「這裡很安靜，太好了。」承文一邊看著窗外，一邊這麼說。

「你也有了喜歡安靜的心情嗎？」連維材一邊飲茶，一邊望著兒子的側影。兒子臉上的表情一直很嚴肅。

「令人感到很開闊，我非常喜歡。因爲我長期被監禁在狹窄的地方。」

「你應該帶著彩蘭去散散步。」

廣東二月的景象是異常的，拿李芳的宅院來說，那裡有香蕉樹、梅花，還有遠處的紅葉作爲襯托。承文和彩蘭兩人一邊觀賞著這種春、夏、秋交雜在一起的氣氛，一邊在村子裡漫步。

有在門前下棋的老人，也有在磨鋤頭的少年。一個中年的婦人肩上擔著扁擔，扭動著腰肢，走在狹窄的小路上，她是去擔水的。在棕櫚樹下，三個光著肩膀的小伙子在練拳。

兩人沒有理睬，走了過去。「小孩子太多了！」彩蘭說。

「一個勁地生孩子嘛。」承文指著路旁的房子。那是一間用竹子搭成屋架、用泥巴糊的小房子，屋簷已經傾斜，從敞開的門口可以看到屋子裡面。僅看到的就有四個孩子，他們正在擲骰子，大概是學著大人賭博呢。承文說：「這樣的人家究竟能養活幾個人呀？」

「爸爸說過，」彩蘭回答說：「中國人應當大批到國外去。我們的國家因爲人口過多而發生了困難，而麻六甲、爪哇這些地方卻由於勞動力不足而苦惱哩。」

「你爸爸在國外待過，所以很清楚情況。」

「承文，你想去國外嗎？」

「也不是不可以去……如果你能跟著我一塊兒去的話。」

彩蘭沒有答話，笑了起來。她對承文的話似乎絲毫也不介意。

「我爸爸說，」承文說：「與其到國外去，還不如在國內從事能養活更多人的工作。他好像正在尋找這樣的工作。」

「有這樣的工作嗎？」

「有呀，同外國的貿易如果能更加興盛，就要大量製造外國想買的東西來出售。現在茶葉一項就爲幾十萬人帶來了工作。肯定還有其他的產業，要去發現它。」

「對，要發展同外國的貿易……我爸爸也說過這樣的話。他說只是在廣州進行貿易是不夠的，這樣的時代一定會到來，祖父所在的上海也必須要變得跟廣州一樣。」

「當官的都墨守成規……所以要打仗。爸爸好像是期待著打過仗之後的改變。」

「可是，打仗要死人呀！」

「這樣的過程看來是不可避免的……這樣才能開闢出一條道路。」

「是爲了未來吧。美好的時代能到來就好啦！」

「我對未來也想過許多。」

「想過什麼？」

「這不是一兩句話能說清楚的……」

這兩個年輕人都有自己的未來，他們互相談論著。

在李芳的家中，連維材一直在考慮著眼前的事情。「當前該怎麼辦？」他原來打算在打仗的期間隱藏在這鄉間，但他現在的心情已經無法忍受這樣的生活。

石田時之助的信鴿除了帶來英國已經決定開戰的日期外，還報告了香港的近況。香港以前只有五千位居民，自從英國宣布占有之後，人口驟然增加，據說已近一萬人。

人們爲什麼往那裡集中呢？因爲那裡有工作可做，渴望工作的人太多了。

廣州一直遭到封鎖，英國商人只好以香港作爲貿易的舞臺。那裡已成爲清國威嚴的法令達不到的地方，也沒有像公行那樣壟斷貿易的機構，誰都可以在這裡作買賣，廣州二三流的商人已有不少人來到香港。

「要不要去香港看看？」連維材搖晃著肩頭，心裡想：「我喜歡即將開始創造的東西，而不是已有現存的東西。」他希望在一無所有的土地上開創新的事物，這塊土地就是香港。

他來到李芳的房間裡。李芳的病情已經好轉，已經起床在看書。

連維材跟李芳接觸，感到他像個透明的人，他想到西玲的話：「李先生沒有人間的煙火氣，所以一見到他，心情不由得就平靜了下來。……」

連維材人的氣味太濃了，連他自己也十分清楚這一點，大概因此而使西玲的激情無法平靜下來吧。

「李先生，」連維材鄭重其事地說：「本來我打算在這裡打擾一段時間，現在改變了主意。」

「是嗎？」李芳帶著安詳的笑容說：「會是這樣的。連先生不是安於閒居的人，我早就預料到先生很快會改變主意。」

「我想到香港去看看。」

「去香港嗎？……嗯，也可以嘛。不過，說實在的，我還是希望您再忍耐一下這種寂寞的鄉下生活。有時候脫離人間的戰場，靜靜地考慮一下問題，對將來也許會有好處的。」

「我也是這麼想的，不過，很難……」

「香港可能是一個很有吸引力的地方。不過，還是讓年輕人去香港吧，您看這個意見如何？」

「讓承文去？」

「對，讓承文君、彩蘭小姐他們去……香港是年輕的土地，適合於年輕人。」

「那我？」

「您待在這兒，哪兒也別去。您也曾經禁閉過承文君，承文君不是因此而很好地成長起來了嗎？我希望您也能進一步成長。」

「關提督也說過，要我多活幾年。」連維材歎了一口氣，他感到疲累。

「一件工作完成之後，應當休息一下。」李芳好似看透了他的內心活動，這麼說道。

4

海浪的聲音聽起來好似帶著哀愁。

在舟山島的海邊，香月坐在一塊岩石上，腳脖子浸泡在海水裡。

海浪打來的時候，起著白沫的海水一直浸到她的小腿上。她不時地動彈著雙腳，一會兒攪和著海水，一會兒用腳踢水，激起的水花濺到她的臉上。辰吉一直站在她的身邊。

「我希望你明白地說。」香月望著浸泡在海水中的雙腳，這麼說。

「我不是說了嗎！」辰吉猶豫了一下，接著說道：「只要你說要我留在這裡，我就高興地留下來；如果你要我回去，我就坐上英國船回廣東。」

「還有別的說法嗎？」香月仍然凝視著水面，風拂起她額前的頭髮，她閉上了眼睛。

辰吉坐在她的身邊，同樣把腳泡在水裡，連布鞋也未脫。他仰首望著天空，說道：「海潮的氣味眞令人懷念啊！我從小就在這海邊長大的……」

「懷念？如果是因爲懷念而要留在這兒……如果只是因爲這個，那就隨便留下吧。」

「香月！」辰吉咽了一口唾沫，「我說，我要明確地說！」

辰吉的手剛一觸及香月的肩頭，香月就勢倒在他的懷裡。他們的面頰互相磨蹭著。

「快說！……」香月低聲地說。

「如果你願意跟我一起生活……我就留在這兒。」辰吉在她的耳邊小聲地說。「爲什麼不答話呀？」辰吉一邊撫摸著她的頭髮，一邊問道。

香月沒有答話。辰吉感覺到少女在自己的膝頭上無聲地嗚咽。他的膝頭溼了，看來這不只是濺在香月臉上的水花的原因。

過了一會兒，香月仍把臉埋在辰吉的膝上，說了什麼話，但辰吉沒有聽清楚，問道：「香月，你說什麼呀？」這時她才仰起臉來說道：「可是，你還有工作吧？」

「不，我的任務已經完成了。」

「是嗎？」少女的臉上滿是淚水，她的眼睛像暈眩似地凝視著辰吉的臉。

二月二十三日——在廣東，英軍兩天之後即將進攻虎門。在這裡——定海，英軍已準備撤退。根據琦善與義律的協定，已決定將定海歸還給清國。

辰吉感到猶豫不定。如果隨艦隊一起返回廣東，可以再次見到像親哥哥似的石田。但這海島上有香月。

他和香月之間最初並不友好，香月甚至把他看作漢奸，對他十分痛恨；正是香月向王舉志的人告密，才把他逮捕了起來。但後來弄清楚他不僅不是漢奸，而且是負有使命、潛入英軍內部的勇敢的人，香月對他的看法當然也就變了。

辰吉一開始就爲她所吸引。他生長在海邊，他感到自己懷鄉的哀愁可以從香月的身上得到安慰。衝擊著舟山海濱的波濤，跟日本撫育他的鋪滿白沙的海灘是相聯的。

他深深地吸了一口氣。「逃走！」他下了這樣的決心。但一想到石田，心中的一角突然升起一團愁雲。可是，他的面前又有著這樣一位滲透著海潮氣味的少女。

辰吉已經過了很長時間的異國生活，但是，直到如今，不同的風俗習慣仍然在異國和他心中的祖國之間劃下一條界線。只有這海邊的景物和海潮的氣味，將會消滅這條界線。他感到通過香月將會使他成爲這個國家的人。

辰吉隱藏在老百姓的家裡。這時候，英軍的兵營裡由於準備撤退而變得一片混亂。儘管發覺了辰吉失蹤，但已經沒有時間去尋找他了。

「又叫他們給綁架了嗎？」「不過是個翻譯嘛，這種時候誰還顧得上他呀！」負責運輸的軍官乾脆對這個翻譯棄之不顧了。

傷病員早已提前送回麻六甲、新加坡或加爾各答去了，但以後又不斷地有許多人發病，首先需要讓大批的病人上船。「這個鬼島！」英軍是一邊咒罵著，一邊離開舟山的。舟山的居民們冷眼目送著他們離去。

二月二十四日，英國的運輸船隊離開舟山，向南開去。辰吉站在曾經飄揚過英國國旗的那座山岡上，久久地凝視著鼓滿風帆前進的運輸船的航跡。在他的身後，香月雙手抱在胸前，低聲地說道：「鬼子滾蛋啦！」然後緊咬著嘴唇。

同一天，在對岸待機行動的清軍隊立即乘上兵船，朝著舟山開來。辰吉從山岡上看到這種情況，狠狠地罵道：「這些膽小鬼！」他們是在敵軍撤退之後，企圖「不流血」而奪回舟山。

浙江的欽差大臣伊里布，通過廣東的同夥琦善的通報，預先已經知道英軍即將退走。他早已接到道光皇帝的命令，要收復舟山，但他爲了避免犧牲，只得等待著英軍撤退。

收復了定海，他立即奏報了北京，但道光皇帝並沒有寬恕伊里布的行爲。皇帝下了一道上諭說：「逆夷占據定海已達數月。朕命汝攻取定海，殲除丑類，以快人心。而汝觀望遲延，株守數月，英軍悉數起碇，望風遠竄之後，才收復定海，不能不謂庸懦無能之極。……」

伊里布因此而被剝奪了協辦大學士的榮譽稱號，拔去了雙眼花翎。接著又受到革職留任的處分，在今後八年中，如無過錯才能寬赦，以觀後效。儘管穆彰阿大力活動，但北京已經是一片主戰的氣氛。

5

不流血而收復了定海，這使得伊里布倒了大楣。而從定海撤退，也成了義律垮臺的原因。

不論是倫敦還是北京，都爲一片強硬的言論而沸騰起來。看來好像是離戰場愈遠，人們的態度愈強硬。英國艦隊出現在天津的洋面上時，北京的主戰論一度銷聲匿跡，軍艦開走之後，主戰論又重新高漲起來，由此也可以得到說明。

英國外交大臣巴麥尊對義律歸還定海大爲不滿，但是離開倫敦已近六年的義律並不了解這些情況，他自以爲走了最聰明的捷徑。

二月二十五日，義律在珠江口的威里士厘號軍艦上向全軍發出準備戰鬥的命令後，親自登上了先遣隊的復仇神號。

虎門的第一道關口——沙角和大角兩個要塞雖然已經歸還給清國，但要塞上的炮臺已經遭到破壞。大門口空空如也，所以英國的艦隊沿途捕捉民船，輕輕鬆鬆地開到第二道關口。

過了沙角和大角之間的安全地帶，東面有亞娘鞋島，清國的水師提督坐鎮在那兒的靖遠炮臺裡，指揮虎門水道的各營軍隊。

在這個亞娘鞋島與大角島之間，排列著兩個小島，稱作南、北橫檔島，要塞建在南橫檔島。大角島南端的大角炮臺，在上次的戰鬥中已遭到破壞，而在它北面的鞏固炮臺還完好地存在，那裡有數百名守兵。

義律因爲同琦善談判，曾到過最北面的獅子洋，那一帶的地形和防禦情況他早已偵察得一清二楚。弱點是在南橫檔島，那裡幾乎毫無防禦。

相反，北橫檔島的要塞在虎門的各個炮臺中最爲堅固，海岸上構築了壘起沙袋的陣地，全島到處都有砲台，連山上也築有舊式的小砲臺，細長的兵營行列，從西岸向長蛇似的圍繞著山上的小砲臺排列著。

在復仇神號的甲板上，義律指著南橫檔島說：「首先把那個島子拿下來！」偵察的結果，了解到這個島上有著附近的炮臺的大炮射程達不到登陸點。

在林則徐當總督的時期，南橫檔島的周圍平常都有兵船，不是炮臺上的炮，而是兵船上裝載的炮保衛這個島，所以當時露不出弱點。

可是，琦善聲稱要避免英國誤解，把兵船撤退了，島子當然就裸露在敵人的面前。義律準確地看到了這一點。拿下南橫檔島，從這裡就可以很容易地進攻北橫檔島，也可以向東、西兩面進行監視。江中的障礙物早已被琦善清除，但不少地方還殘留著用鐵鍊系在一起的木材。英國艦隊一邊清除這些障礙物，一邊向南橫檔島靠近。

「林則徐留下的禮物，這就清除乾淨啦！」義律一邊看著掃海作業，一邊這麼自言自語說。他由旗艦改乘打先鋒的復仇神號，正是表明了他的信心。這時，他突然想到，定海的撤退計畫該是在順利進行吧。他做夢也未想到他會因此而被革職，他深信不疑自己現在所採取的策略是最好不過的上策。

他所策劃的不是打一場大戰，而是威脅廣州，把迫使琦善承認的要求變爲明文規定的條約。其結果就會正式恢復通商。這樣一來，鴉片就可以大搖大擺地進入中國，就可以把掠奪來的銀兩用來支持孟加拉的財政，英國對印度的統治就會平安無事。

不一會兒，英軍就在聖荷斯準將的指揮下，開始在南橫檔島登陸。諾爾斯大尉率領的皇家炮兵隊把三門曲射炮移到陸地上，馬德拉斯炮兵隊以及一百五十名馬德拉斯土著步兵隊相繼登了陸。

南橫檔島是一個裸露的島，所以登陸並沒有什麼困難。東面的亞娘鞋島的炮臺和北橫檔島的炮臺都例行公事地開了炮，但登陸的地點是在射程之外。擔任運輸任務的復仇神號也遭到了狙擊，只是在離它很遠的前方激起了水柱。

由《廣東報》轉載到《中國叢報》上的《從軍記》敘述當時的情況說：「清國軍隊極其警惕，把北橫檔島變成要塞，建造了防禦設施，可是未想到在南橫檔島的登陸卻未遭到炮火的攻擊，很輕易地完成了，這令人感到很不可思議。」

產生這樣的疑問是很自然的，不過，前面已經說過，守衛南橫檔島的前提不是靠鄰近的炮臺，而是靠兵船。現在這種兵船沒有了，不流血登陸也就不足爲怪了。

佔領了南橫檔島，就可以從那裡壓制北橫檔島。登陸的英軍徹夜構築了沙袋陣地，安放了大炮。

按照義律的作戰計畫，首先奪取虎門水道中央的南橫檔島，鞏固有利的地形，然後於第二天——二月二十六日拂曉，向虎門的各個要塞發起全面的進攻。

準備工作進行十分順利。到了晚上，關天培坐鎮的南亞娘鞋島的靖遠大炮臺以及其他各要塞的炮臺都熱鬧地開了炮。

「看來是信號炮。」義律跟伯麥準將這麼說。清軍缺少彈藥，在臨戰的前夕，當然不會向射程以外的目標白白地浪費實彈。

「不過，也很壯觀呀！」伯麥望著亞娘鞋島，這麼回答說。

夜景確實十分壯觀。要塞裡到處是燈籠的火光，一群群紅、黃、藍的燈籠在不停地移動著。

「那也是什麼信號吧？」

「不，不會的，看來是敵人故意想裝做兵員眾多，大概是把居民也驅趕了出來，讓他們拿著燈籠。」

「哦，這是清國式的嚇唬人的辦法吧。」

估計靖遠要塞裡只有一千五百名守軍，而燈籠的數目遠遠不止這些。簡直就像節日似的，各色各樣華麗的燈籠在搖晃著。

「這麼好看的景色，跟開戰前夕的氣氛不相稱呀！」義律低聲地說。

他在對岸燈火映照的波浪中，回想起曾在蓮花城見過面的敵軍將領關天培的形象。他感到眼前華麗燈火的饗宴跟這位捋著灰白的鬍鬚、樸實敦厚的武將很不相稱，沒有開戰他已經感到敵軍將領的可憐。義律已經打勝了——他不會打敗的，於是他想到了不會打勝的敵軍將領。

戰旗墜落

要塞的戰旗上繡著「龍心」兩個大字，但旗子也是無力地垂著，龍的精神也振奮不起來了。逃跑的士兵逐漸增多，有的軍官跟士兵一起，不，帶頭逃跑了。

「大勢已去啦！」水師提督關天培回頭看了看麥廷章，這麼說道。

1

靖遠要塞到處是燈籠的火光，司令部裡也燈火輝煌。

「關鍵是士氣！」水師提督關天培是這麼考慮的。不，他不得不這麼考慮。現在來談論兵員的多寡、武器的優劣已經無濟於事，琦善再也不會派來援兵，槍炮彈藥的補給也已經絕望。

事已如此，只有依靠士氣來戰鬥了。

連維材送來的酒，他分給了將士。後來連維材爲慰問前線，又送來了三千兩銀子。關天培決定把這些銀子也分給將士，每個士兵可以得到二兩銀子。

這個消息已經通知了全軍，全部銀子交給了一個負責後勤名叫何居桐的把總，由他去分配。

處理了這些雜務之後，關天培與游擊麥廷章對飲起來。麥廷章是廣東省鶴山人，他的官職雖是相當於校級軍官的游擊，但他因爲立有功勳，享有參將的待遇。跟關天培相比，他的個子顯得矮小，但他長得剽悍，性格直率。因爲他是當地人，關天培遇到什麼事情都與他商量。

「會有一些效果吧！不過……很少。」麥廷章說。他是指犒賞而說的，不過，他所說的很少，不知道是指賞金的數額還是指效果。

「是很少，我們盡力而爲吧！」關天培喝了一口酒，這麼說。

「連士氣也要用金錢來購買！想到這些，心裡不是滋味。」

「英國人拿出多少呀？」

「咱們無法相比。」麥廷章回答說：「他們爲了引誘沿海的年輕人，服裝費是三十元，月餉是十元……」

「月餉是咱們的一倍多呀！」關天培苦笑了一下。

清軍水師兵丁的月餉是三兩，義律爲漢奸部隊每人付出十元。這十元如換算成銀子，就是七兩多，正好是一倍多；而且還發服裝費，清軍裡是沒有這筆費用的。

「咱們也曾經給水勇發過六元月餉和六元安家費啊！」麥廷章說，就好像談論遙遠的過去的事情。

「不久之前還是這樣呀！」關天培撫摸著他灰白的鬍子說，「這是在林大人的時候開始的，而且也有經濟來源。這和今天的這三千兩來源於同一個地方……」

「金錢的事，咱們就不談了吧！」麥廷章這麼說，喝乾了酒杯裡的酒。

這天夜裡關天培久久不能入眠。他有一個八十多歲的老母親，母親那張滿布皺紋的臉始終縈纏在他的腦際。「在沙角戰死的陳連陞，把自己的兒子帶著一塊兒走了。……」他想到這裡，不由得想起了自己死去的長子。他的長子名叫奎龍，已經晉升到水師參將，但在吳淞營服役期間病死了。這是最近發生的事，至今他還沒有忘卻失去好兒子的悲痛。

「如果奎龍還活著……」關天培沉思著。不過，他恐怕不會像陳連陞那樣帶著兒子一塊兒去死吧！二兒子從龍今年十八歲，正在江蘇學習。前幾天關天培已給故鄉寄去了作爲遺物的紀念品，盒子裡只裝著最近掉下的兩顆牙齒和幾件舊衣服。

「什麼也不能留下了，最多也只能留下一個英勇的名聲吧！」關天培這麼想著，走出了司令部，望著大海，深深地吸了一口氣。

掛在天空的上弦月，就好似貼在天上似的。在黑色的大海遠方，隱約可以看到英國軍艦群。由於月亮的輪廓鮮明，它襯托出的艦影令人有一種不吉利的感覺。海面上不時閃著光亮，但已經聽不到炮聲了。南橫檔島已經陷入敵人的手中。

忠僕孫長慶在他的身後擔心地說道：「老爺，進來休息吧，老是站在這種地方會傷風感冒的。」

「傷風感冒！……」關天培眞想放聲地笑出來。

這時候，保管大量銀錢的年輕的軍官何居桐，在他那冷冷清清的房間裡，不言不語地抱著胳膊。

三千兩啊！

何居桐很窮，兩年前他在廣州就有了一個山盟海誓的情人。她是個可愛的姑娘，脖子上有顆黑痣。當他想到情人白嫩的皮膚上那顆像一滴水滴似的黑痣時，他閉上了眼睛。靠把總的薪餉是不可能讓這位美麗的姑娘盡情揮霍的，因此遲遲地還沒有結婚。

「可是，有了這筆鉅款……」他鬆開了胳膊，嘆了一口氣。他走到窗邊，朝外面看了看。燈籠的波濤在晃動著，外面一片通明，而且有無數的人。這樣的夜晚不正是逃跑最好的時機嗎？到外面去誰也不會懷疑的。

「租一隻小船又能花幾個錢！」他考慮了一會，好像已下了決心，站了起來。

2

英軍占領南橫檔島後，連夜在山上構築了炮兵陣地。

二月二十六日拂曉——皇家炮兵隊的諾爾斯大尉命令向北橫檔島的清軍要塞開炮。瞄準無比準確。島子東邊的炮臺首先被破壞，木造的營房立即騰起了火焰，拂曉的天空很快染成一片火紅。

北橫檔島的要塞上懸掛著鮮紅的戰旗。因爲沒有風，戰旗沒精打采地垂在旗杆上。這面戰旗上繡著「獅心」兩個字，獅子的心終於不動了。旗竿首先燃燒起來，帶著漂亮穗子的戰旗悲慘地掉進火中，化爲灰燼。

預定一開炮，英國艦隊也同時進攻。可是這天早晨沒有一絲風，加上是大退潮，艦船無法開動。預定艦炮首先向關天培所在的靖遠要塞開炮，可是艦隊遲遲不進，可怕的、長時間的沉默，漸漸地使亞娘鞋島陣地裡的將士們焦躁起來。

進攻推遲是英國作戰參謀的失誤，他們對海潮和氣象條件的估計過於樂觀了。不過，從結果來看，反而發揮了使清國軍隊焦躁、削弱其鬥志的作用。

靖遠要塞裡的軍心已經動搖。答應發給的特別獎金不能發了，保管三千兩銀子的把總何居桐早已無影無蹤。「咱們給騙啦！」「不給錢，咱們就不打！」

到處都有壞人在公開地進行煽動。這座陣地裡也有郭標、歐振彪這些臭名昭著的無賴兵。他們專門在兵營裡開設賭場，抽頭兒賺錢。他們是爲了賭博賺錢才當兵的，壓根兒就沒有打算打仗。他們藉口不發獎金，挑唆其他的士兵說：「咱們怎麼能在欺騙士兵的長官下面打仗呢！」

關天培看到了兵心不穩，仰首望著天空。

「想用不必要的錢來買士氣，反而弄壞了事！」麥廷章直率地說。

關天培面色陰沉，一聲不吭。可依靠的只有士氣，士氣不振，豈不萬事皆休！

上午十一時左右，英國艦隊終於起錨，開始移動。戰艦伯蘭漢號巨大的船體慢吞吞地移動，輕快的皇后號像忠實的衛兵似的，緊跟在它的身邊。在大約一英里後面，戰艦麥爾威厘號也邁著蹣跚的腳步，跟了上來。擔任進攻靖遠要塞的艦船，除了這三艘，還有皮亞斯少校所指揮的三艘小炮艇，首先開炮的是皇后號。

第一發炮彈好像是信號，靖遠炮臺裡約二百門炮接連拉開了炮門，到處都激起了水柱。要塞裡的沙袋被打破了，沙子飛舞上天空，炮聲震耳欲聾。不過，伯蘭漢號和麥爾威厘號兩艘主力艦好像是蔑視這一切似的，一炮也不發，繼續前進。

伯蘭漢號前進到距要塞約六百碼時，下了錨，準備用舷炮射擊。那樣子就好像是一個巨人挽起袖子，伸出拳頭，說道：「我就要幹啦！」

五分鐘後，麥爾威厘號越過伯蘭漢號的左舷，又向前滑行了約二百碼，下了錨。兩艦一齊開始猛烈地炮擊時，要塞裡的守軍更加動搖了。

二百門炮不停地朝著海上的敵艦發射炮彈，有的擊中了船腹，有的炸飛了帆柱。但這種作戰方法並不是英勇奮戰，而是近似於自暴自棄的行動。

「逃跑者斬！」關天培向各處的指揮官下達了嚴厲的命令。但是，艦炮射擊一白熱化，手執軍刀的指揮官們就無法控制自己的部下了。

「他媽的！用二兩銀子來釣我們，叫他們騙了！……」不少炮手是一邊這麼想著，一邊胡亂地點火放炮。帶有強烈感情色彩的人，哪怕只有少數，也會很容易傳染大多數人。不滿情緒在傳染著。當炮彈揚起沙土、炸碎磚石、燃著房屋的時候，這種情緒愈來愈強烈了。

不一會兒，軍官已經無法掌握部下了。「呸！咱們就死在這兒嗎？逃吧！」無賴兵大聲地喚著他們的夥伴，而且用兇惡的眼光盯視著指揮官。指揮官面色蒼白──到處都發生了這樣的事情。要塞的戰旗上繡著「龍心」兩個大字，但旗子也是無力地垂著，龍的精神也振奮不起來了。逃跑的士兵逐漸增多，有的軍官跟士兵一起，不，帶頭逃跑了。

「大勢已去啦！」水師提督關天培回頭看了看麥廷章，這麼說道。

3

在靖遠要塞登陸的部隊是由聖荷斯準將擔任總指揮。這位擁有「薊章勳爵士」稱號的貴族軍人，在舟山時曾爲釋放俘虜的問題同清國當局打過交道。

這種登陸並沒有多大危險。陣地早已被艦炮打得體無完膚，守兵也大多逃跑了。如果登上背後的山頭逃跑，等於是把全身暴露在敵人的面前，就會遭到狙擊。所以逃兵們都成群地沿著山腳，朝著安巨灣邊的村莊逃跑。

可是途中有些地方沒有遮掩的牆壁，那些地方又恰好是對著伯蘭漢號軍艦，這些逃跑的殘兵敗將都變成了艦炮的餌食。黑色的泥土飛濺，人的肉塊四散狼藉。有的士兵跳進海中，準備潛水逃跑，眼看著就要逃到村莊的時候，也遭到了那兒的炮艦的炮火轟擊，死傷了許多人。

聖荷斯指揮的英軍是在這之後登陸的，所以登陸的戰鬥只不過是掃蕩殘敵。

守兵大半逃跑之後，水師提督關天培親自手執點火棒，繼續向海上的敵艦開炮。「能夠死得壯烈就好啦！……」站在旁邊的麥廷章這麼說

話剛落音，敵人的一顆炮彈落在麥廷章的腳下，黑色的土煙噴射到半空中。關天培伏下身子，飛起的土塊嚓嚓地落下來。這陣暴雨般的聲音停息後，提督爬了起來，揉了揉眼睛，他的眼睛裡進入了沙子。

地面被炸了一個大坑。離坑四、五米的地方，一個像是人的身體似的東西在燃燒。關天培跑過去，猛地撲在燃燒的人體上面，他想用自己的身體把火撲滅。但這已經徒勞無益了，衣服上的火撲滅了，而人已經斷氣。炸飛了一隻胳膊和一條腿，當然不可能還活著。臉的一半已燒得焦黑，但還可以識別出死者是誰。

遊擊麥廷章就這麼壯烈地犧牲了。提督凝視著麥廷章的屍體，他的臉也是烏黑的，因爲他親自充當炮手在開炮。他搖了搖頭，接著踢開掉在腳邊的點火棒，走進了已經崩塌的司令部。

司令部裡，老僕孫長慶帶著恐懼的神情，彎著腰，抱著膝頭，嘴裡嘰嘰咕咕地在說著什麼，也許是在向神明祈禱吧！「長慶，快逃！」關天培說。

「不，老爺！」孫長慶狠勁地搖著頭說：「我侍候老爺已經三十年了，我還懂得一個『義』字。我怎麼能留下老爺……」

「住口！」關天培大喝一聲，拔出軍刀，杵在孫長慶的面前說，「你照顧了我三十年，到了現在這樣的時刻，你不想完成我交給你的最後的工作，而要留在這裡嗎？要是這樣，我就斬了你！」

「最後的工作？」老僕臉上深深的皺紋中滿是汗水。

「把提督的大印送回去！」關天培把水師提督的大印扔在孫長慶面前。保護大印是無比重要的工作，如果發生了大印被敵人奪走之類的事情，那將被認為是永世難以雪洗的恥辱。所以提督把大印交給孫長慶，那意味著他已決心殉國了。

老僕捧著大印，說了一聲「我明白了」，就撲倒在地，放聲痛哭起來。炮聲仍然隆隆不絕。孫長慶好像跟這隆隆炮聲競賽似的，放開嗓門不停地哭著。

「你痛快地哭一哭，就快走吧！」關天培說後就轉過身子，朝著炮臺的方向走去。但他半路上停下腳步，側著耳朵靜聽著。

敵艦炮擊突然停止了，他急忙返回司令部，老僕還在那裡抽泣。

「長慶，不要磨蹭了！馬上就走！敵人就要登陸了。下了山崖，沿著長滿蘆葦的海岸逃走。」

「是。」孫長慶站起身來，搖搖晃晃地邁開了腳步。走了幾步又戀戀不捨地回過頭來喊了一聲：

「老爺！」

「不准再回頭！」關天培大聲吼著。他自以為放大了嗓門，其實他的聲音已經嘶啞了，硝煙已經嗆壞了他的嗓子。

艦炮射擊一直持續到登陸部隊上岸的前一分鐘，炮聲一停，就表明敵軍已經登陸了。

提督的身邊還有三十名士兵，他叫出兩名年輕的士兵說道：「你們跑步去追上孫長慶。他一個人我有點放心不下，你們跟著去吧！另外，讓他爲我傳達……關天培死的地點是在司令部的前面。」

炮聲停了，代替的是尖銳、短促，像雨點一般的槍聲。登陸的英軍胡亂地放著槍，朝著炮臺衝去。

關天培朝軍刀的把子上吐了一口唾沫，挺起了肩膀。人的腦子往往在沒有想到的時刻產生一些奇怪的思想，提督一向不服老，這時卻突然想到：「我也老啦！」

要想壯烈地犧牲也需要年輕活力啊！「好吧！」他使勁地點了一下頭，走到司令部的建築物前，把自己的背靠在牆上。

「死也得要根支柱呀！」他笑了起來。

石牆和臺階的拐角處已經開始閃現英軍的紅帽和鑲著金邊的軍服。司令部的牆上嘩嘩啪啪地響起子彈的撞擊聲，還夾雜著一種鈍重的聲音，那大概是子彈打進了牆壁上泥塗的脆弱地方吧！

這樣的聲音愈來愈近了。「就要到吃子彈的時刻啦！……」關天培已經疲累了，但他仍把背緊貼在牆上，叉開兩腿站著。他用靴子搔了搔腳下的泥土，站穩了腳跟。「即使身體被子彈打成蜂子窩，也決不能倒下！」——他心裡這麼想著。

他猛地感到右肩上像火燒一般地痛起來。「終於中彈啦！」

他把渾身所有的氣力都憋在握著軍刀的手指和踩在大地上的兩腿上。「怎麼能倒下呢？絕不能倒下！」他靜靜地閉上了眼睛。

4

英國兵看到關天培屹立在司令部的前面，亂糟糟地叫嚷起來。殘餘的敵人都把身子隱藏在人看不見的地方，唯獨這個傢伙耀武揚威地把全身暴露在外面！

「喂──！那兒還有一個人！」「握著軍刀，瞪著咱們哩！」

一個士兵把槍端在肩上，朝著關天培瞄準。

「停下！」年輕的軍官制止了士兵。

「爲什麼？」士兵把槍從肩上放下來，好像有點不服氣。

「那是一個勇敢的軍人。從他那鬍子和服裝來看，年歲相當老，一定是高級軍官，說不定是總司令關天培。」

「是要捉活的嗎？」

年輕的軍官搖了搖頭，拔出軍刀，說道：「這種方式有點陳舊了，不過，有軍人的氣概……」老軍人的意思是，寧可死在眞正的軍官刀下，也不願中無名小卒的子彈而亡吧！──年輕的軍官在想著這樣感傷的問題。

他拿著刀，跳上前去。對方仍然提著手中的刀，身子一動也不動。來到四、五米前時，青年軍官才發覺對方有點異常──從肩上、胸口往下流著血，臉上沒有一點血色。

青年軍官又向前走了兩三步，可以看清對方的眼睛了。眼睛睜得很大，但已經散了眼神。這時他才想到他是不是已經死了。

他謹慎地走到旁邊，把手輕輕地放到對方的肩上，搖了搖身子。關天培的背一脫離牆壁，水師提督的身子就像大樹一樣筆直地倒了下去。

在司令部的前面發現了可能是關提督的屍體——這個消息一下子在全體登陸英軍中傳開了。這時石田時之助作爲翻譯，乘最後的一艘小艇登了陸。

「石頭，你認識總司令關天培嗎？」聖荷斯準將問石田說。英國人把石田叫做「石頭」。

「當然不認識……」石田咽了一口唾沫，撒了謊，其實他在蘇州的時候就見過關天培好幾次。

「那就無法確認了。」聖荷斯說：「以後讓俘虜去確認吧！得啦，我們先去看看吧！」

石田也跟在聖荷斯的後面。關天培的屍體仰放在司令部的前面，聖荷斯脫下帽子，跪在屍體的前面，那樣子很有貴族的優雅風度。

石田透過聖荷斯的肩頭，瞅了瞅屍體。灰白色的漂亮鬍子——果然是關天培！石田的胸中掀起一股熱乎乎的感情，但沒有像他預想的那樣強烈，戰場上的死亡是不會帶有感傷情緒的。

「肯定是總司令關！」石田說。

「你怎麼知道？」聖荷斯回過頭來問道。

「您看那帽子！」石田指著滾落在旁邊的帽子說。

從官帽頂上的「頂戴」可以看出官職。提督是一品官，官帽上應當有珊瑚的珠子。這一點常識聖荷斯當然也有，他看了看那頂帽子，不要說珊瑚，連玻璃珠子也沒有安。

「不是什麼也沒有安嗎？」

「正因爲什麼也沒有安，所以才知道是總司令關天培。因爲沙角和大角的失陷，皇帝剝奪了他安頂戴的權利。」石田回答說。

「原來是這樣……」聖荷斯眼睛仍然看著屍體，站了起來。關天培曾接到一道上諭，剝奪了他的頂戴，要他「戴罪立功」。

「遺體要鄭重對待！」聖荷斯命令部下。

「聖荷斯準將閣下，我有一個要求。」一個軍官走到前面，敬了一個禮，這麼說道。他就是剛才的那位年輕軍官。是他想按軍人的精神，要同關天培決鬥，這才發現關天培已經死了。

「什麼事情？」

「能把總司令關的那頂帽子賞賜給我嗎？」

「哦，要帽子？」

「是的，是我最初發現總司令死了。爲了紀念這位勇敢的老軍人……」

聖荷斯定神地看著對方的眼睛，考慮了一會兒，回答說：「可以。」青年軍官拾起關天培那頂沒有頂戴的帽子，小心拂去上面的沙土，然後挾在自己的腋下。

石田奉聖荷斯司令官的命令，去探索亞娘鞋島的老百姓家中有沒有隱藏殘餘的敵軍。他走進了村莊，在村子裡到處轉悠。他不打算進老百姓的家裡，即使有清兵嫌疑的人，他也不準備去報告。他雖然身在英軍，但從未積極地協助過他們。

「島上老百姓的家裡沒有，他們大概逃到更安全的後方去了。」——他準備這麼報告。

他走累了，嗓子發乾。正好一家民房的前面擺著一條長凳，一個頭戴竹皮斗笠，身材魁梧的中年漢子在飲茶。長凳上擺著茶壺和茶杯。

「我想喝點水。」石田向那漢子說。

對方瞪了他一眼，沒有說話，只用下巴朝茶壺那邊指了指。這漢子穿著跟漁民一樣的粗布衣服，但態度傲慢，使人感到他那身服裝有點不合體。

石田倒了一杯茶，端起來正要喝的時候，屋裡走出一個矮個子、膚色黧黑、真正的老漁民。他看了看石田，帶著懷疑的神情問道：「你是……？」

「我是過路人，討一杯茶喝。」石田回答說。

「怎麼，這個人不是附近的嗎？」戴竹皮斗笠的漢子問道。

「是，是的。」老漁民彎腰回答說。

「我是到這裡來做買賣的。碰上了打仗，吃了大虧啦，揀了一條命逃出來的。」石田帶著解釋的語氣說。

「仗已經打完了。」戴竹皮斗笠的漢子說。

「是的。」石田答話說，「剛才聽說關提督陣亡了。」

「高級軍官活著逃回去，是要問斬罪的。」那漢子笑了笑說，「關提督大概是算計了一下，反正是死，還不如死在戰場上好，家屬還可以得到照顧嘛！」

一聽到「算計」這句話，石田的胸口像吞下沙子似的軋得難受。他想到了關天培的面孔。

「他會是算計了一下才去死的嗎？」石田問道。

「這個嘛，反正他是感到沒有希望了。不過，他還是傻呀。」

「為什麼？」

「還是有得救的辦法嘛！」

「是嗎？」

「馬上逃到後方去是不行的。先在島上躲藏一些時候，等事情平息了之後才回去……就說是潛伏起來，等待時機反擊，因為手下無兵，只好退回來。你看，這麼一說，不就保住面子了嗎？」

石田露出憎惡的表情，說道：「潛伏要花錢吧？不給窩藏的人、周圍的人很多錢，那恐怕……這是一般的士兵辦不到的。」

「嗯，也許是這樣。不過，關提督是可以辦到的，那位將軍太傻了。」

那漢子把竹皮斗笠往腦後挪了挪，用手背擦了擦額頭。他的右額上有顆大黑痣。接著他敞開了胸口，讓涼風吹進來。他的臉讓太陽晒得很黑，但胸口的肌膚是雪白的。如果是整天幾乎半裸著身子的漁夫，是不可能這樣的。這說明他平時總是穿著上衣。

在靖遠要塞堅守崗位而戰死的清軍只有二十人，其中一人就是水師提督關天培。

「打了那麼多炮彈，打死的人卻這麼少！」聖荷斯準將也好似大出意外，把這話反覆說了好幾遍。

在逃跑的途中死去的士兵很多，但這不能說是戰死。

5

留下堅持到最後、爲提督殉節的還不到二十人，而且英國方面的文獻記載爲「不超過一打人」。聖荷斯準將說戰死者太少，這也許不是出自對自己軍隊的戰果不滿，而是對丟下司令官的清國軍隊的憤慨。

虎門的要塞駐有江西來的軍隊，這個地方的士兵本來應是相當於日本的「九州男子」的勇士。這支軍隊潰逃了，官軍的腐敗可以說已達到了頂點。

「好鐵不打釘，好男不當兵。」——這句名言當時已經在人們的口頭上流傳。北京的命令是要派出精銳的部隊，而接到命令的江西省卻選一些滓渣送來。

有一個名叫朱琦的人寫的《關將軍輓歌》中說：

我軍雖眾無鬥志，荷戈怯立不敢前，
贛兵昔時號驍勇，今胡望風同潰奔。
將軍徒手猶搏戰，自言力竭孤國恩，
可憐裹屍無馬革，巨炮一震成煙塵。
臣有老母年九十，眼下一孫未成立，
詔書哀痛如雨注。

孫衣言的《哀虎門》一詩中也寫道：

黑夷卷席入平地，炮火夜落城樓前。
苦戰身死關將軍，坐視不救誰能憐。
廣州婦女向天哭，白骨滿地群羊眠。

關天培被士兵們丟下而死去。他所訓練的廣東水勇已被琦善命令解散，沒有在提督的身邊。不，其中的一部分人已投入敵人的陣營。

皇帝對關天培的戰死深感哀悼，使其入祀昭忠祠，並賜謚號「忠節」，讓其次子從龍世襲騎都尉之職。

昭忠祠在北京崇文門內，每年春秋的第二個月祭祠。同樣性質的賢良祠在地安門外的西邊。武將祀於昭忠祠、文臣祀於賢良祠，都被看做是最高的榮譽。日本有相當於昭忠祠的靖國神社，但沒有相當於賢良祠的神社。

關天培戰死的那天晚上，林則徐聽說虎門告急，和鄧廷楨一起趕赴總督府，會見了琦善，研究對策一直到深夜。午夜零時獲得了橫檔失陷的準確消息，他在日記上寫道：「徹夜未寢。」

林則徐第二天才知道靖遠失守和關天培戰死，戰旗墜落了！林則徐不僅爲密友關天培而哭，他還爲戰敗而痛哭；未能打一場他所希望的「漂亮的仗」，他不能不爲此而哀傷。

傳來了當地最高司令官——提督關天培、參將劉大忠和遊擊麥廷章三首腦殉職的消息，士兵們丟下他們逃跑了。

關天培的忠僕孫長慶送到了提督大印後，非要返回靖遠去收拾屍體。他說：「你們看，我已是年邁的老朽了。儘管紅毛們像惡鬼一般，恐怕也不會把我這個老頭兒抓去殺掉。再說，我知道老爺殉國的地方，他清楚地跟我說過。」

孫長慶跑到失陷後的靖遠要塞，眞的收回了關天培的遺體。他背著主人的遺體往回走的時候，英國的戰艦伯蘭漢號鳴起了禮炮。他們是想告訴中國人這樣的道理：「文明人對勇敢的敵人是尊敬的。」

被炸斷的麥廷章的屍體也找到了，也被收拾了回來。只是沒找到參將劉大忠的遺體，據說可能是被炮彈直接打中，變成碎粉了。

因這次戰鬥而入祀昭忠祠的有提督關天培和參將劉大忠。麥廷章也許是因爲官職稍低，沒有下諭旨讓他入祠，只允許在殉難的地點建立專祠。

但是，過了很久之後，一直被認爲是戰死了的劉大忠卻露了面，他辯解說：「我一直伺機反擊……」

二十世紀編寫的《清史稿》，卻忘記了從祀昭忠祠的名單中刪去劉大忠的名字，一直留存到今天。

閃光

甘米力治號已在烏湧的海面上被英軍俘獲。義律想在民眾的心理上造成恐怖的效果，下令放火燒毀了甘米力治號。

大火籠罩著火藥庫的時候，天色早已黑了，周圍已是一片黑暗。巨響和閃光打破了戰鬥結束後的夜晚的寂靜，它確實起到了預期的效果。

1

關天培戰死的二月二十六日，是陰曆二月六日。這一天，皇帝在北京紫禁城的乾清宮召見重臣，作出了重大的決定。

廣東巡撫怡良彈劾欽差大臣琦善的奏文已經到達北京──琦善把香港割讓給英國了。道光皇帝氣得青筋暴露，拍著椅子的扶手。

「請皇上再仔細地調查之後……」穆彰阿戰戰兢兢地上奏，皇帝抬起腿，把地板跺得山響，大聲吼道：「住口！有了這麼確鑿的證據，還說什麼需要進一步調查！」

怡良的奏文後面附有義律向香港居民張貼的布告，布告中說：「根據天朝及英國政府雙方高級官員明白訂定之正式協定，香港現在已成爲英國女王陛下領土的一部分。……」

道光皇帝攥著這張布告，狠勁地扔到地上。「朕已經決定，把琦善鎖拿解京，嚴加處分，他的家產全部沒收。對這個決定誰有不同意見？」皇帝兩眼瞪著軍機大臣們說。

「對聖諭沒有意見。」最先答話的是王鼎。

接著，去年剛由宗人府丞當上見習軍機大臣的何汝霖，跪伏在地上奏道：「臣也沒有意見。」

潘世恩慢慢地彎下他七十三歲的老軀說道：「臣認爲皇上的處置是正確的。」

軍機大臣中的賽尙阿和隆文正到天津和廣東去出差，剩下的只有穆彰阿了。他也哆哆嗦嗦地說道：「奴才也是一樣。」奴才是奴隸的意思，漢族的官吏對皇帝稱自己爲「臣」，滿族的官吏大多自稱「奴才」。

當他把額頭觸到地上，抬起頭來的時候，額頭上沾滿了灰塵。他已經滿頭大汗了。

琦善不僅被革職，而且還要「鎖拿解京」——鎖綁著押送到北京。廣州主和派的營壘一下子崩潰了。

穆彰阿厚厚的朝服裡滲透了汗水。按慣例，每處理一件政務，軍機大臣都要跪拜。他動彈一下身子，就感到脊梁和胸口冰涼，他從來還沒有流過這麼多的汗。他偷偷地看了看軍機大臣同僚們的臉。王鼎緊閉著嘴唇，顯然想要抑制表情，大概是爲了不讓隱藏不住的喜悅心情流露到外面吧！但他做作的技術不高明，一眼就叫人看破了。

潘世恩年歲大，臉上的皺紋多，把他的表情掩蓋了。不過，他這個人從年輕的時候起就不向外表露他的內心活動。乾隆五十一年（一七八六），潘世恩年僅十八歲就中了進士。林則徐被人們譽爲神童，也是二十五歲以後才中進士；龔定庵中進士時是三十八歲，即使這樣，也不能說很晚。而且潘世恩中的是狀元——進士中的第一名。乾隆朝最大的權臣和珅，愛潘世恩的才，想接近他，但他回避了；鴉片戰爭十年後，咸豐皇帝即位，想舉用人才，徵求他的意見，潘世恩首先推薦了林則徐，認爲他是足以在北京擔當要職的人才。

潘世恩就是這樣一個既有才華又有卓識的人物，他歷任工部、戶部、吏部等尙書，擔任了十七年的軍機大臣，八十六歲時才結束了他充滿榮譽的一生。但是，回顧他一生的業績，可以說是等於零。《清史稿》對於他在鴉片戰爭時的態度，評價說：穆彰阿主撫（和）時，潘世恩心以爲非，但未公開立異。

他的才識歸根結底是用於保身。這是十分可惜的。他十八歲中了進士第一名時，能不受權臣和珅的引誘，這種勇氣是値得稱讚的。和珅依仗乾隆皇帝的寵信，旁若無人地濫用他的權勢。在道光朝，就連最大的權臣穆彰阿也不能徹底壓制林則徐的嚴禁鴉片和主戰的主張，對同僚王鼎也無可奈何。相比之下，和珅則能隨心所欲，胡作非爲。如果能成爲和珅的親信，肯定會青雲直上，飛黃騰達。但十八歲的進士潘世恩卻清楚乾隆皇帝當時已是七十六歲的高齡，他看到了和珅的橫暴已遭到朝野的怨恨。果然乾隆皇帝一死，和珅即被賜死，其黨羽全部被肅清。

潘世恩顯示的這一點勇氣，也是爲了保身；後來他推薦林則徐，也是在穆彰阿沒落了之後。他具有才識，但缺乏勇氣。而且他是生活在最迫切需要當政者勇氣的時代。

中國在鴉片戰爭中的悲劇，應當說像潘世恩這樣「並不壞的人」也有著重大的責任；其責任恐怕不在一味拘泥於文字的楷書、使世人喪失氣骨的曹振鏞（他也不是壞人）之下。

在中央的大官兒當中也有具勇氣的人，王鼎就是這樣的人。但王鼎缺乏潘世恩的理智，他過於感情用事。

「誰可以接替琦善來當兩廣總督呀？」當皇帝這麼徵求意見時，王鼎好像迫不及待地回答說：「如果從北京新派人去，到任就需要一個多月，這中間就會出現一段空白。在這樣緊急的時刻，可以讓在當地適當的人……」他畢竟是上了年紀了，一口氣說到這兒，接不上氣了。

當他喘過一口氣時，穆彰阿搶先插嘴說：「相當於總督地位的人，在廣東有好幾個。不過，引起糾紛、尚未決定如何處分的鄧廷楨和林則徐，當然要排除在外。所以奴才認爲恐怕只有即將到達廣州的祁了。」

「是呀……」道光皇帝考慮了一會兒。

穆彰阿感覺到王鼎充滿怒氣的目光盯視著自己。

王鼎提議由在當地的人來擔當，其本意是要重新錄用林則徐。他的話說了前一半，穆彰阿半中間插進來發了言。更糟糕的是潘世恩答話說：「祁也可以，他曾經當過廣東巡撫，對當地的情況熟悉，而且在夷務上也經歷過苦勞。」

王鼎一激動，一時說不出話來。在他喘氣和說不出話來的時候，就讓穆彰阿順順當當地給制了。

刑部尚書（司法部長）祁奉命爲軍糧事務去廣東出差，正在赴任的途中，當然很快就會到達廣州。在發生律勞卑事件的時候，他是廣東巡撫。確實如潘世恩所說的那樣，他在夷務上經歷過苦勞，被認為可勝任這一工作。

「好吧，繼任的總督就這麼定了。」道光皇帝下了決斷。

2

召見結束之後，時間是上午八時左右。

二月早晨的風，刺骨般的寒冷。尤其是穆彰阿，因為剛才決定要處分琦善，弄得他渾身大汗淋漓。一出乾清宮，他感到渾身涼氣，身子索索地顫抖。

他的心腹陳孚恩早就在保和殿的旁邊等著他。「怎麼樣了？」

對陳孚恩的問話，穆彰阿搖了搖頭說：「皇上腦袋發熱啦！」

「香港的問題到底還是沒有瞞住啊！」

「怡良這傢伙……」穆彰阿鄙視地說，「把他留在廣東是個失誤。」

「看來是受了林則徐的影響。」

「是呀，琦善的信中也透露了怡良不好對付，這傢伙……」穆彰阿說到這裡停了。他想說的下面的話是：「這傢伙是滿族人，卻跑進了可能會動搖滿洲王朝基礎的強硬派陣營。」

現在身旁的陳孚恩雖說是他的心腹，但他畢竟是漢人。這種話不是對同族的人是不能說的。

陳孚恩是江西人，曾任軍機章京，現在的官職是太僕寺卿。他是由拔貢而受到重用，並沒有正式中過進士，由此也可了解他是個善於在政界耍手腕的人物。後來他也曾參與軍機大臣議事，他經常像影子似的跟在穆彰阿的身後，很有些智謀，當參謀是很有能耐的。

穆彰阿跟陳孚恩說了召見的情況。

「只換了布政使、按察使還不行呀！」陳孚恩說。

爲了在廣州消除林則徐的影響，在人事上曾作過調動。但當時更換的最大的官也只到布政使。如果要更換巡撫，事情就大了，辦起來不那麼簡單；加上怡良又是滿族人，感到可以放心。看來這是個錯誤，滿族人也不一定不受林則徐的影響。

現在怡良彈劾了琦善，這只能認爲是受了林則徐的教唆。

「林則徐……」穆彰阿說出了這個討厭的名字。

「恐怕還是要把林則徐調到什麼地方去才好，儘管他沒有了官職，仍然還有影響呀！」

「是呀……」

「現在動手還不晚，正好他要求從軍贖罪。」

「是呀……他要求到浙江去。」

林則徐受到革職處分後，為了贖罪，曾向北京提出懇求，希望到浙江去服軍役。因為他感到英國占領定海，自己也有責任。

「好吧，把他趕到浙江去！」穆彰阿這才仰首看了看天空，天空充滿著耀眼的陽光。出了乾清宮之後，他就一直害怕仰望天空，因為仰首望天是一種悲嘆的動作。

「早晨的太陽眞晃眼！」他這麼說著，瞇起了眼睛。

他的心裡在琢磨著——把林則徐打發到浙江去太寬大了，這樣危險的人物必須弄到更遠的地方去。弄到新疆去！到西北的邊境就會和中央完全斷絕聯繫。要把林則徐的影響遏止在邊遠的地區。

不過，還有一個問題，要拯救政友琦善。鎖拿解京，沒收家產，下面就是要判死罪了！

不管怎樣，也必須救他一命。這不只是失去一個同志的問題，而是涉及被人們稱為「穆黨」的這個權威集團的面子。

穆彰阿的腦子裡閃現出都察院的要人和刑部首腦的面孔，他覺得難辦的有兩三個人。這些傢伙，用榮升的名義把他們趕到別處去吧！

穆彰阿在拼命地琢磨著今後的對策。琦善到達北京還有一個月，以後都察院和刑部才進行審訊。時間不能說很寬裕，但還是有一段時間的。

沒問題，可以救他！穆彰阿好似改變了想法，挺起了胸口。

「祁𡎴任兩廣總督，這也不太妙啊！」陳孚恩說。三年前，律勞卑一行竄進廣州的時候，硬拉著容易妥協的總督盧坤，迫使英國使團撤走的，就是當時的廣東巡撫祁𡎴。這傢伙死摳法律，一點也不會通融。

「不過，比林則徐還是好點吧！」穆彰阿回答說。這時他產生了一種想法，要把召見以來的沉悶氣氛一掃乾淨。不這麼做，恐怕想不出什麼好的辦法。他定睛看著陳孚恩的臉說道：「自從當了太僕寺卿以來，你的臉也好像慢慢地變長啦！」

太僕寺並不是寺廟，而是衙門的名字，清朝剛創建時屬兵部的武庫司，後來獨立成爲一個機構，掌管馬匹事務。太僕寺卿等於是牧場的管理人，不過對於游牧民族出身的滿洲王朝來說，這可是個相當重要的官職。陳孚恩是掌管馬匹事務的長官，所以穆彰阿跟他開了這個玩笑。

「這太……」陳孚恩嘴裡這麼說，心裡已經飛快地覺察到對方的心理狀態。對方的臉色一直陰沉，現在卻開起了玩笑。這時候是應該笑還是不應該笑呢？

「應該笑！」——陳孚恩作了這樣的判斷。對方想笑，想用笑來驅除什麼東西。

太僕寺卿陳孚恩愉快地笑了起來。「哈哈哈！這太有意思了！我的臉長得那麼長嗎？」他用右手摸著自己的下巴說。

在刹那間作出準確的判斷，這正是陳孚恩的特技。他是傑出的參謀，同時也是高級的幫閒。

穆彰阿也難得地放聲大笑起來。「琦善一定會得救！」——配合著笑聲的節奏，他在內心反覆地這麼說著。

離他們不遠走著的軍機大臣王鼎，聽到他們倆的笑聲，停下腳步，歪著腦袋。

照射在宮殿黃瓷瓦屋頂上的朝陽，把陽光灑在四周。

這時候，在廣東的虎門，英國艦隊準備進攻關天培把守的靖遠要塞，正在等待起風。

3

根據李芳的「把年輕人派到新地方去」的建議，連維材決定把二兒子承文派到香港去，讓正在廣州的溫章當保護人，溫章帶著女兒彩蘭同行。

從廣州東行二十公里，就到烏湧要塞。靖遠失陷的那天，承文等一行人已通過烏湧，住宿在烏湧東南約六公里處的波羅。

波羅有座南海神廟。林則徐在虎門燒鴉片時所祭的神，就是這個南海神。據說南海神司掌夏季、南嶽、南海、南方以及火和水。廟前石柱上刻的「萬里波澄」四個字，是康熙皇帝的御筆；廟門上掛的「靈濯朝宗」的匾額，是道光皇帝的父親嘉慶皇帝賜的。

金順記是海商，同南海有著很深的關係，而且今後關係將愈來愈深。承文走進廟內，供上豬肉，點起線香。

但他未能靜心地做祈禱，他插上線香，兩手剛剛合掌時，一個士兵伸手拿走了承文剛剛供上的那塊豬肉。

廟周圍有三十來個士兵，一位士兵在追那個搶肉的士兵，想把肉奪過來。

「這是我偶然揀到的！」「胡說！是剛才那個人上供的，大家均分！」「賣給你一半！」「扯淡！」兩個人開始扭打起來。一個像是軍官的漢子，坐在樹根上悠閒地抽著煙袋，看來他並不想制止這場爭吵。

從烏湧那邊傳來了炮聲。軍官從嘴邊拿下煙袋，站起身來說道：「該輪到咱們去放炮啦！」他隨隨便便地拔出軍刀，士兵們慢慢吞吞地集合在寺廟的院子裡。

「大家聽著，沒什麼可怕的，英國的炮彈不往咱們的地方打。」軍官大聲地說著。這軍官就是釋放的鴉片犯梁恩升。

士兵們稀稀拉拉地朝西邊走去，一點也沒有英武的「行軍」的樣子，倒是像無賴之徒在街頭漫步。

士兵們走後，廟內暫時安靜了一會兒，不久就聚集來了許多居民。

他們擔心這裡可能要打仗，想打聽各種消息，也想見一見感到同樣擔心的人們——他們自然地都聚集到南海神廟裡來了。

「看到紅毛的兵船啦，很多很多啊！」「聽說靖遠、永安昨天失守了。」「我聽說東莞鎮上逃來了敗兵。」「據說關提督戰死了。」「咱們這裡怎麼樣呀？」「離烏湧炮臺近，很危險啊！」「咱們那兒已經把女人、孩子打發到石灘去避難了。」「不止是女人、孩子要逃難，咱們也要命呀！」「該往哪兒逃呀？」

炮聲漸漸猛烈起來。由加略普號、前鋒號、硫磺號、摩底士底號、復仇神號、馬達加斯加號組成的英國艦隊在荷伯特大校的指揮下，正向烏湧炮臺的射程內靠近。

聚集在廟裡的人們不知什麼時候已經散了，他們趕忙回家去準備逃難了，廟裡再次變得空曠無人。

廟裡放置著大小兩隻古銅鼓。傳說那是從香港西北面的大海中撈上來的，銅鼓灣的名稱就是來自這個傳說。承文和溫章父女三個人，圍著大銅鼓站在那兒。

「據說是漢代的，相當古啊！」彩蘭熱心地瞅著大銅鼓。這只銅鼓直徑一百三十釐米，高七十釐米，但下端已殘缺了一塊。彩蘭好像檢查銅鼓上的橫紋似的，入神地蹲在那兒。

「聽說關提督戰死了，這會是眞的嗎？」溫章跟承文搭話說。

「怎麼說呢？不過，如果靖遠已落到敵人手裡，他是提督，恐怕是活不了的。」

「英國的軍艦就要開到這裡來了，只能認爲靖遠已經失守了。」

「那麼，關提督肯定是陣亡了。」

兩個男人這麼談話，彩蘭卻一心不亂地在觀看著銅鼓。「據說從海裡打撈上來的是小銅鼓，這只大的是從什麼地方的墓裡掘出來的。」她仰視著父親，這麼說。

溫章感到迷惑不解。他們在談關提督陣亡的事，彩蘭卻插進來說那只破舊的銅鼓。儘管是自己的女兒，他也不理解她的這種心理。

「我在跟承文談關提督的命運。如果是事實，那可是悲痛的事啊！……你不感到悲傷嗎？」溫章凝視著女兒的臉。彩蘭正面迎受著父親的視線，回答說：「您說應當怎麼悲傷呀？」

「……」溫章答不上話來。

「我認為林大人就不會像爸爸這樣悲傷。」

「我不懂你說的話。」

「時間像流水一樣過去。關提督的死，也只是從乘急流而下的船中所看到的一種景色……對，是往後奔跑的一棵樹。」下面她衝著承文說道：「承文哥，你能老是回頭看著這棵樹嗎？」

承文沒有作聲。他的胸中湧起了一種連他自己也感到太過於突然的感情——他想現在就在這裡緊緊地摟住彩蘭，脫去她的衣服，吮吸她那雪白的乳房上的粉紅色小乳頭。這和他過去經歷的許多放蕩場面根本不一樣，這是一種純潔激烈的欲望。

「也許是這樣。」回答的是溫章。他說：「年輕人有著未來，大概吸引他們的是前景，而不是任何即將過去的景色。林大人也是個注重未來的人……」

彩蘭並未聽父親的話，她一直凝視著承文。承文凝視著她的胸口，他並未指望能和彩蘭的心觸及一起，他只想能把自己的欲望暴露在她的面前，這是終有一天必須要做的事。

當他抬起頭來跟她的視線觸及的時候，承文感覺到身體內奔流過一陣靜靜的喜悅。她的眼睛已經承受了他所暴露出來的欲望。

炮聲更加猛烈了。廟裡的老道士拄著一根拐杖，搖搖晃晃地走了出來，朝著三人說道：「快走吧！暫時到那邊躲一躲。」

老道士枯枝一般的手指頭，哆哆嗦嗦地指著廟西的一個小山崗子。

4

從烏湧要塞向西去，很快就到廣州的門戶黃埔，所以烏湧是保衛廣東省城的要地。它前方的江上浮著用鐵鍊鎖著的筏子，阻礙英國艦船溯江而上。

但是，駐守在那兒的軍隊士氣不振。昨天靖遠陷落的情況——猛烈的炮火把要塞打得稀巴爛之後，三千英國兵登陸等等，已經傳到那裡。當然，這些話是有些誇大了。

英國艦隊對烏湧開始炮擊之後不久，熟悉地理情況的廣東兵首先開始逃跑，接著是湖南兵也換上了便服，開始溜逃。英國早已通過久四郎等人爲他們提供了逃跑用的便服。便服等於是護身符，士兵們由於這護身符而喪失了鬥志。

烏湧有七百廣東兵、九百湖南兵，加起來共一千六百名兵員。要塞的統帥是湖南的代理提督祥福。他負傷落水而死，也有人說他氣憤部下的逃跑，是氣死的。

英軍登陸是由於破壞了要塞的大炮，並沒有多餘的兵力在要塞駐紮占領軍。這裡也和靖遠一樣，因迎擊登陸英軍而戰死的人很少。游擊沈占鼇和守備洪達科等高級軍官殉難。

在烏湧負責軍糧管理的一個名叫瑞寶的八品官，也跟士兵一起逃跑了。他竟然在自己跑過橋之後把橋切斷了。這裡雖是珠江的支流，但是水很深，他身後敗逃的士兵被後面擁上來的同伴擠掉到河裡，淹死了一百多人。

敗兵大多朝西逃跑，因爲可以收容他們的獵德炮臺是在這個方向。從安全的程度來說，往東北方向的增城縣逃跑將會離戰場更遠。英軍登陸只是暫時的，他們接著肯定要襲擊獵德。但是敗逃的士兵們並沒有考慮到這些，他們像一群狂奔的野牛，爭先恐後地朝大家去的方向奔跑。

不，也不必向東北方向逃跑，也許躲在烏湧的附近更爲聰明。但是，士兵們並沒有逃進承文他們躲藏的山裡。這裡從烏湧來看是在東邊。

炮聲一停息，就表明英軍已經登陸了。

溫章不見了，不知什麼時候他走散了。「爸爸是故意走散的。」彩蘭說。

承文自然地把手放在彩蘭的肩上，連他自己也對自己的這種動作感到吃驚。

麻竹林在風中喧囂，遠處突然傳來了密集的槍聲。兩人在巨大的油杉下面對面地站著，林中的溼草沾溼了兩人的鞋子，鳥兒在頭上發出喧鬧的啼聲。

「這是什麼鳥兒呀？」

承文仰頭看了看，但一片綠蔭好似籠罩在頭上。他把彩蘭抱進懷中，在她的耳邊輕聲地說道：

「這綠蔭好像滲透進咱們的身體了。」

彩蘭的呼吸撲到他的面頰上，那微弱的氣息似乎帶有香氣。「烏湧看來是失陷了。」彩蘭自言自語著，「楚兵（湖南兵）逃跑了吧？……一定會死掉很多人的，現在又有什麼人被殺了。」

「彩蘭，」承文一面要吻她的嘴唇，一面說道：「你眞是個怪人呀！」

「爲什麼？」

「剛才你爸爸說關提督戰死了，你盡談那些破銅鼓的事；現在我說綠蔭很美，你卻談起了戰爭。」

「不行嗎？在希望時間停止的時候，就要談當前的事，即使它是戰爭，也要談現在的……」

「希望時間停止？」

「現在就是這樣……」

他們的嘴唇重疊在一起。

溫章不願成爲兩個年輕人的障礙，故意走散了。他走到山上的「浴日亭」，在那兒休息。北宋的蘇東坡曾被流放到惠州，他經過這裡時所作的詩刻在石壁上。這詩的第一句這樣寫道：

劍氣崢嶸插夜天

明朝的陳獻章和韻而寫的詩也刻列在它的旁邊。它的第一句是：

殘月無光拍水天

這兩句詩都帶有悲壯的味道。蘇東坡與王安石的新法鬥爭失敗，因直言時政而遭到猜忌，被流放到這南方邊陲。這位叛逆者一定對本地的景色感到刺心吧！

但是，時間如流水般過去，現在已不是宋朝新舊黨爭的時代，現在的情況不適用蘇東坡的詩，而應是這樣的詩吧：

忽驚鳥動行人起

英軍的炮火大概已經把烏湧的木造營房燒光了。再過一百年，這次戰爭的遺跡將會從地面上消失，人們也不會有切膚之感的。

「彩蘭說的對，時間會流逝呀！……」溫章有過海外生活的體驗，今後將會變成什麼狀況，他自認爲比一般人要清楚得多。他知道這次戰爭是時代必須經歷的一個過程，戰後的情況他也能大體地推測出來。

「這個場面就會這麼過去的。」他比誰都清楚眼前事件的發展，但他還是產生了感傷的情緒。對於關天培的死，他內心在哭泣，在尋覓哀悼的言詞。相比之下，彩蘭乾脆避開了感傷，直視著未來。

「還是因爲年輕啊！」溫章是這麼想的，但他自己也並不是太老呀！斷斷續續的槍聲，猛烈地扎進他的心。「這一瞬間又要死人啊！……」

從浴日亭前的石階往下走時，那裡有十幾個難民，有的蹲著，有的躺在草蓆上，中間夾雜有婦女兒童。

「不知道以後是個什麼結局呀？」一個老人這麼說。

「打仗為什麼偏偏選在波羅誕之前呀？」一個皮膚黝黑的婦女，坐在地上，讓嬰兒叼著自己的乳頭，這麼說後，挪了挪身子。

「是呀是呀，推後一點就好啦。」一個年輕的男人幫襯著說。

祭祀南海神的節日稱作「波羅誕」，每年陰曆二月十三日舉行。這一天，從廣州和附近的村鎮要來好幾萬香客，這一帶熱鬧非凡。香客們會丟下很多的錢。

未等到這一年一度的節日來臨，英軍在陰曆二月初七就攻打了眼前的烏湧。

「太不像話了，不就只差六天嗎？六天也不等，南海神菩薩會叫他們遭報應的！」「這一來，今年的波羅誕就完啦！」「客人也不會來的。」

溫章聽著這些難民們的談話。從阿美士德號北航偵察、黃爵滋上奏要求嚴禁鴉片的奏文以來，東印度公司退出舞臺、英國採取支持私人商業的政策、穆彰阿和林則徐兩大陣營的鬥爭、銷毀鴉片——這一系列的時代的潮流，就以這樣的形式沖進了這個和平的鄉村小鎮。

可是，這個和平的鄉村小鎮的居民，只理解為妨礙了一年一度的節日。從他們的生活來看，恐怕也只能作這樣的理解吧。這種生活太狹隘了啊！

溫章一邊想著這些事情，一邊朝山下走來。「兩個年輕人現在正在哪兒的樹蔭下交談吧！他們有許多必須交談的事。」

溫章以爲小小的波羅鎮在居民們逃難之後，一定會寂靜無人。可是，一進入鎮上，他看到了意想不到的情景——唯一的一條大街上熱氣騰騰。

5

在波羅鎮唯一的一座糧庫的牆上，一溜排倚放著無數根扁擔。牆前蹲著幾十個好似腳夫的漢子，他們正在喝著盛在大碗裡的稀粥。

糧庫的後面是廣場。一個端著槍的漢子看了看溫章，小聲地問道：「券？」

溫章搖了搖頭。

「談交易在糧庫裡面，這兒是交貨的地方。談完之後到這兒來。」對方說。這漢子端著槍，但不是軍隊。再一看，還有一個漢子隨便地提著槍，在四處走動。

一看廣場上堆積如山的東西，馬上就了解他們是在幹什麼。

那些東西是黑丸藥——鴉片。裝在芒果木板箱中的淨重六十公斤的鴉片，搬運起來很麻煩。在這裡把木箱打破，把裡面的鴉片倒在廣場上，然後把它裝在麻袋裡。拿槍的漢子是爲了防止偷盜而擔任站崗放哨的。

「啊呀！您不是金順記的溫先生嗎？」溫章回頭一看，一個高個子的男人微微地揚了揚斗笠。那漢子穿著中國商人的服裝，但他的眼睛是藍色的，鼻子是尖的。他是墨慈商會的哈利・維多。

「果然是密斯特溫呀！」這次哈利是用英語說的，他高興地吹起了口哨。

「你怎麼到這兒來了呀？」溫章問道。

「來卸貨呀。」

「正在打仗，很夠受吧。」

「正因爲是打仗，才能夠這麼做呀。」

「哦，原來是這樣。現在沒有軍隊監視了？」

「全都逃光了，而且還給我們打了信號。」

「墨慈先生呢？」

「他從麻六甲趕到了澳門，他非常想見您。」

「我準備這就去香港。」

「那麼，我就這麼告訴墨慈先生吧！」

墨慈商會是通過溫章而獲得的「金順記情報」才發起來的。溫章簡直就像墨慈的方向盤。

「溫先生，」哈利說：「有關各種商品的行情和今後的預測，您能繼續給我們指教嗎？」

「在我所知道的範圍之內，我很樂意……」溫章一邊這麼回答，一邊驚異地凝視著對方藍眼睛裡火一般的光亮。哈利一向是個開朗的人，一個深信追求利潤是上帝賦給的天職的商人。

有幾個中國商人在倉庫裡談成了交易，拿著領貨券來領取鴉片。這些人的眼睛裡也有著和哈利一樣的光亮，儘管頭髮和眼睛的顏色不一樣，但他們和哈利是屬於同一種類型的人。那盯著秤星的眼神，那掂量著貨物品質的手指頭，他們是多麼相像啊！

中國今後將與各個國家以這些共同點爲核心，結成新的關係；中國將因此而改變面貌。想到這些，溫章更加露出驚異的眼光。溫章雖然與十三行街有關係，但他知道自己的眼睛裡沒有這種光亮。就在士兵們流血的地方，卻進行著成爲這次戰爭原因的鴉片交易，是乘著流血的機會在做這種交易。這對溫章來說，起碼不可能不感到遲疑。

天漸漸地黑了，到南海神廟的銅鼓前去等兩個年輕人吧！溫章跟哈利道別後，拖著慢吞吞的腳步，朝著廟的方向走去。

「天已經黑下來了。」在油杉林中，彩蘭朝四周看了看，這麼說。

「咱們談了很多的話了。」承文說，他仍然緊握著彩蘭的手。

「爸爸會擔心的。」

「一定在廟那兒等著。」

「咱們回去吧。」

好像什麼話都談到了，但又好像還有話沒有說，甚至感到還有重要的話沒有談。熱戀的人們總是懷著永遠不能滿足的心情。

當他們倆慢慢地走在黑暗的山路上的時候，西邊的天空升起了好似閃電的閃光。在閃光中閃現出一直被黑暗掩蓋著的厚厚雲層，喘一口氣的工夫之後，連續不斷地發出了好像悶在肚子裡似的、沉悶而可怕的「咚！咚！咚！」的巨響。

「啊呀！」彩蘭害怕起來，緊緊抓住承文。承文緊緊地摟著她，說：「是海裡，好像是船上的火藥庫爆炸了。」

「有火藥庫的船，那是英國的……」

「不，清國也有一艘，那是林大人買的甘米力治號，它肯定是在烏湧的海上。」

一陣陣的爆炸聲接連不斷。甘米力治號已在烏湧的海面上被英軍俘獲，義律想在民眾的心理上造成恐怖的效果，下令放火燒毀了甘米力治號。

大火籠罩著火藥庫的時候，天色早已黑了，周圍已是一片黑暗。巨響和閃光打破了戰鬥結束後的夜晚寂靜，它確實起到了預期的效果。

停戰前後

「這種工作非小人是辦不好的。他們去了，只停戰了三天，而且現在又恢復了原狀，英軍進攻了二沙尾。如果是小人去的話，那就不是停戰三天……會是永遠停戰……即使不能永遠停戰，起碼也能爭取一個來月的停戰吧。」

「是嗎？」琦善沒好氣地說。說時遲，那時快，只見他右手一揚，細竹杖帶著尖厲的響聲，劈空而下，接著一瞬間，在鮑鵬的大胖臉的中央，「啪」的一下發出鈍重的響聲。

1

進攻烏湧的那天，義律待在加略普號軍艦上。晚上九時他宣布勝利的捷報說：「由兩千多精兵組成的清國軍隊，進行了頑強的抵抗，喪失了許多人命後，於今天下午不得不徹底敗逃。」

不過，在這次戰鬥中，英軍第一次戰死了一人。義律墨守其「無犧牲作戰」的口號，把這名士兵的戰死說成是自己的槍走火所致。另外，他為了鼓舞士兵的士氣，散布了敵軍統帥林則徐視察前線的謠言。

對英軍來說，敵軍的統帥當然是琦善。但把敵人說成是沒收英國人鴉片的林則徐，士兵容易理解。英國方面的從軍記之類的文章記載著，林則徐當時來到了前線，但看到打了敗仗，夾著尾巴返回了廣州。

其實這一天乃至第二天，林則徐根本就未離開廣州。林則徐居住的鹽務公署很大，而且有倉庫。各地派來的軍隊分駐在廣州各個地方，林則徐的臨時寓所也住進了一百名湖南兵。這些兵預定是派往烏湧的，但還未出發那裡就已經失守了。

據林則徐的日記記載，烏湧陷落的第二天（二月二十八日），總督琦善、巡撫怡良和鄧廷楨三人曾來到他的寓所，議事到深夜。

琦善這時面色蒼白。他一再地讓步，而英國還是發動了進攻。議來議去，不外乎還是要採取增強防禦的措施。

「還是要招募志願兵，各省來的援軍人數有限。」林則徐這麼主張，以前的志願兵已被琦善解散。琦善聽了林則徐的意見，露出難堪的神情。

「沒有財源呀！」怡良說。

「可以想點辦法嘛！」林則徐的腦子裡已經想好了給連維材寫信的詞句。

琦善在考慮另外的事情：「已經讓到這步田地了，再退一步也不會是什麼大的錯誤吧？不過，鮑鵬恐怕不會被對方正經對待的。」

他終於意識到了這個問題。實際上琦善的「天朝意識」——「中華思想」的傾向比林則徐更強烈。他認爲丑類（外夷）如同猛獸，強大是強大，但歸根結底不過是野蠻人，有個馴獸師之類的人應付他們就行了。天朝的大官兒不應理睬他們，因此他使用了鮑鵬，為了照顧情面，給了鮑鵬一個八品官兒。

鮑鵬如果不行，那麼用誰好呢？應當是個受英夷歡迎、且地位稍高的人……琦善的腦子浮現出廣州知府余保純的名字。

在花園事件中商館被民眾包圍的時候，是他巧妙地解散了民眾，夷人們曾對他表示感謝。他是從四品官，雖然不懂英語，可以配一個適當的翻譯。

琦善的使命是很明確的，穆彰阿委託他的是堅決維持和平局面。難是難在皇帝的意向，問題是如何矇騙過去。

在烏湧失陷後進行的這次商討，以不得要領而告終。琦善是因為皇帝說過要他「跟林則徐商量」，他不能不這樣做。如果是平時，一般都是琦善鄭重其事地要求林則徐大駕光臨，而林則徐則稱病不出席，但二月二十八日是琦善親自去了林則徐的臨時寓所。

表面上看好像是很有禮貌，虛心求教。但是從琦善來說，他也有他的打算，各個要塞都已陷落，局勢已發展到最糟的狀態，所以現在來跟林則徐商量一下，多少也能向他的身上推卸一點責任。由於彼此的根本想法不同，商量的結果必然是不得要領。

分手之後，兩人各幹各的事情。林則徐向石井橋派出了急使，要求連維材在招募志願兵上給予資金援助。琦善叫來了廣州知府余保純，進行了密談，要他做求和的工作。

在第二天三月一日的商討中，命中註定遇事都要對立的林、琦二人之間，卻奇怪地取得了一致的意見。

「在招募志願兵的期間，我希望能考慮一下盡可能爭取時間的辦法。」林則徐說。

「可以讓英軍停止進攻。不過，要這麼做，恐怕要下相當大的決心。」琦善回答說。他所謂相當大的決心，是意味著近似於屈服的讓步。

林則徐沒有介意，說道：「有幾天寬裕就行了。有期限的停戰，英軍也許會同意的。」

他考慮有暫時停戰的可能性是有根據的。從在英軍內部工作的石田時之助等人的情報獲悉，從印度來的援軍即將到達。

從虎門猛攻上來的英軍正在喘息，像在進攻靖遠時那樣，發生過對氣象條件的錯誤估計。經歷多次戰鬥的士兵和因長期航行而疲勞的援軍都要暫時休整，要利用這個機會重新考慮作戰計畫。因此，暫時停戰對英軍是有利的。

同樣是停戰，自己的一方應當比敵人更加有效地來利用停戰。林則徐是這麼考慮的——要趕快招兵，加強防禦。不用說，琦善是想把獲得林則徐同意的暫時停戰變爲永久的停戰。

總之，在停戰這一點上是決定了。

2

三月一日，休・戈夫[1]少將率領滿載在兩隻運輸船上的援軍，從印度的馬德拉斯到達了廣州。這個六十一歲的老將軍是個猛將，據說他十五歲時就參加了軍隊，現在仍然精力充沛。決定由他指揮派遣軍中的陸軍。

英軍艦隊一邊切斷水路上繫在筏子上的鐵鍊，清除阻礙航路的沉船等，一邊繼續西進，三月二日進攻了施加僞裝的獵德炮臺，三百守軍敗逃。

英艦隊一邊仔細測量水深，一邊向黃埔的定功炮臺逼近。站在廣州的城牆上，已經可以看到英軍艦隊的影子了。

廣州知府余保純被琦善任命爲停戰談判的代表，他首先叫來了怡和行的老闆伍紹榮。「不管怎麼說，你是夷人最信賴的中國人，我希望你一定要協助。」余保純說。

「我這樣一個普通的商人能做什麼呀？」

「你能做的事太多了，請你跟我一起去黃埔會見英夷的頭目，要求停戰。」

「我是一個沒有官職的民間百姓，沒有任何代表官方的權威，即使外國人對我有一些信任，但在這個問題上，他們恐怕是不會信任我所說的話的。外國人在這一點上是很嚴格的。」

「我和你同去，政府的責任由我來負。以我的官職從官方來配合你在私人方面所具有的信任。」

伍紹榮考慮了一會兒，低下頭說道：「現在是國家危急的時刻，我同意陪您去。至於起不起作用，那是另外的事了。」

余保純探出身子說道：「太感謝了！你熟悉夷務，希望得到你的指教。你覺得有什麼要注意的事嗎？」

「我方向英國提出停戰要求——雙方都是當事者。根據外國人的習慣，這種場合最好有第三者在場。」

「你的意思是……？」

「要有英國以外的外國權威人士作爲證人一起去。」

「哦，是這樣……那麼，如果帶人去，帶誰好呢？」

「就權威這一點來說，最理想的是由他本國委任的領事，最適當的人恐怕要推美國領事戴拉羅先生吧！」

「美國領事會同意嗎？」

「我去說說看。美國渴望貿易，現在由於英國艦隊進攻內河，美國商船進不了黃埔，如果能夠停戰，就有可能恢復通商，他們大概會協助吧！」伍紹榮的話說得有點含蓄，但充滿了信心。

「通事由誰來擔任好呢？」

「這樣的談判需要有盡可能準確的翻譯，我認爲亞蘭仔可以。」伍紹榮毫不猶豫地說。

獲得特許的通事只有六個人，他們不僅做翻譯，還代辦通關事務。六個通事都有自己的店鋪，雇人經營。一般都用冠有「亞」字的通稱來稱呼他們，亞蘭仔的本名叫吳祥。

在獲得批准的通事中，亞蘭仔的英語說得最準確。透過長期貿易談判的經驗，伍紹榮很了解通事的水準。他告辭了余保純之後，立即去了十三行街，會見了美國領事戴拉羅。

「是有限期的停戰嗎？……」戴拉羅好像有點失望。

既然是有限期的停戰，那就會再開戰。美國商人的願望是恢復貿易，而不是打仗。英國如能徹底打垮清國，美國對清貿易的前途也是有利的。但是，商人總是希望獲得眼前的利益，畫餅是不能充饑的。

戴拉羅雖有個領事的頭銜，但他是個地道的商人。他覺得不管怎樣，現在先對雙方都賣個好，他主動地握手說：「我樂意奉陪。」

這時，林則徐正在參加在大佛寺召開的會議。

大佛寺在廣州市中心。總督、巡撫、海關監督、廣州將軍、布政使、按察使等地方的大員，都在彼此相距很遠的地方擁有自己的衙門，需要在一起議事的時候，往往在這座大佛寺裡設「總局」。參加總局會議的頭頭太多，很難議出一個結論，所以早就決定了他們各自要做的事情。琦善和林則徐分頭投入了和談和募兵的工作。

琦善沒精打采，他剛剛接到剝奪他的大學士稱號的消息，不過，「鎖拿解京」的事情他還不知道。林則徐談完了他該提的意見後，就考慮募兵計畫，幾乎沒有聽其他人的發言。

昨天他已經去了南岸的福潮會館，向同鄉的青年發出了號召。福潮會館是福建省及廣東省潮州府出身的人，組織的同鄉聯誼團體會館，會員大多是商人。林則徐是福建省侯官縣人，所以也是該會館的會員。爲什麼廣東省的潮州人要和福建省的人同屬一個團體呢？原因是潮州話接近於福建話，和廣東話差距較大；潮州人也不認爲自己是廣東人，這種感情跟行政區化沒有關係。

「大概能募集五百人吧！」林則徐心裡這麼估計著，他開始對這個無休無止的會議感到焦躁起來。

「把余保純派到黃埔去，跟英軍商談停戰，大家沒有意見吧？」琦善爲了愼重起見，挨次地瞅著出席者每個人的面孔，當和林則徐的視線接觸的時候，林則徐點了點頭。

林則徐把眼睛望著窗外。不知爲什麼，他感到好像是在北京。

廣州的大佛寺是清朝創業的功臣、因平定廣東而被封爲平南王的尙可喜，在明代的龍藏寺舊址上建造的。建造時從北方帶來了工匠，一切均按北方的樣式，所以沒有南方寺院的感覺。

寺內建築物上綠色的瓦，和樹木的綠蔭融成一片。平南王尙可喜在廣州營造府邸時，原來想按照親王府邸的慣例，使用綠色的瓦，朝廷認爲藩王是臣籍，不得仿效皇族的制度，沒有同意。但已經開設了特殊的窯，綠色的瓦已經燒製好，平南王只好把它捐贈給寺廟。像觀音寺、海幢寺、武帝廟等廣州的寺廟大多是綠瓦，就是由於這個原因。

君主制國家是依靠血統來維持的，如果不把帝室和臣籍嚴格區分開來，就會削弱維持國家的倫理。

在這個莊嚴的北方樣式的寺院裡，林則徐想起了遙遠的北京。

朝廷的決定是在北京做出的，現在的行動如果違反了朝廷的決定，負責人就要受到處分。一國的命運掌握在那個情緒不正常的皇帝手中，連權臣穆彰阿也不可能正面制禦皇帝，現在連他的盟友琦善也被剝奪了大學士的稱號。

林則徐對北京的朝廷當然也沒有可以依恃的保護傘，王鼎一味地激動，但欠深謀熟慮；潘世恩戰戰兢兢，看皇帝的臉色行事。「但是，應當幹的事還必須幹！」林則徐想到這裡，深深地嘆了一口氣。

建造這座綠瓦的大佛寺的平南王，他的兒子尚之信因與叛臣吳三桂勾結而伏誅，一族全部被殺。

「還有王舉志呀！」林則徐突然想到了王舉志。可以依恃的不是皇帝，也不是朝廷的大官，最後是民心和民力。當依恃這最後的力量時，那恐怕已不是正常的世道了。他感到民心和民力現在已在開始活動了，企圖推動民心和民力的人也開始出現了……

「今天的結論是等待參贊大臣楊芳的到來。」琦善作了這樣的總結。道光皇帝已命令身經百戰的猛將楊芳為最高負責人，由湖南趕赴廣東。

「誠村（楊芳的字）將軍什麼時候到達呀？」怡良問道。

「現在韶州附近，再過兩三天就會到達廣州吧！」琦善回答說。他的聲音不知怎麼有點發虛。

3

「楊芳是個什麼樣的將軍？」義律命令歐茲拉夫調查新出現的敵將情況。

義律通過他的諜報網，也知道了琦善已失去了權威，清朝中央將新派三個大官到廣東來。三個大官是靖逆將軍奕山、參贊大臣隆文和楊芳。

奕山是宗室——即皇族，鑲藍旗人，以前大多擔任侍從職務，在新疆工作的時間很長，但主要不是打仗，而是在開墾事業上發揮其才能。

從形式來看，統帥是奕山，兩個參贊大臣大概是他的輔佐。但是，奕山沒有打過仗；正紅旗人隆文是戶部尚書（財政部長），他也不是軍人。所以，要打仗，還是要靠湖南提督楊芳。

必須弄清敵人的情況。歐茲拉夫眨巴著眼睛，開始了調查。

楊芳是貴州省人，科舉落第，因而當了兵。嘉慶二年（一七九七）任守備，在南漳作戰有功，賜給花翎。

「這會是眞的嗎？」查閱文獻的歐茲拉夫歪著腦袋，覺得難以置信——在一次戰鬥中，發現一大群叛兵正在乘船渡河，楊芳拉弓射箭。一箭射翻一艘船，五箭翻了五艘船。這簡直像在聽古代的戰爭傳說故事。

文獻記載他在道光元年就當上直隸提督，可見是個老將。從當提督的年代來說，陳化成和關天培分別是道光十年和十三年，所以楊芳是他們的老前輩。

「這不跟咱們的戈夫少將一樣嗎？」聽了歐茲拉夫的報告，義律笑了起來。剛從印度來的戈夫少將，十五歲入伍，現在已六十一歲，仍很有精神，喜歡跟士兵們一起摸爬滾打。

「這可不是笑話啊！」義律好像立即作了反省，說道，「清國一定是把最優秀的將軍選派來。這一點要傳達給各級指揮官，注意不要鬆懈了士氣。」三月三日，廣州知府余保純乘著懸掛白旗的船，來到了黃埔。清國方面也學會了使用白旗的方法。除了怡和行的伍紹榮、通事亞蘭仔和美國領事戴拉羅外，還帶著一名西班牙籍的外國商人同行。

義律在加略普號軍艦上會見了余保純，同意停戰三天。這樣的停戰對英軍也是有利的。伍紹榮在加略普號上見到了許多舊相識。義律、歐茲拉夫、馬禮遜……都是十三行街上的熟人。

「在你們和我之間，有著一片火海，落下了雨點一般的炮彈。我們相距很近，可是又好像很遠很遠啊！」伍紹榮說。

「會很近的，你看，這麼近！」年輕的馬禮遜湊到伍紹榮的身邊，好像要擁抱他似的，「近得身上的體溫都能傳過來。」

「你愈來愈像你的父親啦！」伍紹榮拍拍馬禮遜的肩頭說，死去的老馬禮遜是伍紹榮的好友。

歐茲拉夫也握著伍紹榮的手說：「火海一定會撲滅掉，撲滅了火的海會是風平浪靜的。」

暫時停戰兩天後，參贊大臣楊芳到了廣州。傳說他曾經帶領八旗人馬阻止了兩千敵軍渡河，一擊而斃賊十餘人等等。這些話雖然不足信，但他生涯中確實有許多插曲。廣州的官民對這位老將軍寄予了很大的希望。

他從佛山鎮進入廣州時，沿途百姓夾道歡迎。當時的情況是「望之若歲（收穫期），所到歡呼不絕」。

他一到任，立即聽取軍情。聽到沙角、大角、橫檔、靖遠、烏湧、獵德接連失陷的情況，楊芳睜大著眼睛說道：「不理解！我方是打安在地上的炮，敵人是從兵船上打炮，船在水上會不停地搖晃，可是我方的炮打不中，敵人搖晃的炮反而百發百中。你是這麼說的吧？」

「是的，是這樣的。」報告軍情的副將回答說。

楊芳閉上了眼睛。他從湖南帶來的一群幕僚也在場，其中一個人走到前面來。這人沒有穿軍裝，戴著一頂白毛帽子，穿著白衣，連長鬍子也是白的。

楊芳睜開眼睛，望著這老頭問道：「象法道士，你怎麼看？」

這個怪模怪樣的老道士挺了挺胸口說道：「那是妖術。」

「你是說，敵軍陣營中也有術士嗎？」

「是的，而且是很高超的術士。從搖晃的船上打出的炮彈能百發百中，那只有依靠妖術。」

「象法道士能破這妖術嗎？」

「當然可以，現在讓我來考慮一下破妖術的辦法。」老道士斜著身子，做出只手參拜的姿態。

他「默想」了很長的時間，放下手，施了一禮，說道：「外夷妖術最忌的是女人的尿，所以制敵取勝的器具是女人的尿桶，把尿桶的蓋揭開，尿桶口對著敵船，立即可破妖術。尿桶愈多愈好。」

「不愧是象法道士。」楊芳聽後，露出會心的微笑。

當時的婦女大小便，不上室外的毛坑，而是用木板或屏風把寢室的拐角圍起來，把尿桶放在裡面。它也叫馬桶。有錢人家的馬桶是塗漆的，做得很漂亮，據說占領定海的英軍把它當作是盛水桶，把飲水裝在裡面。很多年以後的日本軍甚至把它錯當作飯桶。

戰功赫赫的參贊大臣楊芳將軍，到達任地發出的第一道軍令是：「命令保甲，蒐集女人的尿桶！」

4

人們擁擠著跑出廣州城門，那些掛在扁擔頭上的行李，看來是匆忙打成的，口袋也鼓鼓囊囊的；男女老幼推著裝滿家具什物的板車。

到處流傳停戰三天是英軍為了進攻廣州作準備，人心十分混亂。人們朝東、朝西、朝北逃去，總之，先逃出城去再說。

在石井橋一帶，不時也可以看到這樣逃難的人群。村子裡有些人家還收留了從廣州來逃難的親戚。

在李芳家中，連維材反覆讀著林則徐的信：

……很遺憾，沙角、大角以後的戰鬥不能說打得漂亮。看來這是由於靜老（琦善）的避戰政策動搖了軍心，虎門各要塞的軍隊都沒有接到要堅決迎戰的命令。關天培、陳連陞之死，向世上表明清軍中也有人，但想起來令人不勝悲痛。現在朝廷看來已決定主戰，可惜以前的壯勇已不存在，但可以重新召募。以前材翁慨贈之資金還剩下少許，我已決定用之於招募同鄉之愛國青年。從財力來說，這已是我所能盡到的最大力量，進一步還有賴於材翁愛國之義捐。……

連維材當然同意。他命令廣州金順記，拿出備用的十萬兩銀子。

「爲什麼不拿出你全部的財產呢？」李芳說。

「銀子愈多，死的人也愈多。」連維材回答說。義捐越多，用義捐招募的志願兵也越多，這也意味著死傷的人數愈多。如果這樣能打勝仗，那還是可以的，但這次仗是不可能打勝的，即使想打得漂亮一些，那也是很有限的。在可以預見到未來人們的腦子裡，已有了這種可以說是冷酷的估計。

「我明白，戰後你是很需要錢的。你很知道這一點。」不愧是李芳，他早已看出了連維材的打算。連維材那麼盼望新時代的到來，但他赤手空拳是無法在那個時代活動。

在李芳家前面的廣場上，一清早就有壯丁在那兒訓練，許多青年在高聲吶喊，舞動著竹槍。仗要打得漂亮，並不意味著只依靠官軍，也必須在民眾抵抗方面留下成績。

「要靠流血的多少來決定對我們中國人的評價，這是多麼殘忍啊！」李芳把眼睛轉向窗外，窗外的鄉間小道上，絡繹不絕地走著難民。

這時僕人拿來了一封信：「連先生，您的信。好像是臺灣來的……」

「臺灣？哦，那是統文的。他寄信來，可是罕見的事啊！」信果然是長子統文寄來的。連維材打開了信封。

父親大人膝下，敬稟者，拜別慈顏，不覺數歲矣。久疏侍奉，罪與時增。……

羅列了這些公式化的詞句之後，就談起急需資金：

……臺北之地，雨水甚多，播下茶種，發育甚佳，一年四季均有收成，而且茶質優良，運往福州，每百斤納稅銀二兩仍有厚利。八裡坌之茶園經營成功，現正欲在平頂另設茶園，再增茶工，乞從廈門急匯銀五萬兩。……

連維材疊起信，喝了一口茶。

這次戰爭結束，廈門和福州都可能開放港口，臺灣的淡水也許開放爲對外貿易港。他曾經多次看過臺灣茶葉的樣品，確實如統文所說的那樣，品質不錯。臺灣的茶葉據說最初是嘉慶年間由一個叫柯朝的人把福建武夷的茶種帶到臺灣去種的，最多只有三十年歷史，是一個很有前途的產業。

確實如李芳所說：「戰後需要錢！」戰後有著光輝奪目的前途，爲此必須經歷阿鼻地獄的流血洗禮，而且還不允許袖手旁觀這次戰爭。建造光輝的未來需要付出血的代價。

連維材放下茶杯，說道：「李芳先生，我想捐助一萬兩作爲本地團練的經費。」

「那太好了，我十分感謝。」李芳說後，低頭行了一個禮，然後突然咳嗽起來。他咳得十分厲害，瘦弱的身子激烈地搖晃著。

5

三天的停戰一過，英軍試探性地進攻了二沙尾要塞，要塞立即失陷了。不過，英軍暫時是把重點放在作戰準備上，沒有發動大規模的軍事行動。

根據楊芳的命令，建造了特別的筏子，上面放著許多婦女用的尿桶。一名副將載著幾名部下，坐在筏子上，把尿桶口對著敵船，企圖破外夷的妖術。

但這種「巫術」筏子，被一隻小艇上的英國兵俘獲了。副將本來就認爲交給自己的任務「愚蠢」，敵人一襲擊，他棄了筏子就逃走了。楊芳要將這個副將斬首，遭到周圍文武官員的強烈反對，副將這才保住了腦袋。

將琦善「鎖拿解京」的正式通知於三月十二日到達廣州。在這前一天，穆彰阿的急信已經送到琦善的手中。信上說：

……皇上一氣之下，對您採取了苛酷的處置。我們今後當竭盡全力進行援救。我相信援救工作在秋季之前一定會取得成功。……

鎖拿解京和沒收家產就意味著要處以「斬罪」。琦善感到渾身無力，眼前一片漆黑。他不覺手一劃，打翻了旁邊的罩燈。這盞在木框上糊著紙的華麗的罩燈滾落在大理石地板上，發出空虛的響聲。琦善閉上了眼睛——他聯想到斬首時人頭滾地的情景。他想躺到靠椅上，但他的腿已經發抖，身子往下沉，只好一屁股坐在身旁的金銀櫃上。他閉著眼睛，極力鼓勵自己：「到秋天還有很長的時間呀！」

中國自漢代以來，除了特殊情況外，死刑原則上不在立春至立秋這一段時間內執行，即使罪行已經確實，也要在「秋後處決」。何況琦善還沒有受審，現在還只是二月（陰曆），到秋天還有半年的時間。

「後事只好委託給穆彰阿了，他會爲我盡最大的努力。審訊的時候，只要我說一句一切都是按穆彰阿的指示辦的，他也會有罪的。所以……」琦善這麼一想，才感到恢復了一點氣力。

這時女傭人進來問道：「鮑鵬大人來了，見不見呀？」

「見，讓他進來。」琦善說後，從另一個房間裡拿出一根細竹杖。

鮑鵬跟往常一樣，滿臉堆笑，卑躬地走了進來：「最近大人把余保純大人派到義律那兒去了，爲什麼不派小人去呀？」

「那是總局會上決定的。」

「而且聽說怡和行的伍紹榮也去了，那也是會上決定的嗎？」

「是。」

「這種工作非小人是辦不好的。他們去了，只停戰了三天，而且現在又恢復了原狀，英軍進攻了二沙尾。如果是小人去的話，那就不是停戰三天……會是永遠停戰……即使不能永遠停戰，起碼也能爭取一個來月的停戰吧！」

「是嗎？」琦善沒好氣地說。說時遲，那時快，只見他右手一揚，細竹杖帶著尖厲的響聲，劈空而下，接著一瞬間，在鮑鵬的大胖臉的中央，「啪」的一下發出鈍重的響聲。

「哎喲！」鮑鵬雙手捂著臉。

「狗！豬！」琦善脫口而出的不是平常的聲音，而是激動的尖叫聲。這聲音還未落，竹杖的第二次打擊又落到鮑鵬捂著臉的手指頭上。

鮑鵬發木的手離開了他的臉，鮮血從他的眉毛間滴滴答答地流下來。他的兩只眼睛睜得滾圓，拚命地想理解眼前發生的事情。但是，事情遠遠超出了他理解的範圍。

竹杖的第三次打擊落到他的右太陽穴上。他踉蹌了一下，帶著哭聲喊道：「饒命啊！」這哀求聲並沒有進入琦善的耳內。即使聽見了，也不可能制止他狂怒的行動。

琦善覺得自己的胳膊快要斷了，但他還是劈下了竹杖。這一次是打在鮑鵬的肩頭上。「哎——喲！」鮑鵬哀呼著，倒在地上。琦善抬起腿，瘋狂地踢著鮑鵬的頭，踢得鮑鵬翻轉身子，仰面躺在那兒。

他那血流滿面的臉，恐怖地扭曲著，直到現在他還不知道爲什麼要這麼拷打他。「饒了我吧……」他把兩隻滿是血的手合在一起，又哀求起來。

「不行！」琦善狂吼著。

琦善的腳踩著鮑鵬的臉。「就是因爲你！就是因爲你！……因爲你，因爲你飛揚跋扈，廣州的人都恨我，都變成了仇敵。……誰也不願來救我，到處都在說我的壞話，全都是因爲你！」

鮑鵬雙手抱住琦善踩在他鼻子上的腳。

「不准動！骯髒！」

鮑鵬慌忙鬆開了手：「小人一切都是遵照大人的吩咐……」鞋子上的沙子進了鮑鵬的嘴裡，弄得他直翻白眼。

「住口！」琦善的鞋子這次直接塞進鮑鵬的嘴裡。

鼻血噴射了出來。琦善大概是怕髒了自己的鞋子，這才把腳從鮑鵬的臉上拿下來。「什麼是我的吩咐！……我說過要逮捕連維材嗎？那不是你說的嗎？……還有……」

「小人對連維材並沒有……」

「你去提他，他不在家。我早就聽說了！你是借我的權力去洩私憤。你胡作非爲，所以大家才恨我。你這條狗！」

琦善又揮起了竹杖。隨著竹杖劈過空中的呼呼聲，發出吃進骨頭的鈍重聲，接著是鮑鵬的悲呼哀求聲——這樣反覆了許多次。

上諭正式到達廣州的第二天——三月十三日，琦善在副都統英隆的押送下，從天字碼頭登船，溯珠江赴北京。

廣州的文武官員都到碼頭上來送這位被革職的欽差大臣兼總督，林則徐也親自來了。這是一次不計恩怨的送行，同樣的命運不知什麼時候也會降臨到這些官員們的頭上。直接的彈劾人——巡撫怡良，不時轉過臉去。

這時鮑鵬也被逮捕，同樣押送北京。

人來人往

奕山在青年時代充當衣飾華麗的侍衛，是個頗有名氣的花花公子。這位奕山與參贊大臣隆文一起，像諸侯出巡似地於四月十四日到達了廣州。新任兩廣總督祁也於同日到達。

奕山一行和新總督分別由大北門和天字碼頭進入廣州，林則徐對雙方都派去了代表迎接，實際上林則徐前一天已在黃鼎地方見過他們。

1

琦善在廣州的時代宣告結束了。

出身於皇族的靖逆將軍奕山將代之而登上舞臺。不過，奕山和另一個參贊大臣、戶部尚書隆文一起從北京動身後，慢悠悠地在進行他們的長途旅行。

從湖南趕來的楊芳，當然早已到了廣州。他是三月五日到的，一個多月以後的四月十五日，奕山、隆文以及新任兩廣總督祁才到廣州。所以在此期間，楊芳當然是清國政府在廣州的代表。

不過，他只是暫時的代理人，奕山一到，他就變爲助手。「任何事都要等到奕山來到之後」——這是年邁的楊芳的基本態度。他在給北京的奏文上也寫道：「暫羈縻（拖延），等待奕山、隆文趕到。」道光皇帝也用朱筆批道：「卿善其籌之！」表示了同意。

由於得到皇帝的許可，楊芳在同英國談判時公開採取了軟弱的態度。以後在一切問題上他都可以辯解說：「那是拖延的手段。」楊芳態度軟弱是因為援兵很少，志願兵訓練不夠。

義律最初感到奇怪。——琦善是被指責軟弱而受到嚴懲，他的後任又開始軟弱外交。義律在跟清國打交道上很有經驗，立即覺察到其中的隱情。

「這是拖延！」——義律了解到內情之後，以美國領事戴拉羅為中間人，繼續進行談判。他想以既成事實的積累來鞏固已恢復的通商。

在這期間，除了鳳凰崗炮臺的攻防戰外，沒有發生大規模的戰鬥。三月十七日鳳凰崗炮臺失陷，第二天——十八日，義律乘坐掛著白旗的復仇神號，來到怡和行的前面，給伍紹榮送去了書信，要求他調停通商。三月二十日，楊芳與義律締結了停戰和恢復通商的協定。

五十艘在虎門外等待時機的商船，這時一齊溯珠江而上，擁向廣州。恰好這時是新茶的上市期，給香氣四溢的新茶捆包、運送，十三行街一帶出現了好久沒有過的生氣。

外國船把棉花、毛織品以及南洋的香辣料卸在廣州，只是沒有帶進鴉片。已經沒有必要把鴉片帶到廣州來了，因為英國在虎門外新獲得的香港島已經變成了鴉片交易的基地。

停在香港海面的外國船中，不少船上都插著長條旗，上面寫著「出售鴉片」四個大字。英軍光是雇用當地中國人一項就花了許多錢，現在軍費都是就地籌措，一切都靠賣鴉片的錢來塡補，連香港島的建設費也是靠賣鴉片來張羅。

「這裡的買賣只有鴉片了。」承文到達香港後，感到有點失望。

「我這才明白了維材伯父說的話。」彩蘭好似要給承文鼓氣，「伯父不是說過嗎？當前要大力收購土地和房屋。」

連維材確實這麼說過。承文看著堆積如山的木材和磚瓦，點了點頭。

熟識的外國商人也很多，他們在恢復了通商的廣州與香港島之間來來去去。英國人實際上是闊別了兩年之後才進入十三行街的商館。

墨慈商會的威廉·墨慈也出現在香港，哈利在波羅卸完了鴉片之後也回到了這裡，連保爾·休茲也跑來了，他興高采烈地說：「我要在這裡建造旅館！」

「首先還是搞間酒吧！」哈利開玩笑說。

「不，要造個大旅館！」保爾抽動他的蒜頭鼻子。

香港是一塊新土地，有待於今後開創，誰也無法預料到，在這草草搭起的骨架上會建造起什麼樣的未來。很多人都把澳門當作標本來考慮香港的未來。

但是，溫章卻跟墨慈說：「絕不是澳門，這裡建成的城市將和澳門完全不同。確切地說，澳門已經不行了；香港一旦成長起來，那兒就會變成無用之地。而且香港的成長會很快。墨慈先生，您如果在澳門有不動產，早點處理，把它轉移到這裡來，這是最聰明的辦法。」

「會是這樣嗎？」墨慈歪著腦袋，感到有點懷疑，但當天傍晚就急忙去了澳門。

溫章和承文拼命奔走，四處尋找土地。但這塊新的英國領地，還沒有制定有關不動產的詳細法則。從原則上說，香港全島的土地是維多利亞女皇的所有地。

反正不久英國就會張貼出售土地的告示。在這之前的時間裡，承文和溫章一起跑遍這花崗岩的丘陵地，物色有前途的地盤。

「香港……多漂亮的名字！有異國情調……」在白金漢宮的一間屋子裡，維多利亞女皇小聲地說。她今年二十二歲，剛結婚兩年，已經生了長女。她望著嬰兒的臉蛋說：「你除了大公主的名字之外，還應當叫香港公主！」

女皇對香港這個詞的音調感到很滿意，她在給比利時國王列翁波爾特的信中也提到這個名字，說它「非常有趣」。

不過，最後並沒有把香港公主的稱號給予在搖籃中的大公主，她後來成了普魯士皇太子的妃子。

2

「流這麼多的血能結束就好啦！」伍紹榮想。

公行的成員們爲突然恢復的廣州對外貿易而活躍起來。在公行的集會上，又可以聽到久已聽不到的會員們興高采烈的聲音了，總商輔佐盧繼光等人喜笑顏開。

「我說諸位，你們就努力掙錢吧！咱們一直擔心的新茶，這一下可要徹底乾淨地銷售掉了。」「回到鄉下的武夷山的茶工，聽說又陸陸續續地回來了。」「棉花的協議價格，那樣行嗎？」「墨慈帶來的香辣料，應當殺他的價錢。」

在公行的聚會上，長年來都習慣於這樣地交談。可是，在貿易停頓了很長時間之後，又談起同樣的話，卻使人感到無比的新鮮。有些人把這些老陳套話也說出來了。問題如果能就這麼解決，公行就要高呼萬歲了，廣州的公行今後又要繼續壟斷對外貿易了。

英國派出艦隊的目的，當然是爲了恢復鴉片貿易。獲得了香港，應當說他們的意圖在一定的程度上已經達到了。不過，英國是要「藉此機會」解決各種問題，如開放廣州以外的主要港口。這些問題的解決還毫無眉目。

伍紹榮看到公行的夥伴們欣喜若狂的樣子，心中焦急起來。「諸位，可不能太高興了啊！問題是否就這麼解決，還不知道哩！」他這麼說。

會場一下子寂靜起來。他接著說道：「大家都知道，參贊大臣之所以同意恢復通商，不過是等待靖逆將軍到來的權宜之計。北京的強硬方針是不變的，英國的方針也是要開放廈門、福州、寧波、上海這些港口。」

「那不行！」盧繼光把手中玩弄的帶翡翠墜子的鑰匙掛圈往桌上一摔，站了起來說道，「開放其他港口可不行！對外貿易有廣州一個港口就足夠了！」

公行的成員是外貿商人，在通商這個問題上應當比一般人有更多的理解。但另一方面他們又是壟斷者，在廣州以外開放港口，那就意味著壟斷機構的崩潰。

「像現在這樣就好！」其他的成員附和地說。北京的既定方針如果得到貫徹，通商就會瀕臨危險。英國如果要堅決實現其預期的目的，壟斷就會崩潰。現在是懸空吊在兩者之間，這對他們是理想的狀態。

「浩官，」盧繼光沖著伍紹榮說：「我們應當做的事，是努力使現狀永久化。是這樣嗎？」

「是這樣的。不過，這很難呀！所以我說不要一味地高興。」

「我們努力吧！」盧繼光精神抖擻地說。人有了精神的時候，即使前途有困難，也會是樂觀的。會議開到這裡才像個會議。大家商議要透過北京的穆彰阿進行活動，這樣做，當然需要獻款。在廣州也可以說服高級官員，讓他們建議北京維持現狀。

具體怎麼做呢？「要說服巡撫，我還是有信心的。」伍紹榮說。

巡撫怡良最近經常把伍紹榮找去問話。自從予厚庵因服喪辭去海關監督之後，這一職務現在由巡撫怡良兼任，所以有許多事情要找公行的總商。

在見面過程中，怡良受到了伍紹榮很大的影響。怡良這個人本來就很容易受別人影響。在對外問題上，最初他是搖擺不定的，一旦受到了林則徐的影響，簡直變成了第二個林則徐，最後甚至彈劾了琦善。現在他正受到伍紹榮的影響。

「巡撫可以委託你去做工作，參贊大臣可不好辦呀！」盧繼光說。

「也不是沒有辦法。」伍紹榮望著天花板說：「也委託給我吧！」

參贊大臣楊芳是老頑固，不可能像對怡良那樣以道理去說服；這位老將軍就像個獨角仙蟲，頂著頑固的硬殼，沒有一點縫隙可以容得他人的影響進入裡面。

不過，伍紹榮早已掌握了老將軍的弱點，那就是象法道士。

楊芳對道士的話是言聽計從的。這是一種信仰，並不說明道士的話有什麼合理性，而且伍紹榮還發現了隱藏在道士的白色法衣下的虛僞性。

象法道士是愛錢的。不僅象法道士，凡是出入於高官富豪之家的「術士」之流，都是貪財的。如果是眞正的修煉者，就應當避諱富家豪門。

當時很多的術士、道士都是懂原始心理學和催眠術的生意人。他們要說對方喜歡聽的開心事——阿諛奉承。另外要給對方疑難的問題下決斷，這種決斷如果下對了，他就會被當作有神通力的術士，以後就會受到重用，包在紅紙裡的謝金就會落進他們的腰包。

林則徐剛來廣州的時候，一些著名的術士也看上了這位「欽差大臣」，想跟他接近。但他出了一紙告示——「勿近術士」。

伍紹榮已考慮了收買的價格，術士的價格是相當便宜的。「出五百兩就可以吧？不過，這次是特殊情況，給他一千五百兩吧！」

數天之後，伍紹榮叫來了象法道士。在怡和行的一間屋子裡，道士喜笑顏開地捋著白鬍子說：「可以可以，不過，我不能說得太露骨，我跟大臣含蓄地說出這個意思吧！」

他的面前堆了一大堆洋銀，道士已把洋銀數了兩遍，然後「默想」了一會兒。——把西班牙元換算成兩。

「等於一千五百兩，這買賣不錯啊！」他「默想」到這裡，點了點頭。白毛的帽子在他的頭上晃動。

又過了幾天，伍紹榮藉口報告夷務，來到楊芳將軍那裡。

「北京方面對英夷的反感是很強烈的。現在准許英夷貿易，完全是暫時的權宜之計，等靖逆將軍一到就要停止。我這麼做是得到北京的諒解的。」楊芳解釋說。

「另外還有各種的權宜之計。」伍紹榮說，「比如不准同英夷貿易，但准許同其他恭順的國家……」

「這當然可以囉！准許其他國家，禁止同英國貿易，這就表明是一種明顯的嚴懲。」

「其他的國家中也包括港腳吧？」港腳就是印度。准許印度船通商，這是一個變通的辦法。印度是英國的殖民地，英國船可以借用印度船的名義進入廣州。

「這也是一個辦法……好吧，讓我考慮考慮。」楊芳沒有作明確的回答。他準備徵求象法道士的意見之後才作決定。

不久，參贊大臣和廣東巡撫聯名寫的奏文送到了北京，其中就有詢問可否准許港腳船貿易的詞句。

3

跟滔滔的時代洪流相比，在洪流中蠕動的個人或小集團的策劃，恐怕只是很快就會消失的、無常的波紋。

連維材透過一個睒縫眼密探的報告，了解到伍紹榮等人在廣州的活動。他把這種活動看作是洪流表面上的泡沫波紋，但他也要用自己的力量來消滅這樣的波紋。

他已經把歷史的車輪推下了山崖，不幹這種事，反正也閒得無聊，說不定即將到來的新時代也不會激起他這樣的熱情。

「歸根結底，我不過是一個破壞的人啊！」連維材感到有一種說不出的寂寞——也許說是寂寞的預感更爲恰當吧！

爲了驅散這種討厭的預感，他也要幹點什麼事情。他要破壞伍紹榮那些人所進行的活動，給北京的吳鐘世寫了一封信。

「給我送一封特別快信。」他對自己所信賴的密探這麼說。

然後連維材走出門外，廣場上壯丁們正在練習步槍的操練，但他們五十人只有三支槍。教練是附近兵營裡一個年輕的小軍官。

壯丁們圍成一個圓圈，拳術大師余太玄兩手操在背後，在圈子的外面來回走動。拳法教練已經結束了，但他還不想離開，不時地還咳嗽兩聲。

「一旦打起肉搏戰來，槍頂個屁用！而且也沒有幾支……」他感到很不滿。最叫他難以忍受的是壯丁們叫槍迷住了，忘記了他這個拳術名手的存在。他咳嗽大概是想喚起人們的注意吧！可是誰也沒有朝他望一眼。余太玄皺著眉頭，晃了晃肩膀。

北京也是一片春天的氣氛了，軍機大臣穆彰阿府邸的院子裡的桃花也盛開了。穆彰阿靠在椅子上，望著窗外院子裡的春色，他的太陽穴不時地顫動著。這時，昌安藥鋪的藩耕時掀起門上的繡花掛簾，走了進來。穆彰阿只是把他的小眼睛閃動了一下，臉上毫無表情。

「建議書已經弄到了，我把它帶來了。果然是吳鐘世的筆跡。」藥鋪老闆說。

穆彰阿一聲不吭，伸手接過建議書，用下巴指了指藩耕時，意思是：「沒有事了，滾吧！」但是，藩耕時還猶猶豫豫地站在那兒沒有動。

「怎麼啦？」軍機大臣沒好氣地問道。

「最近我要去南方一次。」藩耕時彎著腰回答說。

「幹什麼？」

「爲了藥材的買賣，到上海、蘇州、江寧（南京）一帶……我不在的期間，這邊的工作我想讓溫超光接替。」

「是那個庸醫嗎？嗯，可以吧！」

「那麼……」藩耕時還想說什麼話，他察看著軍機大臣的臉色，好像等待著對方主動來問他，但穆彰阿已把視線轉到窗外的桃花上。藩耕時下決心問道：「南方您有什麼事嗎？」

「幾時動身？」穆彰阿轉過身來。

「四、五天後。」

「那麼你明天再到這裡來一趟，南方我也有事情，把那件事再傳達一下。」穆彰阿用右手的手指頭撫弄著椅扶手邊上的象牙鑲嵌，他的這一動作好像是為了使自己的心情平靜下來。

藥鋪老闆回去之後，他才打開接過來的建議書，看了起來。民間人士和下級官吏是不能向皇帝上奏的，如果有什麼事情非要提出來不可，那就必須要去擁有上奏資格的高級官員那兒活動，提出所謂的建議書。

據說在北京的高級官員，最近收到了許多來自民間的關於廣東夷務的建議書。沒有建議書送到穆彰阿這兒來，大概他的旗幟太鮮明了，人們早就對他敬而遠之。跟他一夥的官員也沒有收到建議書。但是，為了要制訂對付的辦法，必須看一看這些建議書，因此他命令藩耕時去搜羅。

一看這建議書，穆彰阿大吃一驚。建議書的大意是指責廣東的高級官員正在進行種種策劃，企圖准許同英夷進行實質上的通商。接著詳細地說明了所謂的「港腳」就是印度，印度是英國的殖民地。廣東的官員是企圖矇騙不熟悉外國情況的北京朝廷，「希望不要受他們的矇騙」……。

「不定庵的妖孽！」穆彰阿兩眼瞪著建議書。兩派在北京也展開了激烈的戰鬥。

穆黨驅趕林則徐的活動總算取得了成功，四月十六日朝廷做出了決定：「賞林則徐四品卿銜，令其馳赴浙江軍營。……」客氣地把林則徐打發到浙江去。

獲得四品卿的待遇，這意味著在主戰派占優勢的狀況下恢復了他的名譽。不過，穆彰阿是個棄名求實的人物，把林則徐從廣東趕走，他就失去了對當地官員的影響；而且他去浙江也沒有上奏權，對北京也不可能發生直接影響。

把林則徐趕到浙江獲得了成功，但在准許印度船通商一事失敗了，可以說是一勝一敗。主戰派的高級官員向道光皇帝詳細說明了所謂「港腳」問題的性質。

「給暴戾的英夷打掩護，這是幹什麼！下令處分楊芳、怡良兩個人！」皇帝大發雷霆。決定給兩人「交部嚴議，革職留任」的處分。通過這件事的處理，等於是再次肯定了對英國要堅決採取強硬態度的既定政策。

4

靖逆將軍奕山是康熙皇帝第十四子恂親王的後裔，他的曾祖父弘春是同屬弘字輩的乾隆皇帝的堂兄弟，父親綿備跟道光皇帝（綿甯）是同輩，所以從道光皇帝來說，奕山算是他的近房侄兒。

奕山在青年時代充當衣飾華麗的侍衛，是個頗有名氣的花花公子。這位奕山與參贊大臣隆文一起，像諸侯出巡似地於四月十四日到達了廣州，新任兩廣總督祁也於同日到達。

奕山一行和新總督分別由大北門和天字碼頭進入廣州，林則徐對雙方都派了代表去迎接，實際上林則徐前一天已在黃鼎地方見過他們。

這三名大官雖然分道進入廣州，其實在途中一直在一起。在這次赴任的途中，奕山被新總督祁灌進了一個偏見——不能信任廣東人。

祁在發生律勞卑事件時是廣東巡撫。當時公行的成員庇護律勞卑，偷偷地讓英國人登上船，爲英國人草擬漢文的布告，有的人還把衙門裡開會的內容透露給英國人——這些事情他至今仍然記憶猶新。

「廣東人長期跟外國人接觸，跟外國人之間有著密切的關係，不知道誰什麼時候會變成漢奸，對他們絕不能掉以輕心。」祁一再向奕山提出這樣的忠告。

「那麼，廣東的女人怎麼樣？」奕山舊性未改，問了這樣的問題。

法律家祁面露不快的神情，回答說他對女人不太清楚。

「哈哈哈！看來這要到廣州之後自己去學習學習囉！因爲誰也沒有給我指教呀。哈哈哈！……」

奕山放聲大笑起來。

他拜見道光皇帝時，皇帝當面賜給他的話是要「殄滅丑類」！丑類當中除了英夷外，當然也包括漢奸。這可不是簡單的任務啊！但他在公務繁忙之際，仍然不忘生活中的享樂。奕山帶來的幕僚們也認爲廣東是通過對外貿易而富裕起來的地方，早就盼望著能到這裡來，很多人想借此機會發個大財。

科舉的考場「貢院」在平時是空閒著的，奕山在這裡開設了兵器彈藥製造廠，許多人都要求到這個臨時工廠來工作，因爲可以從材料、工人工資中揩油。

奕山到任的第二天，林則徐和鄧廷楨一起正式去拜訪了他。回來的途中順便去拜訪新總督，但總督不在，沒有見到。

第二天——四月十六日，從早晨就開始下雨。新總督訪問了林則徐，這是對前一天的回訪。兩人一起去鄧廷楨處吃了午飯，林則徐回寓所時，怡良來訪。

他們談的話題都是對英問題。廣州因爲恢復了和英國的貿易而暫時熱鬧起來，但通過奕山的到任，已了解北京的意圖是堅決打仗。

「現在打仗是不可能取勝的。」林則徐說：「不過，敵人的補給線拉得很長，不要在短期內決戰，可以打持久戰。」

「我也是這麼想的。可是，靖逆將軍給我的印象好像是要急於解決問題。」

「如果要徵求我的意見，我要慢慢地向他說明道理。」

大顆大顆的雨點開始猛烈地敲打著窗戶，還未到天黑，天空卻暗淡下來了，遠處傳來了雷聲。

「看來要下大雨了，我這就失陪了。」巡撫怡良起身回去了。

林則徐感到怡良有點靠不住，是容易被人拉著走的人，本來就是靠不住的。

林則徐在任期間，怡良確實很好地給予了協助；在對待時局的看法上，意見基本也是一致的。可是，一旦兼任了海關監督之後，怡良好像很快就受到伍紹榮思想的影響。現在又來了一個主張短兵相接的奕山，怡良肯定會倒向他那一邊。

「通過怡良向奕山轉達意見是困難的，直接向奕山陳述自己的意見吧！」在斷斷續續的雷鳴聲中，林則徐考慮了今後的方針。

這是一場罕見的大雷雨，在夜空中滾動的雷聲，使廣州城內的人們聯想起英國艦隊的炮聲。每到夜晚，伍紹榮就翻閱他蒐集的廣東出身的文人著作，他把這當作他每天必做的工作。他準備用自己的財力去翻刻其中可以傳之於後世的著作。

他的先祖是從福建遷移來的，但他本人是在廣東出生、長大的。他打內心裡熱愛廣東。廣東是清國唯一的對外開放視窗，而且這個視窗就開在十三行街。不僅是熱愛鄉土之心，他熱愛公行的心也比任何人都強烈。

伍紹榮讀完了一本書，作了一次深呼吸。他現在的心情是悲傷的。

已經看出，靖逆將軍好像很敵視廣東人。過去在發生律勞卑事件的時候，祁曾經威嚇公行說：「律勞卑不走，就要把公行看成是通敵份子！」而這位祁又當上了總督。

前途多難啊！雷鳴聲好似在警告著這多難的前途。

隨著天崩地裂一聲巨響，房屋突然搖晃起來，屋裡傳來了婦女們的驚呼聲。「落雷了！」他跑到走廊上，看守倉庫的青年跑來報告說：「後面三號倉庫遭雷擊了！」

「是嗎？倉庫沒關係，快去救火吧！」他穿上馬禮遜送給他的西洋斗篷，來到涼臺上。天空又發出了火光，近處又響起了雷鳴。「看來是在海關附近！」伍紹榮低聲地自言自語。閃電呼喚著閃電，雷鳴呼應著雷鳴，天空仍在發出火光。

後來知道，豎立在海關監督官署前面的「粵海關」的旗杆在這天晚上被雷打斷了。

自從靖逆將軍到任以來，連續下了十來天的雨，且大多是雷雨。在怡和行和海關遭到雷擊的第三天，又下了一場大雷雨，兩名從貴州來的士兵被雷打死。

「皇帝對英國的橫暴感到震怒，老天爺也感動了！」人們都這麼說。

5

五月一日，林則徐接到了「馳赴浙江軍營」的諭旨。賞給了四品卿銜，名譽總算恢復了。總督、巡撫和其他官員都跑來表示祝賀。

第二天，他收拾好行李，到各處去辭別。不過，廣州官衙裡的氣氛相當沉悶，原因是北京來的上諭已經到達，獲悉楊芳和怡良聯名寫的那篇要求「與港腳通商」的奏文遭到了嚴厲的譴責。

奕山一清早就來到了林則徐的臨時寓所。他說：「楊芳和巡撫叫皇上狠訓了一頓。我也不能疏忽大意啊！」

林則徐瞅了瞅對方的臉，心裡想：「這可糟啦！」北京的上諭已經到達，奕山大概是因爲要「殄滅丑類」這句話而急於行動。他出身於貴公子，不太擅長於策略，有可能筆直地向前狂奔。清軍要想同英軍的作戰打得漂亮，只有進行長期的持久戰，而現在奕山的情緒好像是想一舉解決問題。

「我的想法，要想挽回大局已經很難了。」林則徐說：「我認爲當前最重要的是不要受對方的誘惑。」

「對方是指北京嗎？」奕山的腦子裡還殘留著昨夜的酒。他宿醉未醒，連「對方」這個詞也理解錯了。

「對方是指英軍。」林則徐耐心地解釋，「正面碰撞不是上策，首先要修補、鞏固要塞，有時讓少數人放火船去襲擊，只能來幾次這樣的戰鬥。」

「你的意見上次已經領教了。你說敵人在補給方面有弱點，應當打持久戰。不過，我想，敵人打了一連串攻擊戰，彈藥恐怕非常缺乏吧？」

「是這樣的，從印度來的補給還需要好多天。」

「那麼，現在打不是很好嗎？」

「缺乏是缺乏，打一兩次大仗恐怕還是可以的。咱們如果一下子打垮了，那可就一切都完了。」

「可是，北京在大喊大叫要迅速掃蕩啊！」

「正面決戰立刻就會決定勝負，咱們是不可能打勝的。」

「增援部隊正陸續到來，不算壯勇，已有一萬五千人……」

「我希望你了解，問題不在數量。我就要去浙江，這是我最後的獻策了。」林則徐爲了說明正面決戰的不利，把話都說盡了。他所建議的作戰方法，用今天的話來說，就是游擊戰。而奕山由於徹夜宴飲十分疲勞，只是哼哼哈哈敷衍了事。

第二天——五月三日，林則徐從天字碼頭出發，由水路赴任。

這天天氣晴朗，而且極熱。送行的人絡繹不絕，軍官們率領士兵，排列在岸邊。路線和來廣州赴任時一樣，溯珠江而上，出江西，赴浙江。雇了兩隻船，大船長十五米，寬三米半，有舵工、水手十四人，到南雄約兩周行程，約定付船費六十元。

在天字碼頭上舉行的是正式的歡送會，預定在途中跟個別親友告別，開船後不久即在花地登陸，與朋友們惜別，一起觀賞了榴花和秋海棠花。接著在佛山登陸，會見了越華書院的講師梁廷枏等人。

第四天，船過清遠縣，到達飛來峽。連維材已約好在飛來寺會見林則徐。

一過清遠，兩岸突然陡急。傳說軒轅（古代神話中的皇帝）的兩個庶子獲罪後，隱居於此地。河岸邊就是陡峭的高山，房屋重重疊疊地建造在山崖上。林則徐停船上岸，登上了山坡。途中有壯偉的瀑布，旁邊有小亭和觀音廟。林則徐的日記上寫道：「觀飛瀑甚佳。」

飛來寺就在瀑布的上面。連維材早已來了，一個老僧在招待他喝茶。

「祝您一路平安！」連維材躬腰迎接林則徐。

「謝謝。到底能幹點什麼事情，現在還沒有把握，先看看情況再說吧！」

「已經通知了王舉志，他也許對您有點用處。」

林則徐在各種情況下都會想起王舉志這個名字，不知爲什麼，他覺得這個人是他最後的依靠。

「王舉志！……我希望他在我們倒下之後才登上舞臺。」如果登上同一個舞臺，當官的林則徐和爲民的王舉志有可能分爲敵我兩個陣營。兩人的談話是在默認「大勢已去」的基礎上進行的。他們都想鼓起勁頭，可是，這種勁頭不知什麼時候已經消失了。

「今後可能要看王舉志的了！……」林則徐想起了饑民團的隊伍。這是這個國家的最後力量，說不定還是最可靠的力量。

飛來寺的老僧要求題字留念，林則徐提筆寫了一副對聯：

孤舟轉峽驚前夢，

絕磴飛泉鑒此心。

正在這時候，外交大臣巴麥尊在倫敦決定要罷免義律。

他認爲一切事情只要蠻幹到底就會成功。希臘獨立戰爭，土耳其、埃及戰爭，阿富汗戰爭，都是依靠這種辦法而使巴麥尊的外交獲得了輝煌的成果。

只有對清外交遲遲沒有進展。義律太過於軟弱了，《穿鼻草約》早已使巴麥尊感到不滿。香港到底正式割讓了沒有？據說在那兒的貿易還要向清國納稅。義律從定海撤兵首先就惹巴麥尊不高興，義律過於重視「實利」了。實利當然是重要的，但巴麥尊的外交是爲了爭取「光榮」。

解除義律的職務後，新任命亨利．璞鼎查爲特命全權大使，威廉．巴爾克爲海軍司令。五月四日，巴麥尊緊閉著他的薄嘴唇，在這個人事變動書上簽了字。

英法海峽裝上海底電纜是在數年之後，至於無線電報是在五十多年後才使用。倫敦的這一決定傳到義律那兒還需要一段時間。

偷襲之夜

清國水師的兵船扔出大量的噴筒，火彈、火球、火箭等，也在夜空中劃出拋物線的火光，互相交織在一起。偷襲的第一次是十分重要的，這一擊如果不成功，那就沒有希望了。

西炮臺遭到海上的炮擊，早已籠罩在火海裡，很多大炮已被擊毀。「敵人是一開始就有準備的！」西炮臺的總兵段永福懊惱得直跺腳。

1

西玲回了廣州。石井橋平靜的氣氛，不知什麼時候已使她感到難以忍受了。

連維材除了去一趟飛來峽送林則徐外，一直待在石井橋沒有動作。

「鮑鵬不是已經被抓起來送北京了嗎？你爲什麼還不回廣州呀？」西玲這麼問他，他只是搖搖頭說：「我喜歡這兒。」

西玲回廣州的原因，除了擔心弟弟，感到寂寞無聊外，還因爲愈來愈感到憋得難受。

待在令人有清澈透明之感的李芳身邊，她感到自己的心情會平靜下來。可是，自從連維材來了之後，她慢慢地覺得不是這樣了。李芳就像一面鏡子，承受著連維材強烈的光芒，並把它加大好幾倍，照射到她的身上——她是這麼感覺的。

廣州一直惶恐不安。人們害怕英軍會進攻而逃出城去，聽說停戰的消息，又返轉回來，而現在他們又往外逃跑了。

原因是外省的軍隊十分野蠻，尤其是湖南兵到處逞兇作惡。「我們廣東的軍隊到哪兒去啦？」街上的人們感到納悶。

奕山被祁𡎴進了「廣東人是漢奸，不可信賴」的思想，把廣東兵趕到廣州城外去了。廣東兵如果留在廣州城內，肯定會出大亂子。他們看到廣州市民受到湖南兵的欺凌，當然不會袖手旁觀，恐怕早就發生巷戰了。

「他媽的！太可恨了！」廣州的市民們恨得咬牙切齒。

西玲看望了誼譚之後，跑出去買東西。誼譚的樣子使她心情暗淡，弟弟已變成了一個沒有靈魂的肉體。她想沖淡一下暗淡的心情，來到一家叫信益的布店。五彩繽紛的布料，還是可以使女人高興起來的。

「太太，好久不見啦！」掌櫃的陪著笑臉說。他的臉上除了嘴唇長得特厚外，其他部分還顯得端正。

「到鄉下去了一段時間。我想買點淡綠的棉布。」天氣就要熱了，窗子上必須掛簾子。

「這個您看怎麼樣？」掌櫃的拿出好幾種綠棉布，擺在西玲的面前。

「我要顏色更淡一點的……」這時候，門外跑來了一個小夥計。

「掌櫃的，湖南虎來啦！今天據說是盯上了咱們這兒！」

「這可不得了啦！」掌櫃的嚇得臉上變了顏色。

「怎麼啦！冷靜一點嘛！」對方已嚇得哆哆嗦嗦，西玲帶著責怪的語氣說。

「不過，太太……是，太太，您快點回去吧！」

「我不回去。要趕顧客，這太不像話了！」

「可是，湖南佬要是來了，那……」掌櫃的對西玲沒辦法，衝著小夥計喊道：「快，快關門！」

他自己也幫著把門關起來。

「太不像話了！要把我禁閉起來嗎？」

「太太說不回去嘛！」掌櫃的一邊分辯，一邊不斷地注意著門口。

過了一會兒，咚咚咚地響起了亂敲門的聲音。「啊呀，到底來了！喂！你們還磨蹭什麼呀！還不快把貨藏起來！」

夥計們慌忙把貨物收攏在一起，抱著往裡面搬，幾匹布從他們懷中掉到地上。敲門的聲音愈來愈猛烈，好像是用腳在踢門了。

「怎麼辦呀？不開不成吧？」掌櫃的哭喪著臉，問西玲說。

「你問我，我有什麼辦法呀？不過，我想，你不開門，他們也會把門打碎進來的。」她的話還未說完，杉板門已經稀裡嘩啦地被打破了。他們何止是用腳踢，還帶來了大槌子，幾槌子一打，木板門就敲開了一個可以容一個人進入的大洞。

湖南兵一個接一個地從洞口鑽進來，進來了十來個。門外好像還有人，最後進來的好像是個小軍官。他回頭下令說：「你們在外面等著！」然後拔出腰刀。

這個小軍官用刀頂著面色蒼白的掌櫃鼻尖，說：「喂！你這兒有漢奸吧？現在要搜查！」

從湖南兵來看，所有的廣東人都是漢奸，他們的興趣是藉口抓漢奸而進行掠奪。而且一般都不闖進可能與政府有關係的大商店，因爲害怕以後帶來麻煩，所以才不斷地襲擊沒有後臺的中小商店。

掌櫃渾身發抖。西玲揚起眉毛，走到掌櫃的身旁說道：「把刀收回去！」

「什麼！這個女人……」小軍官重新握緊了刀。

「我說，你把刀收回去！」

「你是什麼人？」

「這店裡的顧客。」

「你要幹什麼？」

「這倒是我想問你的問題。我以爲你們一定是破門搶劫的強盜……可是，你們穿著軍服。」

「什麼！破門搶劫的強盜？你這個臭娘們！」小軍官兩眼瞪著西玲。這時他的眼睛已經習慣了店內的暗淡光線，發現西玲長著一副異相，不覺喊道：「啊呀，這女人是夷人吧？……」

「誰是夷人！」西玲挺起胸口說：「你是哪個國家來的？」

「這店是漢奸，這女人就是證據！」小軍官對部下說，「夷人派這個女人來做買賣。來人，把她綁起來！」

兩個士兵從左右揪住西玲的兩隻胳膊，擰到她的背後。

「哎喲！你們要幹什麼！你們這些湖南佬！」

其他士兵早已開始搶劫了。從各個角落拖出來紅、白、黃、綠等各種顏色的布。

「您就饒了我吧！」掌櫃的跪在小軍官面前，額頭不停地叩著地，苦苦哀求。

西玲從破門洞裡被推了出去。從緊閉著門戶、光線暗淡的店內，突然來到明亮的街上，她的眼睛一陣發黑。街上也有十幾個士兵，早已把扔到外面的棉、綢布料裝上了事先準備好的板車。

「你們盡打敗仗，當強盜倒很有本領！」西玲的兩隻胳膊被擰在背後，她大聲叫罵著。

「胡說！」左邊的士兵放下西玲的胳膊，狠勁朝她的腰上踢了一腳。

2

「什麼時刻？」奕山問道。在廣州舊城東邊的貢院內的臨時司令部裡，軍事會議就要結束了。林則徐最後的建議也未能阻止奕山要速戰速決的決心。

備戰的工作做得太露骨了，義律已勸告待在廣州的英國人退出廣州。「用夜襲來一決雌雄！」——這種豪壯的做法倒是有點像貴公子奕山的風度，但一切的作戰措施卻全權委託給老將楊芳。

軍隊的調動已經結束，火船也準備齊全，剩下的只是決定進攻的時刻了。

楊芳見問，自己也不能決定。他把視線轉向幕僚團，大概是向他們求援。一個白衣老頭好像是要回答這個問題，搖搖晃晃地走上前來。

他是象法道士。他跪在楊芳的面前，開始了他那只手朝拜的「默想」。過了一會兒，老道士仰起臉來說道：「今晚初更與二更之間大吉！」

「是嗎？」楊芳點了點頭說，「這麼說，是亥刻了。」

紫禁城裡也是這樣計時的。當時夜間巡邏是從晚上九時開始，到第二天上午七時結束，每兩個小時換班一次，共換五次。這種換班稱作「更」。初更是從九時開始，二更是從十一時開始。初更與二更之間是十時，恰好是亥刻。

「好吧，就這麼決定了。」奕山這麼說，好似鬆了一口氣。接著衝著楊芳問道：「軍隊的士氣怎麼樣？」

「士氣不用擔心，相當高昂。」楊芳回答說。

「會是這樣的。要求過嚴，兵心反而畏縮。我自己也有體會，能幹喜歡幹的事情，可以蓄養英氣，到關鍵時刻就可振奮起來。」

外省來的軍隊，在廣州街上不僅肆意搶劫，甚至隨意地殺人。靖逆將軍奕山對這些一向不聞不問，其原因就是來自這種要求過嚴則兵心畏縮的理論。而且那些受害者都是「漢奸」，當然也不值得同情。當時人們這麼說廣州的軍隊：「兵不見將，將不見兵，紛擾喧呶，全無紀律。」

這就是奕山所說的「英氣」的實質。

奕山說後，幕僚們開始輪流彙報一些瑣瑣碎碎的事情，奕山基本上沒有聽。他自己也因爲要蓄養「英氣」，從早晨就一直在喝酒。「昨夜的女人太不夠味了。」正當他想到這裡的時候，耳朵裡偶然聽到了「女人」這個詞。

「剛才說什麼？」奕山問正在彙報的一個參將說。

「是。我營的士兵捉住了一個夷人的奸細，說那個奸細是個女人。」

「哦，是女人？」

「是，而且是個女夷人。不過，她能說一口流暢的中國話。」

「肯定是女夷人嗎？」

「她本人不承認。不過從容貌上看，我認爲不會錯。」

「女夷人怎麼敢大膽跑到廣州的街上來呢？」

「那個女人頭髮、面貌跟中國人也有點相似，大概是因此而被選中、潛入進來的。」

「是嗎？聽說在澳門一帶的西洋夷人中，也有黑頭髮。」

「現在關在貢院的一個考棚裡，準備嚴加審訊。」

「夷人直接跑來偵察，這可是一件很大的事情。」

「大人說得對。」

「我要親自審問。」奕山說。當然，他心裡是另有打算的。他一直對廣東的女人抱有希望，可是，帶進房中一試，感到十分乏味，跟北方的女人沒有多大差異。昨夜的女人也是如此。奕山是這方面的老手，沒有女人能使他感到滿足。

「女夷人！這可是變種，說不定有點兒意思。」奕山心裡在這麼琢磨。他以前在新疆監督開墾事業的時候，曾經強姦過維吾爾族的婦女。那女人很有意思，說不定女夷人會跟新疆的女人相似。奕山回想起維吾爾女人白嫩的皮膚、灰色的眼睛、栗色的頭髮、身上羊羶氣的氣味，不覺咽了一口口水。

這時，一度退下去的象法道士又蹭行了出來。「小道有話呈稟。」老道士說。

「什麼事？」奕山皺了皺眉頭，俯視著醜陋的象法道士。

「這個女人恐怕是英夷的術士。在這樣的時刻偵察廣州市街，會不會是帶了什麼重大任務。據小道推測，這夷女一定是在市街的各個地方施展了妖術。」

「哦，是女術士？」奕山歪著嘴巴。

「這可是一件大事。放大炮的時候也是這樣的啊！夷人的妖術實在可怕。」楊芳從旁插話說，他的樣子好似十分擔心。

奕山從來不相信什麼妖術，而遇事無主見的楊芳，一碰到仙術之類的事情，卻頑固到可怕的程度。奕山想把這事岔開過去算了，他已疲於酒色，沒有精力談論這些問題。

「那麼，該怎麼辦呀？」他問道士說。

「現在當然要破那個女人的妖術，我要求把這個女人交給我。」

「你要女人？」

「是，要破妖術，就需要施展妖術的人的身子。」

「是嗎？……」奕山氣憤憤地說。不過，他又想了想，今天夜裡就要進行決定命運的決戰，恐怕唯獨今天夜裡沒有時間摟著女人睡覺了，再說，那個老傢伙連走路也搖搖晃晃的……。

「好吧，把女人交給你。」他說：「不過，上次女人的尿桶可沒有發揮作用啊。」

「那一次是因爲不明白施妖術人的眞相。」

「這次已明白了眞相，要是失敗了，我可饒不了你！」奕山拍了拍軍刀的刀柄說。

五月二十一日，義律勸告待在廣州的英國人退出廣州。到這一天的傍晚，所有的英國人都撤離了十三行街的商館。

清國方面各營軍隊調動頻繁的情報，不斷地送到義律的手邊。他當然也派出了間諜。不過，這一次在過去毫無關係的市民當中，也有人跑來報告這些情況。廣州市民已由憎恨夷人而轉向憎恨外省的暴兵。

義律向各個艦船發出命令，要他們進入警戒狀態。

3

四周一片漆黑。西玲兩手被綁在背後，倒在地板上。一條細長的光線射進來，光線擴大了，門打開了。影子遮住了光線，從鞋子的聲音知道進來了人。

「站起來！」這聲音軟綿綿的，跟這種場合很不相稱。

「你要我站起來，但你們綁了我，我站得起來嗎？……」西玲已經喊累了，也說不出什麼大話了。

有人從左右把她拉起來，走出門外。外面很明亮，簡直使她頭暈眼眩。她以爲已經過了很長時間，可是天還沒有黑。穿過一塊二十來米長的空地，她被帶進了另一棟房子。

她一直光著腳板。她那粉紅緞面上用金絲刺繡的華麗鞋子，早已被士兵搶走了。「就剩衣服沒有剝光了！」她想。沙子吃進她的腳心，痛得她皺著眉頭。

她是被十多個士兵簇擁著帶走的。穿過一條發出塵土味的走廊，士兵們在一扇朱漆的門前停下了。門打開了，裡面光線暗淡。西玲被人揪住兩隻胳膊，帶進了屋子。

「讓她躺在這個檯子上！」一個好似是班長的漢子，用他那口齒不清的聲音下命令說。左右兩邊的士兵，粗暴地把她推倒下去。她以爲一定會倒在硬木板上，可是卻倒在一種軟綿綿的東西上面。

「這是什麼呀？」她心裡琢磨著。因爲兩隻手不能動彈，她彎了彎身子，用面頰蹭了蹭那件東西，好像是毛皮。她想起了自己的披風，披風的裡子是狐皮的，觸覺跟這很相似。

士兵們離開之後，屋子裡一下子變得寂靜無聲。自己將會是怎樣的下場，她已決定不再去想了。想也沒有用，她已意識到靠自己的意志已經沒有辦法了。

門又吱的一聲打開了。這聲音剛一消失，就傳來了沉重的腳步聲。不，不是沉重的，而是一種飄移不定的聲音，她甚至覺得是不是進來了一個醉漢。

一個白呼呼的東西搖搖晃晃地從她的身邊走過去。她覺得什麼東西在喀嚓喀嚓地作響，四周突然明亮起來，原來是點燃了蠟燭。

白色的物體朝她的身邊靠近，西玲好不容易才弄清了那是什麼東西。那是一個頭戴巍峨的高皮帽、拖著白色長衣的人。這人大概是想把他那不太多的白鬍子打扮得漂亮一些，故意把鬍子弄得蓬蓬鬆鬆的，所以鬍子變成了稀疏的線條，透過它可以看到他的喉嚨。

她看了一眼，覺得這是一個裝腔作勢的討厭老頭子。

白衣老頭俯視了她一會兒，默默地走了過去。西玲把臉轉向蠟燭，在兩支蠟燭的後面有一個和真人大小差不多的神像。這神像的臉孔塗得雪白，嘴唇血紅，看起來十分刺目；神像的眼睛像一條細條，向上斜吊著；鼻子下面垂著幾根泥鰍鬍鬚，這鬍鬚左右兩邊不一樣長。

大凡神佛的塑像，不論是木雕的還是乾漆的，一般都是連同衣服一起塑造。但這個神像從脖子以下是穿著眞的衣服。衣服很華麗，大概是從戲院裡拿來的，連頭上戴的冠也好像是借用了戲中閻羅王的帽子。

神像的樣子很不協調，如果是放在明亮的地方，一定會使人發笑。但西玲是被人縛住雙手、躺在這昏暗的屋子裡，這個很不協調的神像漸漸地使她感到恐懼起來。這個神像擾亂人們正常的思維，好似要表現一種正常人無法理解的狂暴力量——就好像把她抓到這兒來的力量。

西玲的身上流動著兩個民族的血液。她是作爲一個中國人長大的，但她一直生活在貿易港口——廣州和澳門，經常處於哪一邊也不沾的位置。

她有一種好像雙方都在拉扯她的感覺，但她不能傾向於任何一方，西玲就是在這種狀況下生活過來的。傾向於哪一方都會使她感到擔心害怕，她的兩邊都是深淵。現在她感到是向一方傾斜了，漆黑的深淵張著大口在等待著她。

她感到一個紅點靜止在那兒，但不一會兒這紅點開始劃著圓圈晃動了。白衣老頭在揮動著線香，老頭嘴裡嘰裡咕嚕地說著什麼，他的聲音愈來愈大。

最初一點也不明白是什麼意思，但逐漸夾雜一些她可以聽懂的詞句：「八千女鬼亂天朝，……入南盡是鬼門關，……天有妖祥，人有……」

她只覺得這是在亂唱著語調好聽的詞句，把那些能聽得懂的片斷詞句連在一起，也得不出一個連貫的意思。

「……男非男、女非女、山非山、河非河……」接著又是像咒語似的聽不懂的詞句。唯有節奏是同樣的，好像要無休無止地永遠這麼唱下去。單調的節奏使西玲害怕起來。「整天這麼念，我會發瘋的。」她想喊出聲來，但嘴唇一味地抽搐，簡直就好像在噩夢中似的。

白衣老人一定是在向那奇怪的神像作什麼祈禱。這種場合一般都要獻上豬、雞之類的供物，可是祭壇上並沒有看到這一類的東西。

「是把我……？」她想起了「活犧牲」這個詞，不覺閉上了眼睛。她感到自己慢慢地往深淵裡沉下去，她一邊往下沉著，一邊想起了澳門藍色的大海。救星將來自大海。

也許是老道士支離破碎的咒文緣故，西玲的意識也向著荒唐無稽的泥沼中沉溺下去。

4

信益布店立即把西玲被暴兵抓走的情況告訴了金順記。

到石井橋去教授拳術的余太玄，這時恰好回廣州店裡。「湖南的臭兵痞子！」他聽了情況，狠狠地吐了一口唾沫。余太玄對西玲並沒有什麼好感，主要是因爲她長了一副夷人相。但他聽說與金順記有關的人遭到迫害，還是很氣憤。

「聽說五仙觀裡聚集了許多流氓地痞，正在商量揍外省兵。」金順記的一個店員告訴大家。

「好，我也去！」拳術大師跑了出去。

五仙觀在舊城內的西面，在回教懷聖寺的南邊。傳說周代有五個仙人騎著羊來到南海，廣州的別名叫「羊城」，就是起源於這個傳說故事。

五仙觀是祭祀這五個仙人的道教廟宇。觀內有一座明代的壯偉的建築物，叫「嶺南第一樓」。樓內有一口大吊鐘，但沒有撞木。據說敲這口鐘，老百姓就有災難，所以禁止撞鐘。人們稱這口鐘爲「禁鐘」。

在這嶺南第一樓的前面，聚集了一百多名廣州的流氓地痞。他們手裡拿著木棒、鐵搭（鐵扒子）之類的武器，正在吵吵嚷嚷地爭論不休。

大概可以對他們發號施令的頭目們早已躲藏起來了。流氓地痞一旦當上頭目、有了財產，看來也是愛惜性命的。

「呔！蠢貨們！」余太玄大喝了一聲。他作爲拳術大師，在廣州也是一個小有名氣的人物，但他不是流氓地痞社會中的人。余太玄厭惡他們，把他們視如蛇蠍，所以他們也不去接近余太玄，只是知道余太玄的名氣。

這個不太知底細的人物，突然地申斥了他們。「你們平時大模大樣，飛揚跋扈，現在眼看著外省的軍隊欺壓咱們廣州老百姓，卻不敢吱聲。儒夫！」余太玄劈頭蓋臉地大聲指責他們。

「眼看著不敢吱聲？咱們這不在開會討論嗎？」最前面的一個小夥子，噘著嘴巴這麼說。

「你們只是聚在一起吵吵嚷嚷！」

流氓地痞們默不作聲，他們集合到這裡來已經很長時間了。他們想狠狠地揍一頓暴兵，一直在議論辦法。余太玄來到的時候，他們正在討論是一窩蜂擁上去，集中進攻一個地方，還是分成小股，採取游擊式的偷襲辦法。

「咱們正在商議哩。」好不容易有人這麼回答說。

「現在還商議什麼？」

「可是，咱們人數有限，對方有好幾萬人。」當時外省到廣州的援軍已近三萬人。

「敵人只有兩萬人，我們這邊有一百萬廣州的老百姓！」余太玄高舉雙臂，挺著胸膛說：「我們是去揍那些鄉巴佬，只要我們從這裡跑出去，一定有許多人會跟著我們走，人數一定會愈增愈多！」

余太玄突然從身旁的一個人手中奪過一條棒子，開始呼呼地舞動起來。棒術也是他的拿手武藝。他飛速地揮動著棒子，棒子旋轉在空中，劃著各種圖形。

人群中發出驚嘆聲，余太玄用實際的表演顯示了自己的實力。

「有膽量的跟著我走！膽小鬼可以留在這兒慢慢地商量。」他這麼說後，頭也不回地逕直跑出了五仙觀的大門。

他沒有回頭，但他還是邊跑邊估計著跟在自己身後的腳步聲。聚集在禁鐘前面的全體人員都跟著余太玄走了。但是，上哪兒去？去幹什麼？根本不知道。他們的胸中只是燃燒著仇恨外省兵的烈火。連余太玄自己也不知道要上哪兒去。不過，有近二萬人的外省兵，總會在什麼地方碰上他們吧？

這天晚上準備偷襲英國艦隊，軍隊正在調動。據說廣東人都是漢奸，不知道什麼時候會當敵人的奸細，所以軍隊都分散成小股移動，儘量不引起人們注目。

果然如余太玄所預言的那樣，一般的老百姓也加入了像洪水般沖溢到街道上的流氓地痞的隊伍。那些赤手空拳的人們，路上拿起商店的招牌和靠在牆上的扁擔當作武器。

當時廣州的街道是彎彎曲曲的，路面也很窄，到處都有胡同小巷。這個龐大的人群擠滿了道街，向前奔跑。「打倒湖南佬！」「貴州豬！」人們狂吼著，揮舞著短棒和竹槍。

即使能碰上所要尋找的「臭兵痞」，這樣狹窄的街道也不可能成爲集體亂鬥的場所，最多也只是前頭的幾個人交交手。

群眾方面由於有余太玄領頭，所以比軍隊方面占優勢。外省兵一看到這一大群的老百姓，立即覺察到情況不妙，因爲他們幹了於心有愧的事情。好在到處都有迷魂陣般的胡同小巷，那些深知老百姓如何痛恨他們的大兵們，避開了人群，順著胡同小巷走向調動的地方。

如果眞的拿起武器來戰鬥，當然還是軍隊方面的勢力大。不過，外省兵早就爲他們過去的暴行所招致老百姓的痛恨而感到害怕，周圍的一切都是敵人，稍不小心就會被踩成肉餅。在這樣巨大的力量面前，武器又能起什麼作用呢？聰明的辦法還是逃走。

從五仙觀出來的人群，立即增多了十幾倍。他們蜂擁著在城內所有的街道上到處奔跑，街道上籠罩著濛濛的塵煙。跑的時間太長，肚子就餓了。快近傍晚的時候，不斷有人回家去吃飯，這個疾風般猛跑的人群等於是自然解散了。

街上到處可以看到被眾人打倒的外省兵，輕傷的逃走了，那些被打倒不能動彈的兵，渾身是血，在那裡呻吟，也有受重傷瀕死的人。

老百姓方面幾乎沒有人受傷。小的衝突以前曾經發生過多次，但像這樣大規模的反抗還是頭一次。

士兵們再一次痛切地感受到老百姓對他們的憎恨。他們前面有英國艦隊這樣的勁敵，後面又燃起了老百姓怨恨的火焰。儘管奕山和楊芳很樂觀，但士氣已不可能高漲了。

而且，清軍方面雖打算偷襲，但義律已經覺察，做好了一切準備，摩拳擦掌地在等待著。奕山不顧林則徐的忠告，試圖進行這場大賭博，其前途已籠罩著陰雲。

五月二十一日——陰曆四月初一。道光二十一年的陰曆是閏年，三月有兩次，這個漫長的三月已經結束了。偷襲之所以選擇在這一天，除了初一是個吉利的日子外，還因爲這天沒有月亮，便於夜襲。

士兵們躲在珠江沿岸的防護牆和沙袋的後面，等待著亥刻的到來。他們仰望著沒有月亮的漆黑夜空，想念著湖南、貴州、江西的月亮。背後沒有民眾支持的軍隊，有多少萬人也是孤獨的。

5

「怎麼能敗在這傢伙的手下呢！」西玲心裡想。

敵人不是穿白衣服的、搖搖晃晃的老頭子，而是那個扁平的大白臉上有著血紅嘴唇的神像。正是由於她對這個穿著華麗衣裳的神像懷有敵意，才使她快要昏迷過去的時候又清醒過來。

這時她的心情也慢慢地冷靜下來，覺得要保存氣力，以備萬一的時刻。折騰只會消耗體力，她疲憊無力地躺在毛皮上，一動也不動。

快到傍晚時，白衣老道士走出了屋子。已經傍晚了，這也只是她這麼想像。屋子裡始終是那麼黑暗，根本不知道時間。她心想：「這老傢伙肚子餓了吧？……」

過了很長時間。西玲根本無法估計究竟是什麼時候，老道士又進來了。

象法道士又開始祈禱了。西玲已經沒有心思聽那些莫名其妙的詞句，她的雙手已經麻木得沒有感覺了。她側身躺著，背對著道士，兩眼呆呆地望著神像。

遠處傳來了炮聲。這時，老道士突然停住了祈禱。「這就完了。」西玲聽到背後一陣痛苦的咳嗽聲。

英國的艦船分散地停泊在廣州西面十三行街的海面上。

伍紹榮的怡和行前面也有個小要塞，英國人稱它爲「怡和行炮臺」。鱷魚號就停泊在離這座怡和行炮臺不遠的地方，阿勒琴號、復仇神號、摩底士底號等艦船也停泊在附近。摩底士底號和單桅船路易莎號、縱帆船曙光號等的位置離岸最近。

十三行街西面的沙洲有正式要塞，稱作「西炮臺」；它和天字碼頭東邊的「東炮臺」共同防守著廣州。貴州安義的總兵段永福在西炮臺擔任總指揮，他是一位老練的武將。

數百艘小艇齊集在江岸邊，舟艇裡已經悄悄地上了士兵。小船每十只用鐵鍊繫在一起，每艘船上都堆著木材、硫磺、棉花等易燃物，上面澆著桐油——這就是火船。用它去撞敵艦，使敵艦起火。這在林則徐的時代是最有效的進攻方法。

亥刻（晚間十點），最前面的火船悄悄地划了出去，目標是摩底士底號。

已處於警戒狀態的摩底士底號上的哨兵當然不會放過它，哨兵盤問的聲音劃破了夜空。

火船已逼近到只有數碼的距離了。聽到摩底士底號上發出的盤問聲，乘坐在火船上的士兵們首先向敵船投擲噴筒，然後把自己的船點著了火。投擲的噴筒沒有達到敵船，落在水面上。

火船一點著火，上面的士兵立即迅速地跳進水中。摩底士底號所屬的小帆船和舟艇，用步槍射擊水中的清兵，把帶鉤子的鋼繩投向火船，企圖把火船拖開。

西炮臺開始炮擊，摩底士底號也進行了還擊。

火船又朝著路易莎號和曙光號划去，但都未接近這兩艘船。火船是趁著黑夜划出去的，但火船一燃燒，火光照亮了黑夜，後面划出的火船就看得一清二楚了。

清國水師的兵船扔出大量的噴筒，火彈、火球、火箭等，也在夜空中劃出拋物線的火光，互相交織在一起。偷襲的第一次是十分重要的，這一擊如果不成功，就沒有希望了。

西炮臺遭到海上的炮擊，早已籠罩在火海裡，很多大炮已被擊毀。「敵人是一開始就有了準備的！」西炮臺的總兵段永福懊惱得直跺腳。

摩底士底號也被炮臺發射的炮彈打斷了帆繩，甲板和船舷都中了炮，有的士兵負了傷。路易莎號和曙光號不是軍艦，防禦薄弱，遭受的損害比摩底士底號更大。但是，火船被擊退了。一隻接一隻開出的火船，也被敵人的彈雨形成的帷幕阻住了，不要說接近不了敵船，連離岸也困難。點燃了的火船，徒然地燃燒著自己，燒毀之後就沉沒了下去。

誰都可以看出，偷襲已經失敗了。在西關的海岸上督戰的文官已經死了心，給在貢院的奕山寫報告說：「月黑潮順，但我方之進攻終於未獲成功。」

「沒有什麼可怕的，敵人一定會被打退的……」老道士正面跟西玲說話，這是第一次。聽到這聲音，西玲猛地睜開了眼睛。她並沒有昏迷，而是睡著了。她不知道睡了多少時候，還可以聽到炮聲。

6

老道士坐在那兒，兩隻手就好像划水似地在地板上往前移動。「啊呀，睡得像死了似的……一點也不可怕，我去換蠟燭去。」他從西玲躺著的毛皮邊蹭行過去，向蠟燭那邊移動。

不知是第幾支蠟燭又快要點完了。點上新的蠟燭之後，白衣道士才站起身來，向神像行了一個禮，轉身衝著西玲。他向前伸開雙臂說道：「喂，女人，太乙元君召喚你！」

老道士腳步蹣跚地向她的身邊走來。「喂，到元君的面前去，快脫衣服！」

西玲緊縮著身子。

「哦，是呀，」老道士的臉上第一次露出了笑容，「手被綁住了，自己不能脫衣服……好吧好吧，我來脫。來，我給你脫吧！」

他的嘴角滿是唾液的泡沫，沾著眼屎的兩隻眼角帶著猥褻下流的皺紋。不一會兒，這老道士乾枯的手摸了摸她的面頰。她條件反射似地搖晃著頭，用牙齒咬他的手。

「啊呀！女夷人果然像野獸一樣啊！」象法道士這次把縮回的手放到她的肩上。她搖晃著肩頭，但老頭的手抓住她那繡著大紅牡丹的衣領。

薄綢的夏衣不結實。沒想到老道士竟有這麼大的力氣，他使勁一扯，綢子哧啦一下被撕裂了。粉紅色的短上衣被撕成了兩半，她的上身還穿著汗衫。

「哦，還穿著衣服呀！天氣這麼熱……防禦得眞嚴呀！……哦，身上汗淋淋的啊！」道士把手伸進汗衫下面。西玲扭動著身子，打脫他快要到達乳房的手。

不過，汗衫很快也被撕裂了。奇怪的是撕扯衣服的時候，老頭的手卻很有力氣。

「對，不用急！」象法道士把撕裂的短上衣和汗衫從她身上剝下來時，把它們撕成一塊塊碎片。他好似對衣服撕裂的聲音感到無比的歡悅，一邊撕著，一邊像陶醉了似地不住地點頭。

「現在該脫下身子了。」老道士彎下身子。

西玲穿著白色的折裙，只用紐帶繫在腰上，很容易地解開了。西玲俯身緊貼在毛皮上。

「嘻、嘻、嘻……」老道士把臉緊貼在剝下的裙子上，發出變態的笑聲。「下面還有褲子呀！……老生不太清楚女子的衣服。」

褲子的上部用一根細褲帶繫在腰上。她的褲子是淡綠色的。

「這顏色很明亮呀！」道士伸出了手，西玲拼命地扭動著腰。

「啊呀，不要這麼亂動彈嘛！」道士的手找到了褲帶的結，把它解開了。

西玲這次吧嗒吧嗒地亂踢著雙腳，但解開了褲帶的褲子一下子就褪下來了。

「呵、呵……」她聽到背後發出像從喉管裡迸發出來的怪聲，接著是哧啦哧啦撕布的聲音。看來老道士連撕碎裙子、褲子也感到高興。

西玲在亂踢著雙腳的時候，忽然想到：「對呀，我還有腳哩！」被綁住的只是兩隻手，腳還是自由的，爲什麼一直以爲自己完全失去了自由呢？一定是因爲被幾個士兵簇擁著帶進來的緣故。軍隊不知到什麼地方去了，她已經不能動了。她自己一直是這麼認爲的。

她眞想笑，如果對手只是這麼一個老朽，不用兩手也可以跟他鬥一鬥嘛！

「喂，太乙元君不高興哩！元君說他想看一看你的前面。不能俯臥著，光讓元君看你的屁股，那可是大不敬啊！」老道士摸了摸她的白屁股。

西玲側轉身子，把身子彎成一隻龍蝦。老道士以爲她聽從了自己的話，就要仰開身子，於是向後退了一點。

接著的一瞬間，她好像是要翻過身子來，其實是雙腳憋足了勁，猛地朝老道士的身上踢去。老道士仰面八叉地跌倒在地。

西玲的雙手仍被綁在背後。她站了起來，雙腳同時騰空跳起，道士已經來不及欣賞她那躍起的裸體，她那兩隻有勁的腳後跟，不偏不倚地正好落在象法道士的心窩上。

她把全身的重量都放在腳上，老道士的胸骨發出可怕的響聲。

「哼、哼、哼……」道士呻吟著。由於痛苦，他抓住掉在身旁的碎綢片。

這時，門扇發出吱吱的響聲，馬上就有人進來了。西玲飛快地躲到太乙元君神像的背後。

進來的是身穿華麗蟒袍的大官兒，身後跟著三名侍從。蠟燭的光亮照出他補服上的圖案。那麒麟踏雲的圖案，表示這人是一品武官。

「是靖逆將軍？是參贊大臣？還是新上任的水師提督？」西玲心裡在琢磨著。福建海壇的總兵吳建勳已提升爲關天培的繼任，到廣州來赴任了。在廣州的一品武官只有這三個人。

這人是靖逆將軍奕山。

「女人跑掉了？」奕山朝屋子裡掃視了一眼說道。沒有女人的影子，豔麗的女人衣服的碎片卻撒了一地。

「這傢伙中了美人計啦！」奕山拔出了腰刀。這腰刀細長、筆直，銅鞘上塗有金漆，柄上鑲嵌著白玉。

象法道士只顧呻吟，把臉轉向神像，想說明女人就藏在神像的後面。但是，心窩上挨的一擊，使他說不出話來了，而奕山並不了解這些情況。

「呔！道士，」奕山左手揪住象法道士的領口，一把把他提了起來，大聲說道：「剛才報告，今晚的偷襲失敗了。你沒有破掉蠻夷的妖術，別忘記你的保證！」

奕山右手裡的腰刀閃了一下。細長的刀身刺進了道士的胸膛，胸口的白衣漸漸地染成朱紅。奕山狠勁地一剜，拔出刀，鬆開了手。道士連哼也沒有哼一聲，身子咕咚一聲倒在地板上。

奕山頭也不回地走了。

「門上既未上鎖，也未上閂！」西玲想逃跑。可是，她全身赤條條的，連內衣也叫道士撕得粉碎。

她看了看神像，神像穿著一件金光閃閃的戲裝長袍。借用一下，可以解決光身子的問題。雙手被綁著怎麼辦？那也有辦法。她用蠟燭的火燒斷了繩子。

火苗舔著她的手背和手腕，但她一點也不覺得燙。人到緊急的時候，連疼痛也會忘記的。也可能是她那被綁著的皮肉已經麻木得沒有感覺了。

兩手一自由，感到身子好像也突然輕鬆了。她趕忙從太乙元君的神像上剝下長袍，直接穿在身上。西玲的身材在當時的婦女中算是高大的，而且一般都時興寬衣高帽，稍微晃蕩一點也沒有關係。

神像被剝掉長袍後，裡面是木頭，什麼也沒有塗，連木紋也露出來了。「眞是對不起，元君，請你忍耐一下吧！」西玲取下那威嚴的高冠時，摸了摸神像裸露的腦袋，唯有這腦袋還塗成黑色。

她戴上高冠。把頭髮弄得蓬鬆一點，也不顯得太大。她打扮成了男人的模樣。感謝太乙元君還給她準備了一雙貞的靴子。稍微大一點，但也還可以將就。

她躡手躡腳地走出了屋子，屋子外面沒有崗哨。

貢院裡燈火輝煌，人來人往，川流不息，誰都好像很忙，有的小跑著，有的奔跑著——這裡大概沒有人會去注意別人。

「也許會很順利！」西玲心裡想。那個一品武官以為女人已經逃跑了。不過，在這忙碌時候，他恐怕不會下令搜索一個女人吧？而且她現在已經打扮成男人了。

大門附近，人們進出更加頻繁。聯絡官員和傳令兵在設有司令部的貢院和江岸邊的戰場之間匆匆忙忙地來來去去。

令人擔心的是那件長袍太過於華麗了。不過，長袍的華麗反而起了作用。因為這套服裝很不尋常，最近北京經常派遣大官兒來，看門的大概把她看作是北京派來的高級官員。

「您要出去嗎？」看門的彎著腰，恭敬地說：「請乘坐備用的轎吧。」

西玲點點頭，走下石臺階，風從金光閃閃的長袍衣擺下鑽進來。她裡面什麼也沒穿，涼風從兩腿之間直往上竄。她儘量粗聲地命令轎夫說：「去正北門！」

貢院的大門是平安地通過了，但要回西關的住宅是很危險的，因為必須穿過一道城門。

要去的地方必須在城內，而且一定是能保護她的地方。正北門內的清泉街有一座尼庵——名叫檀度庵。

白旗

不過，城牆上確實出現了罕見的現象，那裡立著一根掛著一面大白旗的旗杆。白旗是表示停戰的標誌。清軍曾經氣勢洶洶地說過，這是夷狄之法，天朝沒有這樣的規矩，但現在他們在自己的城頭上懸掛了這樣的白旗。

1

「我母親是廣東人，父親是白頭夷人。我是作爲中國人長大的，可是由於我的相貌很像夷人，使我遭受了意想不到的災難，現在我是光著身子逃出來的。」

庵主聽著西玲這些話，不住地點著頭。她頭巾下面的面孔白皙，五官端正，顯得非常年輕。「您是西玲小姐，我知道您。」庵主站起身，向西玲身邊走來。

「知道我？」

「是的。」庵主停在西玲的面前，說：「請您仔細地看一看我。」

西玲從未見過這張面孔，但她不覺噤口說不出話來。庵主的眼睛是藍的，鼻子也是高的。再仔細一看，眉毛也帶栗色。

「您也是……」

「是的，聽說我父親是英國人。我從小就因爲這張面孔而嘗受了種種的苦惱。我想西玲小姐是能理解的。我從旁看著西玲小姐勇敢地對抗這世道，心裡十分欽佩。不過，我是不行的，我只能從這世道中退出來，躲在這佛衣的下面。」

這兩個女人處於同樣的境遇，卻走著兩條相反的道路。

「對抗這世道！……是我？也許是這樣吧。不過，是勝了還是敗了，連我自己也不太清楚。」

「那就請您在這裡好好地想一想吧！不過，想得太過了，也許反而不好。」庵主平靜地握著西玲的手。

香爐裡筆直地升起一縷紫煙。身披灰色尼姑衣服的庵主，也好似這縷紫煙一樣，一動也不動。

「這裡是無風的世界！」西玲心裡這麼想。

庵主說她是躲避世間的風而來到這裡的。西玲對這種無風的世界是無法忍受的，相反，她要奔向狂風猛刮的地方。

聞到一股微微的幽香。西玲不知道是線香的香氣，還是庵主身上發出的香氣。尼庵裡沒有世俗的婦女衣裳，西玲脫下太乙元君的那件華麗的長袍，也穿上了灰色的尼姑衣服，戴上了頭巾。

在換衣的時候，光著身子的西玲，感到庵主在背後好像輕輕地嘆了一口氣。

「如果沒有連維材的話？」她心裡想著。她不是從小就在連維材的保護下長大的嗎？她眞的是頂著世界的風嗎？也許是自己在屛風中任性地舞蹈，而把這種舞蹈帶起的風當作是世間的風吧！

「世間不用奇異的目光來看待我們這樣的人的時代就要到來了。」庵主說。

「會這樣嗎？」

「您聽，那不是從海的對面來敲打緊閉門戶的聲音嗎？」

西南方不斷地傳來炮聲。

第二天，不僅從西南方，從正西方也傳來了炮聲。

「大概是泥城正在打仗吧！」庵主念過經之後這麼說。

泥城在廣州城西面約八公里的江邊，據說是漢初文帝的重臣陸賈被派往南越時所築土城的遺址。英軍在遭到偷襲的第二天進攻了泥城，那裡駐守著一千名湖南兵。

弱將手下有弱兵。在泥城負責指揮的副將名叫岱山，參將是劉大忠。劉大忠就是那個額上有顆黑痣的傢伙——人們都以爲他在靖遠跟關天培一起陣亡了，而他後來卻恬不知恥地活著回來了。早已向北京報告他「壯烈戰死」，現在他是「戴罪立功」被派到泥城。

英軍主要放出漢奸部隊，首先放火燒毀了珠江岸邊約二百艘清國的舟艇。自從外省兵在廣州開始姦淫掠奪以來，義律很容易收羅漢奸。以前是用錢雇用，現在因爲痛恨「外省臭兵痞子」而來參加的人增多了。

劉大忠決心第二次逃跑。將逃了，兵也逃了。他們所依賴的是「浮游炮臺」，這種浮動的炮臺是把裝載著八千斤炮的兵船浮在水上，周圍繫著小舟艇當作護衛。它早已被漢奸部隊燒毀了，所以毫無用處了。

英軍一占領泥城，部隊和武器立即上岸，構築了前進陣地。

西玲去尋求保護的檀度庵，是康熙四年（一六六五）平南王爲女兒建造的尼姑庵。平南王的女兒出家爲尼，法名自悟，成了第一代庵主。

這座尼庵並不大，只有二十來個尼姑。當時不僅是想遁世出家的人，有些生活困苦、吃不上飯的人也當和尚、尼姑，所以各個寺院都呈現滿員的盛況。這座有來歷的檀度庵總算還殘留著「靜室」的情趣。

這一天的傍晚，檀度庵來了幾個男人。他們說：「我們是過路的行人，夥伴中有人得了急病，不能行動，希望能讓我們在這裡暫時休息一下。」

尼庵是忌諱男人的。但說是有急病人，也就不好拒絕了，再說對方穿戴不錯，態度也很莊重。

庵主讓一名尼姑把這一行人領進伙房裡的一間空房間，用門板把那個得了急病的男人抬了進來。

「去叫醫生嗎？」庵主問道。

「謝謝你們的好意。我們已經叫了，馬上就會來的。」這一行人中的一個人彬彬有禮地回答說。

西玲說她給庵裡添了麻煩，主動承擔了給客人送茶的任務。她掀起紅色的布簾走進客人的房間時，只見那個躺在藤床上的病人已經起來在擦臉。原說這病人已不能動彈，她感很意外。

再一看，病人臉上的氣色也很好，不過，她一進來，病人好像疲憊不堪似的，靠到身旁的一個男人的身上。

「您不要勉強嘛！」身旁的男人這麼說後，抬頭瞪了西玲一眼。

西玲把茶放在桌上，一邊說：「請喝茶！」一邊斜眼偷偷地看了看脫在竹椅子上的衣服。她瞅見了補服上有張牙舞爪的獅子的圖案。

她回來把這個情況告訴了庵主。

「獅子！……那是二品武官，是總兵吧！說不定是四方炮臺的長春將軍，可能是他放棄了炮臺逃跑了。」庵主說。

四方炮臺在廣州城的北面，本名叫「耆定炮臺」。因爲要塞是方形的，一般稱它爲「四方炮臺」。

當年順治皇帝的滿洲軍追趕明軍、攻打廣州時，圍攻了近一年的時間也沒有攻陷，因此滿洲軍在城北的高地上又構築了高炮臺，從那裡攻打廣州城。當時攻城的將軍是平南王，構築的炮臺就是這個四方炮臺。站在這個炮臺上，廣州城就一覽無餘了。滿洲軍就是從這兒居高臨下、攻下廣州的。

從這段史實也可以了解，四方炮臺本來是攻打廣州城的炮臺，不是保衛廣州城的炮臺。南方平定後，沒有把四方炮臺毀掉，應當說是清朝軍政家的疏忽。

「要是把四方炮臺交給了英軍，廣州不就完了嗎？」西玲吃驚地說。

「是呀。不過，時代會因此而發生變化的。」這個混血兒庵主平靜地回答說。

庵主說她逃避世道、躲藏在佛衣之下，但這個尼姑的身上有一種強韌的精神——西玲是這麼感覺的。

2

義律於五月二十三日向廣東的民眾發出了告示：

清國大臣違背停戰協議，整頓軍備，從各省陸續調入增援部隊，企圖進攻大英國軍。但大英國軍是眞正護城之兵。……現各省之軍營壓迫勤勞善良之居民，如果他們繼續留於城内，城市將滅亡，並將累及全省之產業。現在奉告廣東省之人們：除本省護守之官兵外，不許欽差大臣及各省軍營紮住。如果他們不在一晝（十二小時）的限期内撤退出城，全體北移，大英國上憲將毫不容情，率兵占城，悉數沒收城内之產業。……

留下十二小時緩衝時間，當然是爲了作進攻的準備。義律也並不期待民眾會眞的驅趕政府的高級官員和軍隊。

義律已把進攻廣州城的日期定在五月二十四日。正如清國方面選定陰曆四月一日的吉日一樣，義律也選了吉日。五月二十一日星期一是維多利亞女皇的生日。這一天的中午，英國艦船一齊鳴放禮炮，慶祝女皇的生日。這時，滿載登陸軍的硫磺號溯航開往泥城。黑雅辛斯號、摩底士底號、哥倫拜恩號、阿勒琴號、巡洋號和寧羅德號各艦已在十三行街的前面拋錨停泊。

激烈的炮擊戰開始了。載著第二十六團的戰鬥部隊的阿塔蘭塔號於下午三時到達，很快就在英國館前面的花地登陸。岸上的炮擊使阿勒琴號和寧羅德號遭受了相當大的損失，水上不斷地騰起水柱。十三行街東面的民房起火，一下子延燒成一大片。

在英軍登陸之前，十三行街一帶已經呈現一片混亂狀態。三天前夜襲時，外省兵已進入十三行街。他們闖進了外國商館，不要說貴重的物品，就連壞了的鐘錶和桌椅也搶走，甚至把門窗上閃閃發亮的合頁也卸下來拿走了。

伍紹榮在怡和行一直待到阿塔蘭塔號到達。

「只把書籍搬走！」他命令店員說。

「其他的物品呢？」

「不要，都給英國兵吧！」

英軍一旦登陸，肯定會對清軍踐踏夷館進行報復，掠奪中國人的商店。

「不過，還有人手，能搬的東西還是搬走吧！」掌櫃的一再勸說。

「怡和行不吝惜這麼點東西。還有人手的話，讓他們幫幫其他的店。」伍紹榮頑固地不聽勸說。

怡和行的店員們隨同裝載著書籍的板車，穿過大火，朝著竹欄門奔去。那些堆滿行李什物的板車，在路上發出咕嚕咕嚕的急促響聲，沿途都有外省兵從車子上拿東西。行李什物的堆子倒塌了，衣服之類撒落滿地。

「怎麼？是書！」士兵持刀威脅著怡和行護隨板車的店員們，瞅了瞅車上的東西，很不滿意地咂了咂了嘴巴。他們大概對書籍之類不感興趣，掉頭就走開了。

「軍隊不准逃跑！逃跑的斬首！」小軍官拿著大刀，在路旁大聲地叫喊。可是，要逃跑的士兵早已換上了老百姓的便裝。

伍紹榮在路上碰上了金順記的店員，他們的板車上好像也沒有裝多少東西。

「店裡的東西怎麼處理了？」伍紹榮問道。

「老闆從石井橋傳來指示，不論發生什麼情況，店裡的東西一件也不要拿出去。搬出來的只是店員私人的東西。」店員回答說。

「是嗎？……」難道連維材跟自己想的是一樣嗎？儘管是在兵荒馬亂的逃難的途中，伍紹榮想到這裡，仍感到心裡好似明亮了許多。

清國方面掠奪夷館，英國方面掠奪中國人的商店——帳面是收支相抵。

穿過竹欄門，進入城內，這才鬆了一口氣。這時，一塊兒逃出來的總商輔佐盧繼光說道：「義律一定會指示軍隊，不准動公行的店鋪。」

「爲什麼？」伍紹榮問道。

「我們是跟他們有往來的店家，長期做交易，同甘共苦過。」

「一旦打起仗來，恐怕不會考慮這些了吧？再說，他們恐怕也不會像你所想的那樣，把我們當作朋友吧！」

「會是那樣嗎？」

「他們認爲由於我們公行的壟斷，所以無法擴大買賣，甚至歡迎我們破產哩！」

「我不這麼認爲。」

防守十三行街的清軍，當然不都是懦夫。他們跟登陸的英軍展開了壯烈的白刃戰，英國方面的文獻上也記載說：「下午剩餘的時間，清軍仍然頑強地戰鬥。」

約拉特少校指揮的三百名登陸英軍打退清軍後，立即開始了掠奪。義律並沒有發出什麼保護公行的特別指令，從店面看，公行成員的店鋪最富裕，它們成了最先掠奪的物件。

3

五仙觀是祭祀傳說時代騎著五色羊來到廣州的五個仙人的地方，現在成了余太玄的大本營。

民眾並非木石，他們對眼前發生的一切有批判，也有不滿。他們的力量是分散的，不會產生動力。他們在心裡正想著，也把自己的力量投進去而產生巨大的動力。如果有這麼一個牽引車，他們願意把自己的力量託付上去，他們一直期待著能出現這樣一個強有力的牽引車。

廣州的民眾在余太玄的身上發現了這股力量，他向廣州城內的無賴之徒大喝一聲，就能帶領著他們從五仙觀跑向街頭，這可是一架了不起的牽引車啊！

「余太玄在五仙觀裡！」——這個消息一傳十、十傳百，很快就傳遍了全城。只要到五仙觀去，就有人帶領我們前進。不僅是那些無賴之徒，連那些有血氣的青年也聚集到五仙觀來了。

由於英軍發動了進攻，江邊和要塞裡的守軍都退進了城內，關閉了城門。他們是殘兵敗將，親眼看到了身邊的戰友被炮彈炸飛、血肉模糊的慘狀，他們是身上沾著戰場上的血腥氣跑進城來的，加上城裡原有的軍隊，其數達四萬人。

一八三年版《美國百科辭典》的「廣東」條中，推測當時廣州的人口爲七十五萬。但裨治文在《中國叢報》上反駁了這種推測，認爲人口近百萬。不論廣州是多大的城市，一下子收納四萬外省兵，那也是夠嗆的。

廣州的貢院是科舉考場，爲了把考生禁閉數天，那裡擁有八千間單人房間。房間極小，僅能容納兼作床用的一張桌子。貢院可以容納八千兵，但這只是全軍人數的五分之一。

「其餘的自己去找住處！」——傳出了這樣不負責任的命令。

平常民眾與外省兵的關係已很緊張，現在雜居在一起，所以到處都出問題。而且因爲是分散住宿，緊急的時候，指揮官也無法召集自己的部下。他們是臨時編成的軍隊，軍官僅知道部下的人數，並不認識每個人的面孔。軍隊中還有一些狡猾的傢伙，只是在發餉的時候露一下面，到動員的時候卻裝作不知道。

爲了掌握好軍隊，曾經研究過一些分批分期發餉的辦法，但手續太煩瑣，很難實行，所以依然是

「兵不見將，將不見兵」的狀況。

當時少數當地的志願兵也進了廣州城裡，他們是站在居民一邊——即與外省兵處於敵對狀態。英軍進攻十三行街的第三天，湖南兵在城內因爭吵打架殺死了一名南海縣的志願兵，目擊者把這件事到處傳開了。還有一個外省軍官，說一個工人擋了他的路，一怒之下，用軍刀砍了工人的腦袋。

「他媽的！這些畜牲！」目睹情況的人們，眼裡含著淚水，像發瘋了似的，跑遍大街小巷，向居民們訴說。

居民們早就對外省兵恨得咬牙切齒，終於再也無法忍受了。「打倒湖南佬！」「打敗仗的臭兵痞子！」憤怒的人群奔向街頭。

「到五仙觀去！」——這是他們共同的語言，五仙觀有帶領他們行動的余太玄。

余太玄叉開兩腿挺立在嶺南第一樓的禁鐘前面。他張開大手喊道：「咱們找誰去算帳呀？」擁擠的人群亂糟糟地喊叫著：「湖南佬！」「找外省的臭兵痞子算帳！」

余太玄又喊道：「外省兵的總頭頭是誰呀？」

群眾的喊叫聲一下子停了下來。他們並不是不知道，總頭頭就是靖逆將軍奕山。但是，奕山的身分太高了，他是身裹錦衣的天上之人，是當今皇上的侄兒。說奕山是他們的敵人，群眾一下子還轉不過來。他們憎恨的是搶劫商店、殺害居民的軍隊。

「靖逆將軍奕山是他們的總頭頭，是他們的總代表！」余太玄見沒有人答話，自己回答了。

過了一會兒，人群中才有幾聲：「對！對！」

「所以，我們要去見靖逆將軍，去控訴，去報仇。」

這一次人群立即發出一片贊同的喊聲。

「將軍在什麼地方？」余太玄豎著大拇指，問群眾說。

「貢院！」——這聲音就像從四面八方落下的冰雹在跳動。

「對，是貢院！」余太玄大聲地喊道：「我們要去的地方就是貢院！」

群眾中爆發出一片呼叫聲，余太玄給群眾的憤怒指出了發洩口。一萬多群眾開始從五仙觀向貢院進軍，余太玄走在隊伍的最前頭，沿途又有大批民眾參加了進來，人數愈來愈多。

這是一支沒有統一指揮的隊伍，但人們的心中有著一個共同的東西——對外省兵的憎恨。充血的眼睛，緊咬著牙齒的嘴巴，滲出汗水的額頭——那樣子就像是衝鋒陷陣的軍人。

不一會兒，他們開始放聲喊叫了。雜亂的聲音不知什麼時候開始變成口號聲，並沒有人指揮他們這麼做。

「湖南佬殺死廣東兵啦！」——這是向沿途民眾申訴。「去貢院！要報仇！」——這是向民眾號召。

分不清是抗議還是復仇的怒潮，從城內西面的五仙觀擁向東面拐角的貢院。

4

在貢院的司令部裡，首腦們一直在商討夜戰失敗的善後辦法。

奕山想起了林則徐的「要避免決戰」的忠告，但是已經晚了。他想儘量把林則徐的話從腦子裡趕出去，跟隆文、楊芳等談著各種事情。

楊芳的臉色蒼白。像他這樣身經百戰的猛將，也是初次見識如此猛烈的炮戰。他太過於相信自己的經驗，疏忽了研究敵情。他一直深信自己會「馬到成功」，這是極大的錯誤。楊芳的老臉好像一夜之間乾癟下去，他感到腳下發軟，好像馬上就要倒下似的，他已經失去了主心骨。

「幹了一件錯事啦！」奕山心裡感到內疚。他看著楊芳，不覺對楊芳同情起來。失魂落魄的楊芳是曾經有過主心骨的，主心骨就是象法道士。

奕山把象法道士殺死了。楊芳失去的象法道士，不過是一個可憐的、膽怯的老糊塗蟲。

「軍門，」奕山對楊芳說：「昨天的夜襲，就算跟軍門沒有關係吧！我準備向北京上奏，說那是我獨斷專行幹的，軍門什麼也不知道，過後聽說大吃了一驚。」

奕山是廣東夷務的最高負責人，但在軍事方面，楊芳應當負指揮的責任。調動大批的將士夜襲，說楊芳不知道，這未免太可笑。

這是官官相護。奕山是皇族，是道光皇帝的侄兒，跟皇帝的關係近，一般不太可能受處罰，因此他想把楊芳的責任也攬過來。他曾經是花花公子，早就精通這種人情世故。再說，他殺了楊芳所信賴的象法道士，也有點內疚，所以也帶有補償的意思。

楊芳十分激動，當場放聲大哭起來。正在這時候，一個軍官進來報告說：「暴徒包圍了貢院！」

「什麼！暴徒？把他們趕走！」奕山命令說。

報告的軍官沒有動，繼續說道：「暴徒的人數估計有兩萬人。」

「什麼？」奕山豎起了眉毛。

「是街上的居民。」軍官補充說。

「滿城都是漢奸！」奕山滿臉通紅，氣呼呼地說。貢院裡只有八千兵，散在城內的軍隊也不容易召集來，貢院被包圍了，傳令兵大概也派不出去。

兩萬群眾——敵人不是英國兵。

「他們來幹什麼？」楊芳好不容易才恢復了精神，這麼問道。

「吵吵嚷嚷地要交出殺死水勇的湖南兵。」

「胡說！我們來是打夷人、保衛廣東的。」老將軍的眼角上還殘留著淚痕，他哆哆嗦嗦地大聲吼叫著。不過，傳來的人群的吶喊聲好似要壓倒他的聲音。

第二個軍官連滾帶爬地跑進來報告說：「暴徒已經破門而入了！」

把多達兩萬的群眾帶進貢院，確實是拳術大師余太玄的力量。不過，這兩萬人的動力，余太玄這時已經無法制禦了。

「停下！停下！」他大聲地狂叫著，可是，已經沒人聽他的了。

貢院的大門打破了，蜂擁而入的人群已開始襲擊軍隊。就在余太玄的眼前，一個士兵的天靈蓋被扁擔打裂了，腦漿迸出，鮮血四濺，血濺到了余太玄的臉上。

「啊呀，我說要停下嘛！」余太玄喊得嗓子已經發乾了。

到處都有士兵遭到群眾的圍攻。最初是出其不意，士兵們不明白是怎麼回事，有點驚慌失措，但很快就改變了態度。群眾的武器不過是扁擔和途中從商店的屋簷下摘下的招牌之類，而軍隊有眞正的武器。響起了金屬的聲音，士兵開始揮舞刀槍了。

如果是打著赤膊，那是很難分清敵我的。在一片毫無辦法的混戰中，似乎慢慢地也找到了一些規律。他們交手之前，雙方都要發出喊聲。如果是廣東話對廣東話、或彼此都是湖南腔，那就說明是自己人；廣東話和湖南話相遇，馬上就血花四濺。

「咱們是來要求交出犯人的呀！」不管余太玄怎麼喊叫，已經毫無作用了。這樣的結果應當早就預料到，但余太玄卻從未考慮。他是個強有力的牽引車，但不是優秀的領導人。

廣州的貢院後來改爲師範學堂。一進門有一條寬闊的道路，兩邊排列著營房似的建築物，一座建築物裡有幾十個小房間。爲了考生不致弄錯房間，各棟房子上都貼著由「天地玄黃、宇宙洪荒」開頭的《千字文》中的一個字。「天」字建築物的對面是「地」字建築物。

平常這裡很安靜，房子前貼著《千字文》上的字，很有學術氣氛。而現在是血、汗、叫喊加上瘋狂，貢院內變成了悲慘的廝殺地獄。

「不應當發生這樣的事，可是……」余太玄想到這裡，深深地嘆了一口氣。他既然帶來了兩萬名憤怒的群眾，他究竟想沒想過會發生什麼事情呢？說實在的，他什麼也沒有想過。

他拼命地叫喊著想制止。不過，亂鬥稍微停歇了一下，並不是由於他的怒吼。

軍鼓響了，銅鑼也響了。這是怎麼回事呢？敵我雙方都鬆了手，大概雙方都因爲互打、互殺而疲勞了吧！

自從成爲司令部以後，貢院裡造了一座望樓。幾個好似高級官員的人物登上瞭望樓。其中一人高舉雙手，大聲地說道：「你們要求的事情，我已經知道了。殺害水勇的湖南士兵，目前正在調查。」

「我們不受騙！」群眾中發出喊聲。

「不騙你們！本大人是靖逆將軍奕山！」

一剎那間變得鴉雀無聲，奕山明白表演已產生了效果。他向前跨出一步，朝著眼下的群眾說道：「現在讓你們看一看不是騙你們的證據，在本大人身旁的是總兵段永福。殺人犯還在調查中，但已了解這人是段永福下面的士兵。因此，我現在摘掉他總兵官的頂戴。」

話一說完，他一隻手摁著段永福的脖子，取下他的帽子，然後擰下官帽頂上標誌二品武官的起花珊瑚。奕山拿著這個起花珊瑚，高高地舉著。

這時軍鼓和銅鑼都已經停了，群眾和士兵也不覺屏聲斂息。他們平時跟高級官員是無緣的，所已深信官帽上那光鮮的頂戴是神聖不可侵犯的，他們只知道遭到天子斥責的官吏首先要拔去帽子上的頂戴。

現在二品武官在他們面前被剝奪了頂戴。在他們看來，這是不可想像的果斷處分。

儘管剛才還不顧一切地亂鬥，一旦停下手來，環視一下倒在貢院通道和院子裡的人，以及濺在牆上的血跡，他們還是感到渾身顫抖，被激動趕走的恐怖感又回到了他們的心裡。

「回去吧，總兵已經給處罰了。」有人這麼一說，接著是一片贊成之聲。

「撤吧！……」無數手持大刀的軍隊排列在那兒，再待在這裡，不知道還會發生什麼事情哩！

「軍隊不准動手，民眾立即退走！」奕山說。他確實善於抓住時機。

闖進貢院的群眾像著了魔法似的，一窩蜂向門外跑去。余太玄感到自己無能，情緒消沉。他只是帶來了兩萬群眾，什麼事情也沒有做。

群眾離開貢院之後，奕山才從望樓上慢慢地走下來，左右的幕僚恭維他說：「處理得太漂亮了！」

旁邊一個臉被打爛了一半的士兵，痛得滿地打滾。

奕山朝他看了一眼，笑著說道：「沒什麼。窩門就和勸說女人一樣。……不過，這只是暫時的敷衍，這樣下去是打不了仗的。」

英軍已包圍了廣州城，而城內的民眾和軍隊卻在互相毆鬥，任何樂觀的人也會覺得這樣是無法打仗的。在這次貢院的事件中，雙方都犧牲了許多人，雖無準確記載，但《夷氛聞記》中說：「較場（貢院）中屍骸如積矣。」

5

世俗間人心動盪的風，從隙縫裡也吹進了尼姑們居住的檀度庵。在來了因容貌與夷人相似而被監禁在貢院裡的西玲之後，四方炮臺的守將——總兵長春又稱病放棄了要塞，逃了進來。

廚娘和雜工們打聽到了各種消息，據說英軍在城外西郊的十三行街登陸，搶劫了公行和附近的店鋪。聽到這些，西玲心情很難受，她最擔心的是弟弟誼譚。

「據說那一帶的居民在夷人上岸前就到城內避難去了。」廚娘同情地安慰她。

誼譚如果是正常的，西玲也不會那麼擔心。誼譚比一般人聰明，他不會逃在別人後面的。可是，現在誼譚已經神經不正常了。

而且照看他的承文和彩蘭已和溫章一起去了香港，連維材又在石井橋的李芳家作客。西玲擔心人們會不會把誼譚丟下不管。

金順記的人要到城裡去避難，大概會住進光孝寺南邊的選茶廠。爲了把武夷山運來的茶葉揀選分類，金順記在廣州設立了幾處選茶廠，其中一處是在城內。那裡很寬敞，完全可以容納下金順記的全部店員。

西玲讓廚娘給她買來了衣服。她脫下灰色的尼姑服，換上世俗的衣裳，走出了尼庵。檀度庵在城內的北邊，離市中心較遠，但這裡也籠罩著緊張的氣氛。許多從城外來的難民，把草席鋪在路旁休息，旁邊堆積著家具雜物。

不時有人大聲地喊著什麼，從這裡跑過去。有的喊著：「打倒軍隊！」「咱們的人砸了貢院啦！」在選茶廠見到金順記掌櫃的時候，西玲一看對方的表情，兩個膝頭就打抖了。掌櫃的低著頭，走到西玲面前行了一個禮，說道：「太對不起您啦！」

「這麼說，誼譚還是……」西玲聲音顫抖，這麼問道。

「是的，不知道什麼時候就沒人了。把他放在板車上，還蓋上了被子。因爲當時太混亂了……」

「是進城之後沒的？還是在城外？」西玲的兩隻拳頭一直攥得緊緊的。

「這個不太清楚。發覺的時候是在進了竹欄門之後不久。」掌櫃的頭垂得更低了，辮梢垂落了下來。

誼譚並沒有進城。逃難的行列在城門口因人群擁擠而停下來的時候，他從板車上爬起來，溜了下去。

因爲前面堵塞了，金順記的店員們有的踮起腳往前看，有的朝著前面大聲地喊叫：「快一點！」誰也沒有注意到誼譚從車子上溜下來。車子上還裝著其他的東西，又是在這樣混亂的情況下，大概拉車的人也沒有感覺到車上的東西變輕了。

誼譚慢悠悠地朝來的路上走回去。他一路上被進城的人們撞著、踢著、推著、搡著，朝著十三行街走去。他已經沒有意識，但可能還殘留著慣性。他在金順記廣州分店的前面停下了。因爲人都走了，門沒有上閂，用手一推，門開了。

「啊、啊、啊……」誼譚的口角流著涎水，慢呑呑地走進店內。

這個長期被鎖在屋子裡發狂的青年，好像對現在能自由行動感到高興。不，這也許不是高興的感情，而是支配著他年輕肉體的動物性感覺體會到一種解放感。

他面頰鬆弛，不時地伸一伸舌頭。他輕輕地推了推監禁自己那間屋子的門，朝裡面瞅了瞅，但他沒有進去。他的肉體大概對監禁他的屋子有一種條件反射的反感吧！

他一邊走著，一邊四下裡張望，他走進了彩蘭的房間。也許是這屋子裡還殘留的年輕女性的香氣吸引著他的本能吧！

房裡有一架紫檀木的鏡臺。誼譚瞅著鏡子，拱著嘴唇，發出「嗚、嗚、嗚……」的叫聲，映在鏡子裡的人像也拱著嘴唇。誼譚好幾個小時一直對著鏡子哼著、吼著、伸著舌頭，附近的炮聲好似根本沒有傳進他的耳裡。

不久，英軍開始登陸搶劫了。一般店鋪都把貴重的物品搬走了，唯有怡和行和金順記幾乎全部原封不動地留了下來。

第一批闖進金順記的英國兵，高興地吹起了口哨。這裡有許多值錢的戰利品。爲了爭奪一個翡翠獅子工藝品，三個英國兵一起扭打起來。衣櫃的衣服一搶而空。後來插進來的一個軍官，宣布鑲嵌象牙的屛風應當歸他所有，跟士兵們爭執起來。

闖進彩蘭房間的士兵，一看那兒有人，吃了一驚，馬上就放聲大笑起來。「這傢伙是瘋子，所以把他扔下了。」英國兵沒有管瘋子，開始物色房間裡的東西。

首先物色上的就是紫檀的鏡臺。當兩個英國兵準備把它抬走時，誼譚發出「哇！」的一聲怪叫，撲倒在一個英國兵的腳下。

「去你媽的！」英國兵的腳被絆住，打了一個趔趄，他狠勁地朝誼譚的臉上踢了一腳。誼譚就地趴倒在地板上，嘴裡噴出白沫。

搶劫完了後，英國兵把從清國火船上拿來的澆著油的枯枝點著火，扔進了金順記的店中。

「瘋子燒死了是幸福吧！」一個英國兵這麼說。

6

英軍下午三點左右在十三行街附近登岸，與清軍交戰了一段時間，開始搶劫是在戰鬥結束之後，已快近黃昏了。

金順記起火是在天黑了之後。瘋子誼譚在烈火騰騰的房間裡爬了起來，他只有動物的本能，不需要透過知覺來判斷事物之類麻煩的過程，所以反應很快，而且他年輕的肉體有著能迅速適應本能所命令的行動精力。

房子的一角已經燒塌了，那兒可以看到夜空。誼譚猛地朝著那個崩塌的洞口跑去，他的光腳板多次踩在火焰上，但他毫不在乎。

「嗚、嗚、嗚……」他跑到外面之後，朝著黑暗的夜空，發出咆哮般的吼聲。他逃走的時候，動作極其敏捷。但跑到外面之後，又恢復痴呆人特有的慢悠悠步子。

他嘴裡嘟嘟噥噥地說著什麼，不時地發出咆哮般的怪叫聲。他無意識地朝北走去，走過華林寺，走過陳家祠，這個失去魂魄的肉體不知疲勞地走了整整一夜。

天亮了。誼譚不知道、也不想知道自己是在什麼地方。廣州的城牆一度曾黑魆魆地出現在東邊，但天亮時已經看不見了。他腳步緩慢，已經朝北走了很遠了。

他是走在時間與空間的外面。遠處、近處不停地傳來炮聲、槍聲，誼譚只是向左歪著下嘴唇，兩眼直瞪瞪地向前走著，炮聲、槍聲都未能改變他臉上的表情。

歷史的車輪在這期間已經轉動了好幾次。

由於總兵長春逃進了城內的尼姑庵，廣州城外北邊的四方炮臺輕易地落入英軍之手。從東西兩方援護四方炮臺的兩座炮臺——東得勝炮臺和西得勝炮臺也遭到了同樣的命運。它們都沒有像它們的名字那樣「得勝」。

前面已經說過，四方炮臺主要不是保衛、而是進攻廣州城的陣地。從那兒望去，廣州城是在眼下。英軍的炮彈可以從那兒自由地選擇目標，打進城內。

英軍也知道清軍的司令部是設在貢院裡。「目標貢院——城內東面那個有好多列建築物的地方。」指揮官給炮手指著貢院所在的方向。雨點似的炮彈開始落在貢院裡。

不過，這時總頭頭奕山已經不在貢院。他聽到四方炮臺失陷的消息，立即轉移到巡府官署。他早已察覺到貢院會首先成爲炮火的目標。

他憑著浪蕩公子的那種敏銳的感覺，和貴族式的遇事滿不在乎的態度，早已對這次戰爭失去信心。他說過：「這樣下去是打不了仗的。」

是的，湧到貢院來的群眾已經解散了，但街上到處仍發生軍隊與居民之間的亂鬥，有的人已經豁了出去，在四處放火。

「把余保純叫來。」奕山對巡撫怡良說。

自從花園事件以來，凡是與夷人議和，幾乎都要使用余保純。

太陽已經出來了，誼譚仍在鄉間的小路上有氣無力地走著。前方已經看到從泥城奔赴四方炮臺並塵煙滾滾的英軍行軍隊伍，而誼譚仍在繼續走著。

廣東的五月已是炎暑天氣，即使下了一整天的大雨，第二天的太陽仍然是火辣辣地照射著，簡直就像要把村鎮融化似的。

在這次稱作「廣州戰役」的戰鬥中，英軍所受的損失主要是由於炎熱，而不是由於清軍的抵抗，就連那些經歷過炎熱的印度士兵，也因中暑而成批地倒下。

誼譚連斗笠也沒有戴，在這樣的炎天酷暑之下走著。他踏進田地而被農夫叱罵著，被孩子們用石子投擲著，但他仍不停下腳步。誼譚是混血兒，皮膚本來就白皙，又被監禁了一段時期，顯得更加蒼白，但不到半天的時間，皮膚已被晒得通紅。

不久之後，他開始在同一個地方繞圈子，然後又走上他走過的原路。他不管時間、空間和炎熱，仍然獨自一個人走著。左邊出現了城牆，誼譚這才停下腳步，好像看到什麼稀奇的東西似的，望著城牆。

不過，城牆上確實出現了罕見的現象，那裡立著一根掛著一面大白旗的旗杆，白旗是表示停戰的標誌。清軍曾經氣勢洶洶地說過，這是夷狄之法，天朝沒有這樣的規矩，但現在他們在自己的城頭上懸掛了這樣的白旗。

余保純與義律所締結的「廣東和約」的內容如下：

1.奕山、隆文、楊芳及外省兵不打旗號，撤出廣州城，六天之內撤至城外六十里以外之地。
2.清國當局交付英軍六百萬元，其中一百萬元於二十七日日落以前交付，其餘在一周之內交付。
3.全部款項付清時，英軍撤至虎門口外，所占領之各要塞交還給清國方面。但在兩國之間的問題未完全解決之前，清國方面不得在這些要塞設防。
4.清國方面另外交付掠奪外國商館及攻擊西班牙船畢爾巴羅號的賠款。
5.奕山要委任廣州知府爲全權代表。

這是徹底投降。

奕山把伍紹榮叫來，要他籌措賠款。六百萬元換算爲銀兩，相當於四百二十萬兩。其中由伍紹榮籌措了二百萬兩，其餘是從布政使、鹽運使和海關的三個公庫中支付的。

那麼，奕山怎麼把這件事向北京上奏呢？他編造說是「墊付了公行對外商的欠債」。關於近四萬名外省兵撤出廣州城的問題，他欺騙說是「爲了剿伐土匪」。

不過這麼說還是顯得人數過多。於是他補充道：「廣東天氣炎蒸，病倒士兵甚多，因而使其移駐廣州城外十餘里之白雲山，以便居高臨下。」就是說，爲了避暑。

爲了編造理由，確實煞費苦心。

城外

他們覺得進不了廣州城了，感到大失所望。廣州是靠對外貿易而富裕繁榮起來的城市，能在這樣的城市裡到處去奪取戰利品，那該是多麼高興的事啊！但這種希望已經落空了。

他們一下子變成了野獸，狂暴地襲擊附近沒有掠奪價值的寒村，肆意地殺人放火、姦淫掠奪。

1

從泥城到四方炮臺的道路已成爲登陸英軍的主要幹線，沿途的村莊基本上已沒有居民。廣州城郊一帶的居民不是逃進城內，就是逃到更遠的地方去避難了。

英國兵闖進了民房，但裡面沒有人影，貧窮的農家又沒有什麼値錢的東西，他們一氣之下放火燒了民房。

不過，村莊的民房裡並不是全都沒有人，有的屋子還躲藏著沒有來得及逃跑的老人和幼兒。有些年輕的小夥子躲在莊稼地裡或樹叢中，他們希望能看到村莊的最後命運。

當一支英軍的小部隊燒了一家民房時，從煙火中爬出了一個老大娘。

「啊呀，有人！」「好像是個女的。」「穿著黑衣服，是男的吧！」「不，這一帶的農家女人都穿著黑色的衣服。」在英國兵的眼裡，很難分清中國農村裡的男人和女人。尤其是老人，都穿著分不清男女的衣服。

「沒有鬍子呀。」「男人也有沒鬍子的。」

老大娘戴了一頂棉帽子，更加難以辨認。到底是男性還是女性，最後士兵們開始打賭。「脫光身子就明白了。」——得出了這樣的結論。

由於害怕，老大娘說不出話來，趴在地上一味地叩頭求饒。幾個英國兵圍著老大娘，他們是布朗底號上的水兵。一個水兵朝老大娘的肩上猛推了一掌，老大娘仰面跌倒在地上。另一個水兵把雙手伸到她的胸前，使勁地撕裂了她的上衣，老大娘的胸前露出兩個乾癟下垂的乳房。

「有點意思。有奶呀！」「再仔細看看！」另一個水兵撕裂了老大娘的褲子。「哇——！沒錯，我贏啦！」

老大娘被剝光了身子，像一隻龍蝦似地蜷縮著身子。英國兵一擁而上，捉住她的手腳，拉開她的身子。「好好地看看！」「裡裡外外都看看！」

枯瘦的老大娘又小又輕，被捉住手腳，像玩具似地被顛來蕩去。

「過去也許是女的，現在已經不是了。」打賭說是男性的那個水兵，硬是不服輸，這麼說。

「年紀老了，女人總還是女人呀！」「不，已經不是女人了，起不到女人的作用了。」「不，還能起作用！」「那你就試試吧！能成，我服輸。」「好，來，我試試！」那個水兵開始脫褲子。

一個年輕的小夥子，躲在老榕樹的後面，看到了這些光景。他充血的眼睛裡噙著淚水，牙齒咬得吱吱地響，老大娘是他的伯母。

一定要報仇！可是，要是一個人跳出去，那只會白白地送死。他要把這件事告訴鄉親們，藉著高高雜草的掩護，他離開了這裡，向北走去。

四方炮臺的西北面有三元里，再往北去就是石井橋。那一帶在遠離四方炮臺至泥城這條路線的偏北方向，所以很多居民都沒有逃難。

小夥子來到三元里的入口處，不覺驚得目瞪口呆。到處都有民房在燃燒，難道英國鬼子也從這裡經過了嗎？

煙鑽進了小夥子的眼睛，汗水和淚水摻混在一起。小夥子走進燒塌的、連煙也滅了的廢墟，用赤腳板狠勁地踩了踩燒成焦黑的木柱。木柱已經燒透了，在小夥子的腳下塌成一堆灰。

就在這旁邊躺著一個白色的物體，小夥子彎下腰，揉了揉眼睛。那是一個十二、三歲的小姑娘的裸體，已經沒有氣息了。兩個乳房剛剛有點隆起，而就從這乳房的下端一直到小肚子上，有一道筆直切開的裂痕，從裂痕的縫中可以看到血糊糊的內臟。

小夥子轉過眼去。

聽到有呻吟的聲音，小夥子朝發聲的地方蹭行過去。

一個瘦瘦的中年男子躺倒在那裡，他敞開的胸膛上染滿了鮮血，肩膀被打斷了，露出了白骨。

「爸爸！你怎麼啦？」小夥子把臉貼在那男人的耳邊問道，那男人拼命地想要說什麼，但聽不清他那像從什麼隙縫裡漏出來的話聲。

「妹妹呢？」小夥子好容易聽出了這句話。

「她逃走了！她很好！爸爸，妹妹很好！她沒事！」小夥子在那男人的耳邊大聲地喊著，大顆大顆的眼淚滴下來。

那男子掙扎了一會兒，就一動也不動了。

「惡鬼！」小夥子衝著天大聲吼叫著。

在泥城附近登陸、進攻四方炮臺及廣州城北郊各要塞的英軍，分爲四隊，總兵力爲二千四百人。以第四十九團和愛爾蘭第十八團的精銳爲核心，約有八百名水兵隊參加，另外還有馬德拉斯土著步兵團，和臭名昭著的孟加拉志願軍等印度軍隊。炮兵團由富有戰鬥經驗的諾爾斯大尉指揮，率領約一百四十名工兵隊及火箭炮隊，配備有十二磅曲射炮四門、九磅野戰炮四門、六磅野戰炮二門和五寸半臼炮三門。

在這方面的軍隊都羨慕在十三行街登陸的第二十六團夥伴，那裡到處都有富裕的大店鋪，戰利品一定很多。相比之下，他們這支左翼部隊是被分配到沒有什麼可掠奪的窮鄉僻壤地帶。

他們一開始就感到「倒了楣」，心裡憋著火。而且還遭到老百姓的敵視，在行軍的途中不知從什麼地方會飛出來幾顆子彈。

不過，在攻陷四方炮臺之前，軍紀還比較嚴明，停戰的消息傳到軍隊之後，就突然亂了，每個士兵都暴露出了他們的獸性。

他們覺得進不了廣州城了，感到大失所望。廣州是靠對外貿易而富裕繁榮起來的城市，能在這樣的城市裡到處去奪取戰利品，那該是多麼高興的事啊！但這種希望已經落空了。

他們一下子變成了野獸，狂暴地襲擊附近沒有掠奪價值的寒村，肆意地殺人放火、姦淫掠奪。

2

有一個名叫林福祥的青年，二十八歲，字季薇，廣東省香山縣（今中山縣，孫中山的故鄉）人。他不是軍人，但從小喜愛孫武兵法，是名儒黃喜芳鍾愛的弟子。他是熱血沸騰的漢子，在其所著的《平海心籌》中，以激越的言詞談論時局，提倡主戰論。

最初他想當廣州知府余保純的幕僚，曾就時局獻過策，但余保純不喜歡他的那股熱情，沒有用他，於是師傅黃喜芳把他介紹給了新任總督祁。

總督委託他組織水勇。城外的清軍因英軍的反攻大多逃進城去，殘留在城外的戰鬥部隊可以說僅有林福祥的一支志願軍了。

這支義軍只有六百人，而且是臨時招募來的。但他們是廣州附近的人，保衛家鄉的鬥志很高，比起那些懶散的外省兵，這支軍隊要強大得多。

林則徐曾經指出過，兵離家鄉愈近，戰鬥力愈強。可是，奕山不信任廣東人，把他們看作是漢奸，連水師也特意從福建省的廈門調來，不用熟悉水道的廣東海軍。外省兵缺乏鬥志，這是理所當然的。

英軍在泥城登陸時，林福祥由十六隻兵船組成的部隊駐在附近的離明觀；爲了避開英軍的炮火，一度撤退到石井橋，集結了兵力。

他在這裡整頓部隊，準備襲擊四方炮臺的英軍。如果城內的軍隊從正面進攻，進行夾擊，他深信一定能擊破敵軍。

但從偵察的情況來看，城內的大官兒們緊閉了城門，毫無抗擊敵人的意思。不僅如此，還獲悉城頭上已懸掛白旗，實質上已開始了投降的議和談判。

「這些腐敗的將軍們！」林福祥心中對大官兒們的不信任變成了憤怒的火焰，熊熊地燃燒起來。自從軍隊轉移到石井橋來以後，他經常去拜訪李芳。李芳雖然多病體弱，但好像有著一種奇異的吸引力，能把他滿腔的憤懣一下子平息下去。

李芳家中的那個連維材，也是一個不次於主人的奇異人物。這個人的目光好像是超越現實，注視著未來。一聽他的談話就有這樣的感覺。他經常談的是什麼對外貿易和產業開發將成爲未來重要的課題之類的話。

當然，他也談當前的時局，但唯有談到未來時眼睛裡閃現出光彩，話裡也飽含著熱情。

「連先生，您對現在好像是漠不關心呀！」林福祥說。

「不，不是這樣。」連維材很罕見地慌忙搖著手說：「未來也還是跟現在相聯繫得嘛！」

「這麼說，假定您對現在多少還有些興趣，那只是由於跟未來相聯繫嗎？」

「我也是生活在現在的人嘛！」

「我倒覺得您有點兒像是未來的人。」

「這個嘛，也許是我比別人更加把重點放在未來吧……」

「這樣，當然就對現在的局面保持冷靜的態度囉！看來這倒是我應當學習的地方，我對眼前的事情動輒就感到憤慨。」

「不，我也是重視現在的。因爲將來的收入額將因現在的支付額而有所不同。」

「現在的支付額？」林福祥銳利的目光打量著連維材的臉。

「是的，我對這個非常關心。」

「現在支付的好像並不太多。廣州城內的那些軟骨頭的將軍們……」林福祥帶著鄙視的語氣說。

「支付不能全靠他們，我們也必須要支付。」連維材這麼說後，朝李芳看了一眼。

李芳一直默不作聲，這時站了起來，打開了窗子，說道：「你們看！」

林福祥走到窗邊，朝外面瞅著，從這裡可以看到李芳家前面的大場院。那兒曾經作爲訓練壯丁的地方，現在那裡聚集許多人——估計約有兩千多人。有男人也有女人，有老人也有小孩，廣場已經容納不下，連道路上也擠滿了人。

「那些人幹什麼呀？」林福祥問道。

「為了未來，現在準備支付呀！」李芳回答說。

林福祥再一次仔細地看了看那些群眾，他們的手裡拿著鋤頭、鐵鍬，有的人甚至拿著扁擔、竹槍，少數人還拿著鳥槍。

「是誰召來了這麼多人呀？還是他們自己聚集在一起的？」林福祥問道。

「這怎麼說好呢！」李芳笑著說：「南邊村子裡來了一個年輕人，他控訴了英夷的暴行，說他們燒毀房屋，強姦了老大娘等等。這麼一來，沒有誰號召，大家都聚集到廣場上來了。據說廟那邊也聚集了許多人。」

「是要去打英夷嗎？……果真是這樣，我也參加。我的手下有六百健兒。」

「廣場上的那些群眾情緒激昂，現在重要的是給他們指明道路，而不是援軍。我身體多病，不能拿武器戰鬥。不過，給他們指指道路恐怕還是可以的。」

這時一個年輕的僕人走進來說：「肖岡村那邊的人也在集會，高喊要打倒英夷。另外，何玉成先生派人送來了急信。」

據情報說，不僅是石井橋，三元里一帶各個村莊的居民都憤怒地把農具當作武器，正在集中。

「必須要凝成一股力量……」李芳回頭看了看連維材這麼說道，但馬上咳得喘不過氣來。

「我來試試！」連維材站了起來。

林福祥定神地望著窗外的群眾，他那樣子好像為那裡的情景所深深感動。

「我要到那些群眾當中去！」他這麼說。

3

肖岡村的居民之所以憤怒地起來集會，是因爲英國的工兵隊挖他們祖先的墳塋。

英國兵正因爲得不到値錢的戰利品而情緒消沉，一個士兵提議說：「聽說這個國家再窮的人也重視墳墓，最好的東西都裝在棺材裡，埋進土裡去了。」

就是說，地上沒有値錢的好東西，但是地下有。至於挖掘的活兒，那是工兵隊的拿手好戲。他們找到了墳地，挖掘了墳墓。

中國人最忌諱的是挖墳墓，甚至有一種極端的思想，認爲人是爲著保護祖先的墳墓而活著。恰好一個來掃墓的中年農民，看到英國兵在挖墓，氣得臉色都變了，跳出來說道：「你們要幹什麼！這裡是我們的祖先長眠的地方。」

英國兵當然聽不懂，但明白是制止他們挖墳。

「少廢話！你這個豬！」一個工兵舉起手中的鶴嘴鎬，朝著那個農民的腦袋上敲下去。農民的腦袋敲碎了，鮮血四濺。

當時的書上稱這是「禍及枯骨」。許多書上都記載了英軍的暴行，《廣東軍務記》上寫道：「夫罹殃而妻受辱，兩命皆亡，子被縛而母困居，身家俱殞。而且田園被傷，室廬被毀，邱壟被掘，老少被淫，貧者室如懸磬，富者家徒壁立，洵屬鬼神積憤，草木含愁。……」

正義的戰鬥只能是保衛家鄉的戰鬥，英國遠征軍的軍紀如此紊亂，士兵赤裸裸地露出獸性，其原因就在於戰爭沒有一絲一毫的正義。

三元里一帶的家畜、家禽都被英國兵給宰殺了，他們到處圍著圓圈，燃起篝火，烤著牛、豬、雞，大開狂宴。印度兵當中的印度教徒不吃牛肉吃豬肉，回教徒吃牛肉不吃豬肉，英國兵不管是牛肉還是豬肉都大啃大嚼。

舉人何玉成是番禺縣的大士紳。他在給李芳的信中希望附近一帶的鄉紳能在一起聚會協商，地點指定在三元里的北帝廟。

連維材麻利地進行了準備。農民群眾本來就不懂得戰鬥的方法，最首要的是不能讓他們對英夷的憤怒情緒降落下去，因此要有一篇調子高昂的檄文。

「好吧，我來寫吧。」李芳提筆草擬了檄文，反覆作了推敲。

吹打樂器對於鼓舞士氣的作用很大，每個村子都有在節日或唱戲時使用的銅鑼、大鼓和喇叭，要立即把它蒐集來。

在行軍和指揮戰鬥時沒有旗子不行，寺廟裡的那些幡幟不顯目，需要有一色的旗子。趕快做旗，圖案也要決定。連維材到底是個實務家，幹起工作很俐落。

「畫三個星吧！」他在三角旗上畫了三個圓圈，考慮了一會兒，又用粗線條把圓圈聯結起來。他自己也對這個圖案很滿意，定神地看了好久。表示過去、現在、未來的三顆星聯結在一起了。

「這種聯結的樣式有點勉強了。」連維材心裡這麼想著，拿起筆來把聯結星與星之間的線條描得粗粗的。

在這期間，附近的村莊不斷有人來聯繫，檄文發到三元里一帶一百多個村莊，反應異常強烈。據說各個村莊的居民都拿著鋤頭、木棒，在寺廟或私塾前的廣場上集會，參加的不僅有男人，還有許多年輕的婦女。

在李芳家前面的廣場上宣讀檄文時，群眾的情緒十分激動。只聽念道：

……容縱兵卒，擾亂村莊，搶我耕牛，傷我田禾，壞我祖墳，淫辱婦女，鬼神共怒，天地難容。我等所以奮不顧身，困義律於北門，斬伯麥於南岸。……

念到英夷暴虐處，群眾流下眼淚；念到要誓滅英夷處，群眾圓睜怒目，齊聲高呼。他們齊聲咒罵洋鬼子的橫暴。不過，他們痛恨的不僅是英夷。英夷鬼子在泥城登陸、進攻四方炮臺時，官兵不作抵抗，四散逃跑。三元里一帶的居民因此而遭到英夷的蹂躪，難道官兵保護百姓不是他們的職責嗎？

「得了，咱們自己打鬼子！」「不要官府的援助！」「咱們跟那些臭兵痞子可不一樣！」他們在談到自己國家的軍隊時，上面冠了一個「臭」字的形容詞。

百姓們親身體會到不能依靠官兵。都察院禦史曹履泰彈劾當時軍事當局的奏文寫道：「……（英軍）自泥城上四方炮臺，凡所經由地，曾無一人施放槍炮，而民已不服。」因爲知道官兵不可依靠，所以他們自己武裝了起來。

水勇統領林福祥深入到群眾當中，跟群眾打成一片，心靈相通。「對，民眾一旦武裝起來，就再也不要解除武裝啊！」林福祥心裡銘記著這一點。

他不是連維材，但他也想到了未來。他心裡想：「將來我國眞正的軍隊，一定是我現在率領的義軍，和這種武裝民眾的混合體。」

他以後始終沒有改變這個信念。鴉片戰爭後，他既沒有像以前那樣想當官，也沒有想當高級官僚的幕客，他感到自己的背後有著「山中之民」的力量。

談一點後話，林福祥後來參加了太平天國革命軍，在衢州被清軍將領左宗棠所殺，這是整整二十年後的事。他在三元里活躍的情況，史書上漏載的很多，連他故鄉的地方誌《香山縣誌》也沒有爲他立傳。不過，林福祥所率領的六百名水勇在這些不會打仗的農民中，無疑是一支核心力量。

林福祥從廣場上的群眾中走出來，直接去了尙未取得聯繫的各個村莊。數十鄉的群眾由於他的說服而決心參加鬥爭。

李芳寫完了檄文，坐著轎子來到三元里的北帝廟。在那裡同何玉成等人進行了商量。

「給我們這個組織起個名字吧！」何玉成說。

李芳的面前鋪開一塊白色的絹子。他提筆飽蘸著墨汁，一氣寫了三個大字——「平英團」。絹子上的三個字蒼勁有力，跟他瘦弱的身子很不相稱。

「啊，平英團！平定英夷，好！……」何玉成不住地點頭。

4

五月二十七日上午，參贊大臣楊芳為協商撤出城內的外省兵問題，去了英軍設在四方炮臺的幕營。

跟他應酬的是休・戈夫少將。戈夫少將後來在給印度總督俄庫蘭德的報告中寫道：「進行了長時間的無聊會談。」

楊芳顯得十分衰老。也許不是因為遭到戰敗的打擊緣故，而是失去了主心骨——象法道士。

中午的時候，義律參加了進來。義律看到一切都按照自己的願望順利進行，感到很滿意。出動包圍廣州城的英軍兵力不足三千人，而城內的清軍有四萬。義律本來就沒有眞的想要占領廣州城。要想趕散得不到老百姓支持的四萬烏合之眾，那也是很容易的。當然，這麼做就必須準備作出流血犧牲，而且即使能攻下城池，也沒有信心長期占領。

把廣東搞亂，給它的產業帶來打擊，使貿易衰落，這也不是上策；應當威脅對方撤兵，創造一個有利於恢復貿易的和平環境——這就是義律的目的，這個目的已經達到了。

義律為只顧眼前利益的商人們所包圍，他的思想也受到商人們的影響，使他只看眼前利益。如果發動大規模的戰爭，清國的產業肯定會遭到破壞，生產力和購買力都會減退。但是，如果能迫使開放廣州以外的港口，取消施加於外商活動的限制，把英國的權益打進清國領土，那對將來的利益是不可估量的。從這個觀點來看，義律的行爲顯然是違背了外交大臣巴麥尊的政策。

二十八日，清國方面根據和議實行第一次撤軍。這一天五千湖南兵撤出了廣州城，並交付了第一次贖城金，贖城金的銀元裝在黑雅辛斯號上。

二十九日交付第二次贖城金，去接收的是摩底士底號。城內的清國部隊絡繹不絕地從正北門、正東門和小北門等開往白雲山方面。白雲山在廣州城的東北面，三元里在城的西北面，方向正好相反。

四方炮臺附近的英軍也準備撤退，賠款交付完畢，英軍就退到虎門外。這時，進攻十三行街的第二十六團也會合到四方炮臺。

余太玄不明白自己究竟幹了些什麼事情。總之，他是在盡最大的努力活動著，他幹了自認爲是對的事情。廣州的民眾憎恨外省兵，因此他率領他們闖進了貢院。

以後的事他就糊塗了。顯示群眾的威力，促進領導人反省，懲罰橫暴的外省兵，而且要獲得今後抑制外省兵的保證——這是他原來的打算，看來這已經取得了勝利。

但是，這不是他的力量所取得的，而是由於靖逆將軍奕山戲劇性的表演所解決的。現在清國的軍隊被包圍在城內，要求議和。擁有四萬大軍竟然求和，這大概是深知廣州居民對他們的憎恨之深，害怕一旦跟英軍作戰，民眾會變成暴徒，從背後攻打他們。

余太玄曾炫耀是他把廣州居民的怨恨引到清軍的領導身上，現在他看到那些不打旗號、沒有鑼鼓聲、一步一拖地走出城門的士兵，他心裡想：「難道這是我幹的事情的結果嗎？」他對外省兵的暴行感到憤慨，但他也不能容許英夷的不道行爲。

問題一深入，他就糊塗了，就像一團亂麻似的。請教一下連維材，也許能得到一個明確的回答，但連維材不在城內。事情就像他以前打死廣州流氓頭子時那樣地不明朗。

「我們快走吧！」一個女人的聲音催促著他。那是西玲的聲音。她在城內到處尋找弟弟誼譚，估計誼譚可能去的地方她都找遍了，但誰也沒有看到他的影子。

誼譚是個瘋子，在城內即使迷了路，也容易引人注目。可是誰也沒看見，那就說明他沒有進城。她決定到城外去找，正好官兵要從城內撤出，打開了城門。

可是聽說英國兵在城外橫行霸道，一個女人走路非常危險。這時余太玄表示願意陪她一起去，余太玄實際上是想去石井橋見連維材。

尋找誼譚的路程，首先從可能是他失蹤的地方——十三行街開始。西玲和余太玄決定出北門，沿著西邊的城牆南下。

5

英國兵主要是在四方炮臺與泥城之間搶劫放火，這條線路的南邊不是他們經過的路線，受害不太大，有些老百姓的家裡還留有人。

西玲和余太玄挨門挨戶地打聽有沒有看到過像誼譚模樣的人。人們害怕英國兵，儘管天氣熱，家家都關門閉戶，西玲去叫門比余太玄去大聲高呼更有效果，因爲是女人的聲音，人們就不會擔心是洋鬼子。

那些西玲去叫門也不開門的人家，大概是全家到什麼地方去避難去了。打聽了好多家，沒有人見過像誼譚模樣的人。

正要穿過一片小杉樹林子的時候，西玲感到那兒有人。草叢中發出沙沙的聲音。「誰？」西玲壓低嗓門，朝著發出聲音的方向問道。跳出來一個十歲左右的男孩子，他的眼神發愣。

「你在這裡幹什麼呀？」西玲問道。

「我躲在這兒呀，夷人來了我害怕。」

「小孩，只有你一個人嗎？」

「不，爸爸、媽媽、哥哥……都躲在對面。」

「小孩，我跟你打聽一點事情。你在這一帶看見過外面來的人嗎？一個年輕的男人……」

「沒見過。」

「是嗎？謝謝你啦！」西玲微笑了一下。大概是她的笑容消除了孩子緊張的情緒。

「除了同村的人，誰也沒有見過……不過，有一個瘋子從這裡走過去……」

「瘋子？」西玲用興奮的聲音反問：「那麼，這瘋子往哪邊去了？」

「他慢慢吞吞地往北邊去了，北邊可危險啦！……」

「那瘋子是什麼樣子？」

「他不時地抬頭望著天空，嘴裡還嘟嘟噥噥地說些什麼。」

「那是什麼時候？」

「是昨天傍晚。」

西玲從提的籃子裡拿出了二十文銅錢，遞給了小孩，然後朝北走去。

「聽說北邊有夷兵，要小心啊。」余太玄說。當他明確地意識到自己應當保護這個女人的時候，他的心情是愉快的。他必須竭盡全力來保護她，這對他來說也不是什麼難事。

前面傳來了沉重的車輪聲，當看到揚起的塵煙時，他抓住西玲的胳膊，提請她注意說：「臥倒！」

好像是往西邊去的英軍小分隊。西玲伏在茂密的雜草叢中，閉上了眼睛。

草的熱氣鑽進她的鼻子，這股熱氣使她感到非常熟悉，她感到她周圍的世界就好似籠罩在這股熱氣之中。誼譚、連維材、伍紹榮、談笑風生的錢江和何大庚，八面玲瓏的外國商館買辦、被逮捕的鮑鵬以及現在身旁的余太玄……這些人不就是這股熱氣嗎？

他們都有同樣的芯。在這個芯的四周，有的人裹著一層厚厚的肉，有的人只有一層薄薄的肉；有的肉硬，有的肉軟。剝去這些裹著的肉，不都是同樣的芯嗎？

「總有人會死的吧？」西玲在心裡這麼想著。連維材和鮑鵬這兩個人是那樣地不同，但在總有一天會死這一點上，兩個人是一樣的。她心裡想著「死」，但她聞到草的熱氣是「生命」的氣息。

「可恨的英國鬼子！」身旁的余太玄恨恨地說道，吐了一口唾沫。

「英國人也是會死的呀，爲什麼要打仗呢？……」西玲這麼想著。她好似明白了，但還是不太明白。

「走啦！」余太玄爬了起來，盤腿坐著，擦了擦鼻子。他的聲音太大了，他注意到前方的小部隊，但沒有注意背後走過來的五個英國兵。那是愛爾蘭第十八團所屬的五個兵，他們聽到了余太玄的聲音。

如果只有余太玄一個人，他們也許不管他就走過去，但還有西玲。儘管西玲爲了不引人注目，穿著樸素的草綠色的衣服，但一眼還是可以看出是女人。

「有女人！」「好像還很年輕，不像剛才那個老太婆。」「旁邊有個男人。」「男的會礙事的，幹掉他吧！」英國兵小聲地商量著。

「我來幹掉他！」一個士兵躡手躡腳地走到余太玄的背後。他雙手握著槍身，悄悄地舉起槍。

這時余太玄已經感覺到背後有人，想轉過身來，但已經晚了。愛爾蘭士兵衝著他的後腦勺，使勁地揮下槍。余太玄已轉過半邊臉，劈空而下的槍托，打在他的太陽穴上。

鮮血四濺。不過，余太玄仍圓睜著兩眼，一邊「啊！啊！」地哼著，一邊想掙扎著起來。但當他兩腳蹬地，正要挺腰起來時，槍托第二下已打到他的天靈蓋上。

余太玄飛快地伸出拳頭，那是拳術中的一種架勢。但拳頭只朝空中虛晃了一下，就一頭栽倒了。

另一個士兵跑了過來，槍托像雨點一般狠敲著佘太玄已經被打得半碎的腦殼。第三個士兵拔出刺刀，捅進俯伏在地上的佘太玄的背。

西玲嚇得面色蒼白。她搖搖晃地站起來想逃走，但兩隻腳已經不聽使喚。下巴索索地顫抖，牙齒得得地作響。

身上濺著鮮血的愛爾蘭士兵圍著她。他們的眼睛像野獸一樣，「男的是我幹掉的，這個女的讓我先來！」最先襲擊佘太玄的士兵這麼說完，脫下頭上的帽子，露出火焰一般的紅頭髮。他用手背擦了一下額頭上的汗，伸手抓住西玲的胳膊。

西玲渾身的血液好像凝結了，周圍逐漸變成一片漆黑。

她最後看到的是抓住自己胳膊的那只男人毛茸茸的手背，手背上的汗水閃閃發亮——但連這也很快地消失了。

她在黑暗的世界中墜落下去。在她失去神志之前，從她嘴裡漏出來的聲音是呼喊著誼譚。

誼譚在離她不到三百米的地方走著。不過，一眼看去，恐怕已經認不出他是誼譚。他的臉漆黑，兩頰已經瘦得陷落下去。

在這三天裡，他什麼也沒有吃，只是喝水。只要走到河邊，他先是小便，然後就趴下來喝水。不分晝和夜，突然倒下時，就地呼呼地睡去，醒了再走。已經走了三天，應當走得很遠了，其實他只是在同一地方來回地繞圈子。

當西玲和佘太玄躲過去的那支小分隊在大榕樹下休息時，誼譚從他們中間穿過。「那是個什麼人呀？」士兵們對這個膽敢從他們中間穿過的傢伙感到吃驚，但仔細一看，發覺這人不正常。

「把他帶來！」班長命令一個印度兵說。

這個印度兵跑了過去，抓住誼譚的胳膊，把他帶到班長的面前，說道：「看來像是個瘋子。」

班長一邊聽著印度兵的報告，一邊打量著誼譚的臉。誼譚那焦點不定的眼睛閃閃發亮。他的臉漆黑，那發亮的眼睛顯得很可怕。

「要這個瘋子沒用，給他塊麵包，放了吧。」班長說。

平英團

連維材完全理解李芳的心情。平英團召集了兩萬武裝群眾，給英軍造成了威脅，應該說這已經達到了目的。官兵不打，民眾拿起武器來反抗英軍，其意義是巨大的。中國是抵抗了，民眾今後還會抵抗的，平英團大大地提高了對中國未來所劃定的價碼。

1

「石田，你們國家的城市也是四周圍繞著城牆嗎？」戈夫少將回頭看了看石田時之助說。在四方炮臺的前方，延伸著廣州長長的城牆。

戈夫少將晒得紅黑的臉上，只有眼角帶著細紋的地方，有幾條白色的線紋。他面色溫和，經常瞇著眼睛笑著。

「不，城堡裡只住軍人，城市本身並沒有圍牆。」石田回答說。

「日本這個國家，我眞想去看看呀！」

「您很快就會去的。」

「聽說日本閉關鎖國比清國還要厲害。」

「時間會解開這條鎖鏈的。」

「那太好了。」戈夫少將笑著說：「時間不早了，你沒事了，快去休息吧！」戈夫少將的言談舉止，使石田有一種溫和的感覺。

五月二十九日的晚上，英軍方面已經開始準備撤退了。不過，戈夫少將把一切準備工作都交給了部下，自己靠著椅背坐在那兒。

他對撤退是反對的。同樣是軍人，但當過六年貿易監督官的義律和「爲了打仗」而派來的戈夫等人之間，已經有了重大分歧。傳說他們兩個人曾爲此事激烈地爭吵過。

「這麼溫和的戈夫少將，爲什麼那麼強硬呢？而且，爲什麼對部下的暴行視而不見呢？」——石田感到很奇怪。

在回去的途中，他想起了把一卷準備向沿途居民散發的布告忘在戈夫的司令部裡，於是他又返回到司令部的帳篷裡。他從帳篷的後面轉到入口處時，聽到從帳篷裡傳出戈夫少將的說話聲。

「甘米力治號的火藥庫爆炸時，那聲音眞大啊！」

「那條船太可惜了。」答話的是翻譯馬禮遜的聲音。

「不，它的價值比船更大。它給清國的人民帶來一種恐怖心理；那一聲巨響會叫他們深深記住，無論如何也抵擋不住英國，英國是非常可怕的。城外的那些農夫們，現在大概也體會到英國的可怕了。」

「士兵們在城外搞得有點太過火了。」

「沒有過火，這麼幹好。不這麼幹，以後他們就會受那些穿著華麗衣服的官吏們矇騙，一說英國是打了敗仗撤退的，那些無知的農夫就會相信。一定要顯示出英國是戰勝了。」

「燒毀的民房就是英國戰勝的證明嗎？」

「是的，這對農夫們是最容易理解的。被燒毀的民房、被殺死的親人、被強姦的婦女……只要把這些一擺，他們一下子就明白了。」

石田屏住了呼吸聽著。「快去休息吧。」——戈夫少將帶著關懷語氣的聲音還留在他的耳邊。作為一個個人的戈夫少將，可以說是一個溫和的、明白情理的人。可是，一打起仗來，他的性格就被碾碎，埋沒到戰爭的目的裡去了。

石田決定明天早晨再來取那卷布告，轉身回去了，他再一次痛切地感到自己是處在戰爭之中。他回到自己的帳篷裡，一位稀客早已在等著他。

這位稀客是哈利·維多。他被墨慈商會派到香港，現在因翻譯不夠而被調到這裡來了。

「已經九年多啦！……」他們自從在阿美士德號認識以來，近十年的歲月已流逝過去。哈利帶有一點感傷的情緒。

「是呀，眞快啊！」石田答話說。

「我感到這次戰爭好像從那時就開始了，可我們什麼也不知道……」哈利接著談起了香港的情況。他說自從廣州陷入混亂狀況以來，香港的地位突然地顯示了出來，商業極其繁榮。據說當年阿美士德號上的夥伴溫章也極其繁忙。

貿易基地好像已由廣州轉移到香港，令人感覺這是被什麼力量扭轉過去的。難道扭轉的力量是時間的洪流嗎？在阿美士德號上待過的哈利和石田都感到好像有人的意志在那裡活動。也許一切都是按照時間在行動。

兩人雖然談著香港的事情，但他們的心還是追溯到九年前阿美士德號的北航。他們一直談到天快要亮了，談到在廈門的情況——當時廈門的水師提督陳化成現在已調任江南水師提督；談到在上海的情況——當時的蘇松鎮總兵關天培已在虎門陣亡。

石田跟哈利並著枕頭剛迷糊了一會兒，突然被搖醒了，是哈利把他搖醒的。哈利平時的眼睛總是清澈透明的，這時卻可怕地充著血。

「出了什麼事情嗎？」

「好像是清國兵發動了突然襲擊。」

「可是……停戰協定……」

營地鬧鬧騰騰的，大概是準備迎擊敵人的襲擊。到外面一看，天已經亮了，晨風不知從什麼地方傳來了吶喊聲，這喊聲不是來自一個方向。

「我們被包圍了嗎？」石田歪著腦袋。

哈利正用望遠鏡朝四面觀望。他用手指著西邊喊道：「看到啦！」

石田拿過他的望遠鏡，把鏡頭對準哈利指的方向。那裡立著一杆旗子，上面有「平英團」三個字。旗子的周圍有許多人。不過，不是穿軍裝，而且他們手裡拿的武器是鋤頭、鐵鍬或丁字斧。

「不是官兵。」石田低聲說，那是農民。不過，也許他們才可以和英國兵較量一番。他們跟那些家在湖南、江西或貴州的官兵不一樣，他們保護的家和家屬就在本地。

在阿美士德號北航的第九年，平英團的旗子就好像給這歲月的長流劃分一個段落，在晨風中飄揚。

2

「把他們趕散！」戈夫少將一邊喝著咖啡，一邊下達命令。

平英團一旦遭到英軍的炮火攻擊，立即四散逃跑了。「他們不是正規軍，不過是烏合之眾。要叫他們吃點苦頭，讓他們再也不敢幹這種蠢事。」戈夫少將懷著這樣的心情下達命令。另外，已包圍了廣州城，卻沒有交過一次戰，遠征軍的首腦們在這一點上對義律很不滿，也可以透過趕散農民來發洩一下胸中的怨氣。

不過，平英團並不是烏合之眾，有身體雖多病，但頭腦清醒的李芳在充當軍師坐鎮，而且連維材也參加了作戰，水勇的統領林福祥也親臨第一線指揮。

如果對堅固的四方炮臺挑戰，對平英團不利。上策是把英軍從陣地裡引出來，在農民們都熟悉的地方交戰。

他們吶喊著向英軍陣地逼近，就是一種誘敵出戰的戰術，英軍上了鉤。英軍本來已做好了撤退的準備，有的部隊甚至已經朝著泥城出發了，所以也有一種輕敵的情緒，想順便把平英團趕散。

巴賴爾少將照管留守部隊，戈夫少將親自率領約一千名部下去剿伐農民。連維材等人在三元里村外，給林福祥率領的人們作了簡要的指示：「敵進我退，敵退我進，進退均聽司令旗指揮。」

總之，要耍弄敵人，使其疲勞。敵人在裝備上比平英團優良得多，不能正面碰撞。「要伺機肉搏！」——這也是平英團的重要作戰目標。打起肉搏戰來就不能使用槍炮，平英團在人數上就會占優勢。

這次約有一百零三個村莊的二萬群眾奔赴平英團的旗幟之下。英國方面的文獻記載，有的說是二萬五千人，有的說是一萬二千人。總之，人數相當多。

武器除了鋤頭、鐵鍬等農具外，也有不知從什麼地方拿來的長矛和大刀。有手持菜刀的年輕婦女，有握著斧頭的兒童，有拿著竹槍的老頭，也有用沙子在磨鐵搭（鐵耙子）的長鬍子的漢子。

「過來啦！」瞭望哨跑回來報告說。

林福祥站起來說道：「旗子揮動三次，喇叭、鑼鼓一齊吹打起來。在這之前，一律不准吹打。」

傳令的人把這個命令傳到了分散在附近的各個集團。英軍從高地上下來，沿著河堤前進。主力是在十三行街登陸後會合的第二十六團，及馬德拉斯步兵第三十七團。他們拖著大炮，大地發出轟鳴聲。

這時，縱隊的前鋒開始稍微偏離河堤前進。他們也發現了平英團的人群，準備進攻。平英團把無數面三星旗誇耀地豎立起來，書寫著「平英團」三個大字的司令旗在空中揮動了三次。以此爲信號，各處的鑼鼓一齊敲打起來，發出了震天動地的聲音。

農民軍的每個人都緊咬嘴唇，彎著腰。大地像火燒一般的炎熱，每一張臉上都閃耀著汗水的亮光。他們的上衣已被汗水濕透了，簡直就像被水澆了似的。

英國兵散開成橫隊走過來。平英團的司令旗根據敵人前進的距離往後退，團員們也看著旗子往後退。英國兵一齊擁到平英團原來集結的地點，但那裡連一個人影子也沒有了。

英國的炮兵隊終於開始炮擊了。「旗子倒下！」林福祥大聲地喊道，無數面三星旗一下子就好像被吸進地下似地消失了。

「後退時散開，前進時集中。」——這也是李芳授的戰術。後退就是要擺脫敵人，但這時要考慮到敵人的炮擊。爲了把損失控制到最小限度，應當盡可能把集團分散開。

落下的炮彈掀起的塵土，飛進了連維材的嘴裡。「呸！」他吐出了塵土，兩眼瞪著前方。旁邊同樣濺了一身泥土的農民大聲地罵道：「狗娘養的英國大炮！」

這時，一個傳令的兒童連滾帶爬地跑到司令旗的旁邊，他的腳板流著血。儘管他是習慣於赤腳的農家兒童，看來還是拼著命跑來的。他大口大口地喘著氣，連話也說不出來，連維材和林福祥把這個渾身是汗的兒童抱了起來。

兒童舉著右手，手裡緊攥著一個折成兩疊的白色信封。連維材從兒童的手指縫中抽出這個信封。信封上的字已被汗水浸透了，但勉強還可以看出「火急」的字樣，裡面的信也被汗水浸溼了。信中寫道：「天之一隅頓暗，狂雨將至，乞稍待。李芳」

連維材看完信，抬頭望了望天空，太陽火辣辣的，好像要把萬物都燒化似的。但一股烏雲已從左邊的地平線上湧起，往天空直竄。

英軍的優勢是他們的武器，而當時大部分的英軍還使用火石槍，火石槍一淋雨就不起作用。一八五年已經發明了能夠防雨的、帶有擊發裝置的步槍，但到十九世紀三十年代才開始爲英軍正式採用，在鴉片戰爭中進軍長江時，才從印度大量補給了這種槍。

林福祥也看了李芳的信，點了點頭。

埋伏在周圍的農民們稍微動一下身子，他們手中的搭爪尖、菜刀等武器就閃一下光，他們手中的武器是不怕雨淋的。林福祥舉著司令旗開始後撤，等待大雨到來的時間，三元里的農民部隊也跟著司令旗後撤了。

3

英軍也注意到了那可以帶來雷雨的烏雲。「如果不趕快把他們收拾掉，槍就不能使了。」──指揮官們開始焦急起來。但隊伍一前進，敵人就往後退，而且不時地鑼鼓齊鳴，幾十面三星旗突然出現，但一下子又不見了，攪得英軍焦躁不安。

「熱得受不了啦，快點下雨就好了。」士兵看到雨雲迅速地擴散，感到鬆了一口氣。熱得就好像地獄，不斷有人中暑倒下來。他們都穿著長褲子和長袖上衣，背著背囊，另外還有子彈盒、雨衣，頭上還戴著長筒靴子似的高帽子。

「爲什麼把我們趕到這種鬼地方來呀？我們也沒有什麼事情可做。」綢緞鋪的久四郎──林九思在石田的旁邊嘟嘟囔囔地發牢騷。

「大概是跟農民的頭頭談判時，需要我們當翻譯吧！」石田回答說。

英軍被平英團的撥弄戰術拖得精疲力竭，連軍官中的後勤主任畢查少校也支持不住了。戈夫少將跑到畢查少校的身邊，給他解開了胸口。

這時又響起了一片喧囂的鑼鼓聲。「別敲了！正常的人也會被這種聲音攪昏了腦袋的，這兒有病人呀！」少將大聲地吼叫著，但他不可能命令敵人的鑼鼓聲停下來。

追趕平英團的英軍已經疲累了，他們挑選了樹蔭休息，軍官和士兵都像死了似的挺在地上，享受一下暫時的休息。但是，只要英軍一休息，平英團准打起旗子，敲打著鑼鼓，齊聲吶喊著向前擁來。

本來想在撤退前順便把平英團收拾掉，看來這是極大的錯誤。諾爾斯大尉指揮的炮兵隊拉開了炮門，但平英團已散開，而且他們熟悉地形，藏在掩蔽物的後面，並沒有什麼損失。戈夫少將在給印度總督俄庫蘭德的報告書中，也談到這次的炮擊情況說：「極其準確地發射了炮彈，但看來幾乎沒有收到什麼效果。」

天空開始響起了雷聲。「這是神對夷人的憤怒！」平英團的林福祥立即利用了雷聲，「大雨一下，夷兵就無法使槍了！」這大大地鼓舞了這些臨時組織起來的志願兵士氣。

林福祥回頭對連維材說：「連先生，請你退到後面的土地公祠去！」

「爲什麼？」

「你上了年紀。」連維材已年過五十，但這裡跟他同樣年歲的人也不少。

「如果說我是老人，這兒也有許多老人呀！」

「這兒的人都習慣於活動，而你是商人，我覺得你最好退到李芳先生那兒去。」

「是嗎？」連維材順從地點了點頭。

土地公祠是祀奉土地爺的祠廟，李芳和各村的士紳都在那裡。連維材每當看到自己手裡拿的棍棒，連他自己也感到不相稱。

他推到山頂上的車輪，現在自動地滾下了山坡。即將到來的時代面貌，他已經看得相當清楚了，但這兒的許多人還未能看到。連維材竟然揮舞著棍棒，不知別人怎麼看，他自己是感到很滑稽的。

「那麼，我去了。」他扔下棍棒走了。他到土地公祠的時候，大顆雨點落下來，雨發出了敲打祠門前石階的聲音。

雨勢非常迅猛。進入祠內之後，雨聲仍然遮住了說話聲，尤其是李芳的聲音細弱，他說的話基本上聽不清楚，好不容易聽清了一句話：「雨比預想的還要大！」

敵人由於這傾盆的大雨不能使槍了，但己方的行動也受到了限制。周圍眼看著暗了下來，如注的大雨簡直就像一道帷幕，最多只能看到前面一米左右的地方。

在三元里的郊外，英軍和平英團在這場大雨中互相對峙著。英軍寸步難行，平英團一步一步地往前進逼。

這時候，城內的官兵繼續從廣州城的正北面向外撤出。根據協定，他們沒有打旗子，也沒有奏軍樂。但協定沒有談及武器，所以軍隊是武裝出城的。

說是武裝，大多還是長矛、大刀，只有極少一部分軍隊持著步槍。很多士兵低垂著腦袋，把長矛當拐杖，拖著腳步走出城來。隊列經常發生混亂。天一下雨，士兵都打著傘，沒有雨衣。不過，士兵打傘的樣子沒精打采，倒是很像敗兵。

按照協定，英軍方面來了幾名軍官，記錄出城清軍的人數。被英軍占領的四方炮臺大炮，瞄著廣州的城門。

靖逆將軍奕山已經喪失了鬥志，他是個容易灰心洩氣的貴族。兩位參贊大臣中的楊芳突然衰老了，另一位大臣隆文病倒了。官兵不打仗了，而在三元里郊外，不是官兵的一般居民卻拿起武器，準備狠揍英軍。

4

聽不到銅鑼聲，也聽不到喇叭聲。大概是樂隊的成員也拿起武器，投入了戰鬥吧！在聲音的世界裡，雨聲統治了一切。

大雨猛烈地下著，就像無數支箭射在地面上；說它是雨，不如說是衝擊著岩石的瀑布，連一米遠的前方也看不清了。好像跟雨聲挑戰似的，可以聽到微弱的人聲：「殺！殺！」

接著是喘息聲。這些聲音也經常被雨聲所壓住。戰鬥是在黑暗中進行的，不用說眼睛，就連耳朵也失去了作用。

爲了避免打了自己人，平英團和英軍雙方的動作都很遲緩。英國兵用步槍、平英團戰士用鐵鍬或木棒，不時地在自己的周圍掃一個圓圈，進行搜索；如果槍尖或棒頭碰上什麼東西，就大聲叫喊，根據廣東話或英語來分辨敵我，然後才交戰。

因爲基本上什麼也看不見，所以彼此都亂揮動著手中的武器；發射的武器已失去了作用，形成了由人數的多少來決定勝負的形勢。

石田時之助手中沒有拿武器，一直站在那兒。什麼東西觸了他的右胳膊一下，好像有人在摸索，接著看到好像有人影在雨幕中移動。

「誰？」石田用廣東話喊了一聲。

「原來是自己人……」這聲音是夾在雨聲中傳來的，但石田還是很耳熟。

「是林九思吧？」

「這聲音是石先生……」

石田笑了起來，確實無疑是自己人。這兩個在英國陣營中的人，彼此都用廣東話證實了是自己人，而其實他們都是日本人。

「這次戰爭跟我們毫無關係。」石田用日本話說。

「一切都是上帝的安排。」久四郎答話說。

「沒有受傷吧？」

他們倆都是同一等級的翻譯，但用日本語一說話，他們在日本時的身分差異就表現出日本人說話時，上下、尊卑等的區分很嚴格，一般可以從話中聽出對方的身分及所屬的階層。

「是，沒有。」久四郎用商人的語調回答說：「托您的福啦！不過，馬上我可就要受罪了……」

「怎麼一回事呀？」

「戈夫少將要我馬上回四方炮臺，說是要向知府大人抗議……我必須從農民軍中間穿過去。」

「你安了辮子，不會出問題的。」

「我也是這麼想的……事情很急，我這就失陪了。」

踏著泥濘而去的久四郎的腳步聲，很快就被雨聲遮住了，但附近傳來了粗獷的喘氣聲。那不是一個人的聲音，好像是敵我在互相搏鬥。石田朝著與搏鬥聲音相反的方向走去。

「戈夫少將受不了啦！……」他心裡這麼想著。所謂向廣州知府抗議，不外乎說：「已經締結了停戰協定，爲什麼還有人向我們發動進攻？」英軍跑出來討伐，沒想到變成了由人數的多寡來決定勝敗的形勢，現在只好向知府余保純求救吧！

石田被什麼東西絆了一下，他打了個趔趄，就勢蹲下身子，那裡躺著一個人，大概是戰鬥中的犧牲者吧！他湊近一看，原來是個裸體，後腦勺上還有條辮子。

石田心裡想，如果還沒有死，就救救他吧！他把那個漢子抱了起來。

「啊？」那漢子已經僵直了。戰鬥是剛剛打起來的，如果是在這次戰鬥中被打死的，僵直得也太快了呀！

石田瞅了瞅這漢子的臉。天靈蓋和太陽穴已經被打爛了，那張臉已變成了土色，但他還是熟識的。「余太玄！」從屍體的情況來看，不是今天死的，一定是前一天。

「難道是這傢伙一個人想幹平英團要幹的事情嗎？」石田心裡這麼想著，放下赤條條的屍體，又邁步走開了。

西玲昨天遭到英國兵的凌辱而昏迷過去，但到傍晚又清醒過來。她知道自己被剝得一絲不掛，余太玄倒在她的身旁，已經僵了。她剝下了余太玄的衣服，她的衣服大概是被英國兵拿走了。

「上一次是借用了太乙元君的衣裳。余太玄，這次要借您的衣服了！……」她在女人中個子算是高大的，但穿上大漢余太玄的衣服還是太肥大了。不過，她已顧不上這些了。

天黑以後，她沒有目的地在這一帶徘徊，以後就在同一地方來回地繞圈子。「該上哪兒去呀？」

她沒有可去的目標，她只想把自己禁閉起來。她是這樣的心情，所以才在同一個地方繞圈子吧！她走了一整夜，確實是精疲力竭了。太陽出來之後，她倒在樹蔭下。「這是我嗎？我究竟是什麼呀？」她這麼想著的時候，不知不覺地睡著了。

她醒來的時候已經是下午，她聽到了猛烈的雨點聲。而且睜開眼睛的時候，她看到了誼譚。誼譚一動不動地站在她的面前，傻傻地張著嘴巴，流著涎水，俯視著她。誼譚的樣子完全變了，臉上漆黑，面頰瘦削得凹下去，兩隻眼睛像兩個洞穴。

但是，西玲沒有看錯弟弟。「誼譚！」她大聲地喊著。可是，誼譚一聽這喊聲，露出害怕的神情，接著一瞬間，只見他一轉身子就跑進滂沱大雨中去了。

「爲什麼要逃走？」西玲爬起來，跟在弟弟後面追去。由於疲勞和肥大的衣服，她跑不快。前方被雨擋著，看不清楚，她循著誼譚踏著雨水的腳步聲往前追。

可是，腳步聲不知什麼時候已聽不見了，因爲響起了銅鑼聲，鑼聲響了一陣子又停止了。這時又聽到了腳步聲，但她不知道這是不是誼譚的腳步聲，好像是許多人的腳步聲，還夾雜著喊叫聲。

發生了什麼事情嗎？——她不知道，她也不想知道。

5

土地公就是土地神，別名又叫福德正神。他在眾神當中的地位很低，但民眾對他很親切。

在三元里郊外的土地公祠的一間小休息室裡，一個名叫廖博的地主正躺在那兒抽鴉片。人們都集中在正廳裡，小休息室裡只有廖博一個人。這時一個名叫莊圭偉的胖墩墩的男人走了進來，他和消瘦的鴉片鬼廖博都是地主。

「老廖，在抽鴉片呀？」莊圭偉搭話說。

「鴉片戒不掉呀！」廖博懶洋洋地回答說。

「戒不掉的何止是鴉片，好多東西一旦上了癮都戒不掉啊！」

「圭偉，你是說什麼呀？」

「有點兒擔心啊。你在抽鴉片，享受著太平的樂趣，可是……」

「擔心什麼呀？」

「兩萬泥腿子聚集到一起哪！」

「英國鬼子搞得太過分了嘛！」

「老博，那些泥腿子不是經常也把咱們地主說得像惡鬼一樣嗎？」

「嗯，爲了佃租的事……那是經常有的事呀！」

「那些傢伙如果像現在這樣，成群結隊地聚在一起，拿著鋤頭、鐵鍬鬧騰，一旦上了癮頭，那將會是怎麼樣呀？」

「哦，這……」廖博放下煙槍，抬起了上半身。

「不能讓他們太得意了！」莊圭偉說。

「是呀。」廖博皺著眉頭，打了個哈欠。

「平英團這個玩意兒，應當儘快解散。」

「趁他們還沒有嘗到甜頭……」

害怕民眾的團結和武裝，並不只這兩個地主。在土地公祠的正廳裡，坐在扶手椅上的李芳，早已銳敏地感覺到士紳們的擔心。三元里近郊一百多個村子的頭面人物都聚集在這裡，他們都是地主。

傳令的人進來報告殺敵的情況，士紳們表面上說：「這太好了！叫他們好好地幹呀！」但聲音裡沒有勁兒，他們感到擔心。

「去年爲了佃租的事，圍了二十來個農民，求了廣州的青皮才把他們趕散了。如果是成百上千的農民……」地主們看到平英團的大軍，心裡這麼想。

傳令的人又進來報告林福祥的情況：「英軍的大半已被引進了水田，這等於是敵人的戰鬥人員已減少了大半，林統領正準備包圍還未進水田的敵軍。」

正廳裡的人們當中發出一陣嘈雜聲。「立了大功！立了大功！……」一個白髮的老地主例行公事地誇獎說。

「芳兄，您的作戰計畫都實現了呀！」連維材跟旁邊的李芳搭話說。

「不過，雨太大了。」李芳答話的聲音仍然那麼低，聽起來很費勁。連維材把耳朵湊了過去，李芳用更低的聲音說道：「這些傢伙好像很擔心剛才的事情。」

這話只有連維材能夠聽到。連維材也用僅有李芳能夠聽見的聲音小聲地說道：「是擔心農民學會戰術吧！」

「對，是擔心平英團的旗子變成造反的旗子時，會運用這次戰鬥的經驗。」

連維材朝廳裡掃視了一眼，那個名叫莊圭偉的胖子像游水似地正在他的夥伴們中間轉來轉去，跟他們嘰嘰咕咕地說著什麼。

英軍想循著鑼聲追擊敵人。林福祥巧妙地指揮著銅鑼隊，把一部分英軍拖進了爛泥田。因爲司令旗已經看不清，他使用了傳令員，這裡能當傳令員的人有的是。進了水田的英國士兵們，陷在齊膝的爛泥裡，拔腳走一步路都很困難，可以說是寸步難行。英軍陷進泥濘中多少人，就等於減少了多少戰鬥人員。

沒有陷進水田的是先頭走過去的馬德拉斯土著步兵第三十七團的一支部隊。平英團包圍了這支部隊，準備發動進攻。

但是，正如李芳所感嘆的那樣，使英軍火器失效的大雨，比預想的要猛烈得多。大雨同時還使平英團喪失了機動性，這簡直像瞎子同瞎子打仗，水田中展開了一場拖泥帶水、連滾帶爬的搏鬥。戰鬥是慘烈的，但是速度很慢。

哈利·維多最初是作爲隨軍翻譯跟著第二十六團來的，不知什麼時候走散了，混進了馬德拉斯土著步兵第三十七團。這個團沒有被誘進水田，但被平英團包圍了。不久，農民軍的突擊隊衝進來了。雨勢並未見衰，視野仍被雨擋住。聽到「殺！殺！」的廣東話，就知道是敵人衝鋒了。當然，對方也是幾乎什麼也看不見，是瞎衝亂撞進來的。

只聽到金屬與木材碰撞的聲音、喊叫聲、呻吟聲、喘氣聲，想去援助遭到襲擊的士兵也辨不清方向，而且說不定什麼時候自己也會遭到襲擊。

哈利憑藉一米範圍內的視野，慢慢地移動著。

「哎喲！」就在他的背後傳來了一聲哀呼。接著是拖動腳步的聲音，重物吧嗒一下倒在水坑中的聲音。

哈利彎下腰，小心謹愼地用槍朝後面撥弄了一下，槍尖碰到了什麼東西。哈利朝那個東西爬過去。

一個人倒在那兒，湊近一看，是一個年輕的軍官。「巴克萊少尉！」哈利抱起這個軍官，他是馬德拉斯土著步兵團的旗手巴克萊。

哈利認識這個還沒有脫去稚氣的少尉，而這張臉現在痛苦地扭歪了。「媽媽！……」少尉這麼喊了一聲，腦袋軟綿綿地耷拉了下來。

哈利抱著少尉的手，沾滿黏乎乎的血。哈利把巴克萊少尉的身子輕輕地橫放在地上，然後站起身來。

這時，天空滾動的雷聲漸漸地向頭頂滾近，接著打了一道閃電，周圍突然明亮了起來。在好似劈開黑暗的青白色閃光中，一個用一隻手支著樹幹站在那兒的男人背影進入了眼簾，連辮子也清楚地看到了。

一定是這個傢伙用耙子什麼的紮進了二十歲的年輕的巴克萊的肚子。

閃電消失了，又恢復了灰色的世界，但哈利已經看準了那人的位置，他握緊槍。巴克萊奄奄一息地呼喊「媽媽」的聲音還殘留在他的耳邊，哈利感到渾身像火燒一樣。他極力抑制著，慢慢地向前移動，很快就看到了靠在樹幹上那個男人的輪廓了。

對方好似毫無警惕，只是傻傻地站在那兒，大概是在激烈的搏鬥之後歇一口氣吧！哈利倒舉著槍，使出渾身的力氣，猛打下去。又來了一道閃電，他打得很準。在閃電的閃光中，他看到了對方的腦殼已被打碎，鮮血四濺。

雷聲仍在轟鳴。再次回到灰色的世界，哈利癱軟地坐在地上，他渾身的力氣都使盡了。哈利自己也不明白，他剛才爲什麼那樣狂怒，驅使他幹出這樣的事情。

「殺了人啦！」雷聲好像叱責他似的，在他的頭頂上轟鳴。

雨聲中夾雜著喊聲、哀呼聲、呻吟聲和金屬碰撞的聲音，兩軍以雷鳴和閃電爲背景，在灰色的世界中進行著戰鬥。灰色的世界已變爲漆黑的暗夜，但戰鬥仍在繼續，只是戰鬥的速度更加緩慢了。

6

天亮了。早晨官兵仍要從廣州城往外撤，穿著草鞋、隊伍不整的貴州兵，拖拖拉拉地走出了正北門。廣州知府余保純從軍隊的空隙中穿過，小跑著出了城門。他被叫到英軍的陣地裡。

「省城的西北邊，大約有兩萬兵進攻了我軍，這是明目張膽地違反停戰協定的行爲！這種進攻如果繼續下去，英國軍隊將不得不降下停戰旗，進攻廣州城。」義律氣勢洶洶地緊逼著余保純。

「省城的西北邊不會有官兵，從城門出去的軍隊都開到東北邊去了，這您也親眼看到了吧！」余保純一邊擦汗，一邊回答說。

「好吧，即使不算是官兵吧！但進攻我軍的人就是我軍的敵人，不管他是官兵還是民兵，肯定是敵人。如不立即停止，那就要撕毀停戰協定。」

「請您給我一點時間。他們肯定是一般的民眾，不過是爲了保衛自己的家產而聚集到一起的，我去說服他們解散。」余保純拼命地哀求。現在如果撕毀停戰協定，一切都將化爲泡影。

「你有說服的把握嗎？」

「當然有。」余保純早就有了把握，三元里主要的頭面人物都是他的熟人，那些人都是精於打算的傢伙，只要說明利害，不會有問題的。其中雖然有李芳、何玉成那些棘手的人物，但他們是極少數者。余保純的腦子裡浮現出一張張士紳的面孔，他心裡想：「沒問題，一定會順利。」平英團雖然沒有像樣的武器，但僅憑兩萬人就足夠對付英軍，一千名英軍現在已成爲袋子裡的老鼠。天一亮，平英團又後退了。他們準備再施展撥弄戰術，包圍的圈子擴大了，但隨時可以收縮。

林福祥回到了土地公祠，同李芳、連維材進行了討論。林福祥主張要一口氣打下去，李芳表示反對。

「現在進攻，可以戰勝。」林福祥說。

「戰勝並不是目的。」李芳回答說。

「什麼！戰勝不是目的？」

「已經死了二十個人了。」

「打仗嘛，這是沒有辦法的事。」

「他們不是軍隊，而是普通的農民呀！」

林福祥的聲音激動高昂，相比之下，李芳的聲音低沉，冷靜。

連維材完全理解李芳的心情。平英團召集了兩萬武裝群眾，給英軍造成了威脅，應該說這已經達到了目的。官兵不打，民眾拿起武器來反抗英軍，其意義是巨大的。中國是抵抗了，民眾今後還會抵抗的，平英團大大地提高了對中國的未來所劃定的價碼。

英軍原來打算趁部隊調動，順便把烏合之眾的農民軍踢開，並未準備打正式的出擊戰。如果現在把被圍的一千名英軍殲滅，那會產生什麼樣的後果呢？接著而來的將會是難以想像的、可怕的報復，粉碎了虎門各個炮臺的英軍炮火，肯定會把三元里一帶夷爲平地。

該是退潮的時候了！——連維材也是這麼想的。

「我希望儘量不再損失更多的力量！」李芳的聲音雖小，但堅決有力，連林福祥也默不作聲了。

「在平英團的旗幟下，就能召集到這麼多的民眾。這一點英國人也領教了……林統領，這就是李先生所說的目的，它已經達到了。」連維材說。

「該當讓他們領教領教！」林福祥噘著嘴巴說。

這時，廣州知府余保純一行已在離這裡不遠的地主莊圭偉的家裡。他召來了主要的地主，但唯獨沒有派人去叫李芳。

余保純對士紳們說道：「英軍要求我方交付六百萬元，作爲不進攻廣州城的代價。如果平英團不立即解散，那就要從三元里的居民中徵收這筆款子了。」

「六百萬洋銀！」莊圭偉睜大眼睛說：「我們三元里怎麼也出不起這麼多錢，大家都很窮。」

「農民可能窮，地主還是有錢吧！」

「您說有錢，六百萬也實在……」

「出不起錢，政府就沒收三元里的土地，然後從土地上來收錢。」余保純嚴肅地說。

「要沒收土地？」地主們喊喊喳喳地議論起來。

不一會兒，莊圭偉肥胖的身子在地主們中間轉來轉去。他在徵求大家的意見。徵求到鴉片鬼廖博的意見時，廖博懶洋洋地抬起頭來說道：「這還用商量嗎？把那些傢伙解散得啦。」

地主們商談了一陣，意見很快統一了——希望立即解散平英團。

問題是：第一，如何說服強硬派李芳；第二，勸解林福祥；第三，也是最棘手的問題，怎樣向兩萬群眾說明，讓他們撤下來。用沒收土地來進行威脅，對農民們是不起作用的，因爲他們幾乎沒有土地。

余保純也參加了地主們的討論。他說：「跟農民這麼說嘛：英軍已低頭認罪，所以可以不必打了。」

「我們去說，有點兒……」莊圭偉一邊搔著腦袋，一邊這麼說。

「哦，就是說，他們不信任你們，是這個意思嗎？」余保純挖苦地說。

「在佃租之類的事情上，經常跟農民們有些爭執。」

這時進來了一個地主，跟莊圭偉耳語了幾句。莊圭偉的臉上突然神采煥發，說道：「知府大人，剛才有人來報告，說李芳也贊成解散……小人有個建議，讓他去說服農民。他去說，很有作用。」

「等一等！」余保純抬手擋住了莊圭偉。能解散武裝的農民，這將是一大功勞。他首先降伏了地主。這工作雖很簡單，但這是第一步。在最後階段，如果被別人搶了功勞，那豈不是傻瓜。在三元里一帶的地主當中，對農民有影響的恐怕也只有李芳。民間的士紳如果威望過高，也會影響「官」的權威。

余保純站起來說道：「本大人去說服農民吧！」

「義律已經俯伏求饒，保證一定要處死犯有暴行的英兵。是否會遵守保證，本大人身爲大清國的大員，將嚴密監視。靖逆將軍的方針也是要停止戰鬥，監視其懲罰暴兵。大家對英軍暴行的憤慨，本大人也是理解的。如果可能，本大人眞想親自拿起武器報仇雪恨。不過，欽命靖逆將軍的方針是不能違背的。我希望大家在這方面要有克制……」余保純很有口才，他這麼進行了說服。其主要內容與廣州的首腦向北京上奏有關停戰協定的文章很相似。

六月四日上奏的文章中寫道：「該夷頭目，即免冠作禮，喝退其左右，投兵杖於地，向城為禮。……」廣東的大官兒們這樣欺騙了皇帝。但農民們跟北京的皇帝不一樣，他們親眼看到官兵打了敗仗，是不會被這種巧言所蒙蔽的。

不過，他們已經被李芳和連維材等人說服了。「不能要求你們和你們的親屬做出更多的犧牲了。英夷已經心顫膽寒，所以目的達到了。今後讓我們不是拿著棍棒、鋤頭，而是用眞正的步槍、大炮戰鬥吧！我們要燒掉平英團的旗子，把它的灰吞下肚子，永遠不忘這次戰鬥！」連維材用充滿熱情的聲音這麼說。

李芳恰好相反，他完全不帶感情地說：「敵人不僅是英國，凡是危害大家生活的人都是敵人。比如說我吧，說不定什麼時候也會變成大家的敵人。我覺得大家現在不能浪費力量。」

余保純一面鼓唇弄舌，一面以為農民們都在老老實實傾聽自己的話，感到洋洋得意，心裡想：「這些臭農民！矇騙這些傢伙，不費吹灰之力。」

不過，農民們即使在聽余保純裝腔作勢的演說時，仍在想著李芳和連維材的話，回味著他們話裡的意思。

平英團的旗子降下來了，民眾四散了。

暫時的平靜

樸鼎查與海軍總司令威廉・巴爾克於八月十日到達澳門，交給他的第一個任務就是重新占領舟山。可見英國一直想擴大戰爭，而清國方面卻完全相反。英夷是商業禽獸，派遣使節和動用軍艦、軍隊都是爲了貿易——清國基於這樣的認識，所以認爲已經准許恢復通商，償還了公行的債務，就不會打仗了。

1

西玲已經忘記了自己當時是在幹什麼。她感到面頰上有血液流動的響聲，那是健壯男人的心在跳動，那節奏她非常熟悉，她突然意識到：「是連維材的胸口！」

她確實是被連維材抱在懷裡，怎麼會是這樣？她不明白。她隱約地記得三元里的黎明。自己是待著沒動？還是到處走動了？從身體疲累的情況來看，也許是走了整整一夜。

余太玄的衣服對她來說是太大了，而且衣服都溼透了，緊緊地沾在肌膚上，就好像裹著一塊大抹布。「總之，是在什麼地方暈過去了！」西玲心裡這麼想著，想把腦子裡的記憶整理一下。但暈倒之前的記憶只有那溼抹布的感觸。

但她現在感到自己的身子是乾的，而且什麼也沒有穿。

「醒過來啦？」連維材問道。

西玲的臉從連維材的胸上移開，好像晃眼似地仰視著他，她點了一下頭。

她早已有了預感——馬上將有一系列長長的詢問。她感到厭煩，默默地點了點頭，希望一切都這麼對付過去。

「誼譚的屍體在隔壁的房間裡。」連維材說。

西玲又點了點頭。

「西玲，你怎麼穿了余太玄的衣服？」

西玲站起身來，還是點頭，就像一個紙老虎玩具的腦袋一樣。

「出了什麼事情，我也能大體想像出來，余太玄的屍體也收殮了。看來他不是在昨夜的戰鬥中死的，在這以前就已經死了。這些不說了。我已經把你的身子擦乾淨了。」連維材這麼說著，遞給她一件薄綢的女人衣服，西玲接了過來。

「這裡是什麼地方？」她終於開口說話，但她感到好像不是自己的聲音。

「是李芳先生的府上。」連維材回答說。

西玲感到連維材的面孔突然模糊起來——她的眼睛裡湧出了淚水。

「我爲什麼悲哀呀？」她產生了反問自己的想法，但在接著的一瞬間，她撲到連維材的身上。她感到自己好像喊出很大的聲音，自己在流著眼淚，那大概是哭聲吧！她好像是叫著弟弟的名字——弟弟已經死了的現實，她好似終於能夠理解了。

「我什麼也不想！……」她在連維材的懷裡哭著、哭著。她不需要整理思路，不需沿著思路思考下去。在飛越過一切的地方，都有連維材的胸膛在那兒擋著。

眼淚流乾了，她用衣服擦了擦眼睛。「我再也不想待在這地方了！」她說。她腦子裡什麼也沒有想，在這樣的時刻脫口說出的話，也許是最眞實的想法吧。

「那我帶你到遙遠的地方去吧！」連維材說。

「遙遠的地方？」

「對，我要回廈門一趟，還有事要去臺灣，另外我還想去江南看看。西玲，能跟我一塊兒去嗎？」

「廈門我不去。」廈門有連維材的妻子。要是平常的話，西玲是不在乎的，恐怕也會跟著去的。無視連維材的妻子，不過是西玲的一種虛榮感或要強心。但現在她已經沒有這種虛榮感和要強心了。

「遙遠的地方，嗯……」她重複了一遍。她無意識地想起凌辱自己的士兵是遙遠地方的人。

在香港的墨慈商會辦事處裡，哈利．維多咬著嘴唇，仰視著天花板。在三元里被包圍在隆隆雷聲中的戰鬥，他想起來就好像是夢中發生的事情。

他以爲一個人殺害了旗手巴克萊少尉，而用槍托打碎了那個人的天靈蓋，這是他第一次殺人。打死那個人之後，他渾身抖個不停。「我打死的是個什麼樣的人呀？他也有父母兄弟吧？」──他一邊想著，一邊瞅了瞅那個人的臉。在閃電的光亮中，他所看到的是一張熟識的面孔。

尖尖的鼻子、凹下去的眼睛──哈利曾在墨慈商會裡見過在那裡當買辦的簡誼譚這張臉。哈利早已聽說，誼譚因爲中了毒煙而神經錯亂了。

如果他是農民軍，手中應當拿著武器。可是屍體的近旁，不要說鋤頭、鐵鍬，連一根棍棒也沒有，顯然不是他打死了巴克萊少尉，是認錯人了，看來他跟農民軍毫無關係。

「我幹了什麼呀？」哈利的視線由天花板落到寫字臺上。

這時保爾走了進來：「生意怎麼樣？」

「打仗回來，買賣談不上好壞。」

「你能馬馬虎虎說幾句中國語，所以被趕去當翻譯了。……不過，津貼可拿了不少吧？」

「這……」

「我呀，想在香港開一個旅館，這是我的理想。那時候，你可得支援我呀！」

「我無法支援你的錢。」

「死鬼約翰·克羅斯的錢不是你保管著嗎？那是一大筆錢吧？」

「約翰說過，要捐贈給醫院。」

「捐贈？那太可惜了。我說，借給我吧，我跟約翰在曼徹斯特的時候就是好朋友，由我來保管吧！」保爾一邊抽動他的蒜頭鼻子，一邊這麼說。

哈利站起身來，大聲地罵道：「滾回去！」

「你說什麼？叫老子滾回去？」保爾把臉湊近前來。

哈利握緊拳頭，朝著他的下巴狠勁地猛擊了一拳，保爾被打翻在地。

「你他媽的！」保爾邊罵邊爬起來。兩人都擺開架勢，互相瞪視了好一會兒。

「哈哈哈！」保爾突然笑了起來，說道：「我明白了，我明白了。哈利呀，約翰的錢，我再也不提了。我可並沒有瞅著約翰的錢啊，我那是說著玩的。來，咱們握手吧！」

兩人握了手。哈利想起了死去的誼譚曾在鴉片躉船的甲板上，跟保爾打架的情景。看來保爾有個習慣——對打架的對手感到滿意時，就跟對方握手。

用槍托打誼譚腦袋時手上的那種感觸，現在又能感覺出來，哈利不覺縮回了手。

「咱們今後繼續好下去！」保爾高興地說。

2

英國人爲停止貿易而苦惱，加上想收回給公行的債款，因而到處行兇逞暴。夷人乃是「犬羊之性」，所以立即付諸暴力。現在已經後悔，賠禮道歉，撤退回去——奕山是這麼向北京上奏的。

英夷已經保證老實溫順，因此可以給予恢復貿易的恩惠；商業上的借貸一定要清理，因此應當考慮償還債務——廣東的大官兒們陳述了這樣的意見，但沒有提到六百萬元的「贖城金」。因爲一提到這個問題，那就等於承認打了敗仗。

在這裡提出公行的負債問題，那是煞費苦心想把事情敷衍搪塞過去。伍紹榮籌集的現銀不足部分——二百八十萬兩——已由地方官庫中支出。這筆款子並不是償還公行的負債，而是贖城金。所謂贖城金，意思是英軍一旦占領了廣州城，必然通過搶劫而獲得一大筆錢，現在這筆錢由於停戰而得不到了，因此要清朝方面支付這筆錢。

道光皇帝並沒有完全相信廣東的上奏。在割讓香港的事情上，他已受了琦善的欺騙。他已經查覺到廣東戰爭實際上可能打了敗仗。

廣州之役的消息已經傳開了，戰敗的消息首先傳到與廣東有著頻繁的人員、通訊及貨物往來的長江下游一帶，然後立即沿著運河向北傳播。

「只是掩飾戰敗，不能算能耐。這種事總有一天會敗露的。」軍機大臣穆彰阿在自己的家中反覆地思考著對策。

掩飾戰敗的階段已經過去，要讓皇帝銘記英軍的軍事力量是可怕的，從而證明戰敗不可避免，接著還必須讓皇帝理解不理睬英軍的無理難題是不成的。

「要把局勢逆轉過來！」他心裡這麼想。

藩耕時的代理人溫超光站在他的面前問道：「關於戰敗的事，要極力誇大英軍的軍艦、大炮的厲害，是這樣的嗎？」

「囉嗦！」軍機大臣厭煩地說。

他命令溫超光，在街頭巷尾散布英軍神出鬼沒、無比強大的謠言。軍機大臣不了解下情，北京的大小胡同裡都早已在談論這一類的傳聞，沒有必要再派特工人員去散布這一類的謠言。

「這工作太容易了！」──溫超光心裡暗暗地發笑。

穆彰阿的目的是希望英軍強大的輿論聲音能逐漸滲透到紫禁城裡去。如果「最初就知道戰則敗」，那麼，接著而來的問題就是追究戰爭責任：「既然如此，爲什麼同英國肇事呢？」可以透過這個辦法來打擊主戰派。

現在穆彰阿面臨的難題是如何拯救關在獄中的琦善，如果主戰派的意見被公認是錯誤的，那當然對琦善有利。

「現在必須把林則徐打下去！」他心裡這麼想。林則徐已革職待罪，但由於主戰派的抬頭，可以說他已恢復了一半名譽。現在他享受四品官待遇，被派往浙江。林則徐在人品上有著很大的影響，當地的高級官員如果同情他的強硬論調，可就麻煩了。

「把他趕到新疆！」他心裡這麼想。實際上他已按照這個方針，切實地採取了措施。

「龔定庵有什麼動靜？」軍機大臣突然問道。

溫超光吃驚地低下頭說道：「他三月死了父親，回到浙江。據說他繼承了父職，擔任了紫陽書院的院長。」

「哦，我聽說他在丹陽的書院裡教書。這麼說，那兒的工作他辭了嗎？」

「不，目前是兼任。」

「是嗎？」穆彰阿歪著嘴巴。他對這個搶了自己的女人，並逃跑了的龔定庵始終懷著強烈的仇恨。定庵與默琴出奔已經整整兩年了，穆彰阿的憎恨不僅沒有減少，反而設了一套復仇的計畫。

「要置他於死地！」他把舌頭頂在掉了臼牙的牙槽裡，暗自下了這樣的決心。

三元里事件的八天後——即六月七日（陰曆四月十八日），英國艦隊全部撤退到虎門之外，集結在香港。

就在這一天，林則徐終於到達了浙江省會杭州的對岸。

龔定庵正在杭州服喪。現在他正默默地坐在父親曾當過院長的紫陽書院的一間屋子裡。

有一股什麼東西要從他的內心深處噴湧出來，他極力地抑制著。從一年前他就多次堅持「禁詩」。鬱積的感情本來是應當傾吐出來的，但他的詩起不了這樣的作用，寫出的詩反而會使他產生更加熾烈的激情。

他已從書院的學生那裡聽說林則徐已經到達杭州。過去他們都是南詩社的同人，經常在北京的不定庵裡一起活動。林則徐爲領取欽差大臣的關防上京時，龔定庵多次去見他。但自那以後已經約兩年半的時間沒有見面了。

這兩年多的時間裡，林則徐從事夷務，沒收和銷毀了夷商的鴉片，同英國進行了激烈的鬥爭，最後下臺。

「我幹了些什麼呢？」辭去了做了二十年的官，跟默琴也分了手，在江南的大地上漫步。林則徐是在風暴之中，龔定庵的身邊看起來好像平靜，但他的心中有著風暴。前年他想用三百十五首己亥雜詩來解放心中的風暴，但詩卻帶著熱風又回到他的心中。

從那以後他斷絕了作詩，最後的一首詩是：

吟罷江山氣不靈，萬千話語一燈青。

忽然擱筆無言說，重禮天臺七卷經。

本來是懷著給中國的山河吹進靈氣的願望而寫詩的，但這個願望落空了。他的詩軟弱無力，山河依然不振，他在這裡感覺到了亡國的徵兆。無數的話語就好像即將燃盡的燈火，一點微風就會把它吹滅。一切努力都是徒勞的，再也不想提筆了，也沒有話可說了，只是膜拜天臺七卷經文《法華經》。

「您去見林大人嗎？」學生問道。

「他剛剛到任，一定很忙，暫時不去吧。」龔定庵回答說。要說懷念，那是很懷念的。但這兩年半的時間，他不能不感到和林則徐之間已有了很大的距離。

林則徐一定是爲了挽救這不可挽救的山河而勤於軍務。龔定庵已經發出了「滅亡吧」的呼籲。他所說的「山中之民」、「破格之人材」恐怕都是要消滅這個世上一切權威的。到那時候林則徐會站在阻止他們的那一方。

在分爲兩大陣營的內部，現在又在進行更細的劃分。龔定庵憑著詩人的直覺已經意識到了這一點。昨天的同志已不是今天的同志，同這樣的人重逢，只會徒增傷感，見面將會是難受的。

其實林則徐只在杭州的對岸住了一宿，很快就去了鎮海。浙江巡撫劉韻珂在定海，劉韻珂率領文武官員，坐船到途中去迎接林則徐。

林則徐過去的地位姑且不說，現在說是四品卿銜，只是待遇相當於四品官，並不是正式的官職，也沒有上奏的資格。巡撫等高級官員特意去迎接，那是破例的。

不僅這樣，附近一帶的名士都爭著想見林則徐，虎門銷毀鴉片一舉已把他變成不可一世的英雄。光緒年間編纂的《鎮海縣誌》上寫道：「……四月，四品銜林則徐來參軍務，鄉人無智愚，爭一識面爲快。……」

不管是智者或愚者，都爭著以見林則徐一面爲光榮。

穆彰阿感到害怕是有原因的。「這樣的人，應當把他趕到新疆的沙漠裡去！」穆彰阿聽到林則徐到浙江赴任的情況，下了這樣的決心。

3

在廣州包圍戰的前夕，外省兵在廣州城內同市民們發生衝突時，倫敦作出了重大的決定——罷免了查理・義律。

巴麥尊外交大臣之所以毅然作出這樣的決定，簡單地說，是因爲他判斷義律的做法不是把國家的榮譽和國家的利益放首要地位，而是把商人的利益放在首要地位。

歸還定海（舟山）也使巴麥尊感到不滿。從義律來說，他知道這個島不會起任何作用，所以他急於歸還，給琦善留個面子，促進談判成功，從而恢復貿易。

這六年半的時間，義律是遠離本國，在商人們的包圍中度過的。他深信商人們爭吵的問題就是國家的利益，他跟堂兄喬治・查理發生爭執的原因也在這裡。

「有關清國的事情、對清國貿易的事情，應當交給我來辦。待在本國能知道什麼！」──義律有這樣自高自大的想法，當然變得獨斷專行。

英國派出遠征軍並不只是爲了保護商人的利益，而是要徹底打敗清國，敲開它的門戶。而義律只能解決局部的問題，本國政府對他終於無法忍受了。

五月十四日，任命了亨利・樸鼎查爲特命全權大使來接替義律。

樸鼎查與海軍總司令威廉・巴爾克於八月十日到達澳門，交給他的第一個任務就是重新占領舟山。可見英國一直想擴大戰爭，而清國方面卻完全相反。

英夷是商業禽獸，派遣使節和動用軍艦、軍隊都是爲了貿易──清國基於這樣的認識，所以認爲已經准許恢復通商，償還了公行的債務，就不會打仗了。

當時因英國人四處騷擾，已經花了很多的錢，吝嗇的道光皇帝十分痛惜。自從英國艦隊發動進攻以來，沿海各地加固了防禦，增加了兵員，要維持下去，需要花很多的錢。如果不再打仗了，那就不必花這筆錢了。

道光皇帝竟然下令縮小沿海的防禦，削減兵員。但唯有廣東省是例外，認爲那裡是同外夷接觸多的地方，炮臺大部分也遭到了破壞，因此要求增強防禦。

這是一種顚倒的措施。以前的定海戰役也是如此，英國對停戰協定的解釋，原則上只限於局部地區，定海的停戰並不適用於廣東。可以類推，這次在廣東雖締結了停戰協定，但不能擴大解釋也適用於其他省分。

儘管如此，清朝卻加強了廣東的防禦，這顯然是違反了停戰協定。另一方面，對於什麼時候受到進攻，也不能說是違反協定的其他省份，卻放鬆了防禦。

也有人注意到這一情況。兩江總督裕謙就提出了暫緩實施裁軍的要求，他在八月十七日的奏文上說：「……靖逆將軍奕山等……與之要約堅定……斷無止令退出虎門，仍任滋擾他省之理。現既聞（英夷）有赴浙之語……相應請旨飭下靖逆將軍奕山等，向該夷嚴行詰問，究竟是否誠心乞撫，抑仍是得步進步之故智，俾各省有所遵循。……」

道光皇帝對此答覆如下：「卿所見差矣。既謂之風謠，從何究其來歷耶？果逆夷別有思逞，豈有先行傳播透漏之理？即如本年四五月間，朕已風聞義律有來天津之語，朕祕而不宣，料所必無，浮言亦息矣。」接著通過軍機大臣，再次敦促「裁撤防兵，以節糜費」。

這時樸鼎查已到達香港，同參謀們制訂了重新占領定海的作戰計畫，而他們即將進攻的地方卻在迅速地裁減軍備。

林則徐的情況如何呢？由於北京穆彰阿的拼命活動，林則徐終於被剝奪了四品卿銜，流放新疆。他在鎮海只工作了三十五天。

再次下臺的原因是：「身為欽差大臣、兩廣總督，處於統轄全省軍務之地位，明知士兵沾染惡習很深，卻不加訓導，亦不監督勤加演習。另外，在從事夷務時，本應德威並用，採取適當措施，卻處置欠妥。……」總之是追究戰敗的責任，「以作爲廢弛營務者戒」。

林則徐於七月十二日晚接到這一命令，第二天立即登船離開鎮海。

林則徐在揚州會見了魏源，住在他的家中。當時林則徐把在廣州時讓幕客翻譯的《四洲志》、《澳門月報》、《華事夷言》以及其他有關外國情況和兵器等的參考資料全部贈給了魏源。

魏源利用這些資料著了《海國圖志》，啓發了同時代的有識之士。這部著作及《聖武記》同是魏源的代表作。他的著作運到日本，啓發了幕府末期的有志之士，這是很多日本人都知道的，如吉田松陰在平戶滯留期間，就曾經從平戶藩家老葉山左內那裡借來了魏源的著作閱讀。

林則徐在揚州逗留期間，朝廷突然派來了急使。當時黃河決口，河南省的開封、歸德、陳州以及安徽省的鳳陽、潁州、泗州等地方均遭到水災。

欣賞林則徐的軍機大臣王鼎，建議起用曾任河道總督、具有治水經驗的林則徐。這一建議爲朝廷採納。但流放新疆的處分並未取消，林則徐只是奉命臨時協助修浚河道。他從事了約八個月的黃河修堤工作，完工後還要流放新疆。

義律離開香港回國是八月二十四日，當時的情況可說是灰溜溜地悄然離去。伯麥也和他一起回國了。巴爾克少將已代替他擔任新的海軍司令。

這時，新任全權大使樸鼎查已率領威里士厘號和伯蘭漢號兩艘戰艦以及運輸船、測量艇等三十五艘艦船的艦隊，正在海上朝廈門出發。

義律就是這樣中途被拉下了鴉片戰爭的舞臺。他心裡無限懊惱，默默地緊咬著嘴唇，一直到香港島退出了他的眼簾。

不過，他回國之後，又被起用爲德克薩斯州領事，以後歷任有關外交、殖民地方面的要職，最後隱退時任聖赫勒拿島總督。一八七五年義律死去，時年七十四歲。

4

海岸上木材堆積如山，旁邊還堆積著磚塊和破碎的瓦片。溫章看著這些，嘆了一口氣。金順記香港分店已經建造好了一大半，猛烈的颱風把它刮倒了。

「咱們重新來吧！」連承文跟彩蘭說。

「重新來是承文哥的拿手好戲。人生已經重新來了一次，重新建造倒塌的房屋當然不在話下了。」

「不准你說這種挖苦人的話！」承文說後，放聲大笑起來。

談笑聲中充滿著蓬勃的朝氣。香港本身就充滿了朝氣，儘管它遭到了颱風的摧殘，但很快到處都傳來了建設的槌聲。

溫章爲香港的迅速恢復感到驚異。他心裡想：「看來像我們這樣的老頭大可不必出馬了！」儘管他還不到稱之爲老頭的年紀，但對他來說，承文和女兒彩蘭確實是非常的年輕。

海岸上的木材不只是房屋的殘骸，還夾雜有海上被風浪擊碎的帆船船身，以及外國商船的桅杆。英國船路易莎號就是在這次颱風中沉沒的，其他的外國商船和軍艦也遭到相當大的損失。

這次颱風是七月二十一日刮的。清國的廣東首腦們把這當作奇貨可居，立即向北京上奏說：

「……夷船漂泊無存，所留船隻亦皆桅枕俱折。……浮屍蔽海。……」

北京打開倉庫，向海神大獻供品，感謝天佑神助。道光皇帝之所以強硬地命令沿海各省裁軍，大概也是受這愚蠢的天佑報告迷惑吧！

英國艦隊迅速地恢復了，新香港的建設也沒有在颱風的面前屈服，又開始動工了，溫章對這種充溢的精力感到迷惑不解。

「遭受到很嚴重的破壞呀！」

溫章聽到這熟悉的聲音，回頭一看，不知什麼時候連維材已站在他的背後。這裡是金順記分店靠近海岸的房地，在臨時搭建的木板房旁邊，已經夯實的地基上堆滿了磚瓦。

「啊，爸爸，您什麼時候來的？」正在指揮木匠幹活的承文也發現了父親。

「我送人去上海，在這兒下船。」

「是嗎？……」承文並沒有問父親送誰，他知道肯定是送誼譚的姐姐西玲。

「已經到了這裡，我想順便回一趟廈門。怎麼樣，你也去嗎？統文已經從臺灣回來了。哲文、理文大概七月都能回來。」

「兄弟們都能到齊嗎？」

「能。」

「這太高興了。不過，七月還有些日子，等店鋪造得差不多再去吧！」

刮颱風是七月二十一日，陰曆是六月四日，颱風刮過沒幾天，陰曆七月有盂蘭盆會，舉行「普度」，施捨餓鬼，迎接祖先的魂靈，尤其七月十五日是一個月正中間的日子，遠離故鄉的家屬都要回家探望。

「好久未回廈門啦！」承文仰望著天空，擦了擦汗。承文自從偷了店裡的錢逃出來以後，一次也沒有回過廈門。

在樸鼎查到達香港前，連維材帶著兒子承文以及溫章、彩蘭，一起登上去廈門的船。他帶著家屬回鄉。

時局保持暫時的平靜。

6

孽火

不過，石田返回到鴻園的時候，才知道自己的一時疏忽竟救了自己的性命。鴻園早已濃煙滾滾，連維材站在住宅的大門前。

「連先生，這是怎麼回事呀？」石田上前問道。

「啊呀，是老石！你看，我把宅子燒了。」連維材指了指大門，大門已用粗木頭封住了。門扇好像在微微地搖動。「裡面的傢伙大概是用身子撞門吧！」連維材說：「不過，他們赤手空拳，是撞不破的，門很結實……」

1

連家的別墅鴻園裡，每天笑聲不斷。飛鯨書院那邊由於放暑假，顯得寂靜無聲。一家人好多年沒有這樣會聚一堂了。

「如果翰翁在這裡，這個席位不用說一定是他的。」連維材跟妻子說。溫翰已病倒在上海，醫生的意見還是避免長途旅行爲好。

「哲文和理文八月都要回蘇州，那時我也一塊兒去。一定要看望一下翰翁……章先生，我希望您久。

「可是，香港那邊……」溫章吞吞吐吐地沒有說下去。他很想看看父親，但工作又不能擱下太久。

和彩蘭也一起去。」連維材喝乾了一杯酒，這麼說。

「香港的事情讓承文去做，不要緊的。」

「是嗎？……那麼，那時我跟您一起去吧！」

在他們談話的時候，連維材的三兒子哲文一直心緒不寧。哲文有祕密，清琴跟著他到廈門來了。他們的婚事終究要告訴父母，取得父母的同意。但大哥統文和二哥承文都還沒有結婚，根據當時嚴格的長幼順序，是忌諱談自己的婚事的。哲文感到很爲難，只好讓清琴暫時待在奶娘的家中。但是清琴的性子沒有準，說不定她什麼時候會跑到連家來。

承文和彩蘭的關係已經得到公認。即使這樣，他倆要是結婚的話，也必須在統文結婚之後。

「哥，你快點討個嫂子吧，咱們後面等著哩。」承文可以毫無顧慮地開這樣的玩笑。

「不用急嘛！不用急嘛！」統文挺著胸脯，故意用臺灣的方言這麼說。他仍然不改老習氣，故意擺出一副豪傑的架勢。

大家都積攢著許多話要說。連維材好一段時間沒有回廈門了，妻子阿婉詳詳細細地跟他說了他不在家期間發生的事情。

據說自從嚴禁鴉片之後，連維材的異母哥哥連同松在買賣上又失敗了。一段時間他混得還不錯，但以後反而更糟。買賣沒做好，卻仍然過著奢侈的生活。加上遭到惡劣官吏的恐嚇詐騙，全部財產都給搶光了，現在被債務壓得抬不起頭來。

連維材的夫人通過丈夫的異母姐姐桂華，給連同松接濟了許多錢。

「可是，這等於是向燒紅的石頭上潑水啊！我想還不如不借錢給他好。我跟姐姐這麼說了，她反而恨起我來了。」

連維材一邊聽著，一邊哼哼哈哈地點著頭。這些事跟他在廣州所接觸的怒濤洶湧的世界相比，顯得多麼渺小啊！可是，在這個窄小天地裡的一哭一笑，也是普通人的生活，不能一概地輕視。

「這可是麻煩的事呀！」連維材說。

這時，統文突然放聲大笑起來。他啪的一下敲著桌子說：「媽，我告訴您一件事，我已經結婚啦！」

「什……什麼呀？」連維材夫人抓住了桌沿，才沒有倒下去。

「我說我已經結婚了，哈哈哈！」統文對母親的吃驚好像很高興似的。

「跟什麼人？」母親咽了一口唾沫，聲音嘶啞地問道。

「臺灣平頂茶園的一個採茶姑娘。哈哈哈！在一百五十個採茶女人當中，她是最漂亮的。」

「這……」可憐的母親簡直說不出話來了。

「爲什麼不告訴我們？」連維材厲聲地問道，但統文仍然滿不在乎地說道：「告訴？爸爸，那可來不及呀！我們是在回廈門的前夕結婚的。」

「怎麼跟父母一聲招呼也不打呢？」阿婉帶著哭聲說：「我們也沒有說採茶的姑娘就不行，怎麼就不能稍微等一等呢？帶到廈門來，在這兒舉行個儀式，不就名正言順了嗎？你是長子啊！」

「我說媽，」統文的聲音始終是那麼快活開朗，「已經快到七月了。那樣一來，就要拖延一點時間了。」

陰曆七月，地獄裡不開飯，給亡靈放一個月假，家家戶戶要在七月一日迎接祖先的魂靈，十五那天要供上好飯好菜，七月底再把這些亡靈送回冥土。就是說，陰曆七月整整一個月，祖先的亡靈是家中的主要客人。所以陰曆七月是「亡靈之月」，習慣上這個月絕對不能舉行結婚儀式。

「等到八月也可以嘛，難道一個月也等不及嗎？」

「等不及啦！」統文用雙手在肚子上劃了個弧線，說：「肚子已經這麼大了。等到八月就要抱著孩子舉行婚禮了，那太不好看了。」

「已經這樣了？」阿婉不知道是生氣好，還是高興好。

「嗯，好像也就在這兩三天了。哈哈哈！」

「這可不是說笑的事啊！」連阿婉也大聲地斥責起來，這對她可是少有的事。不過，她馬上又無可奈何地說：「在臺灣請了可靠的接生婆嗎？」

「不，我把她帶到這兒來了。」

「帶來了？」阿婉遺憾地搖了搖頭。

「讓臨月的婦女坐船來，你到底是怎麼想的？」連維材代替妻子質問說。

「沒關係。爸爸，臺灣的採茶女人就是身體棒。在平頂呀，採著茶，突然生了孩子，然後再採茶……這樣的事有的是。」

「這姑娘……不，怎麼說呢？……你的媳婦吧，她現在在哪兒呀？」

「在阿芬那兒。我想讓大家大吃一驚，叫阿芬對誰也不說。哈哈哈！都嚇了一大跳吧！」

「這小子！……」連維材咂了咂嘴。

「情況就是這樣。我說承文，我已經結婚了，你就不必顧慮了，跟彩蘭成親吧！怎麼樣，下個月就舉行儀式吧，好不好？」

「突然提起這種事……」承文苦笑了笑。

哲文聽了大哥的話，大吃了一驚。阿芬是連家以前的奶娘，硬要和哲文同來的清琴，現在也是寄居在阿芬的家裡。從大哥的話來看，阿芬大概早已收留了統文的「妻子」。只是不讓她說，所以她沒有言語。一下子塞去了兩個年輕女人，阿芬也會感到莫名其妙吧！

再說，阿芬的家很狹小，清琴肯定已和大哥的妻子見了面，談了自己的身世。

「再也不能隱瞞了！」哲文下了決心。按照長幼的順序來說，大哥既然已經結了婚，順序就已經過了一道了。而且二哥承文已經決定了物件了。

「正是一個好機會。家裡人剛才已叫大哥嚇了一跳，乾脆我也說出清琴的事，也讓大家吃驚一下……」哲文心裡這麼想著，深深地吸了一口氣，正準備開口的時候，只聽父親說道：「我說統文，你的妻子叫什麼名字呀？」

「她姓謝，名字叫阿寬，今年十七歲。」統文回答說。

哲文失去了說話的機會，不得不再一次重新調整了一下呼吸。

「媽……」他剛喊了一聲媽，又有東西來阻礙了。

突然傳來了炮聲。陰曆七月九日——陽曆八月二十五日的黃昏，樸鼎查率領的英國艦隊靠近了廈門。

2

「終於到來啦！……」連維材心裡這麼想著。他前一天已經接到了英國艦隊北上的情報，知道他們的目的是要重新占領舟山。

在進攻舟山的途中，艦隊會順便路過廈門吧！——連維材已作了這樣的預料。

英軍第一次遠征舟山時，巡洋艦布朗底號途中曾炮轟了廈門，但很快就離開了。廈門不是主要的目的地，只是在將來打開清國的門戶，廈門將是開放的港口之一，所以要吐上一點唾沫。

「這一次大概也跟上次一樣吧。」連維材這麼想的。不過，這一次並不像第一次遠征隊那樣寬宏大量，只派出了一艘巡洋艦。據金順記店員緊急報告，全艦隊有三十多艘艦船，已逼近廈門。

「不要驚慌！」連維材跟家裡人說：「他們的目的是去舟山，到廈門來不過是攪和一下……不要害怕！」

不過，連維材實際上是害怕的，他不是怕英國艦隊。

連維材發覺，這一段廈門的風氣變得極壞。因爲國家多事，徵稅很嚴，加上嚴禁鴉片，鴉片走私犯都武裝了起來。做鴉片買賣要豁出性命，從事這一行業的人當然要採取自衛手段。另外，裁減的兵員沒有職業，到處晃悠。

街頭上增添了許多歪眉邪眼的人。這些人不是從外地來的，那些原來做走私小買賣的人，從水師的軍營中被裁減回來的人，因爲生活上被逼得走投無路，都變得歪眉邪眼了。

連維材深深地痛感到，必須要有能代替鴉片交易的工作。不做鴉片買賣，就無法養家活口，這種狀況單憑嚴禁鴉片是不可能從根本上解決的。需要辦產業，而且必須是近代的產業。除此以外，別無拯救國家的道路可走。

連維材派了一個店員到阿芬家去，要他把統文的妻子帶到鴻園來。連維材擔心的是，街上的流氓無賴會趁著英國艦隊來攻時的混亂，成群結夥，進行搶劫。

不多一會兒，阿芬帶著兩個年輕女人來到了鴻園。其中一個人懷著大肚子，一看就知道是統文的妻子。她的膚色微黑，但容貌端正，眼睛又大又好看，顯得很可愛，也很健康。另一個白胖的女人，連維材不認識，他以爲是到阿芬家裡串門子的親戚，也就沒再詢問。

「我叫李清琴，給你們添麻煩啦。」這女人只報了一下自己的名字。她發現了哲文，瞇著一隻眼睛，露出一口雪白的牙齒，邊笑邊點頭。

因爲大家都很匆忙，哲文也無法向誰介紹她。「讓女眷們都到書院那邊去吧！」連維材跟妻子說。

如果發生暴徒侵入這座宅院的事情，暴徒的目標將是鴻園的建築物。廈門的人都知道連家的貴重物品放在鴻園裡。飛鯨書院只有書籍，暴徒們是不會貪那種東西的，所以讓婦女躲避到那個比較安全的地方去。

連家的人八月二十五日傍晚在鴻園聽到的炮聲，主要是廈門島和鼓浪嶼島上的清國炮臺開的炮，英國艦隊方面只有摩底士底號還擊了幾炮。艦隊在炮臺的射程之外，艦炮的射程也達不到陸地。

英國艦隊避開了夜戰。拋錨的時候，哥倫拜恩號與威里士厘號相撞，船身略有損傷，因此要修復。由於兩船相撞，威里士厘號的馬依特蘭艦長負傷。海軍司令巴爾克也在該艦上，但他安然無恙。不過，進攻之所以延到第二天，主要還不是這個原因，而是由於海軍司令巴爾克選定了這個日子。

第二天是八月二十六日。兩年前的這一日，在沒收了兩萬箱鴉片、全部英國商人退出廣州之後，林則徐又施加壓力，不問男女老幼，把所有的英國人統統趕出了澳門。

這天一清早就很熱。例行公事地行使一番手續——勸告投降，勸告遭到拒絕，於是在下午開始炮擊。

廈門的清國當局對英國艦隊的進攻感到十分突然，他們以爲和英國的問題已在廣東獲得了解決，他們正在裁減軍備。閩浙總督顏伯燾在泉州，水師提督竇振彪率領許多兵船，已悠然地出發做定期的外洋巡察。金門總兵江繼芸是留守的最高司令官，他連夜召集水兵。由於削減兵員，解雇了許多水勇。失業的水兵們沒有別的工作可做，成群結夥地四處流動。

「怎麼，現在又要咱們啦！」「先把餉錢發給咱們！」他們一邊嚷著，一邊集合。膽小怕死的人躲藏了起來。

「傻瓜！拿了槍再逃走多好呀。」有的人說出這樣危險的話。他們不是要賣槍，而是說拿著槍去當強盜，可以發大財。

輪船西索斯梯斯號首先向廈門炮臺打出了第一顆炮彈。同廈門有緣分的布朗底號、虎門最大的軍艦都魯壹號與摩底士底號，向鼓浪嶼炮臺發起了炮擊。

炮臺發射的炮擊很猛烈，不愧是以勇猛著稱的福建水師。艦炮發射了四小時，炮臺仍然沒有沉沒。《中國叢報》上記載說：「清國軍很有丈夫氣概，能經得起炮火的轟擊。」

廣東的炮臺一般是把炮安放在臺上，最多左右有防護牆，是露天炮臺，所以容易破壞。而廈門的炮臺有的是在炮的上面用石頭建造一個厚實的掩體，是帶有堅固屋頂的炮臺，只要敵方的炮彈不命中堡壘上的炮眼，就不可能擊毀大炮。炮眼從海上來看不過是一個小孔。

以前的炮臺遭到艦炮兩三個小時的轟擊，一般都毀了，而廈門的炮臺遭到四小時的炮擊，仍有三分之一的炮繼續朝著海上的艦隊發射，但它沒有廣東炮臺上葡萄牙製造的巨炮，所以破壞力不那麼大。

英國艦隊方面的艦船也有中炮的，但所受的損傷還不至於妨礙航行。伯蘭漢號上打死了一名水兵，威里士厘號上有三人負重傷，其中一人不久死去。

「解決不了呀！」海軍司令巴爾克焦躁起來。特命全權大使樸鼎查抱著胳膊，待在船艙裡一動不動。凡是有關作戰的事情，他從不插嘴。

前任全權大使義律，往往根據自己的判斷，對陸海軍的指揮官一會下令進攻，一會兒命令停戰。這一點也使外交大臣巴麥尊等本國的首腦感到很不滿。

作戰一旦開始，一切都應當由指揮官去判斷。而義律認爲打到某種程度就可以進行談判時，馬上命令停戰。正需要鼓一把勁的時候，卻停止進攻，司令官當然很不高興。豁出性命的戰爭完全被用作談判的手段，派遣軍的這種不滿也傳到了英國國內。

所以樸鼎查在被任命爲全權大使時，巴麥尊特別就這一點要他注意：「發起軍事行動之後，不能對陸海軍的作戰施加限制。」

其實璞鼎查本來對打仗就是個外行，他的本領是在另外一個方面。

在此之前樸鼎查任職於印度。當時的印度還有著像莫臥兒帝國殘留的藩侯國，他把這些藩侯國各個擊破，爲建立英屬殖民地印度作出了貢獻。他有時懷柔，有時威脅，或進行欺騙，或施用離間之計，十分必要時則收買無賴之徒，在藩侯國內製造叛亂。他是個搞陰謀詭計的老手，他之所以被起用，就是因爲他的這種本領受到了賞識。

「情況是這樣，那就只有登陸，從背後拿下它。」巴爾克司令首先命令水兵隊登陸，接著第二十六團的陸軍在約翰斯頓少校的率領下，從運輸船上下來，開始登陸。

3

背後遭到襲擊，就毫無辦法了。由於遭到猛烈的襲擊，膽小的士兵已經逃跑，只剩下那些眞正稱得上「福建水師」的精兵死守炮臺。但他們人數很少，派不出兵員去迎擊那些登陸的英軍。

英軍一登陸，總兵江繼芸就開始默念起《法華經》。他看到英國兵蜂擁而來，就走下炮臺，朝海裡走去。副將凌志身負重傷，英軍逼近時，他拔刀捅進自己的肚子。都司王世俊把劍橫架在防護牆之間，把自己的喉嚨對準劍刃，壯烈地自刎了。最後也未離開炮座的水勇們，揮動著點火棒迎擊英軍，他們不是中彈，就是被刺刀刺死，全部犧牲。

投海自殺的江繼芸屍體，第二天被海浪沖上了海岸。《中國叢報》上寫道：「有人泰然自若地走入海中自殺。」就是指江繼芸。此外，軍官中戰死的還有水師把總李啓明、楊肇基、紀國慶三人。

在英軍進攻炮臺的時候，五個拖著辮子的男人從運輸船上登陸，偷偷地潛入了廈門市區。其中也有石田時之助和綢緞鋪的久四郎——林九思。

廈門的街上，一片混亂，人們紛紛收起行李往山裡逃，逃得最快的是當官的。

官吏恃和不設備，踉蹌賊至爭逃奔。

這是三年後一個名叫陸嵩的文人聽到從廈門來的客人談到當時的情況所寫的詩中兩句。這首詩下面寫道：

何人拒賊誓死戰，金門總鎮江繼芸。
從之起者副將凌，都司王公勇絕倫。
水師把總李楊紀，或葬鯨腹或飡刀。
浩然正氣留乾坤，天陰月黑來忠魂。

孩子的哭聲、女人的哀呼聲、咕嚕咕嚕的車輪聲……在一片混亂中，久四郎拿著一張地圖，急急忙忙奔向廈門的南門，他是他們五個人的領頭人。

「大概是尋找什麼人家吧？……」

——石田也只知道這些，誰也沒告訴他去幹什麼。馬禮遜曾把久四郎叫去，大概是面授了什麼機宜。

「跟林九思一起去吧！萬一有什麼事的時候要保護他。」——馬禮遜跟石田只說了這幾句話。

「啊，這兒！……」久四郎在一戶人家的前面停下了腳步。這戶人家並沒有什麼特殊，門是開著的。

「啊呀，怎麼辦呀？」久四郎猶豫不前，朝石田瞅了一眼，看來是向石田求援。

「好吧，我先進去，你跟著。」石田用日本話說。

「謝謝您啦，這太好了。」久四郎也用日本話小聲地說。

石田走在前頭，久四郎和三個中國人跟在後面，走進門去。進門的地方好像是個倉庫，亂放著破椅子和石臼之類的什物，緊接著就是一堵牆壁，令人感到這房子太窄小了，但從那裡往左有一條走廊。在這條走廊上走了十幾步，進入了一個小房間。房間沒有門，是走廊突然擴大，形成一個房間，沒有一個人影。

「不知道你要找什麼人，要找的人逃走了吧？」石田回頭問久四郎說。

「不，肯定有人，事先聯繫好了。」

「要見什麼人？」

「一個名叫沒耳朵劉的人。」

「可是沒有一個人呀。」

石田掃視了一下房間，發現右拐角上有一道門。「好像還有裡屋。」

石田推了推門，門意外地輕，一聲不響地開了。這時傳來嘶啞的聲音：「誰？」

裡面是一個大廳，四個男人圍著桌子坐在那兒。一個老頭穿著一件白色長衫，其他三個人上身打著赤膊。桌子上散亂地放著紙牌，看來是打四色牌（一種賭博）。剛才還聽到槍聲，這些人卻意外地冷靜沉著。

「你們這些傢伙是從海裡來的吧？」一個年輕的小夥子站了起來，用粗暴的話這麼問道。他說話的時候還不停地搖晃著肩膀，看來是有點精力過剩。

久四郎走上前去說道：「我找一位姓劉的先生。」

「我就是。」一個大下巴、膚色微黑的四十來歲的漢子，坐在那兒一動不動地說道。他兩眼之間的間隔很寬，眉毛很稀，不用他報名字，一看左邊少了一隻耳朵就知道他是「沒耳朵劉」。

「我給您帶來了一封信。」久四郎從懷中掏出信，戰戰兢兢地向前走了兩步，把信遞給了小夥子。小夥子接過信，交給了沒耳朵劉。

沒耳朵劉拆開信封，取出信，一聲不吭地看著。他像是在看信，其實並不識字。

「老頭，給我念念。」他把信塞給老頭，然後對久四郎說道：「你一個人留下，其他的人到隔壁的房間裡等一下。」

留下久四郎一個人，石田等回到原來的小房間裡。

「談妥了，你們進來吧。」大約十分鐘後，久四郎伸進腦袋，向石田他們招了招手。事情很快就談完了。

石田看到桌子上堆了一大堆西班牙銀元。久四郎陪著笑臉跟沒耳朵劉說：「您只能召集三十來人嗎？不過一旦行動起來，我想會增加到十倍、二十倍的。」

石田最初不明白是怎麼一回事，在聽他們談話的過程中，才慢慢地明白了。

「幹掉鴻園吧！再沒有比那兒更有錢的地方了，不幹那兒太吃虧了！」穿白長衫的老頭邊敲桌子邊說。

「老頭，」沒耳朵劉帶著微笑說：「那兒可是你弟弟的府上啊！」

「什麼弟弟！他是小老婆養的，是女傭人的崽子！」

這瘦老頭是金豐茂的老闆連同松，他已經淪落爲流氓無賴的食客。他是在做鴉片買賣時，同流氓地痞搭上夥的。石田並未見過連同松，但他早就聽說過連維材有個異母哥哥彼此不和。

「原來是這個傢伙呀！」石田心裡想。看來這些傢伙是想趁著打仗的混亂，去當明火搶劫的強盜，而且是遵照英軍的要求……

英軍最害怕的是什麼呢？不是清軍的抵抗，而是民眾的敵對情緒。這種情緒在門戶開放的目的達到之後，也會長期留下隱患，對發展通商帶來惡劣的影響。樸鼎查根據他在印度的經驗，很懂得這一點。要把民眾的憎恨引到別處去——他在印度曾經多次幹過這種活動。要在英軍之外，製造一批壞蛋。

義律進攻廣州時，外省兵成了民眾的眾矢之的。那不是英軍有計畫搞的，但從結果來看，本來對英軍的憎恨因此有所減少，有的人甚至只是因爲痛恨外省兵的橫暴，而主動要求協助英軍。

不能說因爲廣州進展順利，就永遠按那種方式辦，這樣就需要做工作。在廈門採取的辦法是唆使流氓地痞搶劫，這樣就可以把民眾注意英軍的目光挪開一些。石田和久四郎等人就是派出來幹這種工作的。

「這不成！維材先生正在廈門呀！」石田正在考慮該怎麼辦時，突然聽到一聲巨響，接著大地發出轟鳴。

連那幾個流氓也嚇得站了起來，久四郎趴在桌子上。英軍占領炮臺後，掉轉炮臺上的大炮，開始向廈門城內開炮了。

「快！請你們快動手吧！劉先生！」久四郎說。

「好吧，事已如此，就豁出去了。喂，猴齊天，按照預定的計畫去召集人吧！」

「是！」那個小夥子，抓起桌子上的銀元，飛快地跑出了屋子。猴齊天本來是指孫悟空，這小夥子動作敏捷，他的這個綽號果然名不虛傳。

看來這件事已通過澳門的流氓組織進行了聯繫。炮聲和地鳴仍在繼續，還是沒耳朵劉最爲鎭靜。他說：「看來目標是衙門，離這兒很遠。」

連同松不知什麼時候不見了。他早已鑽進桌子下面，渾身不住地發抖。「阿彌陀佛！阿彌陀佛！……」老頭抱著桌子腿，閉著眼睛，開始念佛了。

4

沒耳朵劉把三十名骨幹分爲三組，每組各十人，打發到城內、城外的市街及郊區三個方面去搶劫。他們已取得了「英軍不鎮壓」的保證。

這三十個人是搶劫集團的核心。「打倒財主！」他們四處奔跑，大聲喊叫。那些無賴之徒、失業的水勇、逃兵乃至流浪漢，都成群結夥地參加進來，想分得自己的一份。逃兵中不少人還攜帶著槍支，其數大概超過千人。

沒耳朵劉親自奔赴郊外的鴻園。久四郎等人已返回到在後山設營的英軍陣地，只有石田參加了郊外組。去搶劫鴻園的暴徒約有六十人，鴻園在郊外，跟著去的人比市區少。

石田曾受過連家的照顧，他希望能儘量減輕一點連家所遭受的損失，但靠他一個人的力量是無濟於事的。「我也不能當旁觀者啦！……」當暴徒們抱著大木材撞擊鴻園的大門時，石田小聲地這麼自言自語說。

鴻園呈階梯形，像一個筆架，裡面早已把暴徒的情況看得清清楚楚。

天還沒有全黑。「來得太快了一點！……」連維材早已預料到那些歪眉邪眼的傢伙會趁火打劫，但他沒想到英軍剛占領炮臺，竟然會發生有組織的搶劫。無賴之徒其實是膽小的，在沒有完全弄清眞相時，他們是不敢公開活動的。而現在他們竟結成了相當大的幫夥，這確實太快了。

「對了，是英軍煽動的……」——只能作這樣的設想。「不要作沒有意義的抵抗，大家都躲到院子裡去，他們的目標是値錢的東西，這些東西都給他們。」連維材把家裡人和店員們都召集在一起，這麼說。

「都給那些傢伙？」一個在金順記待過多年的姓莊的夥計，緊咬著牙齒，落下了眼淚。

「是呀，這個人長年努力工作，生活也不那麼寬裕呀！」連維材心裡這麼想著，突然想起庫房裡還存著幾桶燈油。

「大家都去吧！」連維材催促著大家，接著說道：「老莊，你帶五個年輕人，把庫房裡的燈油搬出來，灑到房子的各個地方。其他的人準備一些厚木板子，把視窗、門扇從外面釘起來。」

大家立即明白了連維材的意思。

「是燒掉嗎？」莊夥計問道，他的聲音有點顫抖。

「與其給那些傢伙，還不如化為灰哩；順便也把那些傢伙一塊兒化為灰吧！」連維材用平常的口吻回答說。

「這個有意思！好！書院離得很遠，也不用擔心燒到那邊去。」統文朝手心裡吐了一口唾沫，準備動手幹。

承文的臉上毫無表情，呆呆地發傻。哲文和理文立即幫著老莊他們打開燈油桶，把燈油灑到室內的各個地方。

這時，大門已被打破了，暴徒們爭先恐後地朝坡道上跑上來。看院子的郭老頭跪在大門口向暴徒們哀求說：「諸位，大批的銀元都放書院那邊……鴻園沒有什麼值錢的東西……都在書院那邊。」

「胡說！」那個叫猴齊天的朝郭老頭的肩膀上踢了一腳。老頭仰臉朝天跌倒在地上，仍然不停地說：「是真的……是真的……」

「傻瓜才信這種鬼話哩！」猴齊天和其他的暴徒從奇岩怪石中穿過，開始登上了院子。他們的目標當然是鴻園中間的那座主體大建築物，這座建築物的外面是磚石砌的，但內部是用福州運來的上等杉木建造的。好像是歡迎這些暴徒們，建築物的大門是敞開著的。

「等一等！……」沒耳朵劉在大門前猶豫起來。他在廈門的流氓組織裡待了很長的時間，對富商連維材的爲人，他是知道得很多的。

「這傢伙可不是好對付的啊！……」他的腦子裡浮現出跪在大門口的那個老頭的形象。他是不是爲了保護主人家的財產，而謊說財寶存放的地方呢？果眞這樣，那可是個了不起的忠僕啊！可是，儘管老頭那麼說，猴齊天並沒有相信，恐怕誰也不會相信。搶劫的集團朝著鴻園跑來，連維材居高臨下，當然早就從住宅裡看到了。他這樣的人恐怕早就採取了什麼對策吧！

沒耳朵劉想得太過了。看院子老頭的話，顯然是謊話。但是，如果是連維材向看院子老頭授了計策，那會是什麼計策呢？一定是反過來利用這個明顯的謊言。

──只要看院子的死纏著說是「書院」，大家一定不去書院，而是奔向住宅。現在的情況就是這樣。爲了不讓大家去書院，所以反而提出書院。

「連維材這傢伙很可能使用這一手的！」沒耳朵劉這麼想。反正他的心腹猴齊天已去了住宅。「好吧，我去書院看看！」沒耳朵劉下了決心，朝著誰也不去的左邊走去。

不過，有一個人在盯沒耳朵劉的梢。這個人就是石田時之助。「這傢伙爲什麼要去書院呀？」石田決定跟蹤沒耳朵劉。

連同松不親眼看一看弟弟連維材豪華的別墅遭到洗劫，怎麼也不會甘心的。

金順記店裡的現金大多存放在錢莊裡，貨物都分散放在靠海岸的倉庫裡，而且放在廈門的商品和現金，從整個金順記來說，數量也並不太多。

但是，鴻園遭到踐踏——那將是多麼愉快的事啊！正好連維材久別回家，在那裡和家人們團聚。自己曾設下圈套，好不容易把承文引誘出來當上流氓，而這個承文現在又敗子回頭，回到了家裡，這對他也是一件光火的事情。

但他已經年老，搶劫的暴徒們向前飛跑，把他遠遠地拋在後面。他哈哧哈哧地喘著粗氣來到鴻園的大門前時，一看大門已經被打破，他滿意地點了點頭。

「啊呀！您不是金豐茂的大老爺嗎？」——突然聽到有人跟他打招呼，他大吃一驚。定神一看，一個老頭蹲在那兒，原來是他熟識的鴻園看院子的老頭。

「老爺，出了大事啦！流氓們……」看院子的老頭好不容易站了起來，指了指住宅那邊。老頭搖搖晃晃地走了兩步，腿一瘸一拐的，看來是什麼地方受傷了。

「是呀，我知道那些傢伙要到這兒來，所以我想趕快來報個信……你看我這麼上氣不接下氣跑來了，還是晚了一步……」連同松畢竟心虛，他在老頭的面前皺著眉頭，搖了搖頭說：「了不得啦！這可糟糕啦！……唉！」其實他心裡早已迫不及待地想看一看鴻園遭到洗劫的情景。連維材的家財遭到搶劫，家裡的人被暴徒們追逐著——那是多麼解恨的場面啊！

「不知糟蹋成什麼樣子了，我去看看吧！……」他說後，就急急忙忙朝前走去。

走了一會兒，他回頭看了看，只見看院子的老頭一瘸一拐地扶著岩石，跟著他走上來。

5

暴徒們用大木材撞破了鴻園的大門。他們以爲園子裡的房屋都要這麼撞，所以都抱著木頭往裡跑。可是裡面的門都是敞開的，這才把木頭都扔掉了。

莊夥計和哲文等人匆匆忙忙把屋子裡都灑上了燈油，剛剛跑出到屋外，暴徒們已經擁進來了。屋子很大，一下子把闖進來的五、六十人全都吞進去了。

「好像沒有人呀！」「怎麼？這裡有點黏呼呼的。」「啊呀！他媽的滑了一下！」「是不是油呀？有味兒哩！……」暴徒們這麼亂叫亂嚷著，在各個房間裡跑來跑去，物色著要搶的東西。

隱藏在院子裡的岩石和樹木背後的人們，很快就躡手躡腳地集合在一起。按照連維材的指示，把大門閉上，用扔在地上的木材閂上，等於是從外面把大門拴上了；把主要的窗戶和後門也都從外面堵住──這些工作都迅速地完成了。

那些紅著眼睛在攫取獵獲物的暴徒們，一點也沒有發覺外面的動靜。建築物上有三個帶鐵格子的小窗戶，從鐵格子縫裡不斷扔進點著火的木棒……火燃著油，發出熊熊的火焰。

「我感到太殘酷了！」年輕的理文定神地望著從小窗戶裡冒出來的濃煙，跟父親這麼說。

「戰爭就是殘酷的，理文，這就是戰爭。當然，失去能感到殘酷的心，那是很可惜的。但是，必須把這顆心暫時收藏起來。戰爭就是這麼殘酷、淒慘的。你要好好地看著，不要把眼睛背過去！」連維材好像是跟自己說話似的，這麼回答說。石田緊緊跟蹤著沒耳朵劉，但在書院裡把對方看丟了。書院太大，加上裡面又有許多教室、書庫、學生寢室之類的房間。

連家的女眷躲在一間書庫裡。那裡有連維材的妻子、彩蘭以及從臺灣來的統文的妻子阿寬，加上女傭人，共有十五個。

果然如連維材預料的那樣，看來不會有暴徒到書院這邊來了。阿寬躺在那兒，發出呻吟聲，她已經開始陣痛了。

「在這個糟糕的時候……」過去的奶娘阿芬，感到自己好像有什麼責任似的，不知怎麼辦好。

「要趕快燒開水！」連維材妻子要女傭人到學生宿舍的廚房裡去準備開水。但這時走廊上傳來了嘶啞的聲音：「有人嗎？他媽的！這麼大的房子！有人給我出來！」

走廊上響起了粗暴的腳步聲，就好像給這嘶啞的說話聲伴奏似的，女眷們都嚇得變了臉色。

「那是沒耳朵劉的聲音啊！……」阿芬哆嗦著嘴唇，小聲地說。

廈門城裡，人們把沒耳朵劉這個流氓頭子視如蛇蠍。他經常在街頭上大呼小叫，像阿芬這樣生活在社會底層的人們，當然不會忘記他那帶有特徵的聲音。

女傭人嚇得不敢出房間。「路上叫他抓住了可了不得啊！」「聽說沒耳朵劉抓住女人就糟蹋！」「嚇死人了！」

這地方抓住跟有夫之婦通姦的男人，往往要割掉他的耳朵。沒耳朵劉就是因爲十六歲時強姦了一個農家婦女，而叫人割掉耳朵的。婦女們聽說過這個傳聞，當然感到害怕。

「他發現了我們在這兒，是不會白白饒過我們的！」「可是，少奶奶！」阿寬正在呻吟。這聲音一旦被聽見，那就暴露了躲藏的地方。

不遠的地方發出東西被摔碎的聲音，好像是把教室裡的桌椅扔到走廊和牆上。「盡是他媽沒用的東西！去你娘的！」摔東西的聲音和嘶啞的說話聲愈來愈近了。

女人們把身子擠在一起。

「我上廚房去！」清琴站了起來。誰也沒有把清琴向大家介紹過，所以除了阿芬外，都不知道她是什麼人。

「外面有暴徒啊！」連維材的妻子說。

「我去燒水，孩子馬上就要生下來了……讓暴徒闖進這裡，那可不得了。廚房離這兒相當遠吧！我把那些傢伙引到遠的地方去，這兒暫時就沒有危險了。」

「引到遠的地方？這樣的事，你……」

「我習慣幹這種事，因爲我一向跟暴徒打交道。再說，從那聲音來看，我想不會是很多人，聽起來只是一個人的聲音。」

阿寬極力壓低嗓門，不時地發出痛苦的呻吟，連維材的妻子撫摸著阿寬的後背。統文信口開河，說什麼一邊採茶，一邊輕輕巧巧地生下孩子，其實採茶的女人並不都是這樣，看來阿寬有點難產。

在大家都注意著阿寬的時候，清琴走出了房間。她大體上已知道廚房在什麼地方，但她首先朝著有聲音的地方走去。

「啊呀，這不是有人嗎？」沒耳朵劉傻笑了一聲。也許是耳朵上有傷痕的緣故，說是笑，其實只是左邊臉上的肌肉往上抽動了一下。

周圍的光線相當暗淡。他抬起肩膀，一會兒低頭俯視，一會兒抬頭瞪上一眼，那樣子十分可怕。但清琴滿不在乎。

沒耳朵劉走近她的身邊，一把抓住她的衣領，說道：「這裡什麼值錢的東西也沒有，不過有女人……你特意送上來，咱就享受享受吧！」

沒耳朵劉手上一使勁，想把領子撕開。清琴扭過身子，說道：「不要這麼猴急嘛！該脫的時候我就脫，等我辦一點事。」

「哦，你倒是滿沉著的！」

「再說，這裡有學生住的房間，裡面有床鋪，那裡總比這個走廊要好得多吧！」

「嗨！……」連沒耳朵劉也有點傻眼了。

「我要到廚房去燒開水。」清琴大步朝廚房走去。

沒耳朵劉跟在她身後，心裡想：「呵！腳步一點兒也不打抖，好大的膽子！」

廚房的旁邊有一口水井。「你能幫我打點水嗎？」清琴毫不膽怯地這麼說。

「要我幹活？」

「是呀，過後我讓你痛快呀！」

「用這麼大的鍋燒水呀？」

「生孩子嘛，跟燒水沏茶當然不一樣。」

「生孩子？」沒耳朵劉看到清琴在點火燒柴的樣子，漸漸地不耐煩起來。心裡想：「她倒滿沉得住氣的！她把老子看作是什麼人呀？」

沒耳朵劉胡亂地從水井中打上水，倒進鍋裡。他爲自己幹這種活兒生起氣來，心裡想：「說跟我睡覺，是眞的嗎？是玩弄我！」

灶裡的柴燒旺了起來。

「喂！」沒耳朵劉揪住清琴的肩頭說：「我喜歡在這兒推倒女人就幹，什麼床上不床上，沒意思。我等不及啦！」

清琴毫無表情地站起身來說：「我早就想你會動手的，沒想到你還眞有點耐心，沒耳朵的傢伙！」

「你這臭娘們！」

「你等一等嘛！外面的衣服我得自己脫，待一會兒還得穿，可不能叫你給撕破了。」

「少廢話！……」沒耳朵劉咽了一口唾沫。

清琴解開領子，伸手去解腋下的鈕扣。

石田在書院中看丟了沒耳朵劉，又返回鴻園那邊。

跑到書院這邊來的只有沒耳朵劉一個人，他估計不會出什麼大問題，心裡想：「可怕的還是暴徒的團夥，我怎麼跑到書院這邊來啦？」

不過，石田返回到鴻園的時候，才知道自己的一時疏忽竟救了自己的性命。鴻園早已濃煙滾滾，連維材站在住宅的大門前。

「連先生，這是怎麼回事呀？」石田上前問道。

「啊呀，是老石！你看，我把宅子燒了。」連維材指了指大門，大門已用粗木頭封住了。門扇好像在微微地搖動。「裡面的傢伙大概是用身子撞門吧！」連維材說：「不過，他們赤手空拳，是撞不破的，門很結實……」

「那些傢伙全都進了屋子嗎？」

「是的，有五、六十人吧！」

「是把他們燒死吧？」

「不等燒死，早就被煙嗆死了吧……」

「書院那邊怎麼樣？」

「讓婦女們在那兒避一避。」

「有一個暴徒好像是去那邊了。」

「只有一個人嗎？」

「是的。」

「那不要緊。儘管是女人，也有十五個人。如果僅僅是一個暴徒，那不用擔心……對了，這兒的房子燒光了，我們暫且還要住到書院去。咱們去吧！」

不遠的地方，連同松渾身抖個不停，嘴裡嘟嘟噥噥地說著：「太可怕了！……太可怕了！……」

「你一個人出去不成！」彩蘭不顧連維材妻子的勸阻，早已跑到走廊上去了。

那個叫清琴的女人，說要轉移侵入者的注意，把他引誘到什麼地方去，走出了房間，已經好久了，以後摔桌椅的聲音突然停止了。

「不能爲了我們而犧牲她！不能做這種事！」彩蘭是這麼想的。到萬一的時候，她彩蘭還會拳術哩！她覺得不應當讓一個陌生的女人來保護自己，要自己保護自己。

她飛快地朝每個房間瞅了瞅，所有的屋子裡都沒有一個人影。她踏進了廚房，才鬆了一口氣。清琴在那裡正用一隻大桶往鍋裡倒水，彩蘭悄悄地觀察了一下她的衣服——衣服穿得整整齊齊的，一點兒也沒亂。

「那夥人呢？」彩蘭問道。

「那夥人？……啊，只有一個。」

「那麼，那個暴徒呢？」

「在那個拐角上。」清琴朝廚房的拐角看了一眼。

「啊！……」彩蘭不覺用雙手捂住自己的眼睛。

一個赤身裸體的男人仰面朝天地躺在那兒。「給他澆了滾水，已經死啦！」等到彩蘭把雙手從眼睛上拿下來時，清琴用空桶做了一個澆水姿勢。

「你……」

「給他澆夠了水。熱水用掉了許多，現在我要加水，爲了小孩。」

當天晚上，阿寬生了一個男孩。連家的婦女們忙得腳丫子朝天，很晚才發覺清琴不見了。

英軍這天夜裡在後面的山上野營，第二天才進入市區。他們讓城裡的流氓無賴打頭陣去姦淫搶劫。不過，英軍也獲得了相當於兩萬元的金塊、銀塊以及大量的彈藥。

搶奪了大量的食品，這是不消說的。廈門的大街上幾乎空無一人，只有英國的士兵們醉得東倒西歪，高聲歌唱，到處胡作非爲。

當時的一位文人這麼寫道：

惡風十日火不滅，黑夷歌舞喧街市。

不過，廈門不是他們的目的地，占領十天之後，英國艦隊於九月五日撤出廈門，將五百兵留駐在廈門的對岸鼓浪嶼，三艘軍艦和三隻運輸船留在廈門的海面上。

閩浙總督趕緊向北京奏報說：「我已收復廈門！」

中秋前後

「你等一等！」清琴攔住定庵。

這麼死太沒意思了，死之前要不要做些什麼呢？比如躊躇呀、苦惱呀、流下眼淚呀……

「先生，我感到這似乎太平淡了。人在死之前不要做些什麼嗎？」

「是呀，天臺宗的教義說，人在死之前要眞誠地做些人的營生。」

1

九月二十六日——陰曆八月十二日。從英國艦隊占領廈門算起，正好一個月；艦隊撤出廈門已過了二十天。

這是颱風季節。這一天，猛烈的颱風又襲擊了臺灣海峽。

英國運輸船涅爾布達號被捲進了颱風，桅杆折斷，船舵毀壞，船在大浪中顚簸，朝著臺灣海面漂去，幾次險些顚覆。

颱風過去了，但船身已被暴風雨打壞。「再過一、兩個小時就要沉沒！」——船長作了這樣的判斷。船上的小艇幾乎全被海浪沖走，剩下的只有一艘了。

船長叫來航海士說：「我們乘小艇逃走吧！」

「那只小艇只能乘二十人。」

「船上的白人正好是這個數。」

「您的意思？」

「那還用說嗎？印度人嘛，他們的神會救他們的。」

「他們會鬧事吧？」

「我自有辦法。」

船長命令兩個航海士和一個白人高級船員去檢查小艇。檢查只是藉口，實際上是把小艇放下海去。他命令二百四十名印度水手和軍夫修理桅杆和船艙，目的是把他們的注意力引開。

船長聲稱要對船上的十七名白人士兵點名，把他們集合在舷側。「檢查」好的小艇已放下了海，只有二十一名白人飛快地改乘到小艇上，二百四十個印度人留在即將沉沒的船上。

「沒良心的東西。」

「帝國的軍魂哪裡去了？你們這些騙人的惡鬼！」

船上各個地方都已損壞，無論怎麼堵塞海水流進船內，沉沒已經不可避免。有的開始咒罵白人士兵，有的則拼命求神保佑。回教徒祈求眞主，印度教徒向溼婆神求救。

「啊，看到陸地了！」在傾斜的甲板上，有人這麼喊起來。也許是他們的祈禱感動了神吧！——不，陸地並沒有救了他們，他們很快就知道那裡是地獄。

那塊陸地是基隆的炮臺。基隆這個名字是日本人起的，當時叫雞籠。一個月之前對岸廈門剛剛遭到英軍的進攻，雞籠炮臺當然處於嚴密警戒狀態。

「夷船來了！夷船來了！」瞭望的人在望遠鏡裡看到涅爾布達號，立即大聲喊叫起來，可憐的遇難船遭到了無情的炮擊。其實，即使沒有炮彈的打擊，它也即將沉沒了。

儘管因浸水而開始傾斜，儘管桅杆已經折斷，但它確實是「夷船」，而且看來是朝著雞籠港而來，如果是平時，將會派船去詢問，但現在是戰爭期間，無需詢問了。

聽到了炮聲，船上的印度人絕望了，一個接一個地跳進了大海。許多人淹死了，游到岸的人，不是被炮臺裡的士兵殺死，就是當了俘虜。這次清軍俘獲了一百三十三名印度人，所以淹死或被炮臺的守軍殺死的有一百多人。

這批俘虜中，有二十人因疲憊過度，很快就死去了，剩下的一百一十四人最後是否活了命呢？沒有。臺灣當局請示了北京，下來的諭旨是：對所有的俘虜進行審問，錄取供詞後，除頭目暫時禁錮，其餘全部正法，以抒積忿，快人心！

廣州之役已過去了數月，英夷的暴行當然早已傳遍了全國。中國方面有著積忿，人心悲憤。除了九名「頭目」外，俘虜全部被斬首了。

當時臺灣還屬福建省管轄，駐有臺灣道官員。當時的臺灣道是領有按察使銜的姚瑩。姚瑩寫有許多著作，與宣導嚴禁鴉片的黃爵滋是親密好友，從人事關係上來說，接近林則徐等人的南詩社。另外，指揮臺灣鎮十三營一萬四千名士兵的臺灣總兵，當時是鑲黃旗人達洪阿。

這次事件後來在南京和談時當作一個問題提了出來。英國方面認爲是「殘殺了遇難船上的人員」，要求懲罰負責人。

北京派當時的閩浙總督怡良去臺灣調查，結果了解到船不是被擊沉，而是遇難沉沒，姚瑩以僞奏罪入獄，考慮總兵達洪阿在臺灣剿匪有功，僅給予革職處分。不過這兩個人很快就重返了政界。

作者按：關於這次事件，臺灣道官員「冒功」的說法，現在基本上已成定論。但作者對此抱有懷疑。涅爾布達號可能即將沉沒，但它確實是向炮臺靠近。而且當時是在廈門之戰後不久，炮臺當然要考慮炮擊夷船。事件的調查是在媾和之後，英國施加的壓力必然很大，儘管說總督怡良做了實地調查，但不能不看到，他有著「不破壞媾和大局」的考慮。

另外，當時還有這樣的情況，在英軍的進攻面前，各地的清軍都連戰連敗，唯有臺灣勉強算是打了勝仗，臺灣道官員因而遭到其他各地戰敗的文武官員忌妒。「對手是不可能戰勝的！」各地的負責人都這麼辯解。但如果有了戰勝的事例，他們就不好辦了。如果說「那不是打勝的」，那對他們是有利的。

各地的官員都有著自己的責任問題，所以都希望能否定臺灣打了勝仗。在這樣的情況下，怡良當然要考慮這些同僚的利害。

《臺灣通史》上寫道：姚瑩被捕押送北京時，臺灣「兵民洶洶罷市」。人們抗議中央的判決，進行了罷市，經姚瑩說服，才停止了罷市。大概是怡良事先對他進行了勸說。

處死俘虜是根據皇帝的命令執行的，官員沒有責任，問題只是有沒有炮擊。士兵們確實打了炮，居民們也確實看到了，所以他們不服，加上姚瑩很有威望，因此就自然地發生了罷市。

——作者是這麼解釋的。

姚瑩出獄後又被錄用，這大概也是爲了籠絡臺灣的人心。姚瑩雖被關進監獄，其實只關了六天，實際上這也證明了他說的炮擊是正確的，對他的處分不過是對英國表示一點歉意。

媾和以後，英國的軍官也去臺灣調查過，傳說當時姚瑩昂然地反問說：「你們不是也大批屠殺了我國的老百姓嗎？」英國人無言以對。

2

在紅色的蠟燭上用金泥繪上牡丹花，這稱之爲「華燭」。辰吉凝神地望著搖曳的華燭的光焰，心裡想：「我終於成了這個國家的人了！」

「亡靈之月」過後，是陰曆八月，可以舉辦婚禮了。

陰曆八月十二日，正是涅爾布達號運輸船在臺灣海面被捲進颱風的陽曆九月二十六日。舟山島上漁村裡的婚禮是十分簡樸的，香月出身於貧苦的漁家，新郎辰吉又沒有親屬和親戚。

香月穿著一身紅衣服。平常她沒有化妝打扮過，這時她抹一點白粉，描一描眉毛，臉頰上搽點胭脂，顯得異常美麗。在華燭前面，香月跟辰吉對面站著，首先香月對著辰吉一拜，接著辰吉也恭恭敬敬地回禮——這稱作夫婦對拜。

然後，兩人拜天地，婚禮只是如此而已。一般的情況要用漂亮的花轎去迎接新娘，向新郎的父母行禮，向祖先的牌位燒香跪拜。但辰吉就住在香月的家裡，不需要去迎接，也沒有可拜的祖先牌位。

中午舉行了一個小小的披露宴席。

「恭喜！恭喜！」王舉志舉起酒杯祝賀。他是媒人，名義上他是特意來舟山參加婚禮，其實他負有任務——帶來了約一百名部下，準備把他們分散到舟山的各地去。他接到了英國艦隊北上的情報，預料到舟山遲早會被占領，他想建立地下組織抵抗英軍。

「劈哩！啪啦！」

不停地放著鞭炮，附近的漁夫都被請來喝喜酒。在貧苦的漁村裡，只有舉辦婚葬儀式的時候，才是他們正式的社交場所，也是他們生活中的休息。

酒是舟山的特產。屋子裡窄小，宴席一直擺到臨海的院子裡。桌椅是全村各家借來的。宴會一開始，席位就亂了。

客人們穿的是平常的衣服，有的人甚至連鞋子也沒有穿。他們不需要裝模作樣，不時地像想起什麼似的，舉起酒杯，例行公事似地喊著：「恭喜！恭喜！」但馬上就把話題轉到他們的生活上。最近海上風浪很大，無法出海捕魚。

「外面傳說英國佬又要來了。」「據說廈門叫他們占了……」雖然也有人談起這類的事情，但話題又回到生活上。

風很大。

「又要起風暴了，沒法去打魚啦！」「不要著急嘛，風暴是年年都要起的。」「有壞天氣，也有好天氣嘛！」

鞭炮仍在劈劈啪啪地響著。在鞭炮聲中，突然聽到「咣！」的一聲巨響，接著發出地鳴的聲音。

「是什麼聲音呀？」「大炮！」「英國鬼子又來了嗎？」通過上次的定海戰役，村裡的人已經熟悉了大炮的聲音。

辰吉看了看王舉志的臉，可是王舉志好像根本就沒有注意到炮聲，臉上的表情仍像平常一樣平靜。

香月那描得濃濃的眉毛微微地抖動了一下。

辰吉把嘴巴湊近她的耳邊說道：「香月，以後我教你日本話吧！」

「啊？」香月攏著嘴唇，凝視著辰吉的眼睛。

英國艦隊撤出廈門後，因爲躲避颱風，過了二十天才出現在舟山群島的前面。

九月二十六日，海上仍波濤洶湧，臺灣海面上颱風的餘波也波及了舟山一帶。

上次英軍從舟山撤兵後，浙江的首腦把處州總兵鄭國鴻和壽春總兵王錫朋派到定海，加強了舟山的防守。加上定海總兵葛雲飛，等於是有了三名司令官，軍隊有五千人。

在上次的定海作戰中，炮臺的大炮根本沒有發揮作用。後來從鎮海搬運來了許多大炮，但最大的也不過是二千斤炮。炮臺修復後，倚山建造的炮臺有二百六十七個炮眼，但大炮的實際數還不到百門。定海縣城內有四十一門炮。

這天清軍發現英國艦隊是在未刻——下午二時左右，從對岸鎮海的蛟門到定海的吉祥門海面上，排列著約三十艘英國的艦船。所謂「門」，是指島與島之間的水道。

復仇神號和弗萊吉森號兩隻輪船開進了竹山門。定海的炮臺打開了炮門，一發炮彈掠過弗萊吉森號的桅杆。

但這一天兩艘輪船的任務是偵察。它們巧妙地避開炮彈，偵察了清軍的佈陣，很快就從吉祥門逃出，一發炮彈也沒有還擊。

猛烈的艦炮射擊是從第二天開始的，英軍的參謀們已在定海南面的五奎山登陸。那是一座很高的山，登上這座山，定海縣城一帶就瞭若指掌，清軍的佈陣一目了然。

中秋（陽曆九月二十九日）那天整天炮聲隆隆，一部分英軍已經登陸了。定海縣城是在十月一日失陷的。英軍從正面的五奎山、東面的東港浦和西面的曉峰嶺三個方面同時發起了進攻。

清軍的三個總兵，拼死奮戰到最後。在曉峰嶺方面，壽春的八百精兵進行了頑強抵抗，但據點被強大的炮火摧毀，總兵王錫朋被炮彈擊中，一隻腿被炸飛，立即死去。突破曉峰嶺的英軍衝到竹山門炮臺，處州總兵鄭國鴻（湖南人）是六十五歲的老將，親自揮舞軍刀，殺進了敵軍。這是一場淒慘的肉搏戰。鄭國鴻渾身是血，壯烈犧牲，他的屍體上有九處傷痕。

定海的最後防衛據點是東嶽宮。定海總兵葛雲飛揮動司令旗，指揮炮擊。海上英國軍艦上的二百門大炮集中轟擊東嶽宮，接著第五十五團和水兵隊發起了衝鋒。這時東嶽宮的守軍已傷亡三分之二，總兵葛雲飛也在混戰中陣亡。

他當時五十三歲，是浙江省山陰縣人。他經常帶著雙刀，戰死時兩隻手裡都緊握著刀。他是一位酷愛武器的將軍，刀上都刻有銘文，一把刀上刻著「昭勇」，一把刀上刻著「成忠」，寫有關於武器製造的著作《制械製藥要言》，他如果不死的話，一定會對軍隊的近代化作出貢獻。

英軍方面的文獻記載說，擊倒了在堡壘上勇敢地揮動司令旗的軍人，但這個軍人不是葛雲飛。前面已經說過，總兵是在山崖上緊握著雙刀死去的。這一定是他部下的軍官，在代替總兵用旗子指揮時被擊倒了。這名軍官一被擊倒，另一名軍官又跑上去揮動司令旗，但立即被炮彈直接擊中，四肢被炸得粉碎。

在東嶽宮的守軍僅有二百人。在中秋前後六晝夜的戰鬥中，由於颱風的餘波而經常下雨，將士們在泥水中奔馳，軍衣沒有一刻乾的時候，後來又斷絕了軍糧供應的管道，當英軍逼近的時候，死守的清軍都成了「饑疲之卒」。

定海知縣舒恭壽被炮彈炸傷，當聽說英軍攻破城門入城時，冷靜地吞下早已準備好的毒藥。在第一次定海戰役時，當時的知縣姚懷祥也在楚宮池投水自殺，這都表明了守土之臣的忠義。

定海再次失陷了。英軍在二月底一度從定海撤出，七個月後，英軍的國旗又再次飄揚在舟山島的關山上。

3

「新的生命誕生了！」在飛鯨書院裡聽到嬰兒的哭聲時，清琴考慮起自己的生命，這是她過去很少考慮過的問題。

她想不明白。不管怎麼說，嬰兒的新生命是沒有玷汙的，對比之下，自己的生命看來是遭到了破壞和磨損。

嬰兒泡在熱水裡，發出一陣哭聲。那哭聲很有生氣，那熱水是清琴燒的。她曾把這滾沸的熱水潑在麻痺大意的沒耳朵劉赤裸的身上。

「哎喲！」沒耳朵劉跳了起來，發出哀呼。

清琴不停地潑著沸水。

「饒命啊！……」

她聽到了沒耳朵劉的求饒聲，但她根本沒考慮是否要饒他的命，只是不停地向他身上潑沸水。

也許是沒耳朵劉身上發出了一股臭氣，她突然覺得不能待在這裡。於是她走到外面，但並沒有要去的目的地。

她朝著街上走去。暴徒們嘴裡亂嚷著什麼，四處奔跑，但她一點也不感到害怕。

「為什麼我不能待在那裡呢？」她這麼問自己，以前她可沒有這種習慣的。

「我這樣的女人配不上哲文！……」她這麼回答了自己。爲什麼配不上？——她不願再多想了，她一向害怕作自我思想鬥爭。

她來到了海岸上。有幾艘英國軍艦的黑影浮現在海上，軍艦上都點著燈，她覺得好像是螢火蟲。近旁傳來了水手們的談話聲——「咱們快點裝貨吧！」「今天夜裡開船，不要緊吧？」「英國軍艦不會打一般的船，今天還有暹羅船從軍艦中間穿行過來。」「只要掛著白旗就沒問題。」「趕快吧！稍微一耽擱，舟山那邊打起來，咱們就回不去了。」「是呀，軍艦兩三天內恐怕不會開動的。」一艘很大的船橫靠在碼頭邊，大概是從上海來的。誰都可以預料，下一個戰場將在舟山附近。水手們的意思，想在這之前通過舟山。

「請問你們的船往哪兒去呀？」清琴上前問道。

「啊呀？」一個水手轉過身來，用燈籠照了照她說：「是去上海的。你……」

「能讓我搭你們的船嗎？」

「你給船錢嗎？」

清琴搖了搖頭說：「我只有這個身子！」

「身子？」水手朝清琴的下身狠看了一眼。

清琴就這樣回到了上海。她既沒有去金順記，也沒有去姐姐所在的斯文堂。她覺得那些地方都會促使她思考問題，她什麼也不願想了。

她希望仍像過去那樣，什麼也不想，只是拼命地工作。上海有一個地方，只要她一去，就會給她工作。她朝那裡走去。

昌安藥鋪的藩耕時待在那裡。「這件工作你不能推辭，我已經跟你說了工作的內容，你無論如何都必須去做，而且也只有你才能做，只有你能接近定庵先生。」

「試一試吧！」她回答說。

「謝謝你了，這太好了，軍機大臣閣下一定會高興的。」藩耕時這麼說，遞給了她一個小紙包。清琴點了點頭，心中卻暗暗地說：「我可不是討什麼軍機大臣高興的！」

「就這點藥，足夠毒死十個人！」藩耕時指著清琴在手中撥弄的小紙包說。

龔定庵一個月前剛從浙江來到丹陽。丹陽靠近南京，是一個臨運河的城市。他原來就在丹陽的雲陽書院裡執教，因父親去世才暫時回鄉，現在是重返任地。

廣州戰役的詳情，他已經從南方來的旅行者口中聽到了。歷史的車輪發出響聲，正要猛轉方向。在轉彎的地方有一個斷崖，車子會不會從那兒掉下去呢？

「難道我非得要看一看在谷底岩石上撞得粉碎的慘況嗎？」他已經疲憊了。

他生活了四十九年的這一個時代，即將撞成碎粉。從時代的屍骸下爬上岩石的「山中之民」，即將在暴風的席捲中、雷雨的打擊下，向著崖上攀登。他不是「山中之民」，不是那種手指上染著鮮血仍向斷崖上攀登的人。

「我的屍體將橫躺在谷底，再也爬不起來了！……」他的詩心不停地在躍動，但他不想提起筆來。他忘記了點燈，獨自坐在屋子裡。

陰曆八月十二日的月亮十分明亮。他想到了自己的年歲，他年輕的時候就把年老之後出家，隱居故鄉的山中當作理想……現在不是已經到了這樣的年紀嗎？爲什麼還遍身是俗塵呢？

「我已經死了！……」他自言自語地說。

室外有人在吹笛子。他從小就有一種怪癖，害怕笛子的聲音，聽到那從笛孔中擠壓出來的聲音，往往要暈倒過去。他俯伏在桌子上。

「有一個叫李清琴的小姐來訪，您見不見她？」

僕役走進來通報時，他才清醒過來。

4

對於定庵來說，清琴是過去另一個世界的人。

現在她站在自己的面前，他意識到自己想在她的身上尋找她姐姐默琴的面影。定庵轉過臉去，說道：「你好像也變啦！」

過去像羽毛一般輕飄、喜歡說話的清琴，現在變得沉默寡言了。定庵以爲這也許是年歲的關係。

她已經二十五歲了吧！

「我也是這麼覺得。不過，我不知道爲什麼我會變成這樣。」

「在北京的不定庵跟你一說話，就覺得你總是那麼喋喋不休。而今天你這麼冷靜，簡直叫人感到有點可怕。」

「是的，我自己也覺得可怕。」

「就好像是兩個亡靈在月下對話。」

「亡靈？」清琴閉上了眼睛。她心裡想：「我們倆馬上都要變成亡靈了。難道定庵先生已經預感到了嗎？」

「我好像是已經死了的人啦！」定庵說。

「我也是啊！」清琴滿不在乎地說。現在還想什麼麻煩的問題，注意對方的心理活動又有什麼用呢？我不是因爲想逃脫這些煩瑣的思考而只追求行動嗎？——她這麼說服自己。

「我們倆好像還有點談得來。」定庵笑著說。

「兩個亡靈嘛！……月光是蒼白的，先生的臉色也是蒼白的，好像不是活人。」

「月光是明亮的，很快就是中秋了。」

「還有三天哩。」

「中秋每年都要來，花也是同樣。年年歲歲月不變，但人卻不一樣。不只是人，時代也會變的。」定庵望著窗子外的月光。

清琴定神地看著桌子上一個素陶的小茶壺。宣告這衰世死刑的人，正是他龔定庵，但他不可能活到這個時代滅亡之後的下一個時代。他用詩文的光芒，爲下一個時代朦朧地照出一點光亮，但他自己不可能進入下一個時代——他自己很了解這一點。

由於父親的死，他最近經常想到死。死是眞正的結束，恐怕沒有比死更美的東西了。昨天還存在的一切，今天都徹底乾淨地沒有了。

死後也許還留下一些餘韻，比如像一個人的名聲等。但那也不過是別人的事情，太痛快了！——由於父親的死，他體會了死的美。

「你姐姐好嗎？」定庵猶豫了一會兒，這麼問道。

清琴吃驚地抬起頭來，心頭怦怦亂跳。剛才她把可以毒死十個人的毒藥放進了茶壺，藏在桌子下面的手還在微微顫抖。

「好、好。……不過，最近沒有見到她……她好像找到了生活的意義……是的，她很好……好得簡直令人羨慕。」

「過去你姐姐整天不聲不響，你好像很喜歡到處活動。」

「不聲不響會死的。可是，活動了一陣也沒有什麼用。」

「是呀，沒有什麼用呀！」

「不過，我要是不幹點什麼，總覺得心神不定，現在還是這樣。」

「這就是人嘛。……活著本來沒有什麼意義，但還是要活著。」

「最近我第一次體驗了戰爭。……人變得像獸一般。我感到厭倦了。先生，我對活著也感到厭倦了。」

「哦。……」定庵極力想回憶十五、六歲時天眞活潑的清琴，但馬上就聯想到默琴。

「先生，我只有死了。」

「這不該是你說的話，像我這樣心已經死去的人，說說是可以的。」

「先生的心已經死了嗎？」清琴的臉上露出高興的神色。

定庵點了點頭。

「先生，爲什麼不讓肉體也乾脆死去呢？」

「死去也沒關係。」

「現在就可以輕鬆地死去。」

「那麼簡單嗎？」

「嗯，只要喝一口這茶壺裡的茶。」

「那就讓我喝吧。」

「你等一等！」清琴攔住定庵。

這麼死太沒意思了。死之前要不要做些什麼呢？比如躊躇呀、苦惱呀、流下眼淚呀……

「先生，我感到這似乎太平淡了。人在死之前不要做些什麼嗎？」

「是呀，天臺宗的教義說，人在死之前要眞誠地做些人的營生。」

「人的營生！」清琴站起身來，先從茶壺裡給兩隻茶杯斟上茶，然後說道：「先生，喝了它就會死的。不過，在這之前……」她走到定庵的身後，兩手放在他的雙肩上說，「請你站起來……」

定庵站了起來。

「請你把蠟燭滅掉。」清琴說。

清琴進來的時候，定庵才把桌子上的一個小蠟臺上的蠟燭點著。他按照清琴的吩咐，把蠟燭吹滅。月亮把青白的光投射進房間。

清琴站在定庵的面前。他們相距這麼近，連呼氣都碰在一起。定庵緊緊地擁抱清琴。

各種各樣的詞句浮現在定庵的腦海裡，狂飛亂舞了一番又消失了。

壽短心苦長……

我生受之天，哀樂恆過人……

萬千哀樂集今朝……

天道古如此，知之何晚矣……

這些都是他寫的詩的片斷，他覺得自己不過是一個詩人。

定庵光著身子，伸手去拿茶杯。

「先生，我們就要死了。你不穿上衣服嗎？」清琴說。

「赤裸裸地生下來，死的時候也赤裸裸地吧！」定庵回答說。

「這茶裡下了毒藥，先生不會以爲是說笑吧？」清琴心裡這麼想著，她定神地看著定庵的眼睛。

「先生是知道的！」——她堅定地相信了。

「那麼，我也像剛生下來的樣子吧！」她把已經穿好了的衣裳，又脫了下來。

「我們喝吧！」

一絲不掛的一對男女，把茶杯舉到齊眉高，互相點了點頭，把茶一口喝乾了。

同鄉吳昌綬所編的《定庵先生年譜》上寫道：「道光二十一年，五十歲。……八月十二日，暴疾捐館。……」

「暴疾」是得了急病，「捐館」是丟了住所——意味著貴人死去。

丹陽的雲陽書院無法宣布一代碩學的死是情死。

定庵的兒子龔橙帶著發呆的眼神說道：「父親是想讓人們知道自己的死是情死，否則他怎麼會這樣死呢？這一點我是很了解的。」

龔橙的話，說明他只理解父親頹廢的一面。

5

臺灣海面因颱風而浪濤洶湧，在英國艦隊齊集在舟山群島的那天，也就是龔定庵在丹陽去世的那天——九月二十六日（陰曆八月十二日），連統文還待在廈門。

昨夜的醉意還殘留在他的腦子裡。那是慶祝長子滿月，妻子阿寬可以離開產褥了。祖父連維材給長孫起了個名字叫「宙善」。鴻園裡的住宅燒毀了，他們都住在書院裡。書院的教學暫時停止。

統文登上書院上面的望潮山房，俯瞰著大海。那裡雖是海灣，海面也不平靜，黑色的大浪翻滾，白色的浪花在跳躍。

大海在狂吼。統文一邊望著洶湧的大海，一邊嘆了一口氣，說道：「我也當上父親啦……」

本來打算慶祝過孩子的滿月就立即回臺灣，但由於天氣惡劣，看來一時開不了船。「我眞想快點看到臺灣的茶園啊！……」統文感到自己從來沒有像現在這樣關心事業，這也許也是由於有了孩子的緣故吧！

他想儘快地回臺灣，但按照習慣，統文的妻子在產後一個月是不能活動的。由於這樣的原因，統文只好留在廈門。

在這期間，連維材夫婦和哲文、理文、溫章、彩蘭一起去了上海。他們是去看望溫翰的。連維材的妻子想過了長孫的滿月再走，但形勢不允許，如果不在英國艦隊北上之前動身，就有在海上被捲入戰爭的危險。

哲文一聲不吭。「清琴怎麼就不見了呢？」他心裡想著這件事。她是個沒準性的女人，不知道她怎麼又變了主意。

被沸水澆死的沒耳朵劉身上一絲不掛，這也叫他心裡犯疑。究竟發生了什麼事呢？而且在清琴失蹤的那天夜裡，整個廈門秩序混亂，流氓無賴到處橫行。……

後來向各方面打聽，聽說那天夜裡有一個女人從碼頭上乘上了一艘前往上海的船。這個女人也許就是清琴。

承文一個人回了香港。分店的房屋建造了一半就被颱風刮倒了，重建分店的工作正在那裡等著他。

好像是時代的氣息把連家的人們集合到一起，又把他們分散了。

浙東風雲

裕謙的腰間繫著一個叫「佛來耳」的六角錘。這是蒙古兵在戰場上常使的武器，是他的傳家寶。現在它成爲加快他沉入池底的墜子了。

「你聽著，一定要把這六角錘和我的屍體一起打撈上來，我要把它當作送給我未來女婿的禮品。」他笑著說完，猛地跳進了池子。

英國兵的喊聲離這兒已經很近了。

1

兩江總督兼欽差大臣伊里布，由於「遲疑逡巡」和派親信張喜同英夷談判等原因，遭到了革職的處分。接替他的是江蘇巡撫裕謙，裕謙是蒙古鑲黃旗人，他確實是個不知道「遲疑」的兇猛人物。

英國人稱他是「十九世紀的成吉思汗」。他非常勇敢，但很單純幼稚，始終站在主戰論的前頭。他去鎮海，高高地張貼了一張告示：

一、無論文武官員、弁兵、商民等，有能將英夷裝載八十門炮之大兵船擒獲一隻，駕駛獻官者，賞洋銀二萬元。小者按炮數遞減，少炮一門，減洋銀三百元，所有船內物件，除炮械、鉛丸、鐵彈、鴉片連船繳官外，其貨物鐘錶、銀錢等物，不論多寡，全行賞給。若將大兵船燒毀擊沉一隻，確有實據者，賞洋銀一萬元，小者遞減。其首先出力之人奏請賞戴翎枝，官則越級超升，兵民賞給官職。

二、將英逆貨船擒獲一隻，駕駛獻官者，除炮械、鉛丸、鐵彈、鴉片等物連船繳官外，其貨物鐘錶、銀錢，不論多寡，全行賞給。若係三支桅大貨船，另賞洋銀一萬元，二支半者賞洋銀五千元，焚毀擊沉，確有實據者，各比擒獲少賞三分之一。

三、將英逆杉板船擒獲一隻，駕駛獻官者，賞洋銀五百元，擊沉者減半給賞。

四、生擒義律、伯麥者，每擒一名，賞洋銀五萬元，馬禮遜、巴賴爾每擒一名，賞洋銀三萬元，奏請賞戴翎枝，不次獎擢。如係以次僞官，按其職分之大小，以次遞減，仍酌量保奏。殺死僞官將首級來獻者，如係義律、伯麥、馬禮遜、巴賴爾，仍照生擒論賞，其餘減半論賞。

五、生擒白鬼子一名者，無論是兵是商，賞洋銀二百元，積至五名以上，奏請賞戴翎枝。生擒黑鬼子一名者，無論是兵是奴，賞洋銀一百元，積至十名以上，奏請賞戴翎枝。殺死白、黑鬼子，將首級來獻者，照生擒例減半論賞。……

從上面的布告可以看出，這還是義律被解職以前的事。

這張懸賞的布告傳到了英國人的耳裡，所以給裕謙起了一個「十九世紀的成吉思汗」的綽號。當然，因爲他是蒙古人，才把他跟成吉思汗聯在一起。

在廣州的英國人中，曾經流傳裕謙在民眾面前把英國俘虜剝皮示眾。實際上是把俘虜凌遲處死，並沒有剝皮。但謠言傳到裕謙耳朵裡，他覺得反正已經傳出了剝皮的謠言，如不眞的剝皮，反而吃了虧。他帶出俘獲的白人溫哩和印度兵米哈勿二人，眞的實行了剝皮之刑。

九月十二日，英國艦隊攻陷了廈門，向舟山前進。

裕謙洋洋得意地向皇帝報告說：「……從溫哩的兩腕及肩背中剝取一條皮筋，作爲奴才的馬韁，然後再凌遲梟示。黑夷米哈勿斬首剝皮梟示。這向眾明示，奴才一心只想殲敵，以杜首鼠兩端之念。按察訪兵民狀況，無不踴躍稱快。……」這個欽差大臣確實可怕。他不遲疑，當然也不准軍隊和民眾遲疑。

文官裕謙這樣燃燒著殲敵的鬥志，而作爲武官的浙江提督余步雲卻是個懦弱狡猾的傢伙。

余步雲是無比幸運的人。他是四川人，由地方志願軍的一個小卒——「鄉勇」起家，在鎭壓宗教起義和新疆回教徒叛亂中立功，青雲直上，當上了重慶的總兵，接著又進一步提升，歷任貴州、四川、雲南和福建的提督，其中任貴州提督兩次，就擔任提督來說，比關天培、陳化成等人的資歷還老。

他升官的祕訣完全在於溜鬚拍馬、阿諛奉承。他屢立「偉勳」，都是由於拉攏收買向中央彙報戰功的記錄官。不過，他認爲這不是誰都可以辦得到的事，因而把自己的破例提升歸於神賜的幸運。如果說他有什麼優點，恐怕只有從不在人前誇耀自己是傑出的司令官。

所以他對幸運的信仰是堅定不移的。

這一年的正月，他由福建提督調任浙江提督時，他又覺得是自己的運氣好。他是由於幸運而保住了接踵而來的由幸運所取得的地位。這次他到浙江上任時，碰巧英軍從他管轄內的舟山撤軍。但是，幸運這玩意兒是不可能永遠跟著一個人的，英國艦隊不久又決定開赴浙江。「有我在這兒，吉人自有天佑。」他心裡這麼想。他不依靠軍隊，而是只靠自己的幸運。

欽差大臣裕謙來到浙江，同浙江巡撫劉韻珂一起爲增強防務而拼命奔走，而余步雲只是敷衍地配合一下而已。裕謙對余步雲的這種態度很不滿。這位猛衝猛撞的蒙古大臣認爲提督應當更積極地帶頭從事軍務。裕謙一氣之下向北京密奏：「余步雲不成，希望更換武官。……」

余步雲獲悉這一情況，很不服氣，心裡想：「裕謙眞是個傻瓜，難道他就不想分享一些我的好運氣嗎？」

由於形勢緊急，最後沒有更換提督。余步雲斜著眼睛看著焦躁不安的裕謙，心裡暗暗地嘲笑他：「著什麼急！只要有我，沒問題。」

英國艦隊逼近舟山，定海當局要求派援軍時，待在鎮海的余步雲一口拒絕，理由是：「分出兵力，鎮海如何防守？」

英軍攻陷定海後，立即把攻擊目標轉向鎮海。英軍知道剝過英國人皮的「十九世紀的成吉思汗」在鎮海，鬥志更加高昂。

2

「舟山最有能耐的小偷兒是誰呀？」王舉志在定海縣城外的一個祕密的住所裡，問當地的江湖人士說。

「那當然是賊兒貓徐保了。」人們立即這麼回答。看來徐保是個有定論的人物，是其他小盜賊望塵莫及的。

「有點事想求他辦。」

「我們去把他叫來。」

徐保之所以有賊兒貓的綽號，大概是由於他行動敏捷吧！當徐保來到王舉志的面前，只見他渾身的肌肉緊繃繃的，沒有一處虛肉。

「有件東西想請你盜來，不是什麼值錢的東西，賞錢由我出。」王舉志說。

「啊？」徐保警惕地瞅了瞅大俠王舉志的臉，問道，「你究竟要盜什麼呢？」

「屍體。」

「什麼屍體？」

「三個總兵在昨天的戰鬥中戰死了，他們的屍體還留在英軍的占領區。不能把忠義烈士的遺體長期丟在夷人當中，一定要找回來。」

「我明白了。」徐保點了點頭。

「能幫忙嗎？……不過，遺體是三具，一個人不行吧？」

「我帶幾個夥伴去。」

「好呀。錢不多，表示我一點心意。洋銀一百塊……」王舉志把銀元放在桌上，推到徐保的面前。

「我不能接受這筆錢！」徐保挺著胸膛說。

「爲什麼？」

「我是舟山人，去找回保衛咱們定海的三位總兵遺體還要拿錢，那我就沒臉在舟山島上見人了。」

「不過，一旦拿出手的東西就不能收回了，這筆錢的用途以後再考慮吧！」

這時，旁邊的辰吉說道：「我要求把我帶去吧！」

「辰吉君，這次就別去吧！因爲你剛剛結婚。」王舉志笑著說。

「讓他去吧！」——背後一個年輕的女人的聲音，她是香月。因爲還在蜜月之中，她穿著粉紅的衣服，還化了點妝。她撇了撇鮮紅的小嘴說：「他在夷人中有熟人，能起點作用。」

「行嗎？」王舉志瞇著眼睛看著她。

「當然行，我也跟他一起去。」

「不管怎樣，必須快。」王舉志挺起身子說道，「戰鬥剛結束，戰場還沒有動。英軍首先檢點兵員、軍糧、武器等，設營之後就開始打掃戰場。明天可能晚了。」

「地點？」賊兒貓徐保問道。

「已經詳細地問了士兵。」王舉志回答說。

敗逃的士兵大多躲藏在老百姓的家裡，他們中有的人親眼看到過總兵們最後犧牲的場面。

淒慘的戰鬥剛剛結束，曉峰嶺的英軍營裡仍然殺氣騰騰。

尤其是五十五團的將士更是如此。

他們失去了旗手理查・捷姆士・杜奧少尉。這一天他剛由上士升為少尉，被任命為旗手。他在榮升的第一天就陣亡了。

「可憐的杜奧！……」在軍營中服務了三十二年，好不容易當上了夢寐以求的軍官而喜笑顏開的杜奧！這個老兵多麼渴望在這次戰爭結束後回國，在鄉下買一座小房子，為著名的獵手當助手——戰友們都要為他報仇。

他們帶了俘虜，要俘虜確認清軍司令官的屍體。

「是這個傢伙！」英國兵用腳踢著少了一條腿的壽春總兵王錫朋的遺體，接著又用繩子套在他的脖子上，拖著到處跑。

「叫這傢伙也嘗嘗成吉思汗的刑罰吧！」有人提議說。英軍已經嗜血如狂，大家都表示贊成。

「剝他的皮！」刀子刺進了王錫朋的身子。這身子被拖著到處亂跑，已經失去了人形。一個軍士想剝臉上的皮，但剝不下來。「太麻煩了！」軍士用手中的刀子割下耳朵，割掉鼻子。

另一個士兵動手剝頭皮。其實哪裡是剝，而是在削。兩隻手被切下來，剩下的一隻腿也被切斷了。

王錫朋是順天府寧河縣人，中武舉人後進入軍隊。他和余步雲不一樣，可以說是軍官學校畢業的正統軍人，道光元年就已經是遊擊，在新疆回教徒叛亂時，曾在遙遠的準噶爾、葉爾羌、和闐等地轉戰。據說他爲人溫和，像個村夫子，看不出是軍人。

他的屍體被切成了碎塊，石田時之助默默地看著。傳教士歐茲拉夫站在他的旁邊，眨巴著眼睛。石田疲憊極了。他搖搖晃晃地走到一座半毀的民房屋簷下，躺了下來。他睏極了，頭天晚上他基本沒有睡覺。

「能睡上一覺，那眞是極大的樂事啊！……」他想著想著就睡著了。

不知道睡了多少時候。他被「先生、先生」的叫聲叫醒了，那是日本話。「啊，是辰吉！……」蹲在他身旁的是辰吉。「先生，求您一件事。」

「什麼？」

「請您把肩上掛的布條借給我。」

「一條夠嗎？」

「如果可能，借五、六條……」

「沒有那麼多，加上我的最多只有三條。」

「那也行，拜託您了。」

好久沒見面了。石田從辰吉的神情看出他有急事，但他什麼也沒問。「那麼，你稍微等一等。」不一會兒，石田拿來了兩條用紅字寫著「MILITARY SERVICE」（軍務）的白布條，把自己肩上的那條也解了下來，交給了辰吉。

「謝謝您，先生。現在我有點急事，以後再……」辰吉朝四周瞅了瞅，悄悄地離開了這裡。

3

賊兒貓徐保一夥人分散乘上小船，去奪回屍體。他們兩人一組，分別到曉峰嶺、竹山門和東嶽宮三個地方去收拾總兵的遺體，另外還決定派出二十名掩護人員去支援。

送走這些人之後，王舉志抱著胳膊，長時間地陷入了沉思。「我只能做這麼點工作嗎？」在雨點般的英軍炮彈面前，他完全無能為力；像他這樣的民間人士當然無法採取左右戰爭勝敗的行動。

奪取司令官的遺體，不可能對戰爭發生直接影響。林則徐曾經對他說：「您可以調動千百萬人！」他也想這麼做，把江湖人士和無業遊民組織了起來。現在他在浙江東部建立了一個帶先鋒隊性質的新組織。

這個組織叫「黑水黨」。這個名稱很不錯，把許多經過挑選的優秀青年集合在一起，但仍然沒有力量阻止英軍的入侵和進攻。

「只能製造一些逸事吧！……」他仰首望著天空。王舉志的工作不能進入眼前這場戰爭的核心，不過游離在它的周圍，所以只能努力製造一些插曲。

清軍遭到了慘敗，只是以慘敗而結束是不行的，應當在慘敗的周圍裝飾一些可以使後人爲之慟哭的壯烈插曲。從敵軍的陣地奪回三個總兵的遺體，也將是裝飾歷史的一件逸事。

中國的人民在今後漫長的時期將過著屈辱的日子，那時候將多麼需要能振奮心靈的東西啊！

「我現在正在創造這樣的東西！」王舉志想到這裡，挺起了胸膛。

去曉峰嶺的是賭徒張大火和他的把兄弟小梁。他們已從士兵那兒打聽到了王錫朋戰死地點的大體位置，但是怎麼找也找不到總兵的遺體。

「據說是炸掉了一條腿，咱們就找少一條腿的屍體吧！」

張大火和小梁分頭去找。大概是被炮彈擊中的原因，被炸掉腦袋、手腳的屍體不少，但沒有一條腿的屍體。

「是不是死後又叫炮彈給打中了呢？如果是那樣，那就辨認不清了！」張大火扯了扯掛在肩上寫著「軍務」的白布條，懊惱地說。他們最後終於斷了尋找的念頭。

辰吉在竹山門的戰場上尋找，遠處有喊聲和槍聲。那是掩護的人故意在騷擾，以便於他們尋找屍體。

一向膽大的香月，這時也面色蒼白。她腳下絆了一下，辰吉用燈籠一照，原來是一個沒有頭的屍體，而且肚子被剖開了，內臟流了出來。

「啊呀！」香月緊緊地揪住辰吉。

「香月，你什麼也別看，只看著我的後背，跟著我走。」辰吉抱著香月的肩頭說。

「氣味眞大啊！」香月的肩頭直打哆嗦。

「這是忠勇義烈之氣啊！」辰吉低聲地答話說。

四周飄溢著屍臭，幾乎叫人喘不過氣來。辰吉用燈籠一個一個地照著——死去的人的臉都變成了土色。血已經變成黑色，臉上和身上的一些地方看起來就好像蒙著一塊黑布。有的眼睛是睜開的，有的是閉著的。這些臉儘管變成了土色，但大多是年輕的，在他們活著的時候，都是精力充沛的小夥子。

辰吉要找的處州總兵鄭國鴻是一個六十五歲的老人。在屍體成堆的地方，辰吉把屍體一具一具地搬開，仔細地辨認著每具屍體的臉，他的手上沾滿了血。起初辰吉把燈籠放在地上，雙手合攏向死屍禮拜。但屍體太多了，他只好分開屍體，一隻手朝拜著走過去。這樣仍然太費時間，最後只是在內心默禱著走過去。

終於，他找到了一個消瘦的白髮老軍人的屍體。「是他！……」辰吉跪了下來。在辰吉的身旁，香月也屈下膝頭，把顫抖的雙手合在一起。沒有錯！在戰爭開始之前，辰吉曾經多次看見過鄭國鴻。這位老將軍在青年時代，其伯父在征討苗族的戰爭中戰死。按照當時的慣例，軍官陣亡後，要恩賜其繼嗣官職。他的伯父是千總，沒有孩子，因此侄兒鄭國鴻以養子的身分接受了這一恩賜。恩賜的是「雲騎尉」這一武官的名譽職，他因爲這個機緣而進入了軍隊。

如果沒有這樣的機緣，他現在恐怕是在湖南栽種牡丹，歡度晚年吧！

「這麼大的年歲！……眞可憐啊！……」香月的眼睛潤溼了。

「我背著走吧。香月，你幫我把將軍扶起來。」

辰吉把手插進鄭國鴻的左肋，香月也跑到右邊幫忙。死者的右手還握著刀，手指早已冰涼僵直。香月閉著眼睛，像做祈禱似地把這些手指頭一個一個地掰開，劍柄落在石頭上，發出一聲微響。

辰吉背起了屍體。聽說死人的身子特別重，但這個六十五歲老人僵直的屍體卻非常輕——輕得叫人感到可憐。

他們來到海岸上，那兒繫著他們來時所乘的那條小船。

賊兒貓徐保去了東嶽宮。東嶽宮是用土堆造的要塞，當地人稱爲「土城」。

在這兒戰死的清兵約有二百人，屍體沒有竹山門那邊多，而且葛雲飛戰死的地點也很清楚。他是死在山崖下，身子好像靠在岩山上，手裡仍握著兩把刀。徐保很快就把他找到了。

葛雲飛的體格跟鄭國鴻不一樣，他是個肥胖的大漢，他的屍體可沉得要命。徐保的乾兒子盛大才背著屍體。他個子矮，壓得他東倒西歪。

「乾爸，太沉了，我受不了啦！……」盛大才不得不求援。

「好吧，我來吧！」徐保背起了總兵的屍體。他肌肉結實，但也不是什麼彪形大漢，還是感到沉得不得了。

「這一定不只是身體的重量！」徐保心裡這麼想。

葛雲飛兩手緊握雙刀，怒髮衝冠，大概是魂魄還留在戰場上，想找英夷的大軍報仇雪恨吧！總兵的魂魄不願離開戰場，對於想把他從戰場上搬走的人當然要使勁地增加重量，以表示反抗——徐保是這麼想的。

「我說大將軍呀，您已經死了，以後總歸有人來收殮您的遺體的。現在您就死了心吧，不要這麼壓我們了。」徐保跟背上的死屍說起話來，可屍體好像更重了。

「啊呀，不行！大將軍，您是不高興了嗎？……對不起！對不起！請原諒吧！……」可是，還是沉得受不了，徐保這時想起了葛雲飛還有一位老母親。

「大將軍，您捨不得離開戰場的心情，我們是理解的。不過，難道您就不想見一見您年邁的令堂嗎？」這麼一說，屍體突然變輕了。

徐保後來就是這麼向王舉志報告的。葛雲飛的墓碑上也記載著這件事，大概是要證明他是個孝子吧！不過，同一塊墓碑上記載說，在舟山戰死的三個總兵，唯獨鄭國鴻的屍體沒有找到，其實這是跟王錫朋弄混了。

道光皇帝接到三總兵陣亡的報告，他在上諭中寫道：「王錫朋之屍身尙無著落，覽奏淚墮。」三人都按提督的禮儀安葬，入祀昭忠祠，並在原籍建立專祠。

4

英軍十月一日占領定海後，立即準備進攻對岸的鎮海。在廣東停戰所帶來的和平氣氛中，沿海一度裁減了軍備，英軍的上策是不給對手增強防禦的時間。

十月八日，英國艦隊在黃牛礁的海島上集結；九日開到甬江口外。鎮海位於甬江河口，再溯航約二十公里，即是擁有五十萬人口的浙江省第二大城市寧波。鎮海的前面有招寶山，隔江有金雞山，這兩處高地是清軍扼守甬江的據點。

欽差大臣裕謙已命令提督余步雲在最前線的招寶山拒敵防守，金雞山早已有狼山總兵謝朝恩駐守。兩地的守軍各約一千多人，裕謙在鎮海縣城的軍隊也同樣是一千多人。

鎮海附近只有這四千多守軍。

浙東風雲告急以後，曾決定將駐守江寧（南京）的八旗兵（滿族軍隊）八百人、壽山的鎮兵一千人和江西省的軍隊二千人調往鎮海，但這些軍隊都沒有趕到。

「兵太少了！」裕謙咬著嘴唇。他想起了八十六年前死去的曾祖父班第。他幾乎是在天天聽人們談論曾祖父的功勳中長大的。

乾隆皇帝曾賜給曾祖父「一等誠勇公」的稱號。裕謙從少年時代就把勇猛果敢的曾祖父當作最高的理想人物，當作要努力達到的目標。

乾隆二十年（一七五五），一等誠勇公班第任定北將軍，出征新疆伊犁。他帶領二萬五千軍隊和七萬匹軍馬，如秋風掃落葉一般，迅速平定了伊犁，但阿睦爾撒納發起叛亂，班第壯烈地自殺了。裕謙懂事之後，他經常想到「自殺」，也許是人們不斷地向他灌輸曾祖父「殉節」的原因。

「如果我打了敗仗，我也要像曾祖父那樣勇敢地自殺！」他自己跟自己這麼說。

有一天，他巡視城外，來到學宮池，爲石碑上雕刻的雄勁的文字所感動，他自言自語地說：「要是死，我願意死在這樣的地方！」這樣悲壯的話是脫口而出的，並不只是因爲英軍最近就要來進攻的原因。自殺對他來說隨時都可以在心頭上浮現出來，可以說已近似於家常便飯。

聽到定海失陷的報告，裕謙立即把文武官員召集到一起。

軍事會議很快就結束了。目的不是討論軍事，而是舉行了向天地神明宣誓的儀式。裕謙宣讀了誓詞：「……城存俱存，以盡臣職。斷然不准藉口退守，離開鎭海縣城一步。尤其不准以保全民命爲藉口，接受英人之片紙。……」

所謂英人之片紙，大概是指勸降書或停戰協定之類的東西。意思是說這類東西絕對不准接受。

「跪下向城隍神君宣誓！」裕謙向齊集在廟中的文武官員命令說。

余步雲一瘸一拐地走上前來說道：「我的膝關節有毛病，跪不下來，我在心裡宣誓吧！」他向城隍神君像輕輕地低頭行了個禮。

城隍神君是保護地方的神，但原來祭祀的是有德政的賢良官吏，所以和官吏的關係很深，新上任的官吏一定要去參拜城隍。

余步雲一味地相信神賦的幸運。有一個詞叫「頑福」，意思是指一種頑固地永遠跟隨著一個人的福氣。龔定庵的詩中也經常出現這個詞，如《己亥雜詩》中在太湖南邊的上方山所寫的一首詩中，就有「頑福讓虎邱」的詩句。

余步雲是不願把頑福讓給任何人的。他相信幸運，在這一點上他是虔誠的，甚至是迷信的。他心裡想：「如果跪下了，打敗仗的時候就不能逃跑了，那就等於背叛了賜給我頑福的大慈大悲的神。不能幹這種事！」

當了十多年軍隊的最高官職──提督，這個飽食終日，無所用心的人在精神上已經頹廢；身爲提督從不去視察軍隊的演習；每天的工作是同當地總督、巡撫會晤，飲酒閒聊；聽聽部下的報告，然後讓部下寫成上奏的文章。

余步雲十幾年來基本上是躺在靠椅上，悠閒自在度過的。「爲什麼要我守第一線招寶山？我不是鎮海的司令官，更不是招寶山一個小小要塞的司令官。我是浙江提督！是全省的最高司令官！……」他愈想愈不滿。

但這蓋有欽差大臣關防的命令，不能違抗的，他根本不想打仗。英國艦隊已經出現，他還一味地相信頑福，認爲會「化凶爲吉」，把一切都交給部下去做。

英國海軍司令巴爾克少將吸取了定海作戰的教訓，他認爲「太浪費了」，這是指艦炮的命中率太低。

「因爲天氣的關係，沒有辦法。」參謀說。由於颱風的餘波，海上的風浪確實很大。從搖晃顛簸的艦船上開炮，當然要浪費很多的炮彈。

「好吧，攻打鎮海我要更有效地使用炮彈！」巴爾克翻閱了各種資料。由於上游帶來的泥土，甬江河口的水很淺，而且水底是泥漿。他把氣象班叫來，說道：「把潮汐表拿來，給我說明一下情況。」

四十年後達爾文才提出了三十八個「分潮」的方法，開創了正確預報潮汐的道路。但在鴉片戰爭時，主要由於航海的需要，已經大體掌握了預報短期內潮汐的方法。

巴爾克少將把遠征軍的首腦們召集在一起，制定作戰計畫。特命全權大使樸鼎查坐在他的席位上一言不發，外交大臣巴麥尊早就嚴厲地命令他不要在作戰的問題上插嘴。不過，即使沒有這樣的命令，他對純軍事問題本來也沒有多大興趣，甚至有點輕蔑。他以前曾經在不到一小時的時間內，說服了印度的一個藩侯，使一項工作取得了成功，它相當於兩個師採取一周的軍事行動、損失約五十名士兵所達到的成果。

「啊呀，搞得太嚴重了！」他冷眼看著作戰會議的進行，心裡這麼想著。

「我們要事先決定好占領後的具體方針。」巴爾克少將這麼說後，才徵求樸鼎查的意見。

「您已經說了，定海作戰中消耗的彈藥超過了預料。我認為占領後的做法也同樣不能令人滿意。占領後剛剛一周，而在這期間我軍將士由於遭到暴徒的襲擊而死傷的人數竟達三十人。」樸鼎查回答說。

「這都是那個黑水黨幹的。我想徹底鎮壓，但他們隱藏在群眾之中，實在沒有辦法，我們分辨不清。」巴爾克這麼說，看來有點不痛快。

「民眾窩藏他們，是因爲對我們懷有敵意。一定要消除這種敵意！這是有關軍政的問題，不知本人可不可以發言？」樸鼎查說後，朝在座的軍人掃視了一眼。

「請說吧，不必客氣！」巴爾克急忙說道。

「總之，要收買人心。」特命全權大使笑嘻嘻地說道：「這非常簡單。諸位恐怕都知道，我國的傳說中有好些壞蛋都博得了老百姓的喜歡。原因就是他們把搶來的一部分財寶散發給了老百姓。」

「哦，您的意思是要我們模仿那些義賊嗎？」巴爾克皺著眉頭說。

樸鼎查沒有理他，繼續說道：「我們從廈門的官庫裡沒收了二萬元，把它獻給了女皇陛下。不過，區區二萬元對陛下來說根本微不足道。我想請大家比較一下把它散發給清國貧民的效果。在小小的舟山島上，一周時間竟有三十人死傷。……如果我們能在占領後立即撒出一萬大洋，黑水黨恐怕就不可能那麼猖狂了吧？他們所依靠的不過是民眾的同情。我們必須把這種同情奪過來！」

「這話也有道理。……好吧，有關軍政的問題，以後和陸軍的戈夫少將再研究一下。」巴爾克說。

黑水黨在舟山島上神出鬼沒，給英國占領軍造成了很大的苦惱。

5

十月十日早晨。——戰艦威里士厘號和伯蘭漢號的巨大的艦身，被輪船拖到甬江的河口。布朗底號和摩底士底號兩艘軍艦也航行到規定的位置，停了下來。奇怪的是，這些地點都經過測量，是最淺的地方。它們在那裡等待退潮，很快就開始退潮了。水位逐漸降低，艦底終於接觸了水底。潮水繼續後退，艦底深深地陷進泥土裡。

軍艦一動也不動地挺立在那裡。只有到再次漲潮時，軍艦才能浮起來，在這期間沒有波浪去搖晃它們。

河口好像突然建造起幾個要塞，靜止的艦炮準確地瞄準著招寶山和金雞山。

招寶山是明代爲了防禦日本海盜「倭寇」而構築的要塞。待在那兒的余步雲面色蒼白。

「這不成！這裡已變成了死地！……」他心裡這麼想，想要臨陣脫逃了。「我要去鎭海縣城，跟欽差大臣有重要的會談。」他跟部下這麼說後，跨上馬就朝不遠的鎭海縣城跑去，其實壓根兒就沒有什麼會談。

「你跑來幹什麼！敵人馬上就要進攻了！」裕謙一見余步雲就大喝了一聲。

「有點事情求大人。」余步雲低頭行了一個禮，說，「我有個女兒今天要出嫁。戰鬥一開始，我當然要拼著一死。在這之前，我想看一眼我出嫁的女兒，跟她說兩句話……您看可以嗎？」

余步雲用哀求的眼光望著裕謙。他曾經聽裕謙閒談時說過這樣的話：「我那個女兒眞可愛啊！」

裕謙多年沒有孩子，去年才生了女兒，女孩子還在繦褓之中，正在牙牙學語，一看就叫人心疼。余步雲以爲跟疼愛女兒的裕謙一說自己的兒女要結婚，也許會准許他暫時離開戰場。至於什麼女兒的婚禮，當然是胡編的瞎話。

余步雲看來已被幸運弄昏了腦袋。不管怎麼溺愛女兒的父親，也不會在英國軍艦即將進攻時，准許提督離開戰場的。應該說，余步雲連普通的常識都不懂了。

「混蛋！」十九世紀的成吉思汗滿面通紅，手按著軍刀，大聲吼叫，「快給我滾回招寶山！他媽的這個提督怎麼當的！」

到了這種地步，欽差大臣與提督之間已經沒有什麼禮節可言了。裕謙命令身邊的一個青年軍官說：「這傢伙說不定會逃跑，你給我把他押送到招寶山去！」

上午八點左右，穩固的海上要塞開始了炮擊。炮彈極其準確地摧毀了一個又一個目標。後來巴爾克少將誇獎說：「炮擊極其滿意，遠遠超過了最樂觀的預料。」令人喘不過氣來的猛烈炮擊一直持續到中午。

在招寶山這邊，提督余步雲面色不快。欽差大臣把他趕了回來，但他根本就不想打仗。他命令部下：「掛起白旗！」

軍隊的司令官知道在這樣的時刻白旗是停戰、投降的標誌，但一般的士兵還不知道。他們按照命令，掛起了白旗。

但是，招寶山的白旗並沒有阻止英國艦隊的炮擊。中國方面有關這次戰鬥的資料，很多都記載了余步雲懸掛了白旗，但英國方面的資料上根本找不到。

原因是招寶山的要塞上飄揚著各種顏色的戰旗，其中大多是紅色的或黃色的旗子，在這樣的情況下掛起一面白旗，英軍大概還以爲是施展什麼咒術吧！應當把所有的旗子都降下來，只掛一面白旗。而且招寶山的大炮還在繼續開炮。

余步雲長期過著舒服的提督生活，看來連作戰的方法也忘得一乾二淨了。「已經掛了白旗，英軍爲什麼還不停止進攻呀？」余步雲歪著腦袋，感到迷惑不解。

他深信幸運會永遠跟著自己，看來這次有點兒不靈了。「逃吧！」他下了決心。藉口是有的——我身爲浙江提督，要指揮全省的軍隊，不能只死守一個據點。

在哥倫拜恩號的掩護下，英國兵很快在招寶山和金雞山登陸。炮擊變成了肉搏戰。守軍已處於潰敗的狀態，當然不可能戰勝。狼山總兵謝朝恩在金雞山英勇奮戰，最後戰死。

在占領金雞山的英軍中，約有四百名第五十五團的士兵。他們要爲團的旗手杜奥報仇；在定海把王錫朋的屍體剁成碎塊，似乎還不解心頭之恨。

他們憤怒地說：「要用五個黑頭髮的軍官來爲一個紅頭髮的杜奥償命！」他們發現了總兵謝朝恩的屍體，又動手剝皮。

這次他們請教了軍醫，順利地把皮剝下來了——從傷口裡灌進水銀，停一會兒就可以動手剝皮。在轉向進攻鎭海之前的短暫的休息期間，金雞山的松枝上掛著一件像雨衣似的東西，那是英國兵在曬剝下的謝朝恩的皮。

招寶山的余步雲，在英軍登陸時，早已逃之夭夭了。這兩塊高地落到敵軍手裡，鎮海縣城也就完了，因為從山上可以隨心所欲地把炮彈射到城裡。

「吾休矣！」——裕謙仰首望著天空。在這之前，他親自擂著戰鼓，激勵炮兵。

從少年時代就不斷地灌進他腦子裡的「自殺」，這時已變為現實向他逼近。他甚至感到自己是為著這一天而活過來的。身邊的東西已經清理乾淨，重要的文件早已轉移到後方，手頭的資料都全部燒毀了。欽差大臣的關防和其他公印，已由副將豐仲泰和都司珠龍阿二人護送到杭州。

「到那兒去！……」裕謙出了城，朝他已經選定的地點學宮池走去。出城之前，他站在城牆上，朝四周看了看。招寶和金雞的軍隊已經潰敗，要塞上烈焰騰騰，到處都有民房燃燒。

他把千總馬瑞鵬帶到學宮池邊，說道：「我選了這裡作為我死的地點，我希望一定要在這兒死。不過，這裡很快也要被英軍占領。聽說英夷為我的屍體懸賞十萬元。大概是因為我剝了夷人的皮，他們也要剝我的皮吧！我怎麼能讓夷人剝皮呢！這麼辦吧，我跳進這池子裡去，大概要不了一會兒就會死的，你在這兒等一等。我一死，你就把屍體撈上來，送到杭州去。千萬不能落到夷人的手裡啊！」

馬瑞鵬咽了一口唾沫，點了點頭。

裕謙的腰間繫著一個叫「佛來耳」的六角錘。這是蒙古兵在戰場上常使的武器，是他的傳家寶。現在成為加快他沉入池底的墜子了。

「你聽著，一定要把這六角錘和我的屍體一起打撈上來，我要把它當作送給我未來女婿的禮品。」他笑著說完，猛地跳進了池子。

英國兵的喊聲離這兒已經很近了。

斷章之五

進攻的五天前——三月四日，這位樂天的揚威將軍向北京送去的一篇壯偉的奏文說：「仰賴天威，一鼓成擒，殲除丑類，自不難也。……」

皇帝在北京收到了這篇預告勝利的奏文，作了這樣的批語：「速建大勳，揚我國威。著名逆首（英軍的重要人物），如能生致（活捉），更可稱快，立待捷音！」

道光皇帝提起朱筆寫這個批語的時候，奕經的大軍已在浙江的東部潰滅了。

1

裕謙跳水之後，馬瑞鵬不得不立即把他撈起來。因爲英軍的進攻異常迅速，從學宮池已經可以看到英國兵的金綬帶和紅帽子了。馬瑞鵬趕緊命令士卒，把裕謙從水中撈起來，裝上小轎，抬到寧波。

裕謙這時還沒有死。進了寧波城，寧波知府鄧廷彩照料他換去溼衣服，蓋上暖和的被子，細心地看護，但他一直昏迷不醒。

英軍趁勢殺向寧波，提督余步雲已從招寶山退到寧波。他一看城內的情況，心裡想：「這座城也完了！」

聽說英軍已攻陷定海，寧波的半數居民已逃到城外避難，鎮海失陷的消息傳來時，剩下的居民們也紛紛外逃了。寧波城原來駐有幾百名守軍，後來又加入了一千多名從定海、鎮海撤退下來的軍隊。但靠這些垂頭喪氣的殘兵敗將當主力，根本無濟於事。

余步雲說服了知府鄧廷彩，撤退了官兵，他們自己也棄城逃跑了。在退出寧波城之前，余步雲給北京送去的奏文中說：「夷船炮火兇猛，（守軍）恐不足恃。」這可以說是預告了要打敗仗。

溯甬江而上的英國艦隊的旗艦是摩底士底號。英國兵悠閒自在地從寧波碼頭上登陸，打破了緊閉的城門。守軍已經逃光了，當然沒有抵抗，連一聲炮響也沒有聽到。最先入城的是軍樂隊，他們在城牆上吹奏了英國國歌。英國兵簡直就像旅行團似的，一邊用驚奇的眼光四面張望，一邊往城裡走。

樸鼎查早就主張要收買民心，但他的想法是，如不同時採取恐怖政策，就收不到效果。他根據印度的經驗，深信是這樣。

在鎮海，已決心自殺的裕謙早就把官庫裡的銀子運到杭州了，所以英軍沒有撈到什麼油水，只獲得了一堆體積很大的戰利品——二百噸銅。這大概是唐船從長崎運來的日本銅[1]。

英軍在寧波獲得的戰利品是十二萬銀元，陸、海軍的司令都同意把其中的一部分發給老百姓，但樸鼎查卻提出條件說：「這樣做，我們應當在全城進行掠奪。」

陰謀家的血是冷的。巴爾克少將出於他軍人的本能，發表了反對意見：「寧波是沒有抵抗陷落的，我們沒有流血占領了寧波。今後的戰鬥最好都是這種形式。如果我們同意在這裡進行掠奪，今後將會遭到被進攻的城市的拼命反抗。抵抗、不抵抗同樣都要遭到搶劫，他們肯定會選擇勇敢鬥爭的道路。」

「既然這樣，銀元也就不用散發吧！」樸鼎查乾脆退出了會場。這是有關軍政的事情，他的主要任務是同清國談判，看來談判還有段時期。他覺得待在這種地方沒有意思，暫時回香港去了。

傳教士歐茲拉夫被任命爲占領地區的民政長官，石田時之助和久四郎等人都分配到他手下工作。歐茲拉夫出了這樣的布告：「二十天內不回來領取證明者，房屋店鋪一律沒收。」

這是關係到生計的大事，逃到城外的難民都陸陸續續地回來了。

人事不省的裕謙被裝上轎子，抬出了寧波城，乘小船到達余姚時，他才恢復了一點意識。

「泰、泰……叫我？是誰呀？……是曾祖爺爺嗎？」——也許他是在說夢話吧，大概是遙遠的童年時代的事情，又朦朧地浮現在他的腦子裡吧！很久很久以前，家裡人都叫他「阿泰」，他原來的名字叫裕泰。道光六年，他在湖北省的武昌當補缺知府時，湖南省的布政使的名字也叫裕泰。由於同名相混，他又是後輩，所以他把「泰」字改爲「謙」。

他發出不知是夢話還是低語的聲音之後，微微地笑了，那是兒童般的笑。從余姚船行了四、五里，欽差大臣斷氣了。

傳說裕謙在迎擊英軍之前，像發表預言似地說過這樣的話：「我的曾祖父是乾隆二十一年八月自殺的，我將在道光二十一年八月自殺，年號雖然不同，但都是二十一年八月。」

《中西記事》和《通甫類稿》等書上都記載了這一類的逸事趣聞，但這可能是後人的假託。裕謙的曾祖父班第不是乾隆二十一年，而是二十年殉節的。人們把裕謙曾祖父的事蹟向裕謙灌輸了幾百遍，他絕不可能記錯曾祖父自殺的年代。

可憐的是在金雞山戰死的狼山總兵謝朝恩。他的屍體被英國兵剝了皮，砍成了碎塊，當然無法確認出來。而且清軍都已經撤退了，沒有人看到他的死。弄不清他究竟是戰死了還是逃跑了，所以朝廷的恩賞暫時沒有頒發給他的遺族。

2

攻陷寧波是十月十三日，英軍在這裡暫時休整。

十二月底，突然進攻了余姚和慈溪；第二年一月十日，攻陷了奉化。不過，這兩次都只是破壞了縣衙，把官倉裡的存糧發放給老百姓後，立即撤回到寧波，並未打算眞正打仗。

英軍占領寧波時，江南已是秋涼的季節了，據說進攻余姚、慈溪時，已是零下十度的酷寒天氣。英軍計畫在浙東過冬，開春之後攻打長江下游所謂中國的心臟地區，斷絕通往北京的糧道，將戰爭告一段落。

襲擊附近地區，目的是進行威嚇和解決糧食的困難。

由於定海、鎮海和寧波相繼失守，清廷大爲震動。穆彰阿在大臣們中間不斷地散布和平的論調，但關鍵的人物道光皇帝仍然堅持主戰。

皇帝要「討伐醜夷，收復浙東」！他任命吏部尚書奕經爲討伐軍的統帥，封爲「揚威將軍」。奕經是乾隆皇帝的曾孫，和廣東的靖逆將軍奕山同屬「奕」字輩，相當於道光皇帝的侄子。廣東的奕山是康熙皇帝的第六代子孫，所以奕經和道光皇帝的關係要比奕山近得多，他的祖父跟道光皇帝的父親嘉慶皇帝是親兄弟。

侍郎文蔚和副都統特依順被任命爲輔佐奕經的參贊大臣，他們兩人都是正藍旗人。

奕經在出發之前，穆彰阿到他的家裡去拜訪。

「這次遠征浙江，責任重大啊，重要的是盡可能增添一些有經驗卓識的幕僚。」穆彰阿說。來訪的是擅弄權術的軍機大臣，奕經提高了警惕。「您的意思是……？」奕經催促穆彰阿說下去。

「我想說一說前欽差大臣琦善。他仍關在獄中，但他可是個人物啊！義律的艦隊來天津時，他曾和英夷談判，後來又赴廣東，爲夷務操碎了心。現在他觸怒了皇上，但他仍然滿腔熱情，希望能做點什麼來補救以前的過失。」

「您的意思是要起用琦善嗎？」

「是這個意思。他是栽過跟斗的人。但正因爲如此，他現在作了充分的反省，我想他會吸取這個教訓的。」

「那倒也是……」

「我想請揚威將軍向皇上美言兩句。」

「行呀，明天召見時，我跟皇上說說吧！」

穆彰阿回家之後，一邊欣賞院子裡的紅葉，一邊不住地點頭，心裡想：「看來琦善可以活命了！」

龔定庵從他的身邊奪走了默琴，現在已被藩耕時派人去把他殺了。詩人突然死去的消息當然早已傳到了北京，但是，唯有他知道龔定庵不是如傳說的得急病而死，而是被刺客殺死的。

「這一下可解了我心頭之恨了！」穆彰阿挺直了腰板，自言自語地說。其實藩耕時把清琴毒死定庵，以及她自己也死了的事情都隱瞞起來，沒有告訴軍機大臣。

幾天之後琦善就獲釋了，讓他「赴浙江軍營效力贖罪」。工作的地點是浙江，這在形式上看來好像是步了林則徐的後塵。

奕經事後把這件事透露給了他的幕僚臧紆青。臧紆青極力反對說：「不能用琦善。您揚威將軍是去征討的，如果目的是同夷人談判，那還勉強可以；這次是去打仗，琦善不會起任何作用。他什麼時候都害怕打仗，帶他去一定會把我們引到避戰的道路上去。」

「叫你這麼一說，我也有這種想法。」奕經抱著胳膊，說：「那就算了吧！」

這位揚威將軍也有著貴族的那種對什麼事情都無所謂的性格，帶琦善去浙江的事就這麼吹了。

不過，穆彰阿的目的還是達到了。一旦獲釋了，就可以不必再回到監獄裡去了，也可能流放到新疆那一帶去，但性命可以保住。

通過浙東之戰才知道江南的兵打不了仗，當時的狀況是「敵從東門攻進，兵從西門奔出」。因此決定飛檄陝西、湖北、江西、安徽各省，共派七千兵急赴浙江。

因爲裕謙已死，遂任命河南巡撫牛鑒接任兩江總督。

奕經於十二月上旬到達蘇州，在那裡待了五十天，悠閒地等待各省軍隊的到來。以後又發出了命令，要河南、山西、甘肅、四川各省也向浙江派兵。截至一月底爲止，共集中了一萬一千兵。「這次出師，務必對該夷大加懲創，以寒賊膽，以杜後患！」──道光皇帝的上諭像鞭子似的在奕經的背後敦促。

但是，奕經迷戀風光明媚的蘇州，連日擁妓飲酒，還聲稱是「養浩然之氣」。他跟廣州的花花公子、靖逆將軍奕山確實是一對活寶。

3

「溫翰最多也只能活上半年啦！……」連維材一看病床上的溫翰，心情沉重起來。

「再堅持一下，世道就變了。看不到這種變化就死去，怎麼能甘心呢！」溫翰從床上坐起來這麼說。可是，這麼兩句話，就喘息了好幾次。

溫章刷地一下湧出了眼淚，他怕父親看到自己的眼淚，悄悄地走出了房間。

彩蘭還是很堅強的，她帶著微笑說：「爺爺，您快點好起來吧！喏，在我舉行婚禮之前，您一定會好起來的。」

連維材想改變一下氣氛，決定暫且到蘇州去看看。三兒子哲文仍在蘇州學習繪畫，到底還是年輕的緣故吧，由於清琴的失蹤而心靈上所受到的創傷，看來已經逐漸地恢復了。

連維材早已知道清琴的死，但他沒有告訴哲文。「蘇州的情況怎麼樣？」他看了看兒子的臉這麼問道。

「有錢的財主都避難走了。也許貨物都分散到各地去了，最近物價猛漲。」

「揚威將軍呢？」

「整天宴會……另外還賭博……」揚威將軍奕經這時正好在蘇州等待援兵。

「輿論似乎不佳呀！」

「聽說揚威將軍最近要去紹興。」

「老是待在蘇州，大概也有點不好意思吧！」

「紹興那邊好像已來了很多軍隊，據說很不像話。」

「怎麼不像話？」

「據說蒙古兵特別糟糕，說是禁旅（御林軍），卻沿途抓青年人。」

「抓去當兵嗎？」

「不，供士兵使喚。」

「是一般的士兵？」

「是一般的小卒。一個蒙古兵要使喚四個壯丁，他躺在門板上，四個人抬著。」

「哦，是躺著讓別人抬著走的兵！」簡直是荒謬絕倫！這樣的軍隊當然不能戰勝英軍。

「也許在溫翰還活著的時候戰爭就收場啦！」連維材心裡這麼想。

在「斯文堂」書肆裡。從當時的女性來說，西玲是很任性的，她到各種場合去，活動的範圍很廣，但到這樣的地方來還是頭一次。

她聯想起尼姑庵「檀度庵」，但還是有很大的不同。默琴正坐在西玲的面前。默琴性格文靜，這一點很像檀度庵的那個混血兒庵主，但總覺得有一些不一樣。

這兒有一股發黴的氣味，據說那是書的氣味。檀度庵裡焚著香，令人感到很清爽，但那也是人造的香氣。

「最近您哭了，是我親眼看到了。」西玲說。

「太不好意思了。因爲我聽說一個人死了……」默琴低著頭回答說。

「那個人是您喜歡的人吧？」

「是的。……是他使我變成了人，給我帶來了一顆人的心。」

「太好了！」

「爲什麼？」

「能夠遇到這樣的好人，那是女人的最大幸福。」

「是嗎？」

「儘管這個人已經不在了，但我還是羨慕您的。」西玲心想，「誰給我帶來了什麼嗎？是連維材嗎？連維材直到現在仍是我所不理解的人，我能理解的只是他愛我。說不定還是我幸福吧？」她低下頭，凝視著自己的腹部，胎兒在腹中蠕動。

默琴背後的書架上堆積著裝在藍色書帙裡的書，那兒好似有著一個固定不動的世界。

「眞安靜啊！世界好像完全停止了，一動也不動。」西玲說。

「不，不是這樣。」默琴回答說：「這些書裡面也有情緒非常激動的文章，好像作者就站在你面前說話，而且有血有淚，更有著叫人感到很可怕的東西。」

西玲突然感到懲氣起來，像她這樣的女人是不可能進入書的世界的。不過，她現在首先感到的好像是自己在同眼前這個女人決鬥。

默琴的工作是校閱書籍。據說有一種校閱方式是兩個校閱人相對而坐，「一人持本，一人讀書，若寃家相對」，就是說這兩個人彼此就像仇敵一樣，所以把這種方式稱作「校讎」。

現在這兩個女人之間並沒有需要共同校閱的書籍，但令人感到好像彼此都把活生生的人暴露在對方的面前，互相在校閱著人。看起來好像是輕鬆地閒談，其實絲毫也不能疏忽大意。

「您累了吧？」默琴問道，她是憐恤對方懷孕的身子。

「不！……」西玲搖了搖頭。她意識到這是一場互比優越感的戰鬥，憐恤別人不就是想把自己擺在更高的位置嗎？

女人和女人這麼面對面而坐，往往就開始了究竟是誰優越的鬥爭。論容貌，兩個人不相上下。那麼幸福的程度呢？——看來最大的鬥爭是在這裡。

「不知道我會生出一個什麼樣的孩子。」西玲誇耀地說：「皮膚是白的還是黑的……頭髮是紅的還是黑的……您能知道嗎？我不知道孩子的父親是誰。不過，是在我的肚子裡，是我的孩子，這是沒有錯的……是我的孩子！」

「是呀……」

西玲感覺到了默琴的聲音裡帶有失敗了的味道。「什麼戰爭，我一點兒也不害怕了。您知道我在廣州的戰場上吃了多大的苦頭嗎？再發生比那更糟糕的事，我也不會害怕的。據說街上到處都在傳說英軍什麼時候要打到上海來。」西玲說。她想跳到對手的上面去，但默琴也並沒有失敗。

「我也是這樣的。您看看這些書，」默琴轉過身子，指著背後的書架說：「兩千年，有著戰爭和其他各種各樣的災難、不幸。逃過這一切而殘存下來的東西都在這裡面。有各種各樣的知識，有各種各樣靈魂的呻吟。這些東西都正在傳給我們。我們有這些東西，碰到任何事情也不會害怕的。」

「是嗎？」西玲歪著腦袋，心裡想，「她向古書求援，太狡猾了。」

「不論是什麼東西，我們都要好好地接受下來，把它傳給後世。」

「把傳下來的東西傳給後世……默琴，我感到這太沒意思了。這麼說，不就等於沒有現在了嗎？現在沒有意思，所以即使發生戰爭也不可怕……您是這個意思嗎？」

「不對！」默琴回答說。她的聲調並沒有變，但西玲卻感到對方的情緒帶著刺，稍一疏忽，自己就會被這刺刺穿。

「怎麼不對呀？」

「傳下來的東西都集中在這裡，它非常豐富，它會自然地傳給後世。」

「啊呀，您的話太難懂了。」西玲放鬆了肩膀，說：「我呀，跟您不一樣，我沒有學問，這些事我不太懂。不過，只有一點，我確實有可以傳下去的東西，只有這一點我是明白的，因爲他在我的肚子裡動彈。」

她說後，摸了摸自己的大肚子。默琴定神地看著她的肚子。西玲心裡想：「我勝利了！」

這時理文走了進來。「大姐，我要出門一下，來向您告別。」理文說。他一向叫默琴爲大姐。

「啊呀，突然要上哪兒去？」

「寧波。」

「可是，那裡英軍……」

「政府正在招募探子，探聽英軍的陣地和軍艦的位置。我懂一點英語，說不定會探聽到一些事情。我是這麼想的，所以決定去參加。」

「您父親什麼意見？」

「他說想去就去吧，跟以前我想去北京時說的話一樣。」

「是嗎？……」默琴感到自己的心好像抽縮了一下。她的心裡像點著了火。她閉上眼睛，想起了死去的妹妹——那個一個勁兒到處奔忙的妹妹。妹妹為穆彰阿幹事，卻完全不想知道這些事究竟有什麼意義。

「不，理文跟妹妹不一樣，他完全知道自己的工作的意義……」默琴極力這麼說服自己。其實燃燒著她的心的並不是這件事。她意識到了，但極力避開。那是連維材——那個可以若無其事地對兒子說想去就去的男人。這個男人熱愛著面前的這個女人，默琴極力想消除自己心中的失敗感。

4

在寧波，木匠、鐵匠等工匠在為英軍修理武器。鎮海已經建立了帶有熔爐的臨時兵工廠。這顯然是作戰鬥的準備。

理文潛入寧波，首先見了石田，打聽了英軍的各種情況。根據情況來分析，英軍是準備進攻長江沿岸地帶。

他們倆在寧波的街上一邊走著，一邊小聲地說著話。

「人們要活下去，要養活妻兒老小，爲了生活，什麼工作都成。他們希望能找到吃上飯的工作……把這些人一概定爲漢奸，那太說不過去了。」石田朝一家爲英軍製造車子的店鋪瞅了瞅，這麼說。

「這個我完全明白。」理文回答說。他父親就經常說，就是因爲沒有產業，所以中國才受了鴉片的毒害。

在英軍的基地裡有的是工作。採購食物，搬運物資，上山砍樹，製造小船，釘馬蹄掌，冶煉硫磺，打掃營房——這些工作都可以掙錢。

「不過，招收的人太多了，超過了實際工作的需要。當然，其目的可以根據他們在廣東所幹的事來類推嘛。」

「打起仗來就把他們趕到第一線上去吧。」

「只能作這樣的設想。」

「那太悲慘了！」

「你看那個！」石田用下巴指了指右邊的牆壁。牆上貼著一張紙。那是英軍的告示，上面寫道：

「現在杭州的巡撫會同知府，偷偷地向寧波城內派進了七十名探子。一旦抓住探子，立即依法處死，隱匿者同罪，指名揭發者重賞。」

「啊呀，這可不得了！」理文摸了摸脖子說。

「理文君，」石田鄭重地說：「你到這兒來的心情，我完全理解。你想為自己的國家做一點事情，這種想法毫無疑問是正確的。不過，我認為你的努力是徒勞的。」

「為什麼呢？」

「你可能送去正確的情報。但僅杭州派來的密探就有七十人，此外，清國方面還會向附近的居民探聽情報。這樣，你的情報只不過有百分之一的價值。」

「可是，其他的人也會報告他們自己的見聞，內容不是一樣的吧？」

「我待在英軍裡，情況了解得很清楚。他們用給工作的辦法使居民就範，就拿這個寧波城來說，就有一個叫梁仁的人，已成為歐茲拉夫的心腹，正在四處活動。他是本地人，一眼就能看出誰是外來的。」

「正在抓探子嗎？」理文縮著腦袋問道。

「不，是反過來收買探子，給他們大筆的錢，要他們送假情報。事先說好，賞金的一半要等到戰爭結束之後才付，不讓他們在這之前反叛。另外還進行威脅，如果拒絕合作就砍頭。」

「是這樣呀！……」理文在應募時就了解了一些情況，志願當探子的人品都不太好，是因為沒有其他工作可做，才幹這種危險的工作。英軍下了這樣的誘餌，很多人會被拉過去的。

「你是今天剛到的，再過兩三天就危險了，還是趕快回去吧！」

「我打算想辦法打入英軍的內部，聽聽他們的談話……」

「他們的談話我都聽了，記在腦子裡，我可以全部告訴你，所以你要馬上回去。」

理文沒有言語，他感到遭受了一次挫折。他懂得了自己個人的力量是有限的，面對著強大的有組織的力量，個人是毫無辦法的。

所有的假情報就是這樣地送到了揚威將軍的手邊。例如：

——外面傳說樸鼎查已經死了。

——據說歐茲拉夫受重傷死了。

——英軍害怕打仗，知道清國各地的官兵源源不斷地到來後，已經手忙腳忙，準備逃走。其中也有一些英國的策略情報，好像也有些根據，所以奕經都完全相信了。

樸鼎查認爲還不是自己該出場的時候，所以去了香港，在浙江當然看不到他的影子。歐茲拉夫也把寧波的民政工作交給了梁仁，自己四處活動。因爲要進行聯絡，艦船和小艇不斷地調動，這就被解釋爲害怕大軍的到來而「東駛西竄」。

奕經給皇帝的奏文中有這樣的話：「……聽說夷船在鎮海出航時，英國人都流淚相送。」他心裡想：「這大概是爲我大軍的威風所懾，害怕得哭了吧！」

他的主觀臆測甚至就這樣把一些認眞傳遞來的情報作了歪曲的理解。加上英軍方面也施展了巧妙的策略，如這樣的情報就是英軍製造的：「聽說英軍獲知各省官兵雲集江蘇，準備向廣東方面撤兵，時間已定在三月十日左右。」

三月初，巴爾克和戈夫兩位少將到舟山視察時，帶去了大批隨員，這被認爲是作「遁走準備」，成了英國策略情報的佐證。

以前曾有過先例，伊里布等占領定海的英軍全部撤走後，一彈不發地收復了定海，遭到了皇帝的痛斥。

「必須要在英軍撤退之前發起進攻！」奕經挺著胸膛，向清軍的指揮官們宣布。

5

「到底還是不行吧。哈哈哈！……」在紹興一家旅館的房間裡，王舉志放聲大笑起來。在他的面前，揚威將軍奕經的幕僚臧紆青沒精打采地坐在扶椅上。他嘔心瀝血地想出的方策，終於未被奕經所採納。

他獻的方策是這樣：首先爭取浙江官民的協助，招募志願兵約一萬人，同時糾集沿海之漁夫、水手、私鹽組織和江湖盜賊兩萬人，從水陸兩路進攻，此爲作戰之基本。只用散攻，不動大隊，不刻期日，陸路伺敵出入，水路乘各自風、潮，逢敵即殺，遇船即燒，人自爲戰，使彼出沒難防，而後以大兵躄之。

所謂散攻就是打游擊戰。提出不動用大部隊，不預先規定進攻的日期，各人靈機應變地進行戰鬥，使敵疲勞，這顯然是人民戰爭的一種原始形式。

要使這一計畫取得成功，就必須動員擁有江南一帶最大組織的安清幫水手船夫團體、食鹽走私集團以及江湖上的盜賊幫夥。能做到這一點的只有王舉志，所以臧紆青祕密地同他取得了聯繫。

可是，奕經不採納這個苦心的建議。他冷淡地說：「還不至於借用無賴之徒的勢力吧？」因爲他已經完全相信英軍喪失鬥志、即將撤退之類的情報，沒有必要動員盜賊。而且這樣做也會增加經費，他深知道光皇帝最吝惜戰費。

「作爲官方已經決定不採用這個方策。但是，王老師也不妨把他們召集起來。民眾起來鬥爭，那是不能阻止的。」臧紆青說。他的語氣中帶有挑唆的味道。

但王舉志立即回答說：「算了吧！」臧紆青感到意外。他一直以爲，即使建議不被正式採納，以俠義聞名的王舉志也會依靠自己的力量來爲他動員各種組織。感於人生意氣——難道這不正是俠義的精神嗎？

「是因爲官方不出錢，調動不了他們嗎？」臧紆青問道，他的臉上露出輕蔑的表情。

王舉志雖已發覺對方的這種情緒，但他根本未予理睬。「不，錢算不了什麼。問題是民眾一旦起來，就會成爲官兵討伐的對象。哈哈哈！……」

王舉志早已預料到這次戰爭的前景，他的作用只不過是裝飾一下歷史。既然不能左右戰爭的歸趨，那就要避免無謂的流血犧牲。

臧紆青失望地回去了，他那拂袖而去的動作顯得有點粗暴。王舉志帶著有趣的神情，目送著他離去。「王舉志這傢伙徒有虛名！」臧紆青走出大門，吐了一口唾沫，憤憤地說。

還沒有打仗，奕經就以爲已經打勝了，好像是預先祝賀似的，連日開宴飲酒。

陰曆的歲末，他和參贊大臣做了同樣的一個夢，夢見「夷黨悉數棄陸登舟，聯帆遠逝海上，寧波三城已絕夷跡。……」兩人都做了這樣的夢，這是一個「佳兆」。收復浙東諸城已在眼前！

他決定總反攻的日期是三月九日——陰曆是正月二十八日。

這年冬天大雨大雪不斷，火船上準備的薪葦和火藥均被淋溼，失去了效用。而且軍隊的指揮官們也要求推遲總反攻的日期，理由是需要到陰曆二月中旬才能調配好收復三城的兵力。

但奕經沒有聽進這個要求，他說：「不需要使用什麼火藥，要一舉把他們擊潰。敵人已經準備逃跑，要狠勁地朝他們背後猛踢一腳！」

英軍方面早已探明了清軍的動向，一切準備均已就緒，只等清軍反攻。

在清軍總反攻前十天左右，英軍又特意派出奸細，把這樣的假情報送到奕經的面前：「英軍畏戰，爲阻止清軍的進攻，表面上採取強硬姿態，這已在軍事會議上作出了決定。」

英軍擔心戰鬥的準備情況可能爲清國方面獲悉，目的是要掩蓋其眞實意圖，要讓對方這麼認爲：「看來好像是在進行準備，其實是虛張聲勢，不過是苦肉計，讓清軍不要逼近。」

從英軍方面來說，希望奕經的軍隊儘量蔑視英軍，不作什麼準備就輕率地撲過來。清軍總反攻的一周前，英軍把一個持有軍書的印度兵派進清軍陣地。軍書上說，不把定海、鎭海變成香港那樣，絕不撤兵。

「果然來啦！」奕經心裡這麼想著，微微一笑。他以爲奸細送來的所謂英軍表面採取強硬姿態的情報已得到了證實。

他站起身來，挺了挺胸膛，命令身旁的參謀說：「把信打回去！要大家好好地記住，敗狗臨逃的時候總要吠叫兩聲的。準備進軍！」進攻的五天前——三月四日，這位樂天的揚威將軍向北京送去的一篇壯偉的奏文說：「仰賴天威，一鼓成擒，殲除丑類，自不難也。……」

皇帝在北京收到了這篇預告勝利的奏文，作了這樣的批語：「速建大勳，揚我國威。著名逆首（英軍的重要人物），如能生致（活捉），更可稱快，立待捷音！」

道光皇帝提起朱筆寫這個批語的時候，奕經的大軍已在浙江的東部潰滅了。

敗逃

「不過，寫奏文時還是需要一些技術的。比如說，把敵人的兵員數增多一些……」

「據估計，一千人到兩千人。」

「穆相大人說，奏報時應當增多一些。」

「我也想過這個問題……弄成五千左右吧。」

「不行，要改成一萬七千，穆相大人這麼吩咐的。」

1

牆上掛著地圖，這裡是上海金順記溫翰的病房。床頭疊放幾塊褥墊，溫翰挺起上半身，把背靠在褥墊上。連維材用戒方指著地圖。戒方是一個帶板的長木片，是學堂裡的老師對學生施加體罰的一種工具。

「紹興，揚威將軍在這個名酒的產地設下了大本營，手頭留下了三千兵，聲稱已作好了隨時向任何地方派出援軍的準備。」連維材作了這樣的說明。他接受了溫翰的央求，介紹以失敗告終的、所謂浙東收復戰的情況。

「當然是一邊飲酒一邊等待著囉！」溫翰用微弱的聲音這麼說。

「參贊大臣文蔚帶二千兵在慈溪城北布陣。城西有副將朱貴，兵力與城北同數，大都是甘肅的精兵。他們是奔赴鎭海的部隊。收復寧波的部隊是貴州的總兵段永福率領的四千河北、四川兵。第二陣是奉化的兩千兵，率領他們的是以前招寶山的敗將余步雲提督。」連維材的說明漸漸地帶有說軍事故事的調子。

「這麼說，段永福又成了敗將啦……他可倒過大楣啊！」溫翰這麼說，微微地點了點頭。

段永福是曾經率領貴州兵赴廣東的一個總兵。以前已經說過，貴州兵在廣州城內胡作非爲，憤怒的廣州居民在余太玄的帶領下，一齊擁向司令部貢院。靖逆將軍奕山爲了消除民眾的憤怒，揌住了一個總兵的後脖子，揪下了他帽子上的頂戴。這個總兵不是別人，就是這個段永福。溫翰說他倒了大楣就是指這件事。

「段永福首先讓五百精銳虎兵衝進寧波城。他事先讓數十名兵化裝潛入城內，由他們打開了城門。但看來英軍早就有準備，當虎兵衝到城中央的市場附近時，突然從四面八方落下雨點般的炮彈。虎兵們這時才知道敵人已有準備，他們狼狽不堪。如果一開始就知道敵人有準備，他們在思想上也會有點警惕。但他們一直認爲寧波城垂手可得，所以驚慌失措。這次作戰等於是英軍進行了突然襲擊。據說虎兵一片混亂，全都轉身朝城門口逃跑。」

「那可壯觀啊！」溫翰低聲說。大概是哪兒感到疼痛，他微微地皺了皺眉頭。

所謂虎兵是一種穿著特殊制服的軍隊。這種制服是把皮革衣服染成黃色，上面畫上虎斑紋的線條。帽子也是同樣畫著一個虎頭，製作這種制服是出於一種類似兒戲的設想，企圖以此來嚇唬敵人。虎兵隊是由精選的士兵所組成的。

英國兵看到被遺棄的屍體，大概會以爲他們是居住在什麼深山老坳裡的另一種民族吧。據英國方面的文獻記載，他們的平均身高約爲一米七八。

穿著這樣服裝的高大士兵們逃竄的情景，當然十分壯觀。突然遭到被輕視的對手的可怕反擊，當然會不知所措。他們原來想用肉搏戰奪回寧波，可是沒有見到敵兵的影子，卻突然落下了炮彈。虎兵一半死在城內，一半逃到了城外。

段永福滿以爲可以悠然自在地進入已被虎兵踏平的城內，當他帶著大部隊來到城邊時，碰上了敗逃出來的虎兵。不僅如此，英軍的野炮已拖到城外，開始向敗逃的清軍發射。

段永福感到情況不對頭，一溜煙逃回到紹興。提督余步雲從甬江的上游奉化奔向寧波，途中聽到了隆隆的炮聲，他知道形勢不妙了。

在這次反攻中，清軍沒有攜帶任何火器，有了炮聲或槍聲，那肯定是英軍在開炮開槍。余步雲不愧具有豐富的打敗仗經驗，他早已覺察到戰況不利。不過，不需要他發出後撤的命令，他麾下的浙江老兵，大半已脫離了佇列，四散逃跑了。

進攻鎮海的清軍只到了北門，他們連城內也沒有進。英軍的炮彈從招寶山上發射到清軍的頭上。

「回去吧！」——副將朱貴及其殘兵，撤退到慈溪。

「目前只了解這些情況，據說英軍正在準備反擊。」連維材說，把戒方放到桌子上。

溫翰望著牆上那張浙江東部地圖。他肩頭瘦削，兩隻凹下去的眼窩深處還有光，但已經沒有過去那樣銳利了。

連維材把視線從溫翰的臉上挪開，同樣地望著牆上的地圖。那是他以毛筆手繪的一張略圖，只畫了大陸東邊的一個角落，但現在那兒發生的戰爭，很快就會震撼整個大陸。

錢塘江的河口就像是把大陸深深地挖去了一塊缺口。這在連維材看來，就好似狂噴鮮血的傷口。錢塘江一向就以雄壯的潮景聞名於世，而現今的中國即將被捲進這洶湧的漩渦之中。

連維材又把視線轉到溫翰的身上，心想：「這個老人一定和我想著同樣的事情！」面對時代的大變局，這兩個有數十年共事經驗的主僕，不約而同地感覺到了時代的崩潰已近在眼前。然而，他們卻不曾驚慌，也沒有不知所措，因爲他們長久以來的努力，就是等這一天的到來。

溫翰喘息起來，他好像要說什麼話。他那平板似的胸脯晃動起來。

「戰爭一結束，這裡會建造墨慈商館吧！……」老人說。話題好像飛得很遠，但連維材是完全理解的。

戰後英國一定會在上海建立居留地。到了那時候，鴉片就會大搖大擺地進入中國，白銀將不斷地流往海外，民力將大大地衰落。……不過，英國和其他國家並不希望這個國家徹底衰亡，以致財貨枯竭，因爲他們要榨取。爲此，他們會適當地加些肥料，構築港灣，建造工廠，這麼設法不使井水枯竭。

連維材戰後的工作，將是緊靠著外國人的這些事業去開展。如果靠著像查頓、顚地那樣的大資本，自己也許會被他們任意地擺布，最好是選擇在一定程度上自己能掌握主導權的對手——比如像墨慈。金順記正是爲了這個目的而培育墨慈。

「跟墨慈友好，恐怕會遭到各種咒罵吧！」溫翰說。

連維材猛地打了一個冷顫。要想在這個國家建立鴉片以外的產業，不同外國人的企業結合是不行的。這樣，人們就會罵他：「跟夷人勾結起來發財，漢奸！」

「爲什麼這個老人想的跟我想的分毫不差呢？」——就好像回答連維材內心裡的這種低語似的，溫翰開口說道：「我和你有一點是不同的。你今後還會頑強地生活下去，而我就要消亡了。」

連維材走到床前，抓住病人的手，說道：「翰翁，你要活下去！」

但是，老人只是痛苦地搖了搖頭。

2

合龍——把龍合在一起。龍王是水神，水利工程的完工稱爲「合龍」。

定爲流放新疆伊犁的林則徐，於去年陰曆六月奉命前往進行修整黃河潰決的工程。

修復東河堤防的工程於道光二十二年二月竣工。同黃河惡戰苦鬥約半年，終於把水治住了。河道總督文沖因負黃河潰決的責任而被革職，而且要他在林則徐之前去新疆流放。接著軍機大臣王鼎作爲臨時河道總督，由中央趕來赴任。

王鼎在朝廷裡一向狂熱地支持林則徐，他一見林則徐就淚流滿面。「少穆（林則徐的字），對不起你呀，老夫身爲軍機大臣，終日待在皇上的身邊，卻沒能保護好你。你爲贖罪，吃了很大的辛苦了。太對不起你啦。老夫已經老而無用了……你就原諒我這個老朽吧！」

林則徐被這位八十老翁的激動感情弄得不知所措。

治水工程一竣工，王鼎大大誇獎林則徐，簡直就像這是林則徐一個人的功勞，對北京也作了這樣的奏報。

「我們要設一桌筵席來慰勞你！」在合龍的那天晚上，老軍機大臣舉辦了盛大的宴會，在眾官的面前，把林則徐推到上座。

「這怎麼成呢！……」林則徐一再拱手謙讓，但王鼎硬要他坐上座。

這時奕經反攻失敗約過了兩周，戰敗的消息沿運河北上，也傳到了這河南省城開封。宴會上也自然談起了這件事情。

「我說，大家可以看看嘛。」王鼎環視了一下眾官，說道，「少穆一離開廣東，廣東就叫英夷給揍了。少穆一離開浙江，馬上就成了這個樣子。少穆如果一直待在浙東從事軍務，鎮海、寧波就不會叫英夷奪去。我眞想看一看讓少穆離開浙江的那個傢伙的蠢相。不，修整河道的工程已經竣工了，我不久就要回北京，很快就會看到那副蠢相了。」

畢竟這是正式的宴會，所以王鼎沒有說出穆彰阿的名字。不過，河道方面的官員也都知道是穆彰阿把林則徐從浙江趕到新疆去的。

「我說諸位，大家都不談打敗仗的事了吧！今天是慶賀合龍的可喜日子。大家都辛苦了，不過，要讓我來說的話……這次修河的最大的功臣是少穆。來，諸位，讓我們舉杯慶賀他的功勞吧！」老樞相站了起來，正準備舉杯。

林則徐阻止了他，說道：「這種光榮給我太過分了。這次修河成功是許多人齊心協力的結果，我認爲首先不應爲我乾杯，而是要慶賀完工。」

王鼎勉勉強強地改口說道：「那麼，爲東河的竣工吧！……」但是，眾官一乾杯，他立即不容分說地喊道：「下面爲林公！」強制大家乾了杯。

林則徐的眼睛潤溼了，王鼎的厚意沁入了他的肺腑。他是流放之人，分外地感到高興。他感到這次能到這裡來協助治水太好了。

一想到國家的前途，他就感到痛心。鴉片已流毒全國，正腐蝕著中國的靈魂。但正因爲這樣的時代，一旦發現了可以託付國家前途的人才，高興得心都要跳出來。

像張亮基這樣的人才，只不過當一名區區的內閣中書，其實他是一個很傑出的人物。單憑結識這樣的人物，這次來參加修河工程也是有價值的。——林則徐心裡這麼想。

王舉志、連維材，還有這位張亮基——這些人物將會交雜在一起，把這個國家當作舞臺，大肆活躍的。

林則徐閉上眼睛，想使心緒平靜一下。這些人物絕不可能屬於同一個陣營的，他們有時會握手，有時會互相拼死鬥爭的。——他不能忍受這樣的想像。

他睜開眼睛，這位張亮基正向他舉起酒杯。他的笑容是爽朗的，林則徐向他點了點頭，喝乾了杯中的酒。

張亮基在治河工程中也從未幹過莽撞冒進的事情，他是踏踏實實地把一件一件的工作做好，不斷地回顧工作是否堅實、是否不會動搖。他的優點是在於把自己的地盤踩結實，並能用冷徹的目光來看待自己所從事的工作。恐怕很少有人會像他那樣充分地了解自己。

後來張亮基升到雲貴總督。他沒有中過進士，這是破格提升。林則徐在上奏推薦他時說：「其才勝臣十倍。」其契機就是這次他們在一起共事。

微有醉意的王鼎又放大嗓門——他雖上了年紀，但聲音還很洪亮——說道：「諸位，少穆的贖罪已經通過這次修河工程結束了，再也不用到什麼新疆去了。我已經上奏皇上，要求給他記一等功……」

林則徐默默地低下頭，這天他已經接到了諭旨。諭旨上說：「林則徐合龍後仍往新疆。」反正遲早會知道的，他不想在王鼎這麼高興的時候說出這件事。

第二天早晨，王鼎知道了諭旨，臉色都變了，跑到林則徐的宿舍。林則徐已經做好了出發的準備。「穆彰阿這壞水，一定是他乘我不在的時候，向皇上說了什麼壞話。怎麼辦呀？這個壞狐狸！」

「樞相，請您不要這麼激動，這樣會傷身體的。」

王鼎突然抱住林則徐，放聲大哭，他慟哭的聲音連宿舍的外面都能聽到。

當天林則徐離開了開封。王鼎一直送他到河邊，林則徐不斷地安慰著老樞相。

臨別的時候，林則徐寫了兩首詩，送給了王鼎。其中一首有這樣兩句：

塞馬未堪論得失，相公且莫涕滂沱。

意思說，去新疆不一定對自己不利，請相公（軍機大臣）不要那麼痛哭。

王鼎那麼激動，以致無法收住眼淚。他上了年紀後，直情的性格更加厲害了。也許這時他已經決心拼著一死。

林則徐贈王鼎的另一首詩是：

元老憂時鬢已霜，吾衰亦感發蒼蒼。
餘生豈惜投豺虎，群策當思制犬羊。
人事如棋渾不定，君恩每飯總難忘。
公身幸保千鈞重，寶劍還期賜尚方。

詩的大意是這樣：我們彼此都爲國事奔走而年老體衰了。自己的餘生投給豺虎也沒有什麼可惜的（指在新疆邊地死去），但遺憾的是費盡心機想制伏犬羊（夷人），卻未能達到目的。人生之事簡直就像棋局那樣不定，唯有君恩永遠難以忘記。請您多加保重。

最後一句中的尚方寶劍，顯然是意味著「斬妖劍」。對這一句可作不同的理解，也可這麼解釋：您身爲軍機大臣，在皇上的身邊工作，爲什麼不搞掉這個君側的佞臣呢？我在這方面對您寄予著期待。

這樣，就等於是煽動王鼎來打倒穆彰阿了。

王鼎回北京後不久，就留下一封彈劾穆彰阿的遺書自殺了，這謂之「屍諫」。王鼎是不是以此作爲「斬妖劍」來回答林則徐的期待呢？

不過，從林則徐的性格來看，把這首詩解釋成這樣激烈的內容，那是錯誤的。林則徐只不過是想要這位哭得喪失了理智的老前輩打起精神來。

「請您保重身體，您還有許多該做的工作啊！」——對於一個爲自己而哭的老人，恐怕誰都應當說這樣的話，讓他振作起精神來。

認爲林則徐是通過這首詩來煽動老樞相，那是想得太過了。這年林則徐已五十八歲。

3

英軍粉碎了清軍的反攻後，決定轉入追擊，進攻慈溪縣。按照老辦法，把漢奸部隊分配到第一線。這些人都從民政長官歐茲拉夫那兒獲得了工作。不過，像木匠、鐵匠等擁有技術的人仍在城內留用。

英國艦隊在這次遠征中也帶來了大量鴉片，軍費使用鴉片比運來銀元更爲有利。英軍在各地用鴉片勾引居民。許多人都處在慢性失業的狀態，他們可以靠販賣鴉片來養家糊口。工作就是這樣把大批人同英軍緊密地拴在一起。

戈夫和巴爾克兩位陸海司令官親自指揮這次追擊戰。由於甬江溯航作戰不能使用巨艦，因此由復仇神號、弗萊吉森號和皇后號等輪船滿載著兵員出發了。

動員參加這次作戰的士兵共一千二百人，其中包括三百五十名水兵，和蘇格蘭來福槍第二十六團的一百五十六名士兵。他們攜帶了可放八磅重炮彈的炮。

慈溪的戰鬥十分激烈。清軍中有一位英勇的老將，他是浙江金華的副將朱貴。他是甘肅河州人。他在慈溪的大寶山陣地上指揮的四百兵，也都是甘肅省和陝西省的精兵，是跟他心氣相投的部下。另外還有朱貴的二兒子昭南和小兒子共南。他們倆都是武生——見習軍官。

英軍首先攻擊大寶山，朱貴的部隊在那裡等待援軍。游擊謝天貴本應率領援軍前來，但始終未見影子。

英軍逼近的時候，朱貴只好向待在六公里外的長溪嶺的參贊大臣文蔚乞求援軍。但是，文蔚沒有出兵。「現在不能出兵，這裡不知道什麼時候也會遭到敵人的進攻，看一看情況再說。」

聽到文蔚的回答，朱貴決心拼一死戰。不久背後也進入了敵軍，他們遭到了包圍。本來就不多的彈藥，很快就打完了，能對付敵人的只剩下腰間的軍刀了。守衛大寶山一冀的都司劉天保的軍隊，剛與英軍接觸就四散逃跑了。等待著的肉搏戰開始了。

據說朱貴「軀幹豐偉，面如渥赭」，但他已經六十四歲，打肉搏戰已力不從心。二兒子朱昭南始終跟在父親的身邊，他成了父親的盾牌，打著防衛戰，最後氣力使盡，被英國兵的刺刀刺倒，朱貴也緊跟著自己的兒子戰死了。

在這次戰鬥中戰死的有朱貴父子，以及游擊黃泰、都司陳芝蘭、守備徐官和魏啓明等二百一十五名將士。

沙角的陳連陞是父子二人一起參加戰鬥，大寶山的朱貴是父子三人，小兒子共南身負重傷，由士兵抬著撤退下來，才保留了一命。

英軍的損失不過是死三人，輕重傷二十一人，漢奸部隊的損失沒有紀錄可查。

知縣顏履敬碰巧作爲督餉官待在一公里外的山中，他從那裡看到了這次死戰的情況。「死地之兵，不能不救！」他換上短衣，手握佩劍，向大寶山跑去，在山腳下被炮彈打死。跟隨他的僕人葉升也遭到了和他的主人同樣的命運。

到了黃昏，長溪嶺的參贊大臣文蔚才派二百兵去大寶山，但已經晚了，朱貴已經戰死，部隊早已潰滅。文蔚之所以派兵，是因爲很多人都看到了朱貴乞求援兵的場面，文蔚害怕將來會受到彈劾，譴責他「爲什麼不派援軍」？

不用說，這二百兵未到大寶山就四散逃跑了。

文蔚打發援兵走後，立即帶著少數隨員，趁著夜黑，偷偷地逃跑了。他丟棄了許多士兵和大批的輜重機械。參贊大臣的逃跑，跟提劍奔赴戰場的文官顏履敬恰好形成了鮮明的對比。

4

揚威將軍奕經和參贊大臣文蔚等人逃進了浙江省會杭州城。

幕僚臧紆青憋著一肚子悶氣。他心裡想：「就因爲沒有採納我的『伏勇散戰』（遊擊戰），才招致了這樣的下場！……」他由於過度憤慨而病倒了。

當然，這也可能是假病。他本人說是「暴怒傷肝」，這話裡帶有刺兒。「我要回去看病、療養，現在來向您告別。」臧紆青這麼一說，奕經急得幾乎要哭出來。他的手下除了臧紆青外，沒有一個可以指靠的幕僚。

「我正在困難之中，足下能丟下我不管嗎？」

這句話刺到了臧紆青的痛處。在兵敗之後，丟下主帥而去，這是大大違背俠義精神的。「那麼，您能實行我建議的方策嗎？這是我唯一的條件。」

「這是需要在軍事會議上討論的，但我將努力採納足下的方策。我請求你暫時留下來幫幫我的忙。」

話已經說到這種程度，就不好再拒絕了，臧紆青留下來了。求助於對方的俠義精神，這並不是奕經的策略，而是他確實感到受不了了。

奕經這個人並沒有足以耍弄權術的靈活頭腦，這一點是他與廣東的靖逆將軍奕山不同之處。廣東的奕山在夜襲失敗時，對面色蒼白的楊芳說：「就算是你什麼也不知道，是我獨斷專行幹的，責任由我一個人來負。」

奕山有著敢於承擔責任的度量，但是，恐怕他早已算計到自己是皇族，只因一次夜襲失敗是不會受到處罰的。他在情緒激昂的民眾面前，揪下總兵段永福的頂戴，鎮住了民眾的騷動，這個插曲也說明了他的機智。他是個花花公子，但絕不是傻頭傻腦的公子哥兒。

奕經沒有這樣的心計和機智，他也不需要這些東西。他是皇帝的近親，不必算計也可以隨心所欲，不使用機智也可以如願以償。

但是，唯獨這一次他不行了，他有生以來第一次碰上的難題。他抱著腦袋，束手無策了。

正在這時候，部下告訴他，北京的穆彰阿派來了一個使者。

「哦，沒想到穆相會派使者來。……」奕經說。

報告的人問道：「帶來了穆相的一封信。不過，這個人沒有官職，不是正式的使者，大人接見嗎？」

「好吧，讓他來吧。」

不知道捎來了什麼樣的信，但目前是這樣的時期，一定是有關他的任務的事。奕經現在的心情是對什麼人都想伸手求援。

一個穿平民服裝的中年男人，彎著腰走進房間，跪在奕經的面前。

「小人是北京人，名叫藩耕時。」那男人報了自己的名字。

「帶了穆相的信來了嗎？」

「是……」藩耕時遞上一封信。

奕經打開信封。但裡面只寫了幾行字。「哦，很簡單的信呀！」奕經邊說邊看信：此次軍務，一定十分辛勞，如能賜聽餘關於時局之方策，則不勝榮幸。惟其內容有難於寫成文字之處，雖有不恭，但希賜聽使者口述。使者藩耕時是可以勝任將餘之話直接轉達揚威將軍之人。

藩耕時估計奕經把信看完，開口說道：「這封信只是證明小人確是穆相大人的使者。」

「是呀。我認識穆相的筆跡，這個印章也不會是假的。我問你，穆相要你跟我說的方策，究竟是什麼方策呀？」

「是！……」藩耕時再一次把額頭蹭在地上，用舌尖舔了舔嘴唇，說：「是關於揚威將軍奏報這次戰事的事。」

「是嗎？……」最叫奕經頭痛的正是這件事。報告戰敗的奏文是很難如實寫的，尤其是在剛剛發出好似預報勝利的奏文之後，寫起來更是困難。奕經趕忙說道：「那你就說吧！」

藩耕時猶豫了一會兒，說道：「小人誠惶誠恐，穆相大人有過嚴命，請大人左右的……」

「是嗎，是要摒退左右嗎。好吧，大家都退到別的房間去！」穆彰阿說要傳授什麼方策，奕經希望能快點聽到。

「實在對不起，因爲穆相大人是這麼吩咐的……」

「這很好嘛！快說吧。」

「是……這次慈溪作戰的詳細情況，穆相大人已通過當地的朋友知道了。關於作戰的眞相……」

「眞快呀！這有點太快了吧？」

「發急信比政府的摺差（傳送奏文的人）還要快。」

「是嗎……底下呢？」

「從當前的形勢來看，如果原原本本地奏報，可能會引起很大的麻煩。」

「是這麼回事。」奕經點了點頭。收復三城的突然襲擊好像事先已被人透露給了英軍方面，英軍獲悉這一情況後，早已作好準備——像這一類的事情用什麼話來奏報好呢？

雖說是皇帝的侄兒，在目前的形勢下，爲了儆戒群臣，也有可能要受處罰。

「因此，」藩耕時說：「穆相大人說，希望揚威將軍在奏報時要愼重地考慮。」

「是說要寫謊話嗎？」這位皇族不習慣委婉的表達方式。

「說謊話，太露骨了。……不過，必須特別強調戰敗是必不可免的，派出什麼樣的名將也不可能打敗對方，一定要讓皇上理解這一點。」

「這可不是謊話啊！英軍的炮械確實是非常可怕的，就是從冥府裡把孫子叫來，讓他打也不會打贏的。」

「不過，寫奏文時還是需要一些技術的。比如說，把敵人的兵員數增多一些。……」

「據估計，一千人到兩千人。」

「穆相大人說，奏報時應當增多一些。」

「我也想過這個問題。……弄成五千左右吧。」

「不行，要改成一萬七千，穆相大人這麼吩咐的。」

「把一兩千人改爲一萬七千人？這有點兒太多了吧？」

「請問我軍的兵力是多少呢？」

「正規的官兵是一萬一千。」

「加上雜軍、水勇等，大體是一萬五千人左右吧！總之，一定要把敵軍數說成多於我軍。」

「是嗎？……穆相因此而說一萬七千人吧！……」

「另外，劉天保軍的潰逃，恐怕報告說全體戰死爲好。」

「那有點太不像話了！我正爲那支部隊作戰狀況生氣呢，他們全部活著回來了，負傷的只有七個人。他們沒有認眞地打。」

「那麼，就說活著的僅七人，其餘全部都戰死了吧！因爲通過這個事例就可了解英軍的炮械具有多麼大的威力。」

藩耕時就這樣舉出具體的數字，對奏文的寫法作了指導。

「在慈溪的長溪嶺，文蔚大人丟棄了堆積如山的軍糧、輜重……撤退到了後方。這一類的事也不能如實地奏報。」

「那當然囉，是驚慌逃跑嘛。」

「奏報時就說軍糧、輜重被附近的農民燒毀了。這樣就找了一個藉口，因爲有了漢奸的緣故。這種藉口用漢奸比用英軍好。」

穆彰阿深知奕經的爲人。如果是廣東的奕山，這種騙人的勾當，不用教他自己就會幹得很好。但是奕經不行，必須要把著手一件一件地教給他。

「我問你，你剛才說的那些話，都是穆相的原話嗎？」奕經問道。

「是的。」藩耕時回答說。

「那麼，現在我要聽聽你自己的話。我問你，穆相爲什麼要向我說這些話？我聽聽你的看法。」

「小人不知道。……不過，穆相大人的想法可能是希望快點結束戰爭吧。」

「對，戰爭是十分可怕的！」

對於錦衣玉食、在幸福窩中長大的奕經來說，戰爭首先使他不能隨心所欲、自由自在。在北京出發時他意氣風發，剛遭到第一個挫折就垂頭喪氣，經受不住了。

「下面還是穆相大人的話。」藩耕時謹愼地加上這麼一句開場白，然後說道：「一旦發生了戰爭，僅靠官兵的兵力也不夠時，要從民間招募志願兵。但是，戰爭不會永遠打下去的。戰爭一結束，志願兵也解散。但他們已經學會了打仗的方法，學會了團結。……」

奕經歪著腦袋。藩耕時已給他說得這麼明白，他還是反應不過來。他說：「萬一又發生了戰爭，他們已有了經驗，不是馬上就可使用嗎？」

「他們下一次打仗的對手，說不定也許就是官兵。」藩耕時用莊嚴的聲音說。

「不可能吧！」對奕經來說，這是不可能想像的事情。他根本就不知道什麼是民眾，民眾跟他相距十萬八千里。

「那種認為不可能發生的事，也應當考慮到……這也是穆相大人說的。」

「是嗎？……」奕經早就聽人說穆彰阿是個陰謀家，他心想：「原來陰謀家這類人還要設想各種各樣可能發生的情況呀！要是我，一想到這些事，腦袋都會發脹。」

他再一次對穆彰阿感到佩服。接著他想起了自己準備採納臧紆青的方策，要培養農民和盜賊的部隊的事。心裡琢磨：「不要緊吧。要是萬一……發生那種事，那可不得了啊！」

魏源的《聖武記》卷十日：

……容照及聯芒（參贊大臣的隨員）等，力請文蔚棄軍宵遁，沿途賞輿夫，賞舟子，惟恐英兵追及。參贊既遁，全軍遂潰，棄輜重器械山積，反妄奏營被漢奸燒毀，其實次日薄暮，英兵尚未至嶺也。……劉天保軍僅傷七人，而奏言全軍覆沒，僅脱回七人。

生與死

「生了？」連維材挺起疲憊的身子，仰視著默琴的臉。

她點了點頭。

「是嗎？……在翰翁死的日子……人死了，又生了個人……」連維材像是自言自語地說。

默琴凝視著連維材的眼睛，低聲地問道：「您想知道生了一個什麼樣的孩子嗎？」

1

石田時之助站在屍體累累的大寶山上，感到一個世界和一個時代正在崩潰。由於奇巧的機緣，他成了這種崩潰的目擊者。他本來是打算從觀眾席上遠遠地觀望，而現在看來已經踏上舞臺的階梯了。

這個世界和這個時代確實已步入崩潰的命運。

「那麼，日本將會怎樣呢？」他心裡想。對他來說，日本並不是使他生活得很愉快的地方，但日本是他的祖國。在異國長期生活之後，他才逐漸地感覺到了祖國。這不只是口頭上說說，而是切身地感覺到，是從心靈深處感覺到了。

「想回去看看啊！」他小聲地說。以前也許在內心的什麼地方有過這樣的想法，而說出口來這還是第一次。

再不能欺騙自己了。說老實話，他非常想回去。只要把自己的這一段經歷帶回去，他覺得就會起一定的作用；只要把在清國的見聞跟人們一談，就等於是敲響了警鐘。

石田低下眼睛，看著躺在那兒的無數屍體，幾乎所有的屍體都燒得半焦了。在大寶山的戰死者當中，被刀劍砍死的占極少數，大多是被槍炮奪去了性命。

石田回想起江戶街上的練武場，想起那裡竹劍相擊的聲音——在江戶的街上現在一定還能聽到這種聲音。

石田自那次借布條以後，在定海曾同辰吉見過好幾次面。有一次辰吉歪著腦袋說：「眞有點奇怪，跟香月一起生活以後，突然想回日本了。這是爲什麼？」

「你跟香月結爲夫妻，就是徹底變成這個國家的人了。大概是跟日本徹底斷絕了關係，所以反而感到懷念起來了吧！」

「會是這樣嗎？我很久以前就決心要做這個國家的人呀！」

「只是決心還不成，恐怕還必須要有結婚典禮那樣生動的事實吧！」

石田雖然作了這樣的解釋，但連他自己也沒有完全弄清楚。也許是懷念自己出生的故鄉這種極其一般的感情，偶然變得強烈起來。它會像波浪的起伏，什麼時候又平靜下去嗎？

不久前，石田在寧波街上一家雜貨店裡看到了日本字，已經好多年沒有看到這種文字了。在店堂後面的一扇屛風上，貼著一張浮世繪，畫的右上端寫著「阿輕小姐」幾個日本字。

這一定是去長崎的唐船上的水手，或商人帶回來的。阿輕小姐會不會是他們在長崎相好的丸山藝妓的名字呢？

從慈溪回到寧波的那天傍晚，石田在街角上碰上了辰吉。辰吉以前爲英軍雇用過，以後他逃跑了出來。他不能公開地到英軍的宿舍裡去找石田，所以才在附近的街頭上等著。

「你什麼時候從舟山來的呀？」石田問道。

「昨天。王老師去上海，我送了他一程。我想看看先生……」

「以後怎麼樣？還想念日本嗎？」

「愈來愈想了，眞受不了！」

「我讓你看件好東西。」石田把辰吉帶到那個雜貨店裡。

「啊！日本的女人，還有日本的字！」辰吉緊瞅著那張畫和畫上的字，好像要把它吞下去似的。

石田跟那家店裡的老闆說：「我只要這張畫，能賣給我嗎？」

老闆露出爲難的神情，說：「分開可以送給您，但它貼在屛風上，揭不下來。要是連屛風一塊兒買，那還好說。」

「屛風？……這麼大的東西，買來沒法辦呀！首先沒有地方放。」

「您這麼喜歡日本的東西嗎？」

「嗯，稀奇嘛。」石田不能說他們是日本人，裝作是對外國東西有興趣的愛好家。

「在寧波很難買到，到乍浦去有的是。那兒是開往長崎去的船的港口，有專門賣日本東西的商店。」

出了雜貨店之後，辰吉說道：「我眞想到那個叫乍浦的城市去看看。」

石田定神看著辰吉的側臉。辰吉的懷鄉之情，看來比石田所想像的強烈得多。

「是嗎？那一塊兒去吧！」

「可是，先生的工作……」

「沒什麼，我這就想溜了。最近討厭的事愈來愈多……歐茲拉夫這傢伙我本來就不喜歡他，久四郎這小子我一看到他就討厭。需要的話，馬上走都可以。咱們去嗎？」

「先生，稍微等一等。」辰吉忸忸怩怩地這麼說。

「爲什麼呀？」

「先回舟山一趟，然後再走。」

「有什麼事嗎？」

「沒有，我想帶著香月一塊兒去。」

「哦，帶香月小姐……對老婆滿體貼的呀！不，剛剛新婚，可以理解的。」

「先生，不要笑我。因爲我經常跟香月說日本的情況，她也說過，想去看一看。乍浦有日本的東西，我也沒有那麼多錢買回去，只能讓她去看看……」

「那麼，我等著吧！」

兩人肩並著肩，默默地在寧波的街上走著。石田和辰吉以前就合得來，但他們從來沒有感到像現在這樣，彼此的心緊貼在一起。

對故鄉——日本的愛，把兩人緊緊地聯在一起，他們感到一種窒息般無法排遣的哀愁。

辰吉愈來愈無法忍受這種沉悶的氣氛，他深深的吸了一口氣，開口說道：「王老師去上海是看望溫翰老先生的，據說那位老爺子快要不行了。」

2

天已經完全黑了。

石田最近一到夜晚就想到許多事情，黃昏的夜幕一降臨，他甚至感到有點兒害怕，這和石田平時的性格很不一樣。

在前方，一個高個子的漢子踉踉蹌蹌地在走著。他大概是在哪兒喝了酒的英國兵。英國兵一個人外出是禁止的，因爲不斷發生綁架英國兵的事件。

突然有兩個黑影從左右兩邊撲到那個高個子的身上。

「啊——！」發出了這樣的叫聲，但立即靜下來了，大概是襲擊者堵住了那個英國兵的嘴巴。兩個影子把那個高個子拖到屋簷下，街上已經沒有行人。

「又幹掉了一個！……」石田心裡想。

可是，不知從哪兒出現了五、六條漢子，跑進人影子已經消失的屋簷下。傳來了喊叫聲，還夾雜著哀呼聲。

「他媽的！」「喂，說！」不斷傳來這種中國話的罵聲，罵聲漸漸地遠了。

「看來我又要有事了，今天就分手吧！我等著你去乍浦。」石田這麼說後，跟辰吉分了手，回到了宿舍。

果然有事情在等他。因爲經常有士兵被綁架，所以英軍放出誘餌來捕捉綁架人。那個腳步踉蹌的漢子就是這種誘餌。

在審訊兩個綁架人時，讓石田和久四郎擔任翻譯，英軍想問出是根據誰的命令幹的。被捕的二人都一口咬定說：「沒有根據誰的命令，是我們自己幹的。」

石田和久四郎輪流地訊問。

「爲什麼要捉英國兵？」

「因爲可以換錢，白皮膚的二百元，黑皮膚的一百元。捉活的很費勁，捅一刀子可以少麻煩，但只有一半錢。」

「就是爲了這個嗎？」

「就是爲了這個。」

「是不是因爲恨英國兵呀？」

「跟這毫無關係。」其中一個人神態自若地說：「我是漁夫。英國軍艦來了之後，打魚是有點困難了，但就算是遇上一次風暴吧，也就想開了。不要說外國的軍隊，就是我們自己國家的軍隊也經常妨礙我們打魚……談不上什麼恨不恨。」

一個特務機關的年輕少尉小聲地跟石田說：「你突然提出王舉志的名字，問他認不認識這個人。」

英軍還未弄清各地的抵抗運動的組織，但已肯定有這樣的組織，而且也知道它的最高領導人名叫王舉志。

這個組織似乎有著嚴格的規定，抓到一些可能是這個組織成員的嫌疑的人，怎麼嚴刑拷打，他們也絕不供認。也可能是從事具體工作的成員只知道他們身邊極小範圍內的情況。

如果能順藤摸瓜進行搜捕，把這個組織搞垮，那對英軍將是最値得慶賀的事。因爲在舟山海面上，經常有裝載著薪葦的火船撞擊英國船，而且僅寧波城內就約有四十名英國兵遭到了綁架。有情報說那些被綁架的英國兵，已在杭州城內被砍頭示眾。英軍當局正在大力調查這個謎似的抵抗組織，不管怎麼放出探子，怎麼從鴉片販子和附近的居民那兒蒐集情報，仍然抓不住關鍵性的線索。

「知道王舉志這個人吧？」石田機械地問道，心裡暗暗地祈禱對方不要變了臉色。可是，其中一個人露出了驚慌的神情。「不、不、不知道。根本不知道這、這個人……」——這種笨拙的回答，連不懂中國話的人也明白了對方已經慌亂不堪了。

「是這傢伙！」年輕的中尉站了起來。他的手中拿著鞭子，鞭子響了起來，接著是哀呼聲。

石田曾經多次看到過這樣的場面。有時甚至被命令拿起鞭子，鞭打被捕的人。他眞想轉過臉去，但他還是決定和這種不堅定的心作鬥爭，一聲不吭地凝視著拷打。

「我說，這樣只是皮肉受苦呀！把知道的事情一說不就完了嗎？上帝也教導我們要誠實。怎麼？不知道，可不能說謊啊！」在拷打的時候，久四郎蹲在被拷打人的身旁，肉麻地說。

石田眞想朝這個久四郎的腰上狠踢一腳。

「不知道嘛！……沒法說呀！……」那人一邊欷欷地流淚，一邊低聲說。

「林九思，拿水銀來！」年輕的中尉命令說。

通過剝死人皮而學到的技術，這時在英國的特工人員之間已經把它廣泛地應用到活人的身上了。

第二天，石田帶著挖坑的苦力去了城外的墳地。要埋葬的屍體的臉上沒有皮，連嘴唇也被撕掉了，露出雪白的牙齒——那牙齒的白顏色非常刺目。

這一帶沒有人不知道王舉志的名字。那個被剝掉臉皮的人，也許只是因爲被英軍懷疑跟王舉志這個大人物有關係而感到問題嚴重，嚇得變了臉色。

白皮膚的二百元，黑皮膚的一百元！——這個人也許只是因爲想讓妻子兒女吃上一頓好飯而產生了去綁架英國兵的念頭……。

天下起雨來了，石田縮著肩頭。

3

溫章的眼睛已經哭腫了，他的父親只憑著一口氣勉強活著。

彩蘭沒有在人前流眼淚，但她一直板著臉，咬緊牙齒，忍著眼淚。

「來，給我說說……舟山的情況……」溫翰說。他的聲音微弱，不把耳朵湊近去，簡直就無法聽清楚。

王舉志從舟山來到了這裡。他心裡想：「趕上見一面，太好了。」生命的蠟燭已經燃盡了，好像是殘存在燭臺上的一點燭淚還發出一點微弱的亮光，連這一點微光馬上也要消失了，那樣子眞叫人慘不忍睹。王舉志眞想乾脆把這微弱的火光吹滅算了。

他坐在病人的身旁，說道：「那麼，我談談舟山的情況吧！」

奕經發兵收復浙東三城，但只向鎭海和寧波派出了官兵。可能是定海（舟山）隔著海的原因，這方面的作戰實際上都交給了鄭鼎臣的水勇。

水勇隊長鄭鼎臣，是六十五歲高齡在舟山戰死的處州總兵鄭國鴻的兒子。由於早婚，他年歲不大卻已有了孫子。就是說，鄭國鴻戰死的時候已有了曾孫。

「鼎臣不是正規的軍官，但他率領近海的水勇，給英軍造成了很大的苦惱。他有著驚人的氣魄，一心要爲父報仇。於是，製造了火船，拖著裝載薪蕫的筏子，薪蕫上都澆了油，幾乎每天都去狙擊英國的兵船和商船。」王舉志就像給兒童講戰爭故事似的，用緩慢的語調這麼說著。

溫翰想張口說話，他的嘴唇不停地抽搐著。

「爺爺！」彩蘭跪到祖父的身旁，俯在祖父的身上，把耳朵貼在祖父的唇邊。她好不容易聽清了祖父的話。

祖父是說：「英勇呀！」

「是英勇，對，是非常英勇。」彩蘭仍然忍著眼淚，但她的聲音裡已帶著哭聲。

「水勇的人數不足。」王舉志說，「因此，從我那兒要去了二百來人，他們都是沿海的漁夫或水手，水性好。但敵人也有了準備，即使撞上了火船，也只能損壞一點船腹或船頭，沒有燒毀過一隻船。這麼一點損壞，敵人幾天就修理好了。」

彩蘭用抱怨的眼神朝王舉志看了一眼。祖父好不容易高興地說了一聲：「英勇啊！」而王舉志接著卻說沒有多大戰果。她心裡說：「爲什麼就不能想一想病人的心情呢？即使那都是事實，爺爺馬上就要死了，也不必跟他說這些話嘛！……」

可是，王舉志卻若無其事地繼續說道：「敵人一發現火船或筏子，就開炮把它打沉。拖船也遭到炮擊，戰鬥十分艱苦。我多次跟他說過，不要每天出擊，這樣，敵人就會愈來愈警惕，我們就無法搞突然襲擊了。可是鼎臣不聽，還是年輕啊！我在陸上也試著搞了一些抵抗運動。不過，一旦到了眞正鬥爭的階段，我感到那是不頂用的。」

溫翰的嘴唇又抽動起來，彩蘭把耳朵湊過去。

老人說：「這個、我明白……就這樣，也不錯了……很好……確實很好……」

這時，一個僕人走進來，稟告江南提督陳化成來訪。

「請問把陳大人請到哪個房間？」僕人問道。

「請他到這裡來吧！」連維材說。

「明白了。」僕人歪著腦袋，走了出去。

把貴客領進快要死的病人的房間，對僕人來說當然是難以理解的。這個僕人新來不久，他並不知道溫翰和水師提督的關係。

陳化成邁著有力的步伐，走進了房間，那樣子簡直叫人想不到他已是七十歲的老翁。連維材走到房門口去迎接，低頭行禮說道：「歡迎您！您軍務繁忙，實在不敢當！」

「不，今天是來告別的。英軍肯定要侵入長江，現在如不來看看朋友，馬上就一步也出不了吳淞要塞啦！」

陳化成的聲音很大。他年老之後，說話的嗓門卻愈來愈大了，這是爲了不讓別人和他自己感到衰老。他甚至在腰上襯著一塊板子，用布裹在身上，以防止腰背彎曲。

連維材小聲跟提督說：「翰翁的病突然沉重了。」

「哦，這可不行。因爲太忙，好久沒來看他了……」老提督走到病床前。

「翰翁！」提督用一種幾乎是吼人的語氣喊著病人的名字。於是，連維材便靠近溫翰的耳際，輕輕地補充道：「蓮峰翁（陳化成的字）來看您啦！」

溫翰只是轉動了一下眼珠子，眼珠子只是微微地轉動了一下，但他是想以此來表示他有許多話要跟陳化成說。

彩蘭拿來了椅子，但提督不想坐下。他腰上襯著板子，坐下來也確有困難。

陳化成不想鬆開他那挺立的姿勢，對溫翰的眼珠轉動，他連頭也沒有點一點。如果稍微動一動身體，這位容易流淚的提督恐怕就忍不住要哭出聲來了，他自己也知道會是這樣的。

4

「翰翁……」陳化成在病人的面前也沒有放低聲音，他說：「我所在的炮臺，人們都叫它吳淞炮臺，但我卻暗暗地叫它金順記炮臺。那個炮臺多少還能起點作用，都是靠金順記的援助。只靠官家給的戰費，那是什麼事也辦不成的。」

溫翰的嘴唇又抽搐起來，彩蘭把耳朵靠過去。好像是穿過痛苦的呼吸，透出一句似話非話的話，這話也只有彩蘭能聽出來。

「爺爺跟提督大人說……他等著看您的了。」彩蘭傳達了祖父的話。

「翰翁，你是不是說要看我在什麼地方打仗呀？」提督大著嗓門說。

默琴不知什麼時候已走進了房間，一聲不響地站在病人的床頭。病人的呼吸一直是靠著肩膀喘動，現在肩膀也不動了。

連維材和王舉志都走到床前，溫章雙膝跪在地上。

「翰翁，新時代很快就要來了！」連維材說。

溫翰好似點了點頭——使勁地點了點頭。但是，他那好似吃進喉頭的深陷下巴，再也抬不起來了……

「爺爺！」彩蘭撲到祖父的身上，開始流下了眼淚。這忍了又忍的眼淚不停地流了下來。她感到自己嗓子裡好像要撕裂了似的，接著感到全身的血都好像要衝著這裂口噴射出來。

衝破嗓門噴溢出來的是聲音，是很長很長的聲音，但她並未感到這是自己的聲音。她身子在顫抖，聲音也在顫抖。溫章早就在抽泣，這時變成了嚎啕慟哭。

連維材把手放在額上，遮住自己的眼睛。站在他身後的妻子阿婉，用手絹擦著眼睛，但她強忍住悲痛，馬上就出去了。

溫翰死了，立即就要辦理逝者身後的事宜。在這種場合，只有她能出面安排人們來做這些事務。

她要僕人端盆熱水來，又讓女傭人準備新布、剃刀和梳子等。這些是爲了洗屍體，剃鬚髮和梳辮子。阿婉把手放在慟哭的彩蘭肩上說道：「爺爺的禮服不是準備了嗎？快把它拿來吧，身子一僵硬就不好換了。」

彩蘭像逃跑似地離開了這裡，阿婉衝著她的背後補充說道：「別忘了帽子和鞋子啊！」

人死了，要到祖先那裡去，必須要穿禮服。家裡人要趕忙爲這作準備，必須要在死後僵直之前洗淨身子，換好衣服。這種習俗大概也是來源於生活的智慧——家裡人在失去親人的最哀傷的時刻，忙於這些事務，可以暫時忘記悲痛。

彩蘭一邊爲祖父梳整辮子，一邊心裡感謝有著這樣的工作。

連維材回憶著跟故人同甘共苦過的往事。「翰翁還活在我的心裡！」他這麼想著。通過同甘共苦的往事，溫翰確實仍然盤踞在連維材的心裡。他現在再一次痛感這個問題的分量。

連維材感到頭暈，退到隔壁的房間裡，坐在椅子上。默琴跟在他的身後，來到兩手緊揪住椅子扶手的連維材的身邊，彎下身子。

「有件事不知道該不該在這樣的時候告訴您。……剛才西玲女士生了一個女孩。」默琴小聲地在連維材的耳邊這麼說。

「生了？」連維材挺起疲憊的身子，仰視著默琴的臉。

她點了點頭。

「是嗎？……在翰翁死的日子。……人死了，又生了個人。……」連維材像是自言自語地說。

默琴凝視著連維材的眼睛，低聲地問道：「您想知道生了一個什麼樣的孩子嗎？」

「想知道。」連維材坦率地回答說。

「頭髮是栗色的，是個白皮膚、藍眼睛的孩子，眼睛如同星星一樣閃亮。」

「西玲怎麼樣？」

「她很好。原來以爲年紀不小了，有點兒擔心，沒想到平安地分娩了。孩子胖乎乎的，哭得很精神。」

「要起個名字呀！……」連維材抬頭望了一會兒天花板，接著在椅子上重新坐端正了，說：「如同星星一樣的眼睛！……是呀，這孩子好像是天賜的。如同星星……叫如星，這個名字好嗎？」

「如星……這個名字漂亮。」

「請告訴西玲，今天一整天我恐怕不能離開這裡，明天我去斯文堂那邊。名字就決定叫如星……連如星！」

「姓連嗎？」

「對，如星是我的孩子。」連維材點了點頭，這麼回答說。

陳化成因爲軍務繁忙，先回去了。他用像發布號令的聲音對著死去的老友說道：「你從天上來也好，從地下來也好，讓你好好地看看我怎樣勇敢戰鬥吧！我很快也要去冥府了，你高興地等著我吧！」

彩蘭爲爺爺穿好壽衣後，阿婉吩咐她去監督女傭人縫製孝衣。她那紅紅的眼眶卻像是隨時都可能再度湧出淚水的樣子。

她聽著連維材夫人要她注意的各種細節：「你爸爸的孝服直接用裁開的粗麻布，任何邊都不能縫。你是孫輩，只縫下擺。懂了嗎？」

彩蘭點了點頭，喉嚨不禁又哽咽了一下。

在斯文堂後面的房間裡，西玲躺在床上，望著睡在身旁的嬰兒。「是我的孩子！這是沒有錯的！」她一遍又一遍地這麼說著。

房間的四周全是書架，嬰兒又哭了起來。西玲跟自己的孩子搭話說：「如星，起了個多怪的名字呀！乖乖，你盡情地哭吧！盡情地吸空氣吧！這兒的空氣帶著書味吧！……」

她突然想起了弟弟誼譚正是死在懷這個孩子的時候。她一下子傷心起來，眼裡湧出了淚水，她扯起被子，蒙住自己的臉。

殉難錄

辰吉蹲在地上，香月倒在他的身旁。辰吉抱起香月，用焦急的目光望著石田喊道：「香月中了炮彈啦！」

抱在辰吉懷裡的香月，兩手無力地垂落下來——但她的右手裡還緊緊地握著那個鏤金的小盒子。她的臉上滿是血，粉紅色上衣的肩頭處滲出一片朱紅。

「咱們先到附近人家的屋子裡去吧！」石田說，他眞想向天大吼幾聲。

1

總反攻以慘敗告終後，浙江巡撫劉韻珂向北京送去了所謂「十項可憂」的奏文。主和論的根據在這篇奏文中談得淋漓盡致，它的主要內容如下：

一、由於反攻失敗，各省兵勇銳氣全消；未經戰之兵，聞敗戰後亦意氣沮喪。

二、即使新派進西北各省精兵，路遠需四、五月。而且英夷驕縱至極，在此期間亦未必老實。確有燃眉之急。

三、夷軍火器之精，非僅大炮，火箭、火彈亦猛烈異常，以我軍之血肉不可抵禦。

四、以前皆云敵不善陸戰，其實不然。近兩年彼等略地攻城，皆由陸路登山越嶺而來，且有漢奸導引，各處道路等，反比我軍熟悉，其陰謀詭計難防。

五、水戰爲敵最得意，我無精銳水師，亦無堅大戰艦，徒然望洋興嘆。

六、敵在各地以小惠收攏人心，無賴之徒爲敵效力，因而民間少有對英夷敵愾之心。

七、現在人心震動，士氣不揚，敵船僅數隻侵入，即全城如鼎沸，不戰而潰。近聞無業遊民欲乘機掠奪，甚至高興夷人來攻。人心如此，如何期望共謀保衛。

八、最近數月，浙江省因居民避難及其他緣由，無法收稅收糧，而且搬運糧食之船隻亦阻滯無法航行。

九、去年冬，杭州、湖州、紹興府下各縣，衆多匪徒結夥搶劫。在此人心震擾之際，彼等互相煽惑，無法保證不再結徒黨。況去年有雪災，小民生活困苦，除彼等匪徒處，很可能出現另外不逞之徒。

十、沿海七省已嚴加警備兩年，有謠言敵正窺伺天津、上海。由浙江省情況推之，臣無法斷言絕對無有此種可能。縱使敵實際不攻他省，亦不能鬆弛防備。七省一月之防衛費即達巨額，長此採取防衛態勢，糜餉勞師將無休止矣。……

如果是幾個月以前，道光皇帝看到這樣軟弱的奏文，一定會青筋暴露，大發雷霆，把劉韻珂革職查辦。

但道光皇帝也明白過來了。奕經自浙東送來的奏文報告了敵軍一旦發動進攻，我軍即全部戰死的慘狀。英夷有堅鑑巨炮和一萬七千大軍！

軍機大臣穆彰阿也以國庫可能枯竭爲藉口，對皇帝進行牽制。連道光皇帝也不得不閉上眼睛，考慮「撫」（和談）了。

浙江巡撫不只是「憂」，在另一篇奏文中還提出了處理時局的方策，說英夷佩服前兩江總督伊里布；以前根據伊里布的命令，曾在定海同英夷談判的張喜，對方也有好感；因此希望派他們兩人到浙江來。

伊里布因遲疑逡巡和指使張喜「通蕃」（同英夷談判）而被革職，正在北京待罪，任何事情都不妨先試一試。

道光皇帝決定派伊里布和他的執事張喜去浙江，這固然是由於劉韻珂提出了建議，但也是穆彰阿在皇帝的周圍製造了這樣氣氛的結果。

道光皇帝還決定把自己最信任的盛京（奉天）將軍耆英派往浙江。耆英是正藍旗人，跟皇帝的血緣關係相當遠，但跟皇室的關係密切。他已被調任廣州將軍，在赴廣東的前夕，改任爲杭州將軍。

耆英於四月七日接受了欽差大臣關防，十五日與伊里布等人一起從北京動身。從任命爲欽差大臣到出發約一周時間，耆英連日聽取皇帝的訓令。

這時道光皇帝已經考慮到了和談，但還沒有完全放棄打退英夷的希望。耆英被授予了相當大的許可權，但這反而使他感到是個困難的任務，如果皇帝已經決定了和或戰，那樣執行起來反而容易。

伊里布根據第一次定海作戰的經驗，知道俘虜問題可以成為和談的契機。他把這個經驗告訴了耆英，耆英在被召見時，把它轉告了皇帝。

在耆英出發的第二天，道光皇帝向當地的各路軍隊發布了命令：——不得亂調動軍隊！——嚴禁殺害俘虜！

道光皇帝也有個面子問題。他擔心起用因實行軟弱外交而被革職的伊里布，而被人看作是對英夷的屈服。伊里布的浙江之行沒有公開宣布，藉口派遣他去浙江是為了贖罪。據文獻上記載，連直隸總督納爾經額也不知道這件事。

賞給了伊里布七品銜，這和前一年賞給去浙江贖罪的林則徐四品卿銜相比，是相當謹慎的。這一措施的目的，當然是為了儘量不讓人產生重用伊里布的印象。道光皇帝對打退英夷還抱有一線希望，他把伊里布看作是在第二階段使用的人員。

耆英一行於五月九日到達杭州城，會見了奕經、文蔚等人。

在他們到達的前幾天，發生了一件奇怪的事——英軍突然將寧波駐軍全部撤退到鎮海。英軍放棄寧波城究竟意味著什麼，大家意見不一致。

這是英軍的越冬期已告一段落，為襲擊乍浦，然後按預定計畫侵入長江做準備。

在當時清國方面當地的首腦當中，最有見識的恐怕還是上奏「可憂十項」的浙江巡撫劉韻珂。他奏報英軍的這一行動說：「敵未受重大損失，退出寧波，殊不可解。或許是窺伺他處，杭州、乍浦兩地，英夷垂涎已久，需嚴加嚴戒。」

可奕經、文蔚等過高地評價鄭鼎臣在海上的游擊活動，送去了錯誤的奏報：「鄭鼎臣焚燒大小夷船甚多，殺逆夷數百人，因而逆夷十分驚惶……倉皇遁去鎮海。」

在耆英到任之前，「不得亂調動軍隊，嚴禁殺害俘虜」的命令已經送達當地，並傳達到了各路軍隊。鄭鼎臣無視這一命令，繼續進行海上游擊活動，幕僚中有人提出要按軍法懲處，但據說奕經認爲鼎臣之意出於「忠孝」，不應深究。

結果，自信是皇侄的奕經，當下就赦免了鄭鼎臣的罪。

2

辰吉原想回舟山，帶香月一起去乍浦，但他好一段時間無法脫身去寧波。

王舉志去上海後，舟山抗英組織的領導混亂，水上游擊隊長鄭鼎臣與黑水黨發生了矛盾。鄭鼎臣本是高級軍官的子弟，他跟江湖幫派組織黑水黨本來就氣味不投，是王舉志天才的組織力量把他們聯結在一起。王舉志一走，他們之間就出現了裂痕。

賊兒貓徐保說：「不能把咱們的夥伴放在那個臭大少爺的手下！」把借給鄭鼎臣的全部人員撤了回來。鄭鼎臣的部隊一半以上是從黑水黨裡去的，這樣一來，兵力就減少了一半。

產生不和的原因，是黑水黨方面產生了不滿：「不能這麼瞎打架，犧牲的人太多了。打架也有打架的方法，難道連這一點都不懂嗎？」

鄭鼎臣氣憤地說：「什麼打架！這和流氓打架可不一樣。這是打仗！我們是保衛國家的義軍。我父親戰死沙場，至今仇還未報，我們應當拼死奮戰。」

賊兒貓頂他說：「把你老頭子的遺體從敵人的陣地裡奪回來，不是我們的人幹的嗎？」

是辰吉夫婦把鄭國鴻的遺體從竹山門背回來的。鄭鼎臣爲這件事一直對辰吉抱有感激之情，辰吉因此不得不在兩者之間進行種種的調停。好不容易減少了出擊的次數，達成了妥協，辰吉這才脫身出來。

他帶著新婚的妻子到達對岸，已是五月初了，這時正是英軍準備退出寧波的前夕。在寧波與石田會合，三人去了乍浦。石田是擅自離開英軍的，他不準備再回來了。

乍浦是同日本的長崎進行貿易的城市，有專門賣日本貨的商店。最初走進的一家店裡，擺著乾鮑魚、乾海參和沙魚鰭等海味，店前貼著一張「零售日本海味」的紙條。「這眞是日本的嗎？」石田有點不相信。

鮑魚和海參是在日本的海裡打的，但日本人並不常吃，在長崎甚至用法令禁止一般的市民吃鮑魚和海參，理由是此爲重要的出口商品。不過，即使沒有禁令，這些食品日本人也吃不慣，所以石田不熟悉。

辰吉跟石田不同，他是漁夫的兒子，所以很感興趣。他說：「我們捕的海參、鮑魚就是這樣擺在這個國家的商店裡呀！」他跟妻子說明了這些東西在什麼地方能捕到。香月是漁村的姑娘，對海產品也有興趣。

「舟山可捕不到這樣形狀的海參啊！」

「日本沒有舟山能捕到的那樣大的海蜇呀！」

小夫妻倆這麼談話的時候，石田在一旁插不上嘴。他漫無目的地望著店裡的東西，對他來說，勉強使他感到像日本特產的東西，只有海帶和乾魷魚。

辰吉夫婦買了點鮑魚和海參作爲送人的禮品，而石田只買了一把魷魚乾，他說：「把它烤一烤，咱們來一杯。」

當他們走進一家小百貨店時，石田才感覺到了日本的氣氛。那裡有帶泥金畫的漆器和鏤金的手工藝品，還擺著伊萬里的陶瓷器。

「太漂亮了！」香月看到泥金漆品，發出了讚嘆聲。鏤金手工藝品是在銅上鑲嵌著金、銀的小器具，價錢很貴。但是，仔細一看，上面的圖案花紋，好像是日本與中國的折衷。

大概是因爲純粹的日本式圖案不符合中國人的興趣愛好，而造得過於中國化，又妨礙打出「日本舶來品」的招牌，所以承接出口訂貨的工藝師在這種地方作了適當的折衷。

「這個也漂亮！」香月拿起一個鏤金的小盒子，入迷地看著。

「那就是我經常跟你說的富士山。」辰吉告訴香月說。

銅製小盒子蓋的右方，用銀子鑲著富士山的圖案畫，左下方還配著兩棵松樹。松樹是用黃銅鑲的。

「這盒子裝手鐲、戒指正好。」辰吉這麼說著，伸手就向懷裡掏錢。向老闆一問價錢，說要三兩。

「我說你眞買嗎？太浪費了！也沒有什麼東西可以往裡面裝的。」

「以後一點點地給你買呀。」

辰吉不顧香月的阻攔，開始向老闆討價。香月在一旁直擔心，好不容易把價錢還爲二兩。

辰吉付了錢。「來，這是給你的禮品，結婚的時候什麼也沒能給你買，連彩禮也沒送。……」

「呀！……太高興了！」香月雖是在海邊長大的野姑娘，但畢竟是女人。她雙手抱著鏤金的小盒子，緊緊地貼在自己的胸前。

「兩人都那麼高興！……」石田看到這種情景，心裡這麼想著，突然感到羨慕起來。

正好這時候進來了一位客人，從他跟老闆的談話可以聽出是最近從長崎回來的商人。石田聲明自己只是出於好奇心，向他打聽了許多日本的情況。

那商人說他在長崎一直住在唐人坊裡出不去，他所了解的日本情況都是從通事、官吏或日本的商人，以及出入於唐人坊的藝妓那兒聽來的。

據他說，造成大鹽平八郎之亂的連續數年饑荒，從去年開始，形勢已經好轉，農作物已獲得豐收。不過，據說政府仍然限制人民奢侈。「去年盂蘭盆會的時候，連燈籠的數字都作了限制，據說焰火也不准放，太冷清了！」那個商人說。

石田和辰吉互相對看了一眼。關於日本鬧饑荒的事，在廣州的時候就已經從荷蘭船上傳出的情報聽說了，看來現在已經擺脫危機了。「太好啦！」兩人心裡都這麼想，互相使了個眼色，點了點頭。

香月還在不厭其煩地看著那個鏤金的盒子。「這就是富士山呀！……什麼時候能去看看就好啦！」她自言自語地說。

這時候，一個年輕的小夥子上氣不接下氣地跑了進來，大聲地喊道：「爸爸，了不得啦！英國的軍艦來啦！有二十多艘大傢伙，有的還帶著輪子，從唐家灣到西山嘴的海上，擺了一溜排。說不定要打仗了……爸爸，怎麼辦呀？」

3

英軍放棄寧波後，又從鎮海撤退了，其目的是整編遠征軍，只在可以控制鎮海城的招寶山的威遠要塞上留駐了二百兵。

艦隊在舟山海面的黃牛礁集結，五月十三日出發，十七日接近杭州灣北岸的乍浦。在錢塘江入海的地方潮流湍急，需要謹慎航行，所以速度慢。

預定是五月十八日進攻乍浦。二千二百名遠征軍分乘在各個艦船上，在乍浦海面，兵員改乘到吃水淺的輪船上。

由於布朗底號和摩底士底號等的掩護射擊，戈夫少將率領的軍隊輕易地在燈光山的海岸上登了陸。

乍浦城的攻城戰開始了。

「在意想不到的時候來了！」當炮彈飛到乍浦城內的時候，石田在旅館的房間裡發愁地咋著嘴。香月和辰吉緊緊地偎依在一起。

旅館的老闆臉色蒼白，說：「據說城門都關閉了。不得了啦！全城都大鬧起來了。敵人打來了，而軍隊卻和城裡的一些亡命徒先打起來了，這是怎麼一回事呀？……」

守衛乍浦的清軍是以駐防旗兵爲骨幹，以及少數的陝西、甘肅的軍隊組成。旗兵是滿族人，跟一般的漢族居民的關係不太好。

炮擊聲音愈來愈激烈，不斷地發出地鳴聲，破舊旅館房間的牆壁簌簌地往下掉土。大火四處燃燒，乍浦城內到處冒起黑煙，紅色的火苗在濃煙中四處遊動。

「咱們對這地方的情況不熟悉，還是儘快地離開吧！萬一走散了，咱們就在上海的金順記碰面。……」石田對辰吉和香月說。

香月使勁地點了點頭，那樣子眞叫人可憐。

乍浦城的指揮官是副都統長喜。在駐防旗兵（滿族軍隊）中，都統相當於提督，副都統相當於總兵。

看到駐防旗兵的營房上冒起了火苗，長喜就決定不再抵抗了。因爲營房還沒有遭到炮擊，也沒有飛來火箭，卻已經烈焰騰騰了。乍浦的居民平時就和駐防旗兵勢如水火，現在乘英軍進攻的時機，四處放火了。連城內的居民都變成了敵人，當然無法阻止英軍的進攻。

當時不論在政治上或軍事上，滿族實質上都不及漢族。滿族並沒有實力，遇事卻想誇耀自己是「統治民族」。

就拿乍浦城來說，滿族的官吏和軍人常在商店裡不付錢而白拿貨物，坐轎不給錢，對富裕的漢人則威脅說：「你有漢奸嫌疑！」勒索金錢。如果提出抗議，則採取高壓態度，反駁說：「對不起，我們駐防旗兵追隨太祖，已經統治中國二百餘年。」

漢人則罵他們是「韃虜」、「滿洲豬」，對他們恨入骨髓。清廷以爲把可以信賴的同族軍隊放在要害地區，可保社稷的安寧，其實效果適得其反。在這樣的要害地區，滿漢兩族的矛盾日益加深，一旦外敵入侵，居民不僅不協助防守，一部分剛強的漢族反而在背後起來威脅駐軍。

乍浦就是說明這種情況的最好事例。

佐領（相當於都司）隆福指揮下的三百旗兵困守在天尊廟裡，把廟門緊緊關閉起來。他們不得不在城裡面又造一座小城。

「我說，咱們逃出這個城去吧！」石田說。

「城門已經關了呀！」辰吉拉著香月的手，大聲地說。炮聲震耳欲聾，不大聲喊是聽不見的。

「不，不會的！」石田也大聲地回答說：「居民一定會打破城門的。」

石田帶頭跑出了旅館的大門，街上居民們四處逃竄，有些地方兩邊的火焰已逼向街心。

一個老頭已經精疲力竭，茫然自失地坐在路旁。一個懷孕的婦女雙手合十，靠在牆邊，她的腳邊一個兩、三歲的孩子哭喊著。

「北門已經開啦！快逃出去吧！」一個男人邊喊邊跑了過去。他也許是去把這個消息告訴在什麼地方等著他的家屬，可是正當他從街角拐彎時，突然從他的腳下掀起一股猛烈的土煙。

一個巨大的黑色物體像土塊似地被掀飛起來，那男人連影子也沒有了。

「咱們從還沒有著火的地方走吧！」石田跑了起來。

這時他才注意到天已經下雨了。「雨下得很大啊！但恐怕也不能澆滅這籠罩全城的大火吧！」他心裡這麼想著。

他拼命地跑著。英軍的炮擊好像並沒有什麼目標，似乎只要把炮彈打到城裡就達到目的了。「只好聽天由命了！……誰中了炮彈，誰就完啦！」石田這麼想著，背後發出了猛烈的爆炸聲，聲音非常近。石田感到背上一陣疼痛，好像是挨了鞭子抽打擬的。他不覺伏下身子，伸手朝背後一摸，背上盡是泥土，大概是炮彈爆炸掀起的沙土打在他的背上。

辰吉和香月應當是跟在他的後面的。「辰吉！」他回頭叫了一聲，但煙塵遮住什麼也看不見。

「先生！」——他聽到了辰吉的應聲。他感到放心了，但立即覺得辰吉的聲音異常尖厲。

「怎麼啦？」石田跑了回去。

辰吉蹲在地上，香月倒在他的身旁。辰吉抱起香月，用焦急的目光望著石田喊道：「香月中了炮彈啦！」

抱在辰吉懷裡的香月，兩手無力地垂落下來——但她的右手裡還緊緊地握著那個鏤金的小盒子。她的臉上滿是血，粉紅色上衣的肩頭處滲出一片朱紅。

「咱們先到附近人家的屋子裡去吧！」石田說，他眞想向天大吼幾聲。

4

石田他們走進一家因逃難而走空了的人家，把香月放在床上。香月臉上的血，在進屋之前已被雨水沖洗掉了。

「眼睛看不見了！」香月說，聲音非常微弱。

「還沒有死，能說話！」辰吉面露喜色，用日語這麼說。

「辰吉，給香月換掉身上的溼衣服。這個人家會有女人衣服的。另外，她好像是肩頭負了傷，把她的傷口好好地包紮起來……我暫時出去一會兒。」

炮聲已經停了，這意味著英軍很快就要衝進城了。石田他們進來的這戶人家，房子很小，顯得很貧寒，石田故意選擇了這樣的人家。如果房子很大，英軍肯定會跑進來搶劫。

石田丟下辰吉夫婦，走出屋外。那裡是鄰家的院子，相當寬敞，房屋遭到了炮擊，大部分已經毀壞。

院子裡躺著六個人，都已經死了，其中有一個是女人。屍體並沒有燒焦，石田以爲是炮彈的碎片打死的，近前一看，並非如此。有的頭顱被打裂了，有的是被刀劈死的，可是還沒有見到英國兵的影子。

女的頭髮梳成方形，一看就知道是滿洲旗人。加上假髮，把頭髮梳成方形，漢人沒有這種習慣，看來這是滿族官吏的家庭。石田走進大半已經崩毀的屋子一看，房頂已經被掀掉了，被雨淋溼的桌子上，放著一個精緻的銀燭臺，燭臺旁邊有一個帶翡翠柄的華麗手鏡。窗簾也被雨打溼了，上面繡著漂亮的仙鶴。

「這些東西都留了下來，不會是遭到了搶劫。」大概這家滿洲旗人平時招惹了民眾，市井的亡命之徒乘著混亂，跑來報仇雪恨。

石田走進隔壁的房間一看。這間滿族人的住房卻根本看不到滿族的氣氛，看來生活方式已經完全漢化了。難道他們所炫耀的只是「統治民族」的血統嗎？這種血統的炫耀看來已變成了他們的悲劇。

走進最後面的一間屋子，石田看到那兒放著一口朱漆的棺材，掀開蓋一看，裡面是空的。生前就準備好自己的棺材，稱之爲「壽器」，以表吉利，這也是漢人的習俗，游牧民族的滿族人沒有厚葬的習慣。

炮聲停了一會兒之後，不久就聽到了連續不斷的尖厲的槍聲，看來英國兵已經大批地擁進城來了，石田趕快返回去。

辰吉正把面頰貼在香月的臉上。在石田出去的時間，辰吉脫去了香月的溼衣服，仔細地擦拭了全身，包紮了肩上的傷口，然而給她穿上了乾淨的白衣服。這家人幾乎什麼也沒帶就逃走了。箱子裡有女人的衣服，辰吉借用了一套最樸素的衣服。

「先生，香月肩上的傷問題不大，可是眼睛裡好像進了炮彈的碎片了，她說兩隻眼睛……都看不見了。」辰吉一見石田，一邊啜泣著，一邊這麼說，然後用拳頭擦了擦臉。

「應當趕快找醫生！」

「這樣的時候，能有醫生嗎？再說，英國兵好像已經進城了，我們恐怕出不去了。」

「一定要出去，英國兵一發現女人就會強姦她的。」

「我要豁出性命保護她！」

「咱們想想最妥善的辦法吧！」石田考慮了一會兒說：「對，隔壁那家有口棺材，咱們把香月裝在裡面抬出去。」

兩人趕忙跑到隔壁人家，把朱漆的棺材連同棺架一起抬回來了。正往棺材裡墊棉被的時候，隔壁院子裡鬧騰了起來——中間夾雜著大聲的英語說話聲。

「辰吉，我去看看！」石田把後門打開一條縫，朝著隔壁的院子裡瞅著。那裡有幾個白人兵，有個兵的手裡拿著銀燭臺和那把手鏡。

「這兒好像已經被人搶過了，上別處去吧！」

「這些傢伙都死了。」一個士兵用腳踢著院裡的屍體，他們以爲既然有了屍體，就已經被人搶劫過了。

士兵們正準備走開，最後面的肥胖士兵俯下身子說道：「呀，這個死人是女的！」

「死的女人沒用。」另一個士兵說。

「咱們去找活的女人去。」帶頭的紅毛夷說。

「不，我喜歡死的女人。她們不會掙扎，我可以隨心所欲……我在廣東幹過，那種滋味我永遠忘不掉。」那個胖士兵蹲了下來說：「啊，還軟和哩，正好。」

這謂之「奸屍」，這個英國兵大概是嗜好屍體的性錯亂者吧！他露出一口白牙齒，開始剝掉死去的女人的衣服。

石田回到屋子裡，幫助辰吉蓋上棺材蓋。蓋得太嚴，呼吸就會發生困難。他們把棉被露出一點在外邊，留出了一點空隙。

「來，咱們抬吧！」石田把手放在棺架上，辰吉繞到棺材的後部。後門外傳來「哈哧、哈哧」的怪聲。

他們出了大門。一到街上，又開始聽到炮聲。英軍把曲射炮拖進城內，正在轟擊駐防旗兵死守的天尊廟，炮聲中還夾雜著槍聲。

一個班的英國兵把守著北門，在監視逃往城外的居民。如果居民中有清兵，英國兵就當場把他們抓出來。不過，逃兵們恐怕早已換上了便服。

「不行，久四郎那小子在那兒！」石田朝路旁吐了一口唾沫。

一個面色蒼白、瘦骨嶙峋的中國人站在久四郎旁邊，一個一個地盤問著出城門的人：「什麼名字？……住在哪兒？」

根據回答的情況，不時有人被抓出來。這一帶說的話是所謂「吳音」的方言，那個瘦骨嶙峋的中國人，大概是在揭發不是說吳音方言的人。駐防旗兵說一種特殊語調的話，甘肅和陝西的兵操西北鄉音，一下子就能聽出來。

石田姑且不說，辰吉已經在舟山生活了很長時間，可以用吳音說話。這一點上不用擔心，麻煩的是碰見認識他們的人。他們倆都是從英軍中開小差出來的。

「不要緊，咱們出去！」石田這麼說後，朝前走去。

走到城門邊，石田首先打招呼說：「喲，久四郎，好久未見啦！」

出乎意外地聽到日本話，久四郎一時愣住了。「啊，這……您怎麼突然一下子就不見了……」久四郎一邊搓著手，一邊這麼說。

「帶著特殊任務，提前到乍浦來了。」

「是嗎？」久四郎用懷疑的眼光掃視了一下，問道：「那麼，這棺材……？」

「棺材裡裝死人，自古以來不是如此嗎？」

「不過，最近很流行在棺材裡裝各種各樣的東西欺騙人。」

「你的意思是要看看裡面嗎？」

「嘿、嘿，是的，這也是我的職責，沒有辦法。」

「那就隨便打開吧！」

久四郎猶猶豫豫地掀起棺材蓋。裡面有一個女人，一動也不動，臉上蓋著一塊白布，白布上滲著血。

「請走吧！……」久四郎弓著腰。

辰吉深戴著斗笠，久四郎沒有發現他。出了城以後，還碰到了好幾次小股的英國兵。有兩次英國兵揭開了棺材蓋，往裡面看了看。那可能是出於好奇心，也許是以爲裡面藏著什麼財寶吧。

「啊呀，石先生！」石田被這個快活的聲音叫住，停住了腳步。原來是哈利・維多。

「啊，是哈利先生，您不是在香港嗎？」

「十天前來的。知道我會中國話，就把我趕來了……你抬著什麼呀？」

「病人。」石田坦率地跟哈利說了。

「正好有一個醫生跟我一起從香港來了，他叫曼斯費爾德，現在在那邊廟裡。我帶你們一塊兒去吧！」

「不過，」石田猶豫了一下，說：「那兒都是傷病員，恐怕不會給清國人看病吧。」

「不，不，曼斯費爾德說，軍隊交給艦隊的醫生去看，他是爲了醫治清國人而來的。他以前跟我是麻六甲英華學堂的同學，不知他什麼時候竟當上了醫生了。來，走吧。帶著病人去，他一定很高興的。」

5

乍浦很輕易地陷落了。從進攻開始，沒有幾個小時就攻克了。

最淒慘的是天尊廟的攻防戰。三百駐防旗兵死守在這裡，包圍他們的是漢人的敵意和英軍的炮火。廟內旗兵的彈藥使盡後，英軍才打破了廟門，衝了進去；第四次進攻才占領了廟內。

英軍在那裡俘虜了五十名旗兵，這五十人全都負了傷。其餘約二百五十名旗兵都被英軍的槍炮打死了。戰死者中也有指揮官——佐領福隆。他的半個身子燒傷後，用自己的軍刀割斷了喉嚨。他是身負重傷不能動彈而自刎的。

英軍在這次戰鬥中戰死十三人，有六十二人負傷，戰死者中也包括愛爾蘭團的湯姆林森大校，他是迄今為止戰死者當中官階最高的軍人。在進攻天尊廟時，廟內的舊式鳥槍射穿了他的頸部。參謀軍官芒頓少校負了重傷。

清軍中除了旗兵外，還死了三百六十七名甘肅和陝西兵。千總李廷貴和張淮泗等人大多不是死在城內，而是死在唐家灣等海岸前線。海軍方面戰死的有水師右營把總韓大榮等十七人。

乍浦的總指揮官副都統長喜曾投水自盡，被部下救起，撤退到嘉興時死去，他最後的命運很像裕謙。

文官方面，乍浦的同知韋逢甲殉職。他是山東省齊河人，道光十六年進士，擔任過各地的知縣，前一年春天剛升為同知，是一個前程遠大的人。有人說他是被炮彈打死的，也有人說他被俘後不屈，辱罵敵人而被殺死。

乍浦婦女的殉難，尤其令人鼻酸。在占領的五天中，英軍極盡姦淫掠奪之能事。

駐防營佐領果仁布的妻子，擔心乍浦陷落後受凌辱，帶著長女稱姑（十一歲）和次女榮姑（八歲）投井而死。英軍撤退後，丈夫果仁布收殮了遺體，填埋了這口水井，在上面建造了一座亭子，悼念妻女的亡靈。

劉若金的遺孀顧氏，逃到城外，被印度兵追逼，從橋上投入水中自盡。劉東藩的女兒七姑，二十二歲，為逃脫敵兵的毒手，跳井而死。劉進的姑娘鳳姑，十八歲，在城外碰上夷兵，痛罵夷兵，被刺死。胡贊喜的姑娘秀姑十三歲，夷兵闖入時，抱著弟弟，投身後園的水池自盡。杜義茂的妹妹貞姑，十八歲，在城外被敵兵追趕，投身北濠河自盡。……

《壬寅乍浦殉難錄》上列著這些殉難者的長長的名單，其中有僧侶、酒店老闆、木匠、布商、茶商、染匠和打日工的苦力。

據英國方面的文獻上記載，英軍在乍浦埋葬了一千二百具到一千五百具清國人的屍體。

「清國即將屈服！」——巴爾克和戈夫兩個少將作了這樣的判斷，把復仇神號派往了香港。樸鼎查認為在開始談判之前沒有什麼工作可幹，從浙江返回了香港。復仇神號是去迎接這位特命全權大使。

英國艦隊於五月二十三日撤出乍浦，終於進入了長江。

殉節圖

「國標，你要好好地看一看這場戰爭，但可不能死。有了寶貴經驗的年輕人要是死了，那可是很大的浪費。」

劉國標是個血氣方剛的青年。「我不離開提督的身邊！」

「別說傻話了！我不是說了嗎？不能浪費。我們國家有許多武將，但能夠經歷這場戰爭的人不多，而能夠把這些經驗在將來加以運用的武將就更少了。」陳化成帶著責備的語氣這麼說。

1

江南提督陳化成已經顧不上去金順記參加溫翰的七七忌日佛事了，他沒日沒夜地忙於吳淞炮臺的整頓和兵員的訓練。

欽差大臣耆英即將到達杭州。道光皇帝的心已在和、戰之間搖擺不定，但在發給各地的上諭中仍然充滿著強硬的言詞。接著下令逮捕連戰連敗的浙江提督余步雲，解送北京。命令中說：「……臨事複貪生畏敵，首先退縮，大懈軍心。……未交鋒即奔潰棄城，此幾同兒戲。總因余步雲身爲提督屢失城池，並未追究，遂至人人各懷倖免之心，不思破敵之計，拖延觀望，坐失事機。若不再整飾綱紀，大申軍令，何能挽惡習而振軍容？」

「頑福」也終於宣告結束，最壞的命運已降臨到幸運兒余步雲的頭上。審訊的結果，判爲「秋後處決」。第二年一月二十四斬首棄市。

余步雲確實是個懦弱無能的提督。不過，在整個鴉片戰爭中，除他之外，還有許多敗逃的指揮官，但處死刑的只有他一個人。

他不救定海，從鎮海、寧波逃跑，在收復三城的總反攻中又敗逃，但總反攻的最高負責人是奕經。乍浦、吳淞、鎮江相繼失守的負責人雖受到了處分，但並未判處死刑。再說，打著白旗，從廣州城撤出數萬軍兵的靖逆將軍奕山又是如何呢？也沒有判處死刑。

余步雲失掉的鎮海和寧波，在戰後還是收復了，而琦善獻給英國的香港最後也未能收復。但琦善所受的處罰不過是「閉門思過」，以後還歷任駐藏（西藏）大臣、四川總督兼成都將軍的要職。

參贊大臣文蔚對在大寶山死戰的副將朱貴見死不救，接著又從長溪嶺乘夜逃跑，其結果又是如何呢？戰後他歷任新疆哈密的辦事大臣、駐藏大臣和奉天府尹，仍然活躍於政界。

敗逃將軍確實不得人心，處死他也許是爲了殺一儆百。不過，余步雲此人如何姑且不談，這種處刑是不能令人心服的。讓我們看一看道光皇帝關於處死余步雲所發的上諭：

……以一品武職大員……從未殺獲一賊，身受一傷，畏死貪生，首先退縮。……且廣東之關天培、祥福，江蘇之陳化成，福建之江繼芸，皆以提鎮殉難，即定海失陷，總兵王錫朋、葛雲飛、鄭國鴻力戰陣亡，鎮海、寧波失事，總兵謝朝恩被炮擊落海身死，裕謙以文員督師殉節，獨余步雲係本省提督，乃竟志在偷生，顏人世，儻不寘之於法，不惟無以肅軍政而振人心，且何以慰死節諸臣忠魂於地下？……

但是，不僅余步雲如此，諸如揚威將軍、靖逆將軍都是同樣。人們只能這樣解釋：「因爲余步雲是漢人！」

清朝皇帝經常聲稱「一視同仁」，透過處死余步雲，說明那不過是一片廢紙。在占人口絕大多數的漢人心中，深深地刻下了這樣的印象：「這個國家是滿族的，不是我們漢族的。」處死余步雲，可以說起到了加速滿洲王朝崩潰的作用。

以上談的都是後話。

乍浦失陷後，伊里布曾企圖根據其過去的經驗，提出交換俘虜問題，頻繁地同英軍接觸，他希望這能成爲和平談判的契機。

但是，英軍方面判斷時機還不成熟。香港來的補給十分順利，運來的鴉片暢銷無阻，軍費充足，戰死者也不多。

「再敲打一下！」——這就是巴爾克和戈夫兩首腦的意見。而且，英軍方面委以全權參加談判的樸鼎查，現在還在香港。

交換俘虜的協議雖然達成，但英軍方面堅持交換俘虜和和平談判是不同性質的兩個問題。

英軍給清軍俘虜每人發給五元釋放。伊里布把關押在杭州城裡的十六名英國兵送回英軍基地，當時賞給白人兵每人三十元、印度兵每人十五元，清國方面在對待俘虜上也不「一視同仁」。

北京和華北地區的財政和糧食，幾乎全靠長江流域的富裕地區來供給。運河就是供給的管道，英軍深知這一點。英軍的首腦們認爲，如果侵入長江，封鎖運河，切斷通往北方的糧道，清國就不得不屈服。

中國的大運河把長江和北方聯結起來，其聯結點就是鎭江（當時也叫京口）。要壓制鎭江！而要去鎭江，必須拿下長江的咽喉上海，守衛上海的是吳淞的要塞。英軍就是這樣地決定了他們的計畫。

在南京（當時稱江寧）締結了可以稱之爲城下之盟的條約，所以有人認爲英軍的最終目標是南京，其實這種看法是錯誤的。要說目標，當然是皇都北京。

可以順著運河往上攻打，但如果控制鎭江一帶，就等於是卡住了北京的脖子。只是因爲在鎭江的旁邊碰巧有一個僅次於北京的清國第二大城市南京，所以英軍順便攻打一下。

當時的蘇州要比上海大。在北京、南京之下，廣州與蘇州互爭第三大城市的地位，都是百萬人口的城市。

英軍一度曾制訂了進攻蘇州的計畫，由於蘇州運河過淺，軍艦無法航行，才停止執行。預定的作戰計畫是在攻陷乍浦後，英軍艦隊進入長江。

2

過了溫翰的七七之後，連維材開始準備回南方。溫翰的棺柩必須送回故鄉廈門。南方人講究吉利，稱這種運棺柩的船爲「太平船」。已經雇好了船，由於海上籠罩著戰雲，十分危險，所以路線是溯航長江，進入江西省，由那兒穿過福建北部的山地去廈門。

福建北部山路險阻，不過，這一帶是茶葉產地，連維材曾走過多次，地理熟悉，而且很多茶園與金順記有關係，在崇安甚至有分店，所以比走英國軍艦群集的海路要安全得多。

在回南方的前夕，連維材接到林則徐的幕客招綱忠的一封急信，說林則徐在西安病重。據信上說，林則徐結束了修浚河道工程後，帶著家眷，經洛陽到西安時得了病。

林則徐原來預定把妻子和長子留在西安，然後僅帶二兒子和三兒子去新疆。他以前作爲欽差大臣赴廣州時，也是把家眷留在廣東省北部的南雄，然後單身進入廣州。看來他一向的方針都是把妻子帶到任地附近，而不是帶到任地。

這次他也決定把妻子留在西安。西安就是中國的古都長安，現在是陝西省的省會。當時的陝西巡撫李星沅是湖南人，道光十二年進士，曾擔任過江蘇的按察使，跟林則徐是故知。

此外，林則徐的兩個門生方仲鴻和劉鑒泉也在此地當道台。大概是由於有這些當權人物照顧家眷，所以林則徐才決定把妻子留在西安。

當時中國的官吏沒有特旨是不准出塞外的。林則徐的旅程是在嘉峪關以西。長子汝舟已中了進士，擔任翰林院編修，所以不能跟父親一起去新疆，決定留在西安照料母親。

談點閒話，說說門生問題。上面談到林則徐的門生方仲鴻和劉鑒泉，其實這兩個人並不是林則徐直接教過的弟子。前面曾經說過，科舉考試及第的人，要把當時的監考官尊爲終生的老師。林則徐中進士那年的會試正考官是曹振鏞，所以他一直稱爲曹師，稱自己爲門弟。林則徐在三十幾歲時曾擔任過江西鄉試的副考官和雲南鄉試的正考官，方、劉二人大概就是在林則徐當考官時中舉的。儘管這是一種偶然的機緣，但值得注意的是，這種結合是異常牢固的。

「我不打算回舟山了，我感到那兒的工作已經結束了。維材先生，能讓我順便搭乘太平船嗎？」王舉志說。王舉志在溫翰死後一直留在上海。

「請吧，不要客氣。」連維材回答說。

「到鎮江就可以了。我要從那兒經運河北上，維材先生恐怕也有這個打算吧？」

「王老師對什麼都看得清清楚楚。」連維材笑了起來。他也打算乘太平船到鎮江，然後北上，到西安去看望林則徐。

借助傑出的高級官員的力量，開闢通向新時代的道路——連維材一向是這麼想的，他一直把這種希望寄託在林則徐的身上。

林則徐已經很好地完成了這個任務。但是，林則徐始終是屬於舊時代的人物。他發出燦爛的光輝，點綴了舊時代的結束；舊時代將拖著明亮的尾光，爲即將到來的新時代照亮新的道路。

對連維材來說，林則徐已是在太空遠處逝去的流星，他的光芒還沒有消失。但連維材並不是依戀不捨，而要去追趕這種即將消失的光芒。留在他心裡的不是時代的餘光，而是林則徐這個人的魅力。那是個傑出的人物，僅憑能結識這樣的人，也會感到生在這個世上是有意義的——林則徐對他來說是這樣的人。

林則徐現在正重病在床。這麼一想，就無論如何也要去看看他。王舉志早已看穿了他的心思，他也不是一個尋常的人物。

扶柩回鄉的是溫章和他的女兒彩蘭。連維材帶著妻子和哲文，同王舉志一起乘上了這條太平船。連維材是想讓哲文看一看更廣闊的世界。

哲文看來已經克服了失去清琴的悲哀，但藉這個機會讓他到陌生的土地上去旅行，這對於哲文作爲一個藝術家的成長也會很有好處。

上了船之後，王舉志說：「蓮峰翁恐怕是再也見不到了！」

「是這樣吧！……」連維材朝著吳淞炮臺那邊看去，低聲地說。他比誰都清楚，英軍進攻吳淞已不可避免。

他收到了石田已經間斷了很久的來信，說英軍下一個進攻目標看來不是杭州，而是上海方面。這封信中還簡單地提到跟辰吉的重逢，辰吉在舟山結了婚，他新婚的妻子在乍浦被炮彈的碎片炸瞎了眼睛。

「戰爭是殘酷的！」連維材低聲地說。

「對蓮峰將軍來說，那兒是一個很好的死之場所。」王舉志好似要驅除感傷情緒，高高地舉起雙臂，伸了個大懶腰。

黃浦江的江水靜靜地流著。

3

「提督，你怎麼不穿鎧甲、戴頭盔呀？」一個把總笑嘻嘻地問道，話中帶有嘲笑的味道。

提督陳化成滿臉都是皺紋，大聲笑著說：「那玩意兒太重了。說老實話，穿戴上那些玩意兒，骨頭都要壓彎了，打不了仗呀！」

「不是準備好了一套嗎？」

「我準備在英國的大將請求投降的時候，勉強把它穿戴上。」

他的身邊都是從廈門帶來的部下。他當上江南提督，第一次檢閱演習的時候，在江南水師的軍官佇列前信口說道：「江南的水兵太弱了。聽說關天培還大力訓練過，如果沒經過他的訓練，那簡直不可想像會弱到什麼樣子！」

他想帶來精兵，以他們為標兵以提高水兵的水準，因此從廈門要來了一百來名軍官和士兵，這些人現在都圍攏在他的身邊。一到這些人當中，陳化成就沒有必要再說他那不太高明的官話了。他是福建泉州府同安縣人，這一百來名親兵隊幾乎全是他的同鄉，他就完全用家鄉的方言說話了。

實際上他是因為腰上襯著木板，所以穿不上鎧甲。「大家都穿上便於活動的服裝吧！」他說。他不停地放開嗓門大聲地說笑。英國的艦船已來到了眼面前，摩底士底號首先向吳淞靠近。

「大炮隨時可放嗎？」他盯問說。

「準備完畢。」

「你們的胳膊也許得要借助神的力量，要到廟裡去討張護身符貼在大炮上。哈哈哈！……」

英國艦隊退出乍浦後，先鋒隊的三隻軍艦於六月五日進入了長江口。由於濃霧，航行速度緩慢，八日才到達距吳淞十五公里的地點。在上海的兩江總督牛鑒，聽到這消息後，來到了吳淞，會見了陳化成。

上海縣城位於長江支流黃浦江的岸邊，吳淞是它的入口，吳淞的北邊是擁有數萬人口的寶山縣。牛鑒會見陳化成後，進入寶山縣城，在那裡發出了奏文，奏文中說「陳化成心如金石」。

陳化成曾拍著胸脯對牛鑒說：「總督，不用擔心，我在水師快五十年了，一切都交給我吧。」不過，陳化成絕不認為能在這裡打退英國艦隊。儘管他一個勁兒地說笑，其實他早已決心一死了。

牛鑒曾問他：「這麼多兵員夠不夠？」他回答說：「數量上是夠了。」陳化成心想，反正能跟他戰鬥到最後的也只有他從廈門要來的那一百來人，增加多少也是一樣。

兩江總督牛鑒在寶山縣城會見了知縣周恭壽和徐州總兵王志元。徐州兵原來是在余步雲指揮下駐守在招寶山，是一支從浙江東端一路敗退來的部隊，軍紀早已紊亂，在縣城內盡和居民鬧糾紛。

知縣周恭壽提議說：「寶山的炮臺是舊式的，面對這麼寬闊的水域，不能有效地迎擊敵人。應當把軍隊進一步往黃浦江裡面調，以吳淞爲據點來抵禦敵人。」

周恭壽雖是文官，但任何一個戰爭的門外漢一看地形，也會立即明白這道理。黃浦江在寶山的前面突然開闊，注入長江，這樣的地方一般是很難打仗的。如果進入黃浦江，到達吳淞附近，則水面變窄，就可以把敵人引到隘路上來作戰。

「把兵集中到吳淞？……可是，陳化成說兵員已經足夠了。」牛鑒回答說。

「那麼，在吳淞的對岸布陣，可以夾擊敵人。」

「那兒也有小炮臺，有守軍，大炮不到三十門，如果擁去大批的人，恐怕施展不開吧！」牛鑒這麼說，否定了知縣的建議。

把防禦力量集中於吳淞一地，這本來是牛鑒的意見，知縣周恭壽感到迷惑不解，其實牛鑒早已心不在焉，他接到了欽差大臣耆英和揚威將軍奕經的密信，密信上說：「我們的根本方針是羈縻。」

「羈縻」就是維持現狀的意思。就是說，再打也沒戰勝的希望，要保持現狀，開闢通向和談的道路。

乍浦失陷後，耆英已制定了這個方針，並向皇帝奏報說：

> 戰則士氣不振，守則兵數不足，除羈縻外沒有別策，而現在羈縻亦無計可施。……

這篇奏文通篇帶有悲壯的味道，其中說：

臣劉韻珂忿恨之極，哭不成聲，訖無良策，臣等亦皆束手，惟相向泣。事已至此，臣何敢蹈粉飾欺蒙之陋習，致誤國家大事。仍一面極力設法，講究羈縻之術，倘竟無濟，臣惟與省城相存亡，仰報鴻慈之萬一。……

就是說，事已如此，再不能像以前的官員那樣寫粉飾現狀的假報告了，而要如實地說了。

這就是絕對的最高方針，牛鑒也想協助執行這一方針。他偷偷地讓心腹帶上禮品，乘坐僞裝成出售貨物的小艇，靠近英國軍艦，要求會見英軍首腦。他跟周恭壽談話時心不在焉，就是因爲一心在想著對方的答覆，答覆很快就來了。

「儘管是兩江總督，但並沒有受委任爲談判的全權代表。」——使者被無情地趕回來了，牛鑒大失所望。

英軍作這樣的答覆是理所當然的。他們那邊也沒有全權大使，樸鼎查這時剛從香港動身，需要十天左右才能到達。「在這之前要使勁地打，一直打到鎮江。」——他們一直是抱著這樣的想法在行動的，在這樣的時候當然不會討論什麼和平談判。

不過，上海已在眼前，英國艦隊還是十分緊張的，因爲江南提督陳化成在吳淞。英國方面也早聞陳化成的赫赫大名，他們要進攻的是清國這位首屈一指的勇將所把守的要塞，進攻必須愼重。

4

「兔崽子們想戲耍咱們！」陳化成把望遠鏡放在眼睛上，吐了一口唾沫，這個不太高雅的動作已成了他的習慣。他把望遠鏡從眼睛上摘下來後，又吐了一口唾沫。

「喂，大炮不能放！兔崽子們想試驗試驗咱們大炮的威力哩！」提督大聲喊。

「敵人兵船的甲板上站著一排軍隊，咱們放它一炮，起碼能轟倒他們幾十人。」游擊張蕙說。

「你瞎了眼啦？好好看看！那是木頭人。」

張蕙重新把望遠鏡放到眼睛上。「啊……是嗎？我仔細一看，果然是……提督的眼力真不錯呀！雖說你已經上了年紀了。」

「什麼上了年紀！你不也有了白頭髮嗎？」陳化成又放聲大笑起來。

摩底士底號把木頭人炫耀地擺在甲板上，企圖試驗一下炮臺的炮擊技術和大炮的能力。

「讓咱們看了一場好戲，咱們也不能不回謝一下呀。」陳化成雖已年老，但還沒有脫掉孩子氣。

他讓三百名士兵儘量穿上奇裝異服。現成的虎兵制服也使用上了，穿上正合適。還搜羅了各種演戲用的面具——有老虎、狐狸、妖怪、閻羅王等。讓這些奇形怪狀的士兵分散伏在海岸的大堤上。

幾十名士兵跳到大堤上胡蹦亂跳了一氣。他們剛跳下大堤，在相隔很遠的大堤上又出現了另一隊士兵，又亂舞了一番。

「咱們可不是木頭人兒，是眞正的活人演戲，讓他們好好地欣賞欣賞吧！」陳化成閉著一隻眼睛，這麼說。

六月九日露面的英軍艦隊，一直在愼重地進行偵察和測量水深，等待後續部隊。十五日，二十幾隻艦船會合在一起。當時的目擊者這樣寫道：「望見洋面，賊船檣列如林，檣間煙氣騰騰。」

「鐵與火馬上就要像傾盆大雨落下來了！」陳化成兩眼瞪著敵人的艦隊，跟部下這麼說。

第二天——十六日早晨，英軍艦隊開始了進攻。陳化成早已詳細地打聽了浙東三城陷落的情況，也了解了最近乍浦失陷的情況。

艦炮的威力是很猛的。由於事先已經知道，所以他並不吃驚，還向部下詳細地介紹了情況。他認爲不可能打勝，但要盡最大的力量來打。

他待在吳淞的西炮臺，參將周世榮、游擊韋印福和武進士劉國標等人在他的左右，指揮士兵。西炮臺是半圓形的要塞。當敵人的炮彈掀掉土壘時，陳化成把劉國標叫到自己的身邊，他對這位年輕的未來的軍官特別另眼看待。

「國標，你要好好地看一看這場戰爭，但可不能死。有了寶貴經驗的年輕人要是死了，那可是很大的浪費。」

劉國標是個血氣方剛的青年。「我不離開提督的身邊！」

「別說傻話了！我不是說了嗎？不能浪費。我們國家有許多武將，但能夠經歷這場戰爭的人不多，而能夠把這些經驗在將來加以運用的武將就更少了。」陳化成帶著責備的語氣這麼說。

半圓形要塞裡的十門大炮，對著海上的艦船拉開了炮門。炮數雖然不多，但這些大炮的性能好。大炮是金順記出錢購置的，所以陳化成在私底下把這裡稱作金順記炮臺。

好像要把炮聲壓倒似的，陳化成大聲地說道：「正面的兵船叫摩底士底號。但是，炮擊和進退的命令是從北面隔一只兵船的布朗底號上發出的。怎麼樣？你發現正在發信號嗎？」

年輕的劉國標面色緊張，把望遠鏡放在眼睛上。「啊，發現了，正不停地變換旗子。」

「從以前敵人進攻的方法來看，先猛轟一陣大炮，把炮臺基本炸毀之後，就讓軍隊登陸，從背後攻上來。不過，吳淞四周有河流和壕溝圍繞，敵人想這麼攻打是有點困難的。」

劉國標對陳化成的說明使勁地點著頭。

「敵艦出現已經七天了，他們是在等待後續艦船。當然不僅是等待，他們還進行了偵察，重點大概是偵察登陸的地點。你知道他們選擇了什麼地方嗎？」提督問道。

「這個嘛……」劉國標歪著腦袋說：「要說薄弱的地方……」

「上次我讓三百兵在這裡與寶山之間的一些地方跳舞，那些戴著面具的士兵跳舞的地方就是薄弱的地方。這一帶排列著一百五十門大炮，但只是數量多，沒有什麼用。如果沒有寶山縣城的支援，很多地方近似裸露的狀態。我讓士兵們跳舞，就是告訴敵人，我們也知道那兒是薄弱的地方。敵人會大吃一驚的，因爲他們所注意的地方，都成了跳舞的舞臺。」

「啊，原來是這個意思呀！」

炮聲隆隆不絕，寶山那邊好像打得很激烈。陳化成不時地注意著寶山方向。

半圓形的磚石堡壘也遭到了直接炮擊，很多地方已被炸毀，兵員開始出現傷亡。陳化成與張蕙輪換揮動司令旗，指揮炮擊，劉國標參加彈藥補給班的工作。

快近正午時，寶山來了使者報告說：「寶山大營已被燒毀，再也無法防守。制軍（總督）已下令軍隊後撤。」

「不行！」陳化成大喝了一聲。

使者跪伏在地上，額頭蹭著瓦礫說道：「二千軍隊已經喪失了鬥志。」

「那是指揮官無能！」提督大喊了一聲之後，好似改變了心意，說：「再說也沒有用了。本官不准撤兵。不過，兩千軍隊潰散，那也是沒有辦法的事。」意思說，不准撤退，但要退也可以隨便。

提督望著使者的背影，對劉國標說：「敵人大概要在衣周塘登陸，接著奪取寶山。這樣，咱們吳淞也就完了。」

「希望寶山能夠頂住。」

「不行啦！剛才使者不是已經說了嗎？寶山的徐州兵就要潰逃了。那是在招寶山打過一次敗仗的軍隊，一旦打過敗仗，就沾染上了敗逃的惡習啦！而且徐州的軍隊跟居民的關係也很壞。國標，你要好好地記住，軍隊要沒有居民的支持，那是最大的弱點。」

5

提督陳化成突然用右手捂住自己的左肩，呻吟了一聲，血從手指間流了下來。

「啊，提督！」劉國標抱著陳化成，蹲在崩毀的堡壘後面。「是碎片……不要緊。」陳化成皺著眉頭說，劉國標用布包紮了提督的肩頭。

「不用管我，好好地看看這場戰爭！你可以不必去搬運彈藥了。」

不一會兒，果然如陳化成所料，英軍在衣周塘登了陸，占領了寶山縣城。寶山的兩江總督牛鑒、知縣周恭壽、徐州總兵王志元和游擊王鳳祥等首腦，已棄城撤到了嘉定。英軍進入了沒有抵抗的寶山縣城，向孤立無援的吳淞發起了進攻。

提督已經負傷，由劉國標來揮動司令旗。過了一會兒，劉國標把司令旗交給張蕙，回到原來的地方，但提督不見了。

注意一看，提督右手握著點火棒，夾在士兵們中間，正在點炮。

「提督！」劉國標叫喊著，他的嗓子已被硝煙嗆啞了。

這時堡壘的磚石被擊碎，飛舞起來，把旁邊的陳化成彈到二米左右的後邊。劉國標跑了過去，提督的上衣上遍是血跡。「提督，您負傷了？」

「沒什麼，只是被彈了一下。大概是上了年紀，身子變輕了……容易被彈飛起來。」

「可是，血……」

「是胸部……擦傷了。」

「可不要勉強啊！」劉國標抱起提督說。

「國標，求求你，把我的上衣掀起來……我身上裹著布……爲這樣的時候準備的。」

劉國標照提督吩咐，掀起他的上衣，從腹部到腰部緊緊地裹著一層布，解開一看，他「啊」的一聲，半晌說不出話來。腰上襯著板子。劉國標眼角發熱起來，胸口的傷也遠遠不止是擦傷。取下腰間的板子，老提督的身子一下子癱軟下來。

傳來了「敵人來了」的喊聲。劉國標背起提督，他已經沒有時間考慮提督是活著還是死了，只覺得背上傳來這樣的聲音：「要活著！活下來根據這次的經驗重建炮臺！」

槍聲密集起來。他跑著！跳過壕溝，又跑了起來。「要活著！要活著！」——這已經不是背上傳來的聲音，而是劉國標在命令自己。

絆了一跤，他跌倒了，背上的老提督掉了下來。他看了看提督的眼睛，瞳孔裡已沒有反應了。他摸了摸老提督滿是鮮血的胸口，心臟已經停止跳動了。

背後的槍聲不絕。「要活著！」——他聽到了年輕生命的呼喊。他脫下提督的一隻鞋，揣進自己的懷裡。附近長著一片燈芯草。他把幾棵燈芯草紮結在一起，然後向提督的遺體行了一個禮，又開始跑了起來。

七天後，英軍撤了兵。因爲屍體有著只穿著一隻鞋子和躺在紮結的燈芯草旁邊的標記，陳化成的遺體很快就被找著收殮了。

吳淞清軍戰死者有提督以及游擊韋印福、千總錢金玉等共四十人。英軍戰死二人，負傷二十五人。

兩江總督牛鑒在傍晚到達嘉定，收拾殘兵又撤退到太倉州城，在上海沒有停留。牛鑒後來奏報戰況時，解釋他撤退到太倉的理由說：「上海無險可守。」

畫師曾畫過一幅陳提督的像，畫著他頭戴纓盔，身著鎧甲，右手捧著軍書，左手握著佩刀。據說當時江蘇、浙江兩省，幾乎每戶人家都供奉著陳化成的這幅遺像。這幅畫像又名《吳淞殉節圖》。有的畫上還刻印著這樣幾句話：「一戰甬江口，督臣死，提臣走；再戰吳淞口，提臣死，督臣走。」甬江口死的（總）督是裕謙，走的提（督）是余步雲。吳淞口死的提臣，不用說是陳化成，走的督臣是指牛鑒。

另外還有許多詠題這幅畫像的詩，下面的一首詩是奕經的幕僚貝青喬所作：

擊碎重溟萬斛艫，炮雲卷血灑平蕪。
誰將戰跡征新誄，一幅吳淞殉節圖。

屈服的道路

道光皇帝果然害怕起來。另一方面，牛鑒也上奏說：「據廣東傳來的消息，英夷準備把馬車炮運到天津一帶，在陸地作戰。」

道光皇帝終於拉下了腦袋。屈服固然難以忍受，但英夷可能闖進紫禁城啊！歷史上曾有不少皇帝為蠻族所殺，如被犬戎殺死的周幽王……

1

道光皇帝雖然以「遲疑逡巡」為由懲罰群臣，實際恐怕是他最拿不定主意。沉重的鐘擺，在他的心中不停地、大幅度地左右擺動，是戰是和呢？戰吧，要付出巨大的犧牲；和，會帶來難以忍受的屈辱。

軍機大臣穆彰阿再也不能只是轉彎抹角地搞點陰謀活動了，他要用相當露骨的言詞在皇帝的面前直截了當地說出來了：「皇上，如果失去了社稷，那就不是屈辱的問題了。」「奴才認為只要不傷國體，什麼事都應當睜一眼閉一眼算了。」

他就這樣把皇帝心中的鐘擺狠勁地彈動了一下。其他首腦也跟他配合，根據「只有和談，別無他路」的方針，向皇帝奏報。

在主戰派的軍機大臣王鼎去監修河道工程的期間，穆彰阿拼命地想制伏皇帝。看來在一定程度上已取得了成功，但皇帝的自尊心又不時地把鐘擺扭轉到相反的方向。

皇帝發出了這樣悲壯的上諭：「朕之憂憤苦衷，可與誰言？惟仰叩天恩，敬祈天佑，加護大清，殄逆安民，以宥朕辜。」

聽到戰敗的報告，他咬了咬嘴唇，脫口說道：「只有戰！」

他在上諭中還說：「下民何辜，罹茲慘酷？朕撫躬循省，五內焦勞。……痛心自責，恨才德未逮，夙夜難安！」

皇帝的感情如此激動，穆彰阿也坐臥不安。如果向皇帝報告慘敗的情況，以誇大敵軍的強大，也許反而會激起皇帝的憤怒，大喝一聲：「誓報此仇！」

王鼎一回京，就質問說：「爲什麼要讓林則徐去新疆？」引起了皇帝的煩躁。

「那已經是過去的事了。」皇帝生氣地回答說。

「是呀！」穆彰阿從旁插嘴說：「現在不是算老帳的時候，爲臣的應當考慮今後的方策。奴才考慮，目前的形勢最需要措施迅速。遇上大事，當地的官員要是一一向北京請示，有可能失去時機。因此，奴才請求能否擴大他們的許可權，像伊里布僅是七品銜，恐怕遇事不能果斷地下決心。」

王鼎瞪了穆彰阿一眼，說道：「伊里布能果斷下決心的事，那大概就是賣國了。」

「這話太過分了，說話要愼重一點！」穆彰阿也變了臉色，這麼說。

「這已經夠慎重的了，我還沒有說你是賣國賊哩！」

「什麼話！我是賣國賊？」

「我不是說，我還沒說嗎？」

兩個軍機大臣爭吵起來，道光皇帝叫來了宦官，命令說：「把王鼎扶出去！」王鼎露出一副拼死的樣子。兩個人吵架，只把自己趕出去，對方卻在那兒不動，這叫他太不能忍受了。

兩個宦官從兩邊扶起老樞相，王鼎用充血的眼睛，瞪著穆彰阿罵道：「你是秦檜！」宋朝秦檜的名字，就是賣國賊的代名詞。

穆彰阿轉過身來。不管他怎麼有耐心，也終於忍不住了：「你說秦檜是什麼意思！」

「秦檜排斥忠臣岳飛，你把林則徐趕到新疆去了！」王鼎大聲說道。

道光皇帝從寶座上站了起來，說道：「朕要退出了。」他帶著不高興的神情，一邊拂著衣服，一邊對王鼎說：「卿醉了。」說後就出了乾清宮。

當天夜裡王鼎自殺了。

他寫了一封給皇帝的遺書。遺書中強調應當重用林則徐，認爲英夷之所以得意忘形，都是由於琦善、伊里布、耆英等一味地實行軟弱外交，應當採用林則徐的強硬政策。接著陳列了穆彰阿的罪狀，說他：「以利誘諸官，結黨徒，在皇上的周圍設幕帳，使皇上什麼也看不到。……」

王鼎在當天召見時的言行確實是異常的。既然觸怒了皇帝，那後果是不堪設想的。王鼎一定是下了什麼決心，所以才走了這樣的極端。

穆彰阿是這麼想的，所以十分警惕，於是派軍機章京陳孚恩去打探王鼎府中的動向。

這天晚上王家果然有不尋常的動向，人們出出進進十分頻繁，陳孚恩問王家的僕人出了什麼事情。

僕人哭喪著臉，把手放到脖子上比劃著說：「老爺這麼了！……」

「是上吊死了？……」陳孚恩一下子就意識到這是「屍諫」。肯定會有遺書。一定要把遺書弄過來。因爲皇帝情緒多變，容易激動，也許會爲王鼎殺身進諫所感動，而採納他的遺言。

他趕快假裝到王家去弔喪，一問王鼎的兒子王小厓，果然有遺書。正確地說，應是「遺疏」，即給皇帝的遺言。

「您知道令尊大人今天觸怒了皇上的事嗎？」陳孚恩問道。

王小厓回答說知道。他是翰林院編修，他在宮廷裡聽說當天皇上召見時父親所說的話，一直很痛心。

「皇上非常生氣，說以後再不願聽王鼎說話了。」陳孚恩一邊瞅著對方的神情，一邊說：「已經到了這種地步，再把這樣的遺疏呈上去，不知道皇上將怎樣地震怒。那樣一來，不僅沒有恤典（給遺族的賞錢），說不定您也不得不辭官，這個問題希望您很好地考慮考慮。幸好知道的人還不多，與其說是自殺，還不如說得了急病更爲穩妥。令尊大人已是八十高齡，恐怕誰也不會懷疑他突然去世的……」

陳孚恩利用三寸不爛之舌，終於把「遺疏」弄到了自己的手裡。陳孚恩本是一個小小的軍機章京，五年後竟升為兵部左侍郎軍機大臣兼刑部尚書，而且他連進士也沒中過，這種提升是罕見的。當時人們就傳說，這是因為他弄到了王鼎的遺疏，立下了功勞，所以穆彰阿極力推薦他，各種書上也記載了這件事情。

王鼎的屍諫是在五月三十日發生的。這時已是英國艦隊撤出乍浦，即將在長江上出現的前夕。

2

牛鑒逃跑，過上海而不入，其藉口是「上海無險可守」。上海縣城失去了吳淞，確實是無法防守的。吳淞是六月十六日未刻——下午二時左右失陷的，第二天上海知縣劉光鬥就逃走了。

居民們知道這一情況後，極其憤慨，擁到縣衙，破壞了建築物。留在城內未走的官吏，僅有游擊封耀祖、教諭姚員灝和典史（監獄看守長）楊慶恩三人。教諭是正八品官，典史還不到最低級的從九品，不過是所謂「未入流」的低級官吏。

他們極力安慰居民，但無法平息上海居民的憤怒。

上海縣城本來是由揚州的參將繼倫守衛，而他也逃跑了。但游擊封耀祖卻留下來未走，這使得他的逃跑顯得十分引人注目。於是他派出使者，勸封耀祖逃到城外去，封耀祖氣憤地拒絕了。

「這可是違抗命令啊！」使者威脅說。

封耀祖滿面通紅，回答說：「是誰命令我？我是奉提督的忠魂之命留在這裡的。」

使者垂頭喪氣地回去了。封耀祖氣概宏壯，但遺憾的是沒有兵。居民知道被拋棄了，搗毀了縣衙，發洩了鬱憤之後，也收拾行李，絡繹不絕地逃出了縣城。

「人們眞蠢，城裡沒有軍隊，那是最安全的……不會打仗的。」斯文堂的老闆魏啓剛回頭看著老伴，這麼說。

待在斯文堂書肆裡的人，除了默琴外，還有抱著嬰兒的西玲。連維材曾勸西玲搭乘太平船，但她不知道爲什麼不願回南方去。

「可是，夷人會搶劫的……」魏啓剛的老伴擔心地說。

「這裡只有對夷人沒有用的書籍而已，再說，你已是老太婆了。」

「可是，還有默琴、西玲……」老伴沒有說下去。在旁的西玲一聽到這裡，腦中不禁憶起廣東夷軍的種種獸行，背脊也爲之涼了起來。

「躲進後面的書庫就不要緊。」魏啓剛說後，又把目光落到書上。

吳淞失陷三天後，英軍占領了上海。英軍占領上海沒有流血，他們沿途徵用了五百多名居民爲他們挑著行李，佇列整齊，悠然自在地進入了敞開著的上海城門，領頭進入上海城的是蒙哥馬利中校。

中國方面的文獻記載，夷船駛入上海時，「城內已空無炊煙」。但英國方面的文獻說：「留下的居民們並不像其他地方的居民那樣害怕我們，高興地提供食物等。」

吳淞的戰鬥已經過去了三天，英軍將士暫時拭去了戰場上的血腥氣味，加上沒有打攻城戰，所以表面上看來是平靜的。

入城的英軍繳獲了大量的軍用物資，還打開了糧倉，把糧食分給了民眾。也進行了搶劫，但沒有槍聲和炮聲的伴奏，大多是闖入沒有人的空房子。

斯文堂打開了店門，老闆魏啓剛認爲最安全的辦法是，一開始就表明這裡只有對夷狄無用的書籍。

可是，一個年輕的夷人卻走進了斯文堂。「請問有帶插圖的《紅樓夢》嗎？」夷人說的漢話並不流暢，但確實是能聽懂的官話。

懷著悲壯的情緒站在店裡頭的魏啓剛，抿著嘴唇問道：「您能看得懂嗎？」

「很費勁，不過，馬馬虎虎還可以。」年輕的夷人和善地笑著回答說。

「請您等一會兒。」魏啓剛從書架上取出一部裝在書帙裡的插圖本《紅樓夢》。

「多少錢？」

魏啓剛凝視著對方的藍色眼睛，好一會兒才說道：「這部書奉送給您。您讀了它就會了解我們的國家，我希望您能了解。」

「不，這不行，我要付錢。」

西玲待在隔壁的房間裡。店堂裡傳來的有點拗口的官話，她聽起來很耳熟。她記得誼譚曾經工作過的墨慈商會裡有一個年輕的職員，名字叫哈利・維多，那肯定是他的聲音，她曾經多次見過弟弟的這位年輕同事。

她抱著如星，走進了店堂。哈利一下子就認出了她，說道：「啊，是西玲女士……」

魏啓剛望著兩人的臉，說道：「你們早就認識嗎？」

「嗯，在廣州。」西玲點了點頭，接著對哈利說：「我弟弟已經死了，您知道嗎？」

「啊？……」哈利說不下去了。在三元里的那場戰鬥中，儘管是無意的，但殺死誼譚的正是他。看到哈利不安的樣子，西玲以爲他是第一次聽到誼譚的死而感到吃驚。

「是在三元里被打死的。你們國家的兵，把一個神經不正常的，什麼也不知道的人打死了！眞慘啊！頭給打裂了！……」下面就泣不成聲了。

哈利羞愧地低下頭。

「您看看這個孩子。」西玲把懷中的如星遞到哈利的面前，帶著淚聲說：「我也生了這樣的孩子。」

哈利抬起頭，望著嬰兒——栗色的頭髮，藍色的眼睛……這個年輕的男人心中湧起一股激情，他像喊叫似地說道：「把這個孩子給我吧！我收養她，當作自己的孩子撫養！」

西玲後退了一步，把如星緊緊地抱在懷中，說道：「別開玩笑了，她是我的孩子！」如星大聲地哭起來。在隔壁的房間裡，默琴發呆地凝視著書帙上書寫的書名。默琴聽到西玲反覆地說著「我的孩子」，那是一種誇耀的聲音。

3

英軍占領上海的第四天，樸鼎查從香港來到了這裡。

「快要輪到你出場了。欽差大臣和伊里布不斷地想跟我們接觸，那個張喜還有一個叫什麼陳志剛的傢伙都在奔走。」戈夫少將說。

「張喜是伊里布的私人祕書，陳志剛是低級軍官……應當派地位稍高的官員來呀……先打下鎮江再說吧，不控制運河是不行的。」樸鼎查認爲自己出場還要待些時候，所以非常冷靜沉著。

「伊里布不斷地來催促，該怎麼答覆好呢？」明明知道還不是談判的時候，但清國方面不斷地要求談判，怎麼答覆，軍人戈夫感到不好應付。

「過去清國的拖延，給我們添了很大的麻煩。這次我們也可以給他們來個拖延嘛！在這方面可不要客氣……對了，我看可以跟他們這麼說，已經開來了這麼多軍隊，要不打會挨本國大臣斥責的。」

樸鼎查盯著桌子上的地圖，指著地圖上的一個點——Chin Kiang（鎮江）。

占領上海的英軍住在庭園和廟宇裡，他們搗壞了城隍廟裡的神像和佛像當柴燒。上海的居民們議論著：「這些夷兵馬上就會遭到上天的懲罰的，恐怕不會活著出上海城。」

城隍廟裡的神是保護城的神。但英軍並沒有受到神的懲罰，他們於六月二十三日退出上海，乘上了艦船。

從印度來了許多運輸船，運來了武器彈藥和二千五百名增援部隊。原有的軍隊和新來參戰的軍隊在吳淞口會合，總兵力達九千人。他們在海上一心作溯航長江的準備。

已經進行了偵察，發現江岸上有炮臺，就登陸破壞，一般的炮臺都沒有守軍。參謀中直到最後還有人沒有斷絕進攻蘇州的念頭，甚至出現了這樣的意見：「大的艦船去不了，可以用舟艇去進攻。」

蘇州的吸引力是絲綢和煤。復仇神號和皇后號等輪船，當時都使用蘇州一帶產的煤。絲綢有一種浪漫的吸引力，煤在產業革命後的英國人看來，是一種財富的動力——一種現實的誘惑物。

但大多數參謀認爲：「軍事行動的目的是在於使清國屈服。蘇州也可能是富裕的城市，但它是大運河的尾巴，鎮江才是大運河的心臟。」不消說，打心臟的主張要比揪尾巴的意見強，最後還是決定七十多艘艦船溯長江而上。

康威號率領測量艇進行了航路的調查，結果弄清溯航並不如想像的那麼困難。長江的水流相當急，到處都有沙洲，但沒有暗礁。江底淤積著柔軟的泥沙，即使在沙洲上擱淺，只要繫上鋼索，用兩艘船拖曳，就可以輕易地脫離沙洲。

六月二十六日，有兩隻法國軍艦來到吳淞口，是配備有四十四門大炮的愛麗戈號，和擁有十八門大炮的發波利特號，愛麗戈號的艦長賽西爾要求巴爾克少將准許他們跟英國艦船一起溯航長江。

巴爾克露出爲難的神色，心裡想：「是想把我們苦心製定的作戰計畫全盤掏去吧，如意算盤打得眞不錯啊！」於是藉口這次作戰航行在測量工作上做得很不充分，不能保證觸礁及其他危險，萬一出了事故，不能派出艦船救助，拒絕了賽西爾的要求。

六月二十八日，欽差大臣耆英和伊里布派外委（軍士）陳志剛登英艦，再次提出和議的要求。

「軍隊已經集結，不能不戰。」——陳志剛把樸鼎查的這個回答傳達給了伊里布。以前規定清國的官吏不得直接與夷官對等地進行書函往來，這個原則早已有名無實了。

這時已賞給伊里布四品官銜。他原來是來贖罪的，現在不僅提高了級別，而且還被委任爲乍浦副都統的實職，接替了因乍浦失陷而投水自盡的長喜的工作。這樣他就不再是躲在幕後見不得人的人了，而是可以挺起胸膛，公開從事談判。

伊里布一看樸鼎查的答覆，不覺怒髮衝冠。

因爲英軍在占領上海時，曾在城內各處張貼布告說：「我國絕不是要和百姓打仗，我們的願望是廣開和睦通商的道路，只是大清的官兵不肯議和。……」而現在清國官吏來要求議和，卻被一口拒絕。

不過，還有一線希望，布告中寫有這樣的意思：可以約定一個什麼地方互相商談。伊里布與耆英聯名又給樸鼎查送去了一封信。信中說，你們說要約定一個地方，約定什麼地方呢？我方認爲，如在浙江，則是鎭海恰當；如在江蘇，則是松江爲宜。信的末尾還滿懷誠意地寫道：「兩國之事，天必鑒之，若不以實心相對，天必罰之。」

可是，這次該輪到英國方面拖延了，溯航作戰的準備工作早已在進行。

4

道光皇帝仍在紫禁城裡搖擺不定。

戰敗的報告紛紛傳來。兩江總督牛鑒在奏文中說：「高宗純皇帝（乾隆皇帝）征緬甸時，曾以准許朝貢爲條件，中途退兵。仿效這一前例，准許英夷通商，即可收兵。」

道光皇帝一看這奏文，頓足大怒。緬甸之役是外征，這次是外國打到了國內，問題的性質完全不同。「這樣的道理，連三歲的兒童都不會不懂吧！」道光皇帝用顫抖的手，提筆寫道，「總因朕知人不明，惟自恨自愧！」

欽差大臣耆英送來的奏文說：「現在可否把廣東洋商伍敦元（伍紹榮的父親）或其兄弟、兒子等有能力者叫來江蘇，令其與英夷談判。」

「又要使用商人！難道忘了琦善使用鮑鵬那樣的蠢才而一敗塗地的事嗎？」道光皇帝當然不知道

伍紹榮和鮑鵬的差別，只覺得他們都是只考慮賺錢的買賣人。

皇帝朱筆一揮：「不准！」

不過，穆彰阿頻繁地派出密使，向當地的人員傳授計策。他沒有忘記前幾年義律率領艦隊來到天津時，皇帝的驚恐及以後軟化的情況。穆彰阿知道皇上的弱點是在這裡，他決定要當地的大員捅這個弱點。

耆英和伊里布在奏文中說：「聽說馬禮遜、歐茲拉夫聲稱，先到長江，然後攻打天津。……」「英夷的布告中聲稱，要立即到京師談判。」

道光皇帝果然害怕起來。另一方面，牛鑒也上奏說：「據廣東傳來的消息，英夷準備把馬車炮運到天津一帶，在陸地作戰。」

道光皇帝終於拉下了腦袋。屈服固然難以忍受，但英夷可能闖進紫禁城啊！歷史上曾有不少皇帝爲蠻族所殺，如被犬戎殺死的周幽王……

「啊，你爲何生在帝王之家呀！」——他想起了皇城爲敵軍包圍，親手殺死年幼的皇子，然後自殺的皇帝所說的話。

如果按照傳說的割讓香港，開放各地港口，賠償沒收的鴉片價款、賠償戰費等條件，能保住社稷，那也只好接受吧！這幾年已花費了巨額戰費，財政上已露出可怕的破綻。

道光皇帝提筆寫諭：「朕豈能不思保全沿海生靈，聊爲羈縻外夷之術。……」

訣別

這次就好像是爲了分手的會面。

「我醉啦！」林則徐這麼說後，開始低聲吟起從西安動身時寫的一首詩：

出門一笑莫心哀，浩蕩襟懷到處開。

分手是難受的。

連維材把杯中的酒灌進喉嚨後，說道：「我要陪您一直到新疆。」

「啊，我正想說這句話哩！」王舉志說著，爽朗地笑了。

1

王舉志的眉毛倒豎起來，眼睛燃燒著怒火，他這個人是很少有這種表情的。「什麼！連廖居正也抓起來了？」王舉志氣哼哼地說，平時很難想像他會發出這樣的聲音。他這個人平時遇到任何事情都顯出超然物外、滿不在乎的樣子。

「這一次不會善罷甘休了！」連維材心裡這麼想。

運載溫翰棺柩的太平船，早已去了江西。連維材及兒子哲文和王舉志三個人在鎮江下了船，準備從運河北上去西安。可是，連維材在鎮江上岸後不久就發燒病倒了，躺了二十來天，病完全好了。但為了慎重起見，決定再療養些時候。前些日子他悠閒地去了鎮江旁邊的丹陽，參觀了雲陽書院。那是龔定庵教過書的學堂，他從外面看了看丹陽縣衙的宿舍，定庵最後就死在那裡。

從丹陽回來後，準備出發時，駐防滿洲旗營副都統海齡下令關閉鎮江所有的城門，不准任何人出入，因為已傳來「英夷艦隊即將到來」的消息，人們感到害怕，開始有人到城外去避難。

海齡大聲喊叫說：「居民要和城池共命運！」海齡是鑲白旗人，在滿洲旗人嚴重漢化的潮流中，他對此感到十分憤慨。

他是個頑固不化的種族主義者。「中國是我們滿洲的，滿洲人應該在漢人之上，統治他們；漢人應俯伏在我們的腳下，靠我們的慈悲活著。」——他真的這麼認為，他是一個性格古怪的軍人。

他的字很蹩腳，也不怎麼看書，他說：「那不是漢族的文字嗎？為什麼我們要學習呀！文官為了統治漢人也許還有必要，我是武官！」由於不學無術，使得他的種族主義更加無可救藥。

清朝設置滿洲旗營，駐防在要害地區。鎮江是大運河的咽喉，當然也設置了旗營，由副都統統率，兵力是一千二百人。另外城內還駐有四百名綠旗營（漢族部隊）的青州兵，作為配角。

海齡在精神上也有脆弱的一面，他不懂得忍耐。以前他曾當過綠旗營的正定總兵，感到沒有意思，整日酗酒，不理軍務。當時的直隸總督琦善看不過去，對他進行了彈劾，把他降為副將。

他從部下那裡聽到了同是由駐防旗營防守的乍浦失陷的情況，心頭火起，大聲說道：「那是漢人襲擊了我們旗人，而且是在外敵的面前！……哼！咱們的鎮江絕不能讓它出現這樣的情況！」向乍浦逃來的旗人一打聽，據說唆使襲擊旗人的是當地的流氓、賭徒等遊民的頭目，於是他下了一道粗暴的命令：「把鎮江的遊民頭目全部抓起來砍頭！」

鎮江主要的遊民頭目當然跟王舉志的關係密切，這些人在眾人環視之下被砍了腦袋。

王舉志恨得咬牙切齒，而今天又抓捕了跟他最要好的一個名叫廖居正的老人。王舉志聽到這個消息，勃然大怒。

廖居正過去開過賭場，但他已年過七十，早已洗手不幹了，最近整天下棋，前些天還跟王舉志對局，只能說他是個忠厚溫和的好老頭子。

「給帶到北門去了！」一個跑來報告的小夥子這麼說。

「去看看！」王舉志站了起來。

「我也去。……哲文，你也去嗎？」連維材問兒子說。

「嗳。」哲文放下畫筆，抬起頭。

駐防旗兵分成小隊，在城內巡邏，發現稍有危險的動向，立即無情地鎮壓。

在北門下面，白髮蒼蒼的廖居正雙手被綁在背後，渾身顫抖。這個小個子老頭兒顯得更加矮小了。站在旁邊的旗兵是個彪形大漢。他像揮動鞭子似的輕巧地揮舞著手中的大刀，只見他轉到廖居正的身後，隨便地砍了一刀。鮮血噴射出來，腦袋飛了出去。

看熱鬧的人早已受到持刀的旗兵的監視。這時連維材聽到身邊發出一聲尖呼，持刀的旗兵從看熱鬧的人群中抓出一個面色刷白的中年男人。

「我、我嘴裡……進了沙子，我、我只是把沙子吐出來……請您饒了我吧！……」

「你小子吐了一口唾沫，是對處死人不服氣嗎？」

「不，不，絕不是……」那男人趴伏在地上，雙手作揖。

「不服氣，就乾脆說不服氣！」旗兵用腳踢著那男人，那男人滾到廖居正的腦袋旁邊。

「喂，把這小子也幹掉算了！」踢人的旗兵說。

「好，順便幹掉吧，省了擦刀的時間。」砍掉廖居正腦袋的那個大漢，又舉起了大刀。

連維材閉上了眼睛。睜眼一看，地面上擺著兩顆人頭，好像含冤地瞪著自己。

連維材看一看身旁的哲文。兒子緊攥著的拳頭在顫抖，但他的眼睛一動不動地盯著那兩顆人頭。

「回去吧！……」連維材的耳邊響起了王舉志的聲音，那聲音也是顫抖的。

2

鎮江的駐防旗兵好像全都傳染上了海齡的那種瘋狂種族主義。他們聲稱要查究漢奸，搶劫了富裕的商店，居民在大刀的包圍下斂息屏聲。

英國艦隊已封鎖了長江的支流和小運河，正朝著處於這樣狀態的鎮江逼近。

「維材先生，您怎麼想呀？我一定要幹掉海齡……英國艦隊正在逼近，我也覺得在城內發起暴動不好。」王舉志問連維材說。

連維材把手放在額上，說：「王老師，您並不是在徵求我的意見。」

「是的。即使您說不好，我也得要幹。」

「我並不認爲不好。現在我想起了定庵先生什麼時候說過的話，他說滿洲人也好，英國人也好，反正都是異族。」

「對呀！我感到羞愧……非常羞愧！二百年來，我們都是奴隸啊！我要讓天下人都知道，不能永遠這樣下去了！」王舉志十分激動。

種族主義引起了另一種相反的種族主義。一旦著手組織工作，王舉志一下子就冷靜下來。城內的遊俠之徒被奪走了頭目，大多丟下了家，潛伏在其他的什麼地方。王舉志在他們之間建立了聯絡網，然後又蒐集了武器，通過製造爆竹、焰火的工匠製造了火藥，連火焰筒也製造出來了。

「決定一個日期，幹的時候一齊幹。零散地幹沒有什麼效果，而且他們會藉口搜查犯人，給無辜的居民帶來牽累。幹的日期由我來定吧！」王舉志跟夥伴們說。

已經組織了一個二十來人的敢死隊，以他們作爲整個組織的核心。王舉志想儘量把他們抑制到英軍發動進攻的前夕。

鎮江城距長江岸邊約一公里半，四周環繞著城牆，北面和東面靠山，西面和南面臨大運河。

七月十四日，九艘英國軍艦進攻了江岸上的炮臺。湖北提督劉允孝帶領一千兵趕來支援，而鎮江副都統海齡卻緊閉城門，頑固地拒絕援兵進入城內，說：「你們防守城外和江岸！」

十七日，布朗底號、摩底士底號和加略普號等軍艦封鎖了大運河，切斷了通往北京的航道。於是海齡又在城內進行了大屠殺，過路的僧侶、道士、流浪漢和乞丐等，只因爲沒有保證人就被逮捕、斬首，夜間或清晨外出的人均遭槍殺。

王舉志仍然抑制著敢死隊不要行動。在同英軍交戰之前，鎮江城內已經染上了鮮血。

由於關閉了城門，糧食缺乏。有一個名叫關學增的人，不忍看到這種狀況，因他家在城外儲存有四百石大米，他要求把大米運進城內，發給居民，而海齡搖著腦袋說：「不行！城門絕對不能開！」

按常識這是不可想像的，連連維材也懷疑海齡是不是發瘋了。

這位副都統大概是患了狂亂的恐懼症吧！他不斷地更換居住的地方，夜間睡覺要有四十名持刀的親兵在他的寢室四周守衛。鎮江的城門十分堅固，炮彈也不會把它炸壞。這樣的城門如果有一點點隙縫，他恐怕都會戰慄不安的，只要一想到開城門，哪怕開一會兒，他都會驚惶不安的。

鎮江的各座城門上都有兩層城樓可守，這本身就是一座要塞，守兵各有一百人。居民們在私底下竊竊私語：「英國佬快點打過來就好了！……」現在能打開城門的只有英國兵了。商店裡當然沒有東西可賣，居民們也都關門閉戶。「還不到時候！還不到時候！……」王舉志制止了敢死隊裡性急的青年。

七月二十日傍晚。「王老師，再也忍耐不住了。如果老師阻止，那我們就自己動手幹了。」一個青年兩眼瞪視著王舉志，這麼說道。

「是呀，我也……忍不住了。」「今天旗兵們又強姦了漢人婦女，我們還能再容忍嗎？」「只要老師一句話，我們就幹！」

「如果我阻止呢？」王舉志問道。

「大家會推開老師，自己去幹。」一個人回答說。

「好。」望著天花板的王舉志大聲說道：「我一直在等待著諸位能說出這句話。這句話既然說了，那就是行動的時候了。來，咱們訂個計畫，訂個周密的計畫，好嗎？……在這樣的時候，一定要按照冷靜的計畫來發起烈火一般的行動。」

這一天，五十六艘英國艦船已排列在甘露寺到對岸瓜州的河口一帶，一部分英軍正在大運河西岸的金山一帶登陸。王舉志已在城內的一座高樓上用望遠鏡看到了這些情況，他心思想：「明天是同英國打仗，而現在就同海齡作戰……」

給二十名敢死隊作了詳細的指示之後，王舉志又叮囑說：「諸位是二十人，參加襲擊韃虜的居民恐怕會超過萬人，但他們不了解我們的計畫，要告訴他們不要接近城門，城樓上會開槍的。那一百多配備有槍炮的軍隊，以後讓英國兵去收拾，旗營也是如此，要儘量減少犧牲。另外還要告訴居民，英軍一開始進攻，就立即回家，關上大門……這些事都拜託你們了。要準備一百來人去講這些事情。同樣的話，要到處去講，反覆地講，要把嗓子講啞。」

最後大家圍著桌子。沒有飯，也沒有蔬菜，只準備了瘦雞肉和酒。敢死隊員們爲預祝勝利乾杯後就散了。

送走他們之後，王舉志走進隔壁的房間，連維材和哲文在那裡。

「肚子餓了吧？」這是平常的王舉志。他的面頰上微微有點紅暈，但是神情平靜。他手裡托著盤子，遞到連家父子的面前，說：「剩下的東西，一塊兒吃吧！……啊，忘了酒和酒杯了。」

王舉志又返了回去。

「爸爸，會死許多人吧？……所謂新時代必須要這樣才能到來嗎？」哲文小聲地跟父親說。

「連我們將會怎樣也不知道。」連維材回答說。

王舉志拿著酒壺、酒杯走了進來：「啊呀，酒都沒有了……這些傢伙眞能喝呀！」

3

七月二十日，風刮得很大。但是，在鎭江城內，從傍晚以後，捲起了一股比風更爲猛烈的人的旋風。

二十名敢死隊迅速地與城內約五百名遊俠之徒取得了聯繫。各處由十名武裝滿洲旗兵組成的巡邏隊，一下子就被捲進了黑色旋風的旋渦。旋風刮過之後，十具屍體横躺在地，他們手中的武器沒有了。

旗人家裡的大門被推倒了，饑餓的人群闖進了廚房，官庫給旗人的家裡配給了足夠的食糧。果然如王舉志所料，參加暴動的居民超過了萬人，海齡的瘋狂病也傳染了他們。從服裝上一眼就可以認出是旗人，凡是旗人，不分男女老幼，全都遭到了襲擊。

這是以血還血的鬥爭。

旗人換上漢人的服裝，爭先恐後地逃進了旗營。街上到處是漢人居民，夜間外出也不會遭到槍殺了，城內第一次成了他們的天下。

看起來好似是無組織的人群在到處狂奔，奇怪的是他們卻很有節制，他們沒有接近城門和旗營。海齡把大部分守軍分配到各個城門，嚴厲命令任何情況下都不能擅離崗位，所以守城門的旗兵都不敢出動來鎭壓。指揮官跟士兵們說：「我們的任務只是守城門。」

糧庫的守兵只有三十人。這裡遭到了襲擊，守兵開槍打死打傷了幾名群眾，但群眾很快就把守兵全部打死了。那裡有米，有鹽，有麥子，有穀子，有鹹菜。城內儲存了足夠官兵吃兩年的糧食。「不要亂，東西有的是，來，大家排好隊……」敢死隊員們拼命地忙著調整隊伍，配給食品。

夜深之後，旋風才平息下來。居民們拿到食物後，急忙趕回家中，饑餓的妻子兒女正在等待著他們，而且旗人的家裡都起了火，要保護自己的家不被火燒著了。

這是一個炎熱的夜，到處都升起了炊煙，十三日夜裡的月亮照著這白色的炊煙。

王舉志跟連維材下了一整宿圍棋。

卯刻（上午六時），一個敢死隊的青年跑進來報告說：「抓住的旗人供出了海齡的住所。」實行恐怖政治的人，自己也感到害怕。海齡對自己的住所保密，而且不時地更換地點。

「在什麼地方？」

「在吉祥寺佛殿的後面，據說還有四十名武裝旗兵守衛。」

「懦夫！膽小鬼！可是他卻喜歡屠殺。」王舉志一邊玩弄著棋子，一邊這麼說。

「您去嗎？」連維材問道。

「對方是四十人。……我們一邊下棋，一邊考慮吧！」王舉志這麼說後，把一粒棋子啪的下在棋盤上。

遠處傳來了炮聲，是在江岸的方向。

「就要登陸啦！」連維材說後，下了一粒棋子。

「哈哈哈！……這次我輸啦！」王舉志扔下棋子，站了起來。

「您這就……？」連維材問道。

「不趕在英國兵的前面不行呀，我得去收拾海齡。」

「警戒很嚴吧？」

「我有最後的手段，……燒死他。那傢伙好像沒有東西圍著他就不放心似的，恐怕大火圍住他，他也不會出來的。他害怕呀！哈哈哈！……」王舉志飄然地走出了房間。

炮聲愈來愈猛烈。可是，哲文卻在旁邊的床上睡得很香。

英軍分三個旅登陸，一邊用炮火粉碎城外的湖北兵，一邊向縣城接近。

第一旅旅長是由印度率領援軍來的薩勒頓少將，第二旅旅長是叔得少將，第三旅旅長是巴特雷少將。兵員配備了新運來的帶擊發裝置的新式步槍，他們靠武器的威力，很快就打到城牆邊。

但是，城門的防禦很牢固，駐防旗兵企圖從城門樓上用舊式炮和鳥槍擊退英軍。守城門的旗兵知道前面有敵軍逼近，後面也有敵人在等待。反正都是死，所以拼死地防禦。

死地之兵是頑強的，英軍好不容易才打破了西門。在摩斯沃斯中尉所指揮的兩門大炮掩護下，皮爾斯大尉把大量的炸藥送到城門口，這才炸開了一個可容一人進出的洞口。

第二旅由山路進攻，在來福槍隊的掩護射擊下，把攻城梯架到城牆上，衝進了城內。

英國方面的文獻上說：「這是迄今爲止在清國遭到最淒慘的戰鬥。」在這天的戰鬥中，英軍戰死了四十人，其中包括因中暑而死的士兵，負傷的達一百二十七人。

駐防旗兵一千二百人幾乎全部陣亡，四百名青州兵死了二百，進攻的英國兵是七千人。清國在自己的國土上打仗，兵力卻比英國遠征兵少，這清楚地說明了清國當局的無能。

林則徐走了，王鼎自盡了，主和派掌握了實權。他們準備和談，極力壓制派遣援軍。兩江總督牛鑒就待在旁邊的南京城裡，根本不想援救鎮江。

4

在英軍衝進城的前一刻，王舉志才回來。

「很費點事吧？」連維材問道。

王舉志一邊用兩手揉著膝蓋，一邊說：「早已不在吉祥寺裡了，也沒有去旗營，回家了。」

「哦……」

「我一個人進去見了海齡。」

「哦，見到了吧？」

「副都統家的四周，已經擁去好幾百群眾，齊聲喊著：『海齡滾出來！』我攔阻了他們，說一切都交給我，然後我就進去了。因為我讓群眾平靜了下來，守門的也只好讓我進去了。」

「後來呢？」

「我進去的時候，海齡正把刀子貼在他妻子的脖子上。」

「……」

「地上一個男孩子倒在血泊裡。那孩子大約五歲左右，一張臉很可愛。……我問這是誰，回答說是孫子——不是海齡，是夫人回答的。」

「是孫子！……」

「海齡的夫人很了不起。海齡好似有點猶豫，直打哆嗦。他的夫人卻冷靜地催促說：『請你快殺吧！』……眞了不起啊！這確實使得海齡有點受不了，海齡還在打哆嗦。夫人帶著斥責的語氣說：『孫子是我殺的，你必須要把我殺了。』她還說：『像你這樣，我對你還眞有點擔心哩！』於是我對海齡夫人說：『你丈夫的事，可以不必擔心。』我這麼一說，叫我吃驚的是，夫人竟然若無其事地跟我說：『拜託您啦！』世上眞有了不起的女子啊！海齡向我低頭行了個禮，要我出去一會兒，於是我就退到隔壁的房間裡等著。聽不到海齡夫人的說話聲了，我估計時間差不多了。回來一看，她已經倒在地上，四周是一片血海。……」

「聽了您這些話，好像您已經消除了對海齡的仇恨了……這可不行呀。」

「是的，我也是這麼想的。我一想起了廖居正的面孔，就激勵自己：『這不成！消除了仇恨，你就不是王舉志！』於是，我就跟海齡說：『好幾百群眾圍著你的家，要你快死！』……我這麼一說，他就要求我把他殺死，還把刀遞到我的面前……那是一把鮮血淋淋的刀！我大聲地喝道：『不行！』以後會調查遺體，如果是自殺的，那就是殉節。是自殺的還是被別人殺死的，一看傷口就會明白。如果由我來殺，從現在的情況來看，也會把你當作被亂民殺害的，那樣你就進不了昭忠祠了。我這麼跟他一說，他丟下刀，拿出一根繩子，要我套在他的脖子上……行，套脖子可以嘛？」

「是您把繩子套到海齡的脖子上了嗎？」

「是的。他非常感謝我，接著他要求我把他的家燒掉，……這也可以。我就放火燒了他的家……啊呀呀，連我也不明白自己究竟幹了些什麼！」王舉志大概太疲累了，他把身子深深地埋進椅子裡，肩膀上下抖動著。

「舊時代終於結束了！」連維材像朝著自己的心裡打進釘子似的，在心裡跟自己這麼說——到此就結束了！

「在這兒已經沒有事了。英軍一打開城門，我們就出城吧！……啊，好熱啊！鎮江這個城市好像對我有點不適合。……我想快點走，都已經結束了！」王舉志說著，用手背擦了擦額上的汗。

「已經結束了？……爲什麼想的盡和我一樣呀？」連維材心裡想。也許是他和王舉志的精神結構十分相似吧！

「到此爲止是相似的。」連維材心裡想。他感到跟王舉志分手的時刻就要到了，兩人今後就要分道揚鑣了。

「要渡過長江，英國的軍艦恐怕還在封鎖著吧？」連維材說。

「這些事，請不必擔心。有受英軍雇用去對岸的船，到了對岸之後，我有的是辦法。」王舉志笑嘻嘻地說。

炮聲和槍聲好像要打斷兩人的談話似的，猛烈地響了起來。哲文這時才醒來，打了個大哈欠，說道：「眞吵人！」

「啊，城門好像打破了！」王舉志注意傾聽了一會兒，這麼說道。

連維材苦笑了笑，心裡想：「又想的是同樣的事情。」

城裡響起一種尖厲的槍聲。那不是清兵的鳥槍發出的聲音，是從產業革命誕生的，暗示著即將到來的時代的，由冰涼鋼鐵製造的武器中發出來的尖厲聲音。今後必須面對著這樣的時代，那時王舉志也許已成爲相距很遠的陣營裡的人物。

連維材打了一個寒戰，跟哲文說道：「哲文，準備準備吧！」

英軍進入鎭江後，好似嗜血的惡鬼。英國兵見到婦女就強姦，然後把她們殺死。《出圍城記》中說：「夷鬼逕來，不移時，婦女屍滿道上，無不散發赤體，未死者多被擁抱而去，生死離散，目不忍睹。……」

很多婦女因躲避英國兵的凌辱而活活地餓死，鑽進水池中躲避英國兵的婦女大半淹死，無數婦女寧願自殺也不願受凌辱。

甦庵道人撰寫的《出圍城記》裡開列了自殺的民間婦女的姓名，大概是爲了慰藉這些薄命的女性魂靈吧！

在這些姓名的後面，都分別寫明她們是「投井死」、「縊死」、「溺死」、「吞針不死，刺心死」、「墜樓死」，令人不忍卒讀。其中寫道：「舉人徐元佐妻馬氏，年七十，縊死。」列名的婦女達七十五人。還發生過這樣的事情：「卜卦巷程氏童子，夷鬼至其家，其母匿之床後，夷鬼將犯其母，呼號而出，中火槍死。」

連維材一行從這姦淫擄掠、地獄般的街上走過去。英軍打開了北門，聲稱放難民通行，但沒有一個婦女走過這座城門。

「哲文，看清楚了吧，能畫成畫嗎？」連維材問道。

哲文搖了搖頭。

5

連維材一行到達西安時，林則徐已經病癒出發走了。

「是七天前，正好是七月初一走的。」留在西安的林則徐夫人說。

林則徐的夫人鄭氏，名淑卿。當初林則徐被判流放新疆時，福建鄉里的士紳們聽說只要向北京的實力人物獻款，就可以取消流放，於是籌集錢款，而鄭氏喝止了這種活動。她就是這樣一位剛強的婦女，據說林則徐能果敢地從事政治活動，也是由於有著這樣一位夫人。

長子汝舟去送父親，還沒有回西安。陰曆七月一日是陽曆八月六日。

「我們去追趕吧，好不容易已經來到這裡了。」王舉志說。

「走吧！」連維材點了點頭。

哲文也很高興。以前在蘇州見到林則徐的時候，不知道爲什麼，哲文感到如不離開這個人物，自己的人生就會被他所左右。但是，哲文現在感到不要緊了。他看到了鎭江的大屠殺，心裡就好像有了一個什麼沉甸甸的重物。有了一顆穩定的心，似乎會見什麼人都可以。

「我已跟孩子們說了，他病剛好，不要走得太急。加上各地有許多熟人，會挽留他，不會走得太快的。」林則徐的夫人說。

一路上的風景，在連維材這些南方人看來，簡直是另外一個世界。

「這就是中原啊！」王舉志指著黃河流域的那一片黃泛泛的風景，深情地說。哲文用畫家的眼睛觀察，就好似要把它深深地刻印在心中。

林則徐於陰曆七月二十九日到達甘肅省城蘭州。他現在雖是「逐臣」，但誰都把他看作是英雄。陝甘總督富呢揚阿率領文武官員來到外城的藍山書院迎接，官兵沿途列隊向他表示敬意。

他在蘭州滯留了八天，連維材一行在林則徐到達的第二天到達了蘭州。

「來得好！來得好！沒想到在這樣地方……」林則徐吃驚地睜大著眼睛。

「就是非常、非常想見一見您。」王舉志說。

九月六日（陰曆八月初二）的晚上，三個人在蘭州道署的林則徐宿舍裡圍桌而坐。連哲文和林則徐的兒子們在另外的房間裡熱烈地談論著年輕人的話題。

連維材和王舉志詳細地報告了鎮江陷落的情況，林則徐不時地嘆著氣。

欽差大臣耆英在南京同英國方面進行和約談判的消息已傳到了蘭州。很多甘肅兵出征到江南，所以這裡對南方的戰事也很關心。

「聽說英軍把全部軍隊擺在南京城前，進行威嚇……」林則徐說。

「大概會全面接受英國方面的條件吧！沒有別的辦法呀。」連維材斷言說。

半個月前，耆英、伊里布、牛鑒等人來到英艦皋華麗號上，已同英國特命全權大使樸鼎查締結了所謂的《南京條約》，但這個消息還沒有傳到蘭州。

不過，連維材已可想像其大概。他談了自己的預想：「大概除廣州外，還要開放廈門、福州、寧波、上海等港口，另外必須正式承認割讓香港。」

「香港……那是琦善獻給英國的。」林則徐好似自言自語地說。他在到達蘭州的五天前，曾經過一個叫安定縣的地方。安定縣的知縣給他送過飯菜，安定縣知縣琦齡是琦善的親弟弟。林則徐在內心裡始終沒有寬恕琦善。琦齡大概也覺察出了這一點，所以只送了飯菜，而沒有親自去拜訪。

「其次是賠償沒收的鴉片價款。」連維材儘量用就事論事的語氣說：「英國在廣州就要價六百萬元。」

「沒收鴉片……那是我幹的。」

「那是正確的，最正確不過了……再其次恐怕是廢除公行吧！英國是希望自由做買賣的。」連維材一邊這麼說著，一邊想起了伍紹榮。為了搞垮公行，他採取了各種各樣的手段。事情過後，卻原來是這樣簡單。他現在想，過去為什麼要為這樣的事情付出那麼大的辛勞呀？

「廢除公行不是什麼大問題。」林則徐說。

「問題是賠償英國遠征軍的軍費吧！在上海的時候就聽人傳說，歐茲拉夫要求賠償二千萬元。」

「這太多了！……」

「算是繳了一筆巨額的學費吧！」

「我幹了我認為是正確的事情。」

三個人一邊這麼談話，一邊飲酒。這一天，在北京的紫禁城裡，道光皇帝帶著悲壯的面孔，批准了《南京條約》。在蘭州的這三個人當然不知道這件事，賠償一千二百萬元戰費的事也是很久以後才聽說的。

假如當時知道了這些事，林則徐恐怕會端端正正地面朝北京跪下說道：「是臣不德所致！」王舉志大概會抱著胳膊說道：「捐稅又要提高了，必須助老百姓一臂之力呀！」至於連維材嘛，他肯定挺起胸口說：「一千二百萬元，看我幾年之內就把它從英國手裡拿回來！」

連維材好似改變了心情，他說：「不過，我們的國家太廣闊了，在這次旅行中我深深地感覺到了。來到這裡，廣州的那些事情，簡直就像夢似的。」

統文在臺灣，承文在香港，理文在上海——他們彼此都相距很遠。想到這些即將面對怒濤洶湧的時代的年輕人，連維材感到自己已經老了。

在交談中，三個人喝了很多酒。他們三個人都喜歡喝酒。

「時代要變的。」王舉志說。

「會有更大的變化。」林則徐喝乾了一杯酒，說：「會變的……不僅會變，你們要使它變。」

一談到將來的問題，話就少了。三個人心裡都十分明白，他們將走上各自不同的道路去迎接新的時代——不，去創造新的時代。

這次就好像是爲了分手的會面。

「我醉啦！」林則徐這麼說後，開始低聲吟起從西安動身時寫的一首詩：

出門一笑莫心哀，浩蕩襟懷到處開。

分手是難受的。

連維材把杯中的酒灌進喉嚨後，說道：「我要陪您一直到新疆。」

「啊，我正想說這句話哩！」王舉志說著，爽朗地笑了。

註釋

第五部

斷章之四

【1】亦譯《英軍在華作戰記》

停戰前後

【1】舊譯臥烏古。

第六部

斷章之五

【1】當時日本主要向中國出口銅，日本稱中國開往日本的船爲「唐船」。

鴉片戰爭(下)——舊時代的崩潰

作　　者　陳舜臣
譯　　者　卞立強
發 行 人　楊榮川
總 編 輯　王翠華
主　　編　陳姿穎
編　　輯　邱紫綾
封面設計　吳雅惠
出 版 者　五南圖書出版股份有限公司
地　　址　106台北市大安區和平東路二段339號4樓
電　　話　(02)2705-5066
傳　　真　(02)2706-6100
網　　址　http://www.wunan.com.tw
電子郵件　wunan@wunan.com.tw
劃撥帳號　01068953
法律顧問　林勝安律師事務所　林勝安律師
出版日期　2015年3月初版一刷
定　　價　新臺幣520元

國家圖書館出版品預行編目資料

鴉片戰爭/陳舜臣著. 卞立強譯. -- 初版. --
臺北市 : 五南, 2015.03
冊 ;　公分
ISBN 978-957-11-7973-5(上冊 : 平裝)
ISBN 978-957-11-8014-4(中冊 : 平裝)
ISBN 978-957-11-8015-1(下冊 : 平裝)

861.57　　103027110